中外文论

CHINESE JOURNAL OF LITERARY THEORIES

2021年第2期

名誉主编 ■ 钱中文
主　编 ■ 高建平　执行主编 ■ 丁国旗

主办
中国中外文艺理论学会

中国社会科学出版社

图书在版编目(CIP)数据

中外文论 . 2021 年 . 第 2 期/高建平，丁国旗主编 . —北京：中国社会科学出版社，2022.12
ISBN 978-7-5227-1045-7

Ⅰ.①中… Ⅱ.①高…②丁… Ⅲ.①文学理论—世界—文集 Ⅳ.①I0-53

中国版本图书馆 CIP 数据核字（2022）第 220173 号

出 版 人	赵剑英
责任编辑	郭晓鸿
特约编辑	杜若佳
责任校对	师敏革
责任印制	戴 宽

出　　版	中国社会科学出版社
社　　址	北京鼓楼西大街甲 158 号
邮　　编	100720
网　　址	http://www.csspw.cn
发 行 部	010-84083685
门 市 部	010-84029450
经　　销	新华书店及其他书店

印　　刷	北京明恒达印务有限公司
装　　订	廊坊市广阳区广增装订厂
版　　次	2022 年 12 月第 1 版
印　　次	2022 年 12 月第 1 次印刷

开　　本	787×1092　1/16
印　　张	16.5
插　　页	2
字　　数	366 千字
定　　价	96.00 元

凡购买中国社会科学出版社图书，如有质量问题请与本社营销中心联系调换
电话：010-84083683
版权所有　侵权必究

编委会

（以姓名音序排序）

曹顺庆　党圣元　丁国旗　高建平　高　楠
胡亚敏　蒋述卓　金元浦　李春青　李西建
刘方喜　钱中文　陶东风　王　宁　王先霈
王岳川　徐　岱　许　明　姚文放　曾繁仁
周启超　周　宪　朱立元

助理编辑： 胡　琦　李一帅

目　录

古代文论

清初北京文化中的"江南" ……………………………………… 陈丹丹（3）
明代《诗经》的文学解读
　　——以杨慎为个案 ……………………………………… 高小慧（22）
南明流亡书写与"楚辞学"的极盛 ………………………………… 张清河（33）
中华诗论西译的关键在于译出思想之精彩
　　——以《诗品》德译为例 ……………………………… 王　涌（45）
《诗》义离合与中国诗学的审美独立 ……………………………… 吕仕伟（55）

西方文论

普罗提诺的至善论及其数形解释系统 ……………………………… 陈中雨（69）
尼采的面具与柏拉图主义
　　——论《扎拉图斯特拉如是说》中的修辞 ……………… 梁心怡（82）
技术起源考辨与记忆装置的时间性结构
　　——斯蒂格勒技术哲学研究 …………………………… 吴诗琪（91）
论德勒兹拟像理论的问题场域 ……………………………………… 李方明（110）

新媒介理论与批评

在场性文学批评：文学沙龙对在线批评的启示 ………………… 刘亚斌（125）
审美认同与孙悟空视觉形象的海外流布 ………………………… 王依婷（138）
从"地方"到"中国"：当代中国情感结构的听觉表征
　　——以华阴老腔为考察中心 ……………………………… 田欣瑶（154）

《红楼梦》与传统文化（"新红学"百年纪念专栏）

专栏按语—李远达
贾府中的"王家"：《红楼梦》中的姻亲及其叙事作用 ………… 叶楚炎（169）

"私自的情理":明清祭祀文化视域中的《红楼梦》私祭书写 ………… 李远达(186)

南方批评:生态伦理与文学叙事

专栏按语—蜀山牧人

郑小琼诗歌的底层写作及其突围
　　——兼论人类纪时代的慢暴力及其文学书写 ………… 何光顺(205)

桐城文家的域外书写与古文的现代性裂变
　　——以薛福成、黎庶昌的域外游记为中心 ………… 杨汤琛(216)

叙事的诗意及对存在的诗性领悟
　　——论黎紫书长篇小说《流俗地》的诗性叙事结构 ………… 李俏梅(225)

中国生态文学批评中的地球话语与行星视野述评 ………… 龙其林(236)

附　录

附录一　中国中外文艺理论学会历届会议 ………… (251)
附录二　《中外文论》来稿须知及稿件体例 ………… (254)

古代文论

한국문학

清初北京文化中的"江南"

陈丹丹[*]

(纽约州立大学/河南大学 美国纽约州/河南开封 475001)

摘 要：本文讨论的主要话题是"江南"如何漂流到清初的北京。在这里，"江南"指向一个文化概念，而非地理概念。它并不仅仅指文人聚集的文化空间，更指向江南的文化精英们典型的生活方式和精神存在。本文借福柯的理论搭建诠释框架，将"江南"理解为福柯所说的"body politic"：它化身为汉文化与汉族士人的身体、感觉、记忆与日常经验，一种"微观政治"，反作用于"宏观政治"。在清初，"江南"随着一批江南士人进入帝都而向北漂移，并作为一种"微观权力"，渗透并影响着北京的国家政治与新的"北京文化"的形成。通过关注宏观政治和微观政治之间的互动，本文探讨了清初之江南文人如何移居北京并建立文化圈，江南文人如何在北方改写"江南"的概念，并将对"江南"的纪念变成文本、实物和精神仪式；此外，"江南"与对"江南"的书写，无论是在文本还是在行动中，如何成为文化精英的某种生存模式；江南文人如何通过将"江南"延伸到北方的现实空间与文人生活的思想与心理空间，来保持或创造与旧文化的联系。

关键词：江南；清初；北京；body politic；宏观政治；微观政治

本文来自对易代之际文化变迁的思考。笔者的目光将放在清朝初年"江南"向北地的漂移。在这里，"江南"不仅作为地域的概念，更作为文化的概念被使用。[①] 它不是单纯的物理空间，甚至也不仅指在很长的时间中，作为文人聚集地的实体的"江南"，本文所要强调的是它作为一种"虚"的精神性存在，某种程度上，构成汉文化与

---

[*] 作者简介：陈丹丹，江苏南京人，纽约州立大学法明代尔分校历史地理与政治系副教授，河南大学文学院讲座教授（兼职），研究方向为现代中国文学、文化与思想史，兼及明清。

[①] 关于"文化意义上的江南"有何涵盖，参见杨念群《何处是"江南"？：清朝正统观的确立与士林精神世界的变异》（以下简写为《何处是"江南"》），导论《"汉化模式"得失谈与"江南"的复杂涵义》，生活·读书·新知三联书店 2010 年版，第 11—14 页。杨著主旨为"重新解读'江南'士大夫阶层与皇权统治的微妙关系"（《导论》，第 2 页），而本文初稿写于陈平原教授 2001 年秋季学期于北京大学开设的"北京研究"课程中，乃从文学与文化史角度出发，看"江南"如何进入并塑造北京文化。本文借福柯的理论搭建诠释框架，将"江南"理解为福柯所说的"body politic"：它化身为士人的身体、感觉、记忆与日常经验，并作为"微观政治"，反作用于"宏观政治"。参见 Michel Foucault, *Discipline and Punish*, Vintage Books, 1979, p. 27.

汉族士人的"身体"、"感觉"、"记忆"与"日常经验"。"江南"在中国文化源流中日益突出的重要性，本身始于政治大变迁。回溯起来，永嘉年间由西晋灭亡带来的中原士族的"东渡"，是一个重要的转折点。它不仅代表着经济、文化中心由中原被拉到了江南，更改变了此前"南"与"北"作为文化概念的内涵。自此，"南方"就被洗去了吴越时期所带有的剽悍之气，转而与一种轻盈柔媚的气质，更关键的，是与高雅的品位与摆脱了人间烟火气的日常生活方式联系了起来。文化重心南移的过程之中，北宋灭亡所带来的"建炎南渡"是另一个重要的标志性事件[①]。它凸显了由于北方异族不断夺取中原政权，汉政权被迫南迁所带来的汉政权中心长久滞留南方，使得"南方"，尤其是"江南"，与汉文化正统越来越紧密联系在一起。这种联系不只在象征的层面，亦相关于文化趣味与生活方式。"江南"与文化正统的这种长久相连，使得当朝廷建都于北方时，政治中心与文化中心便每每呈现出分离的态势。陆游的《老学庵笔记》记曰："南朝谓北人曰'伧父'。"[②] 元代的统治并未改变汉文化的走向，重归汉姓的明代自两朝皇帝后即迁都北京，却始终无力将文化中心从南边拉过去。欠缺了文化上的领袖魅力，北京作为明都便始终不能真正得人心。明亡后，士人反思覆败之因，竟每每远追为国初迁都之祸，可见一斑。

"地远京畿"使得人、财、物无不依靠江南。《万历野获编》载：朝廷祭祀的鲥鱼要从江南运来，等到了北京，都已发臭。[③] 伴随着政治、文化重心的偏移，或者说比其实际位置更重要的，乃是整个文化精神气质的向南倾斜。六朝以降，从画中的逸品到王渔洋的神韵，中国文化的主流其实是越来越往精致、敏感、洗尽烟火气的江南士大夫趣味一路漂去。

固然，江南的文化中心地位及北京作为国都长期被质疑，很大程度上与江南的经济发达、北地的物质贫乏相关，但政治中心与文化中心的分离显然不仅仅根源于文化背后经济的因素。在这里，笔者将借用福柯的观点。一般而言，掌控着"宏观政治"（macro-politics）的国家权力与个体（individual），每每被认作"同源同构"的，前者包含并映射后者。但福柯认为二者之间的关系绝非那么简单，前者决非必然"坐落"于后者，后者也绝非对前者被动的反映。福柯在二者之外提出了"政治肉体"（body politic）的概念，一方面，它就是人们的身体、感觉、记忆与日常生活；另一方面，作为一种"微观政治"（micro-politics），它每每通过作用于人的身体、感觉、记忆、日常生活，构成对宏观政治的颠覆与消解。[④] 但此种"body politic"自身并非总是自由的，它同时会受到宏观政治的制约与影响。

[①] 参见高小康《永嘉东渡与中国文艺传统的蜕变》，《文学评论》1996年第4期；高小康《建炎南渡与江南艺术精神的形成》，《文学评论》1995年第4期。
[②] 陆游：《老学庵笔记》卷9，中华书局1979年版，第119页。
[③] 沈德符：《万历野获编》卷17，"南京贡船"条，中华书局1959年版，第430—432页。
[④] Michel Foucault, *Discipline and Punish*, Vintage Books, 1979, p.27.

在这个意义上，作为一个富含多层世界（包含"政治""文化"）的混杂体，"江南"正可被视作福柯所说的"body politic"。它与政治相关，既起始于政治变迁，在变迁之后又每每成为一种政治表达。在精神意象的层面上，它首先由文学想象生产出，而《世说新语》式的核心文本，则为其注入特定的内涵：一种高雅的品位，淡逸的气质，杜绝烟火气的生活方式。此后，"江南"还在一代代的诗文、笔记，即在一代代士人的日常生活与想象中被不断加强表达。这样，由政治大变动、文化精英的地域迁移所催生出的"江南"，便凭借自身的成熟，反过来成为酝酿与提炼传统文化与士人精神的基本关键词。作为一种"文化"或文化话语，"江南"便不仅具有足够自我衍生的能力，更塑造着一代代士人——政治与文化的载体。正如前面所说，它本身构成文化与文人的身体、感觉、记忆与日常经验，一方面，又每每通过作用于身体、感觉、记忆与日常经验，作用于"国家权力"与"个体"之间。由此，在中国文化发展的过程中，我们便不难看到在"宏观政治"的映射下，"江南"与前者，及其他文化因子的不断"对话"，在彼此的冲突、差异与缝隙中，正构成了多重文化形态的转型与重生。[①]

由此，关注作为"body politic"的"江南"，在不同时代如何作用于"国家权力"，诸如其空间的移动及如何聚集政治与文化力量，当是探讨中国文化变迁的有趣角度。而本文之所以放在清初，乃是因为经过有明一代，尤其是明中后期江南文事的空前繁盛，所谓"江左风流"，连同其贯穿整个明朝与北方中央政权隐隐相抗的政治分量，从东林党到复社，到易代之际整个江南地区的拼死抵抗，"江南"作为"微观政治"的作用力已被推至顶点，而明清政权交迭则带来又一次北方游牧民族入主中原，由异族掌控的"国家权力"与作为"政治肉体"的"江南"的冲突便显得尤为明显。从"国家权力"与作为文化载体的"士人"之间的角力中，可以窥见当时宏观政治与微观政治之间的微妙对话，以及在此之中，文化的裂变与延续。

让我们带着这样一种视角回到清初的文化场景。作为想彻底掌控中原的异族统治者，清政权从一入关就一再标榜自己的正统，其后的一系列措施更是有意识地试图接上中原政治、文化的命脉，从而真正地承继大统。而与政治集中同样重要的无疑是文化中心向新都——北京的收拢。与此同时，"江南"在明末政治文化环境中的突出地位，拥有的大批士人，使得在进入清朝之后，"江南"与"北京"，某种程度上蕴涵着旧朝与新朝的隐隐对峙。因此，"江南"文化上潜在的反抗力，某种程度上，亦即汉人与汉文化的反抗力，始终是清朝统治者要试图拆解与压制的。事实上，即便是入清后，"江南"作为"汉"文化及士人力量聚集地的作用一直没有消退。这不仅表现为大批士

---

① 杨念群《何处是"江南"》之《导论》精彩地回顾了清朝文化"汉化说"以及新清史对其的批评。杨氏认为自钱穆至何炳棣，"'汉化说'的源流并非来自于近代民族主义的言说，而是承继了士大夫的叙述传统"。（《何处是"江南"》，第6页）杨氏又指出，"谈论清代前期的历史仍关注所谓'江南'问题似乎给人感觉有些'过时'，原因在于最近十年'新清史'的崛起所构成的挑战，使得'江南'问题被逐渐边缘化了。"（《何处是"江南"》，第3页）但正如杨著本身即是对这一趋势的反拨，在笔者看来，"江南"问题从未"过时"，也不应当被"边缘化"。

人拒绝入北京,如顾炎武,如一直坚称自己为"旧京余怀"的余澹心。其时大规模的士人集会,甚或暗中的"反清复明"举动,亦每以"江南"为策源地。如吴梅村等倡议,于顺治七年(1650)或顺治八年(1651)在嘉兴举行的"十郡大社"名士集会,与会者"连舟数百艘"①。与此相对的,则是满清政权借助各种文化政策,着意拆散"江南"的这种会聚作用。康熙南巡中评价"江南":"朕向闻江南财赋之地,今见通衢市镇,似觉充盈,至于乡村之饶、人情之朴,不及北方,皆因粉饰奢华所致。"② 到雍正指摘浙江"风俗浇漓,人怀不逞"③,表面上仿佛出于对江南风俗及江南人性情的不满,内里实则是对于"南人",甚至"汉人",以及昔日的文化中心——"江南"政治文化会聚力量的警惕。乾隆时四库开馆,焚销野史。乾隆曾御笔批示:"明季末造野史者甚多……此等笔墨妄议之事,大率江浙两省居多。"④ 此中可见满清政权文化控制的用力,其中重点正在不断削弱"江南"的文化力量。

在这里,我们看到,"异族"统治者在攫取国家权力之后,试图通过一系列政治文化举措实施它的"规训"与"惩罚"⑤。而与此相对的,植根于悠远的文化传统,已经进入士人之身体、感觉、记忆与日常生活,某种程度上成为汉文化与汉人世界之代表的"江南",如何应对此种"规训"与"惩罚",以及在此之中,它自身发生的游移与转化,正是本文所关注的问题。因此,本文即选取清朝初年由江南北上的一批文人为对象,希望借助对于历史情境的重现,探讨"江南"与"新都",实则也是与新朝文化之间的"相遇"。

一 江南士人与北京的文化圈

在清初,我们可以看到浩浩荡荡南人北上的队伍,在此之中,最引人注目的无疑是"江左三大家"钱谦益、吴伟业、龚鼎孳的身影。

在当时,新的异族统治者遭到了汉族士人,尤其是江南士人的普遍排斥。拒绝应

---

① 参见毛奇龄《西河集》卷98《骆明府倪孺人合葬墓志铭》,载缪幸龙主编《江阴东兴缪氏家集》(下),上海古籍出版社2014年版,第1929页。陈岸峰认为此会于顺治七年或顺治八年进行。参见陈岸峰《甲申诗史:吴梅村书写的一六四四》(中华文史专刊16),香港:中华书局2014年版,第285页。
② 参见庄吉发《翠华南幸,扬州写真——盛清君臣眼中的扬州》,收冯明珠主编《盛清社会与扬州研究》,台北:远流出版社2011年版,第224页。
③ 参见《大义觉迷录》卷四,载中国社会科学院历史研究所清史研究室编《清史资料》第4辑,中华书局1983年版,第141页。
④ 中国第一历史档案馆编:《乾隆朝上谕档》第七册,档案出版社1991年版,第655页。
⑤ 从副标题可以看出,杨念群《何处是"江南"?:清朝正统观的确立与士林精神世界的变异》的重心放在"清朝正统观的确立"。在《导论》中,杨氏强调:"清朝君主入关后需要处理好两大关系,其一是疆域边界的拓展和底定问题……其二就是面对以'江南'地区为核心的'汉族文明'的挑战……"(《何处是"江南"》,第1页)其后,杨氏下结论:"本书证明,清统治者发挥其高超的统治技巧,成功地收编了'江南'士大夫的历史与价值观,使之成为'大一统'统治模式的合法性资源……"(《何处是"江南"》,第3页)。在满清政权与"江南"的互动中,杨著主要讨论前者如何"收编"后者,而本文则主要讨论后者如何影响前者。

召进入新的都城——北京,而以"旧京"——"金陵",以及背后的"江南"为精神自持地,每每成为明遗民"情系故国"的具体表达方式。在这样的文化较量的格局中,"江左三大家"钱谦益、吴伟业、龚鼎孳的北上京都,便成为极具象征意味的行为。同为名倾海内的文坛宗主、"江左风流"的领军人物,不只是江南文化圈,更是整个国家士林的文化领袖,亦同在天下士人的瞩目下换却故国衣冠,踏着"彼黍离离"远赴新朝,个中之尴尬、辛酸,堪堪难言。诚如侯方域致吴伟业(梅村)信中所言:"学士之出处,将自此分,天下后世之观望学士者,亦自此分矣!"[1] 在这个意义上,"三大家"的入京,便不只是个人行为,而成为名副其实的"文化事件"。当同时代的许多"风流人物"选择将自我放逐于城市之外,不仅意在埋葬自我,更试图埋葬过往的整个世界,这三位"文化大人物"的行为则引领着一股文化迁徙的流向进入北京。他们"北上"的行动本身,已具有足够的文化象征性。

"科考"则是试图将"文化"牵引向北京的另一项当然措施。在这一股文化流向中,江南士人亦是主导的力量。这不仅在于其实际数量,更在于他们作为一个整体,具有的文化分量。据张耀翔在《清代进士之地理的分布》一文所做的统计,清代一甲状元、榜眼、探花共342人,其中江苏就有119人,占34.8%,浙江81人,占23.7%,安徽18人,占5.2%。三者加起来,共218人,占63.7%。[2] 其中知名的如叶方蔼(顺治十六年探花,昆山人),顾炎武的外甥;所谓"昆山三徐":徐乾学、徐秉义、徐元文[3];徐乾学为康熙九年探花,徐元文为顺治十六年状元,后官至文华殿大学士。这里特别值得一提的还有王士禛(渔洋)(顺治十五年进士)。渔洋本是山东新城人。但十年扬州诗酒生涯(与江南名士如冒襄等红桥唱和),显然比之籍贯更铸就他的趣味。事实上,在一首诗中,他就自称"王扬州"[4]。因此,在笔者看来,身为"北人"的渔洋,事实上,早已深深地浸染在江南的文化圈中,成为"江南"的代表。人称"江左三凤凰"之一的吴兆骞,参加科考而被无端卷入科场案,被流放宁古塔,但纳兰性德因顾贞观二阕赠故友深情的词营救吴归来已成为北京文化圈的佳话。吴归来后亦漂流京师,在纳兰府担任教职。另外一只"凤凰"陈维崧也是北京文化圈的重要人物。

康熙十八年的"博学鸿词科"[5] 是吸引"江南"之北上的另一个催化剂。陆以湉

---

[1] 侯方域:《与吴骏公书》,收侯方域著,王树林校笺《侯方域全集校笺》(上)卷3,人民文学出版社2013年版,第170页。

[2] 张耀翔:《清代进士之地理的分布》,《心理》第4卷第1号,1926年,第7页。安徽占比实为5.26%,张文原作5.2%。并参见陈平原《传统书院的现代转型——以无锡国专为中心》,收陈平原《中国大学十讲》,复旦大学出版社2002年版,第81页。

[3] 《清诗纪事初编》卷3"徐元文"条记:"元文及兄乾学秉义先后以文采掇巍科,向用于时,世称三徐。"参见邓之诚撰《清诗纪事初编》,中华书局1965年版,第368页。

[4] "尚书北阙霜侵鬓,开府江南雪满头。当日朱颜两年少,王扬州与宋黄州。"参见王利民《王士禛诗歌研究》,中华书局2007年版,第2页。

[5] 关于是"博学鸿词"还是"博学鸿儒",参见胡琦《己未词科与清初"文""学"之辨》,《北京大学学报》(哲学社会科学版)2014年第51卷第5期。

《冷庐杂识》载:"康熙己未、乾隆丙辰,两次博学鸿词……两科人材,皆以江南为极盛。己未取二十六人,丙辰取七人。己未王顼龄、丙辰刘纶入阁,皆江南人也。其次,则浙江为盛,己未取十三人,丙辰取八人。"① 余者江南名士尚有:尤侗,"江南三布衣"之二的朱彝尊、严绳孙②。彭孙遹、汪琬皆与王渔洋交厚,是龚、王圈中人物。此外还有陈维崧(其父为明末四大公子之一的陈贞慧)、毛奇龄、潘耒。艾尔曼认同 Lawrence Kessler 的观点,认为参与博学鸿词科代表着大部分江南知识分子消除了对清廷的敌视。事实上,作为有明确意识的收拢人心的举措,"博学鸿词科"带给不少汉族士人进退维谷的压力。许多士人的与试,很大程度上来自国家权力的力量。但的确也应注意到,此时"宏观政治"与作为"body politic"的"江南"之间的较量,正处在一种微妙的妥协与转换中。比如,"到京而不入试者,亦授职放归,若杜越、傅山诸人。入试而故不完卷,亦予人等,若严绳孙仅作一诗是也。"③ 以此联系严绳孙与满清贵族子弟纳兰容若的结交,不难瞥见其内心的含混与徘徊。而"国家权力"归拢文化之迫切,亦于此可见。

康熙之己未词科,在孟森看来,乃"定天下之计"④,而征求"鸿博"也是为了让鸿儒们"纂修《明史》"⑤。在这里,我们还可以看到,清政权试图将来自另一民族的文化财富,化作他们的政治资本。"修史"在这里,正是"宏观政治"的重要组成部分。事实上,在前现代中国,尤其是在换代之际,"修史"在某种意义上,本身就是一种"政治"。在一个朝代灭亡之后,对于此朝的"遗民"来说,总结历史不仅是自我反省的当然途径,这种行为本身就包含着将潜在的文化权力重新聚结的可能。而对于新朝而言,通过掌控历史的解说权,按照其政治意愿重写或重组历史,也意味着对文化权力的掌控。注意到这一点,我们就可以更清晰地理解,为什么在明朝灭亡之后,有那么多的"旧朝人物"将自己投诸"史"的著述,投诸与昔日的自我和文化的对视之中(如张岱在明亡后续写《石匮书》);为什么清政权在组织写作《明史》的同时亦有意识地大力销毁野史。在这里,我们看到清政权怎样试图通过文化力量的聚集(包括士人及其活动与文化生产)达到对文化的控制,同时,它也带来了文化向新都——北京的汇流,作为文化控制的方式与结果,这一汇流本身即成为"宏观政治"的重要组成部分。在此过程中,"江南"发挥着莫大的作用。《清诗纪事初编》"徐元文"条记:"元文久主史局,亦留心人才,尝荐先朝遗逸给事中李清主事黄宗羲;又鸿博未与试者,曹溶汪懋麟黄虞稷姜宸英修史,皆善能窥伺人主之意,以议论取重,因得操纵时局。"⑥《清史稿》亦记载姜宸英、黄虞稷虽与"博

---

① 陆以湉:《冷庐杂识》卷1,中华书局1984年版,第4页。值得注意的是,此处引文所说的"江南"为狭义的作为"省"的"江南",而广义的"江南"则包括浙江。
② "江南三布衣"中的另一位为姜宸英。《清史稿》卷484"列传二百七十一·文苑一"姜宸英条记:"圣祖目姜宸英及朱彝尊、严绳孙为海内三布衣。"参见赵尔巽等撰《清史稿》第四十四册,中华书局1977年版,第13360页。
③ 孟森:《清史讲义》,中华书局2010年版,第134页。
④ 孟森:《清史讲义》,中华书局2010年版,第134页。
⑤ 孟森:《清史讲义》,中华书局2010年版,第134页。
⑥ 《清诗纪事初编》卷3"徐元文"条,参见邓之诚撰《清诗纪事初编》,中华书局1965年版,第368页。

学鸿词科"无缘，但也被推荐参与"纂修《明史》"①。

随着"老名士""新子弟"通过上述渠道齐聚京师，"以诗文词相高，唱和都门"②，新的文化圈开始"浮出水面"。固然，从顺治朝至康熙朝，随着老一辈的逐渐凋零，新子弟的不断汇涌，北京的文化圈始终处在流动之中。但不难看到其中"江南"一脉的连续性。"江左十五子"中的王式丹，"以诗受知王士禛"③；写作《长生殿》的洪昇亦是王士禛的门人。可见，借助于师承、科考之考官与门生的传统关联，及中心人物——多为江南文人，如龚鼎孳、徐乾学——的会聚能力，在北京的"江南文人文化圈"实际处在不断的扩大与接续之中。

粗略说来，在前后数十年中，至少有两个最主要的文化圈以江南士人为主体。其一包括龚鼎孳、叶方蔼、彭孙遹、汪琬、陈维崧、王渔洋等人组成的文化圈。《渔洋山人自撰年谱》记："顺治十六年己亥……是年居京师久。与汪、程洎颍川刘体仁公㦴、鄢陵梁熙曰缉、昆山叶方蔼子吉、海盐彭孙遹骏孙倡和最多。"④ 年谱又载，康熙六年，渔洋"与汪、程、刘、梁及董御史文骥玉虬、李翰林天馥湘北、陈翰林廷敬子端、程翰林邑翼苍辈为文社，兵部尚书合肥龚公实为职志"。⑤ 这个圈子初以"合肥龚公"龚鼎孳为中心，后则为渔洋，如年谱所记："在京师务汲引后进，四方之士以齿颊成其名者甚众。经指授者，人称王门弟子云。"⑥ "是时士人挟诗文游京师者，首谒龚端毅公，次即谒山人及汪、刘二公。"⑦ "《秦淮广纪》卷二之四引《诗话》：'龚尚书在京师，四方名士尊如泰斗。'"⑧ 其夫人顾横波阅朱竹垞词，以一句"风急也声声雨，风定也声声雨"辄"厚赀其旅费"⑨，更可与当日"钱谦益携柳如是亲至苏州半塘，花费三千两银

---

① 《清史稿》卷484"列传二百七十一·文苑一"姜宸英条记："圣祖目姜宸英及朱彝尊、严绳孙为海内三布衣。侍读学士叶方蔼荐应鸿博，后期而罢。方霭总裁《明史》，又荐充纂修……"《清史稿》卷484"列传二百七十一·文苑一"黄虞稷条记："以诸生举鸿博，遭母丧，不与试。左都御史徐元文荐修《明史》，又修《一统志》，皆与宸英同。"参见赵尔巽等撰《清史稿》第四十四册，中华书局1977年版，第13360页。

② 王士禛诗《与周量过访苕文夜雨共宿》云："故人千里别，春草萋已绿。相思南云端，目尽东海曲。复作帝城游，乘暇慰幽独。……"（此处苕文指汪琬，江南人）。下惠栋注："陈恭尹《独漉堂文集》：'周量，仕为舍人，与陈说岩、汪钝翁、王西樵、阮亭诸君子，以诗文词相高，唱和都门。盛年俊才，声华籍甚。……'"惠栋自按："先生自撰《年谱》：'顺治十五年夏秋间，与汪、程诸公以诗相倡和。九月归里。明年谒入京，复与汪、程诸公往还，酬唱最多。'"见王士禛著，惠栋、金荣注，宫晓卫、孙言诚、周晶、同昭典点校整理《渔洋精华录集注》（上），山东出版集团、齐鲁书社2009年版，第83页。

③ 参见李珮诗硕士学位论文《诗画兼能为写真——禹之鼎诗题式肖像画研究》第三章《必逢佳士亦写真》注释79（第33页），http://rportal.lib.ntnu.edu.tw:80/handle/20.500.12235/114468。

④ 王士禛著，孙言诚点校《渔洋山人自撰年谱》，见《王士禛年谱》，中华书局1992年版，第15页。

⑤ 王士禛著，孙言诚点校《渔洋山人自撰年谱》，见《王士禛年谱》，第29页。

⑥ 王士禛著，孙言诚点校《渔洋山人自撰年谱》，见《王士禛年谱》，第29页。

⑦ 王士禛著，孙言诚点校《渔洋山人自撰年谱》，见《王士禛年谱》，第29页。

⑧ 见余怀著，李金堂校注《板桥杂记》，上海古籍出版社2000年版，第32页，注15。亦见缪荃孙著，张廷银、朱玉麒主编《缪荃孙全集·笔记》，凤凰出版社2013年版，第454页。

⑨ 见余怀《板桥杂记》第32页，注15。缪荃孙著，张廷银、朱玉麒主编《缪荃孙全集·笔记》，凤凰出版社2013年版，第454页。凤凰出版社的《缪荃孙全集·笔记》将朱竹垞句标点为"风急也，声声雨，风定也，声声雨。"又谢章铤《赌棋山庄词话》之"柳如是词"一节亦记："顾眉生见竹垞《醉相思》词：'风急也、（转下页）

之巨赀，为董小宛脱乐籍，偿债务，又买舟送往如皋，与冒完婚"①相映照，同为"一时韵事"。王渔洋《芝麓集序》评龚鼎孳："太常公以风流弘长，岿然为江左文献。"②论资历，论地位，龚氏在北京的文化圈中确实是不可略过的重量级人物。读其时士人诗文，我们不难追踪到，当时在龚鼎孳的召集下，一批江南士人常常齐聚黑窑厂等地，诗酒酬唱。而其后长期身为诗坛领袖的王渔洋，其门生、弟子亦多来自江南，从这个意义上看，我们可以说，这正是一个不断被江南士人扩大的文化圈。

另外一个重要的圈子则围绕着纳兰性德（容若）和他的老师徐乾学。凭借位高权重，徐乾学在当时士林中是另一中心式人物，曾号为"东南文士"之"党魁"——《清诗纪事初编》"徐元文"条记："乾学倾心以延后进，东南文学之士，思自见者，莫不依倚之以取功名，为众所奉，号为党魁。"③《清诗纪事初编》"徐乾学"条记："自顺治中禁社盟，士流遂无敢言文社者；然士流必有所主，而弘奖风流者尚焉。乾学尤能交通声气，士趋之如水之赴壑。"④在徐的周围，可以看到诸多江南名士的身影。纳兰性德也以相府公子的身份，聚拢了一批江南名士。徐乾学曾称纳兰性德"君所交游，皆一时俊异，于世所称落落难合者，若无锡严绳孙、顾贞观、秦松龄，宜兴陈其年，慈溪姜宸英，尤所契厚"。⑤他所举出的"一时俊异"，皆是江南人士。身为相府公子，纳兰性德某种程度上在朝廷与士人之间起着勾连作用；《清诗纪事初编》"徐乾学"条又言："二十四年，召试翰詹，乾学首列，入直南书房。翌年由内阁学士擢礼部侍郎，以至左都御史，力倡风闻言事。盖圣祖知其得士，欲倚之为搏击之用。"⑥也就是说，康熙皇帝有意识地在政治博弈上，想借用徐乾学对江南士人的号召力。此处我们可见"宏观政治"如何借"江南"这个"body politic"在政治棋局中进行腾挪。而前所引《清诗纪事初编》"徐元文"条言"元文久主史局，亦留心人才，尝荐先朝遗逸给事中李清主事黄宗羲；又鸿博未与试者，曹溶汪懋麟黄虞稷姜宸英修史，皆善能窥伺人主之意，

（接上页）声声雨。风定也、声声雨。'倾橐以千金赠之。"其下注引自戴延年《秋灯丛话》。该书校注者引戴延年《秋灯丛话》"顾眉生"条注之云："国初宏奖风流，不特名公巨卿为然，即闺中好尚亦尔。龚尚书芝麓顾夫人眉生见竹垞词：'风急也，潇潇雨，风定也，潇潇雨。'倾橐以千金赠之。"（清道光刻《昭代丛书》本）参见刘荣平校注《赌棋山庄词话校注》，厦门大学出版社2013年版，第219页。

① 见《板桥杂记》，上海古籍出版社2000年版，第36页，注8。
② 王士禛：《芝麓集序》，《带经堂集》第六编，《蚕尾文集》卷1（序记），收《清代诗文集汇编》（一三四）（国家清史编纂委员会 文献丛刊），上海古籍出版社2010年版，第601页。
③ 《清诗纪事初编》卷3"徐元文"条，参见邓之诚撰《清诗纪事初编》，第368页。亦参见陈美朱《析论纪昀对王士禛之诗学与结纳标榜的批评》，《东华人文学报》2006年第8期，以及王玉海、姜丽丽、刘涛《江南文化世家研究：以无锡秦氏和昆山徐氏为例》，知识产权出版社2011年版，第158—159页。
④ 《清诗纪事初编》卷3"徐乾学"条，参见邓之诚撰《清诗纪事初编》，第364页。值得注意的是，《清诗纪事初编》卷3、卷4分别为"甲编上 江南""甲编中 江南"。卷5为"甲编下 江南 直隶"。卷7为"丙编 浙江 江西"。此处"江南"亦为狭义的作为"省"的"江南"，而广义的"江南"则包括浙江。参见邓之诚撰《清诗纪事初编》，中华书局1965年版。
⑤ 徐乾学：《通议大夫一等侍卫进士纳兰君墓志铭》，引自李勋《饮水词笺》，正中书局1937年版，第6页。此条引文原文用专名号分隔了严绳孙、顾贞观、秦松龄三个名字，此处为标点之统一，改为顿号。
⑥ 《清诗纪事初编》卷3"徐乾学"条，参见邓之诚撰《清诗纪事初编》，第364页。

以议论取重，因得操纵时局"①，亦是紧跟同条言徐乾学以"文"聚拢士人之后。在这里，江南士人占据很大比重的"文"与"史"同宏观政治之间的互动就呈现出两个面向：其一，宏观政治要将"江南"纳入自身运转的逻辑之中（比如康熙因其对江南士人的影响力提拔徐乾学）；其二，江南士人（比如徐元文）会主动借掌控修史，聚拢更多士人，从而介入宏观政治之中（而徐元文的行为很大程度上也是出于满足宏观政治的需要）。

在当时，这两个圈子时常相交。他们之间的交往与活动，为北京添上了独具江南风味的文人景观——这在后世子弟对古藤书屋、王朱故居的不断吟咏中可以窥见。可以说，由清初北上的江南文人起，北京城又拥有了一段可以不断回眸、追述的文人逸事与文化圈。而清初北京的文化，很大程度上，也是由在北京的江南人支撑起的。

以下的章节，笔者将探讨这样的"江南文化圈"在清初北京所具有的意义。笔者想探讨的，并非这三种由不同渠道进入北京的江南文人，在当时政治格局中的作用，即他们如何被卷入，或自主参与、成为"宏观政治"的一部分，而是想考察他们作为一个群体，背后所负载的"江南"，其作为"body politic"对于由"国家权力"实施的"宏观政治"的应对。本来，清初的政治文化格局本身，就为我们展现了一幅生动的"国家权力"与作为"body politic"的"江南"的冲突。谢国桢《明清之际党社运动考》中言"清初党争""在顺治时代，是南人与北人之争；康熙时代是南人与南人之争"。②顺治时，陈名夏（溧阳人）、王永吉（高邮人）、陈之遴（海宁人）等一批江南人进入朝廷，但"满汉"甚至"南北"臣子冲突始终不断，终酿为南北党争。来自异族入主的警惕，使江南士人的政治地位极为不稳，在政治争斗中屡处下风。顺治十三年三月，顺治皇帝在他的上谕中一力撇清"比来罢谴虽多南人，皆以事论斥，非有所左右也"。③却可从中瞥见南人所受的打击。与陈名夏争斗最激烈的北人冯铨曾启奏顺治帝："南人优于文而行不符，北人短于文而行或善，今取文行皆优者用之可也。"顺治帝甚是认可。④冯铨对"南人优于文"的强调恰恰道出了掌控国家权力的异族统治者对于"南人"身上所背负的"江南"文化力量的警惕，这正是背后的"宏观政治"在说话。即便是谢国桢所说康熙时代的南人与南人之争，很大程度上也是与背后满族当权两派的争斗纠缠在一起。事实上，南方人，尤其是江南人，在政事上是屡遭打击和牵连的群体。陈名夏因辽阳人宁完我弹劾而被处死。陈之遴被直隶柏乡人、左副都御史魏裔介弹劾，虽上疏引罪，称"南北各亲其亲，各友其友"⑤，依旧被发配。此后江

---

① 《清诗纪事初编》卷3"徐元文"条，参见邓之诚撰《清诗纪事初编》，第368页。
② 谢国桢：《明清之际党社运动考》，中华书局1982年版，第98页。
③ 《清史稿》卷5"本纪五·世祖本纪二"，参见赵尔巽等撰《清史稿》第二册，中华书局1976年版，第145页。
④ 《清史列传》卷79"贰臣传乙""冯铨"条，参见周骏富辑《清代传记丛刊·综录类2》之《清史列传》（十），台北：明文书局1985年版。
⑤ 《清史稿》卷245"列传三十二""陈之遴"条，参见赵尔巽等撰《清史稿》第三十二册，中华书局1977年版，第9636页。

南奏销案亦波及大批出身江南的官员。探花叶方蔼仅欠一文钱而被处分，自此"民间有'探花不值一文钱'之谣"①。即便是当时仕途颇为得意的徐乾学等人，其政治地位很大程度上来自他们背后所倚仗的满洲当权者，比如明珠。如果说徐乾学等人之入朝为官，进入满洲贵族掌控的政治体制，或如其他江南名士结交纳兰性德这样的满洲贵族子弟，某种程度上代表对于国家权力的妥协，那么这些江南文人所代表的江南所具有的"body politic"的力量，亦同时在发挥作用。也就是说，"江南"一方面承受着来自"宏观政治""国家权力"的"映射"——打击、改造，或一定程度地纳入体制；另一方面，又以自身的文化力量反过来对前者实施影响，这是一种静悄悄的反作用力。本文想关注的正是，作为"body politic"，"江南"所带有的这种自发的能动的作用。

如前所述，这种作用并不主要在政事上，而体现在文化上。撇却其时江南士人各自政治的浮沉，作为一个群体，江南士人又实在是清廷文化上的仰仗力量。这既包括身为文化领袖的"江左三大家"北上所具有的文化象征意味，也在于，这一批漂流北京的江南文人本身具有的文化分量。以文学而言，从"江左三大家"到陈维崧、朱彝尊、王渔洋、查慎行，俱是其时引领风骚的人物。这里还将再引徐乾学所说纳兰性德"君所交游，皆一时俊异，于世所称落落难合者"。这些江南士人于世间的浮沉，与其对于以纳兰容若为代表的满洲贵族子弟的潜移默化影响，是呈现"宏观政治"与作为"body politic"的"江南"之间作用与反作用的绝佳例证。

相对而言，江南文人中仕途得意的，则成为京城文化机构的领导式人物，如叶方蔼、徐元文、徐乾学先后被清廷任命为撰修《明史》的总裁，徐元文曾是国子监的祭酒，王渔洋也成为诗坛领袖。当时，由天子侍读直至王府公子的教席，多由江南名士担任，比如查慎行、何焯、钱名世等。昆山徐乾学教授纳兰性德，其弟的西席聘的则是慎行，人称"江左三凤凰"之一的吴兆骞从宁古塔归来后，也曾在纳兰府教授。满清宗室的文昭亦"从王士禛游"②。这些江南士人在北京的交游与社集，形成新都里独特的江南文化圈，并对整个北京文化圈及整个满洲上层阶层的生活发生影响。江南文化圈在北京文化圈构成中的重要地位，还可以往后延至乾隆时的"四库开馆"，如艾尔曼所言，"江南士子扮演了'国家精英'的角色，因而能够把江南学术的活力、风格移植到北京。"③在这儿，我们又看到作为"body politic"的"江南"，如何与国家话语发生互动。

二 重写"江南"

取当时江南名士诗文相互对照，可约莫捕捉得当时文人往来、交游的足迹。谈诗、

---

① 参见徐珂编撰《清稗类钞》第三册"狱讼类"，中华书局1984年版，第996页。
② 《清史稿》卷484"列传二百七十一·文苑一"文昭条记："宗室文昭……辞爵读书，从王士禛游。工诗，才名藉甚。"参见赵尔巽等撰《清史稿》第四十四册，中华书局1977年版，第13362页。
③ ［美］艾尔曼：《从理学到朴学——中华帝国晚期思想与社会变化面面观》，赵刚译，江苏人民出版社1997年版，第9页。

论史、结社、联句，当然更少不了"红袖添香"——得"丽品"方为"雅游"——王士禛《池北偶谈》载刘吏部公㦷（体仁）逸事："又公㦷友人某，素嗜琴，殁数年矣，公㦷一日携诸姬郊行，过其墓，停车酹酒，使诸姬于墓下各操一曲而去，其标致如此。"① 既以风流自许，复以嵇阮自命。诗酒以自娱，自娱的同时亦是自观。对于昔日艳事规格整齐的全套重演，对于这种重演津津乐道的追叙，其中包含着浓郁的顾影自喜、自赏、自我体认、回味，以及作为文化传承者的形象自塑，更是借此将自己归属到那种文化中去的当然途径。"江南"正通过这一批士人的活动，被移植到了北京。

而更关键的还在于，这一个包含着整个上流社会精英阶层的圈子，不仅向下蔓延到日常生活之中，更向上影响了满清皇室的趣味。事实上，满人对于汉文化原本是有相当的抵制心的。入关后，其时进时退的政治文化政策，更呈现出游牧民族在入主中原后面对一种优势文化的游移心态。一方面，不愿过分"袭汉俗"而害了满洲的"根本"；另一方面，亲近风雅又不仅是大势所趋，更是统治的需要。宗室子弟昭梿在《啸亭杂录》中记："上虽厌满人之袭汉俗，然遇宿儒耆学亦优容之。"② 是以满清统治者为防止满洲子弟过分汉化，往往格外强调"旧制""骑射"，抵制"改满洲衣冠效汉人服饰"③。甚至屡屡试图禁止旗人参加汉文考试来遏制汉文化的席卷力量——《八旗通志》初集卷48之"学校志三"有"顺天府学"条，其中记载了八旗子弟入顺天府学及参加考试的政策变迁。比如，顺治十四年（1657），上谕"停止八旗考试"④，到康熙六年（1667）才恢复，规定："八旗下有愿作汉文考试者，各都统开送礼部，移送顺天学院，以满洲、蒙古另编一号，汉军与汉人同场考试。"⑤ 但康熙十五年（1676），"议政王大臣等议覆"："礼部疏言：'朝廷定鼎以来，虽文武并用，然八旗子弟，尤以武备为急。恐专心习文，以至武备懈弛。今值用武之际，若令八旗子弟，仍与汉人一体考试，必偏尚读书，有误训练。现今已将每佐领下子弟一名，准其在监肄业，已自足用。除现在生员、举人、进士录用外，嗣后请将旗下子弟考试生员、举人、进士，暂令停止。'应如所请。"⑥ 而皇帝亦"诏从所议"⑦，采纳了这个建议。直到康熙二十四年才再度"议准""选拔贡生"⑧，又到康熙二十六年才又"恩诏""八旗准同汉人一体考试"⑨。然

---

① 王士禛撰，勒斯仁点校：《池北偶谈》（清代史料笔记丛刊）卷13，"谈艺三"，第569条"刘公㦷诗"，中华书局1987年版，第298页。
② 昭梿撰，何英芳点校：《啸亭杂录》（清代史料笔记丛刊）卷1，"重读书人"条，中华书局1980年版，第16页。
③ 参见《太宗文皇帝实录》卷32，载《清实录》第2册，中华书局1985年版，第403—404页。
④ 参见鄂尔泰等修，李洵、赵德贵主点校《八旗通志》初集卷48，东北师范大学出版社1985年版，第924页。
⑤ 《八旗通志》初集卷48，东北师范大学出版社1985年版，第924页。
⑥ 《八旗通志》初集卷48，东北师范大学出版社1985年版，第924页。
⑦ 《八旗通志》初集卷48，东北师范大学出版社1985年版，第924页。
⑧ 《八旗通志》初集卷48，东北师范大学出版社1985年版，第924页。
⑨ 《八旗通志》初集卷48，东北师范大学出版社1985年版，第925页。

而到了康熙二十八年，兵部又再度"议覆"："兵科给事中能泰疏请：'考取满洲生员，宜试骑射。'应如所请。"皇帝同样采纳了这个意见，并"谕曰"："骑射本无碍学问，考取举人、进士，亦令骑射。倘将不堪者取中，监箭官及中式人，一并治罪。"[1] 但这些并不能阻挡满洲子弟与汉人，尤其是与江南名士的交往，其日常生活兴趣亦由骑射转为诗酒歌赋。昭梿在《啸亭杂录》中也记曰：满人入关后渐染汉习而远离弓马，故乾隆不得不勒令满族子弟多习弓马，甚至下令："凡乡、会试，必须先试弓马合格，然后许入场屋……"[2] 乾隆对于弓马的强调乃是出于政治考虑，不得不以皇帝之命加以推行，更从反面显示出风气由武转文的趋向。与江南文人的往来，使皇室的日常生活带上了浓厚的"江南"文化气息。康熙曾因查慎行衣着风雅而大加称赞；黄荣康一首描写"博学鸿词"的"宫词"下有注："康熙十八年己未开博学鸿词科，取彭孙遹等五十人为编修检讨，与修《明史》，常直内廷。万几之暇，每宴赐、赏花、观鱼、赋诗为乐。"[3] 为坊间所津津乐道的康熙召见"烟波钓徒查翰林"[4]，更使人惊异原属异族的早期皇室，竟能这么快就与专事风雅的文人气衔接得如此原汁原味。昭梿《啸亭杂录》记载："国朝自入关后，日尚儒雅，天潢世胄，无不操觚从事。如红兰主人、敬亭主人皆屡见渔洋杂著诸书矣。"[5] 这里亦展现了贵族子弟尚儒雅的例子，如何被王渔洋记录下来。如此这般，自然宗室之内，文人代出。到乾隆时，袁枚在《随园诗话》中称"近日满洲风雅，远胜汉人，虽司军旅，无不能诗"。[6]

受江南士人的教育，与江南士人诗酒唱和，此种文化的浸淫使满清贵族的日常活动与精神生活方式，在很大程度上都"江南化"了。《饮水词人年谱》记载：康熙十二年，纳兰容若"五月起逢三六九日，过徐健庵邸，讲论文史，每抵暮方去"。[7] "订交无锡严绳孙荪友。"[8] "识姜西溟宸英。"[9] "朱竹垞先生访先生于邸。"[10] 康熙十八年，"夏日集朱彝尊，陈其年，严绳孙，秦松龄，姜西溟，张见阳，渌水亭观荷，锡鬯其年各

---

[1] 《八旗通志》初集卷48，东北师范大学出版社1985年版，第925页。
[2] 参见昭梿《啸亭杂录》（清代史料笔记丛刊）卷1，"不忘本"条，中华书局1980年版，第16页。
[3] 刘潞选注：《清宫词选》，紫禁城出版社1985年版，第66页。
[4] 陈康祺《郎潜纪闻初笔》卷3"烟波钓徒查翰林"条："康熙间，查初白学士、声山宫詹，均在词馆，有文望，人皆呼为查翰林。初白从圣祖驾幸南海，捕鱼赋诗，先成，有'臣本烟波一钓徒'之句。翌日，内侍传旨，呼为'烟波钓徒查翰林'，可与'春城无处不飞花'韩翃、'桃杏嫁东风'张郎中并传矣。"参见陈康祺著，晋石点校《郎潜纪闻初笔二笔三笔（上）》（清代史料笔记丛刊），中华书局1984年版，第53页。
[5] 昭梿：《啸亭杂录》（清代史料笔记丛刊）卷10，"三王绝技"条，中华书局1980年版，第317页。"红兰主人"为满清宗室蕴端（一作岳端），乃"多罗安郡王岳乐子"《清史稿》卷484"列传二百七十一·文苑一"文昭条下记："又宗室以诗名者，蕴端，初名岳端，字正子，号红兰主人，多罗安郡王岳乐子。"参见赵尔巽等撰《清史稿》第四十四册，中华书局1977年版，第13362页。
[6] 袁枚：《随园诗话补遗》卷7，收袁枚著，顾学颉校点《随园诗话》，人民文学出版社1982年版，第742页。
[7] 《饮水词人年谱》，见李勘《饮水词笺》，第27页。
[8] 《饮水词人年谱》，见李勘《饮水词笺》，第27页。
[9] 《饮水词人年谱》，见李勘《饮水词笺》，第27页。
[10] 《饮水词人年谱》，见李勘《饮水词笺》，第27页。

赋台城路词，荪友西溟各赋五言律诗四首。"① 事实上，极具象征意味的渌水亭雅集，基本就以江南士人为主。除容若，当时的宗室从文者，亦都喜欢结交江南名士，包括文昭、蕴端、博尔都、永忠、书诚、永奎、裕瑞等。与江南士人的交往，展现出了满族子弟跃马扬鞭之外的新形象。活动方式变了，精神趣味与品评标准亦随之改变。比如，文昭赠塞尔赫诗《喜晓亭将军过访》即曰："香续渔洋分一瓣，根同若木本连枝。"② 昭梿《啸亭杂录》卷2"宗室诗人"条记："自王公至闲散宗室，文人代出，红兰主人、博问亭将军、塞晓亭侍郎等，皆见于王渔洋、沈确士诸著作。其后继起者，紫幢居士文昭为饶余亲王曾孙，著有《紫幢诗钞》。宗室敦成为英亲王五世孙，与弟敦敏齐名一时，诗宗晚唐，颇多逸趣。臞仙将军永忠为恂勤郡王嫡孙，诗体秀逸，书法遒劲，颇有晋人风味。常不衫不履，散步市衢。……先叔嵩山将军讳永奎，诗宗盛唐，字摹荣禄。……近日科目复盛，凡温饱之家，莫不延师接友，则文学固宜其骎骎然盛也。"③ 凡此种种描述，仿佛将满族宗室子弟恍然渲染为颇具魏晋风度的名士，承接的是汉族的诗书与文人传统。从最后一句也可以看出，文人化的倾向不仅流行于贵族之家，也渗透在更大范围、更多阶层之中。

不妨稍聚焦于纳兰容若和他的"渌水亭"雅集④——二者共同呈现了作为"body politic"的"江南"潜移默化的渗透力。作为大学士明珠的公子，容若自幼由汉族士人教育长大。在当时，由于明珠特殊的地位，纳兰府成为许多汉族士人盘桓之地，其中包括许多著名的江南人士，如徐乾学、吴兆骞、查慎行。在这样的环境中长大，容若的趣味、性情都更接近于江南人而非"北人"，更不用说"满洲子弟"。当他日后被选为康熙皇帝的近身侍卫，他已成为当时的一个重要词人，"渌水亭"也成为他与友人，主要是"江南"友人的雅集地。于是，在雅集之人的笔下，"江南"跃然纸上。陈维崧一阕《齐天乐》（题下有句曰："渌水亭观荷，同对岩、荪友、竹垞、舟次、西溟饮容若处作"）写道："分明一幅江南景，恰是凤城深处。"⑤ 朱彝尊《台城路·夏日同对岩荪友西溟其年舟次见阳饮容若渌水亭》一词中亦言："一湾裂帛湖流远，沙堤恰环门径。岸划青秧，桥连皂荚，惯得游骢相并。林渊锦镜，爱压水虚亭，翠螺遥映。几日温风，藕花开遍鹭鸶顶。不知何者是客，醉眼无不可，有底心性。砑粉长笺，翻香小

---

① 《饮水词人年谱》，见李勖《饮水词笺》，第34页。

② 铁保辑，赵志辉校点补：《熙朝雅颂集》（辽宁民族古籍整理文学类之二），辽宁大学出版社1992年版，第237页。

③ 昭梿：《啸亭杂录》（清代史料笔记丛刊），中华书局1980年版，第34页。《清史稿》记永忠与永奎用了与《啸亭杂录》相同或相似的描述：记"多罗贝勒弘明子"永忠"诗体秀逸，书法遒劲，颇有晋人风味。常不衫不履，散步市衢"。又记"康修亲王崇安子"永奎"诗宗盛唐，书法赵文敏"。（《清史稿》卷484"列传二百七十一·文苑一"，参见赵尔巽等撰《清史稿》第四十四册，中华书局1977年版，第13363页。）

④ 关于"渌水亭雅集"，也可参见胡慧翼《"玉潭照清影"——论渌水亭和它在清初北京出现的文化意义》，《中国文化研究》2003年第3期。

⑤ 参见南京大学中国语言文学系《全清词》编纂研究室编《全清词·顺康卷》第7册，中华书局2002年版，第4149页。

曲，比似江南风景。看来也胜。只少片天斜，树头帆影。分我鱼矶，浅莎吟到暝。"①在这个现实与心理的双重空间，"江南"在两个层面将自己延展开。在自然属性上，它呈现出标准的江南风光。在文化属性上，发生在渌水亭的雅集之士亦多以江南士人为主。更关键的则在于，是容若这样的满洲贵族子弟处于这个沙龙的中心位置。

渌水亭雅集无疑是当时最重要的文学活动之一。它不仅仅是昔日"江南"生活的简单模拟，更在"北地"开辟了一个想象与实践"江南"的空间。对于汉族，尤其是江南士人来说，往日经验，不管是曾在现实还是想象中经历的，在这里统统被重现，化作渌水亭的接天莲叶、映日荷花。对于容若这样的满洲贵族子弟来说，则意味着进入了一种久被其先辈钦羡的文化。在这个意义上，"渌水亭"便不只是一个物理地点，更将"江南"结晶化了。它展示了某种程度上可视作汉文化代表的"江南"，怎样改写了满人的生活世界，而反过来，又展示了后者对于"江南"的想象又怎样书写出一个全新的"自我"。

三 "忆江南"与"哀江南"：新都里的故国情怀

在这一节，笔者将探讨"江南"如何在文本中呈现，成为文人自我存在的一种方式。或者说，在易代之后，文人怎样通过对于"江南"的书写，保持、重建，或创造他们与旧日文化世界的关联，在"江南"这个"意象"上，凝成他们对于自我的设定、确证与重新想象。"江南"在文本或现实空间的弥散，归根结底是心理层面上的弥散，而"文化"亦在此之中得到延续。

顺治十年九月，吴梅村应诏北上京都，途中路过金陵，做《台城》诸诗，所谓"可怜一片秦淮月，曾照降幡出石头"。②残碑，荒台，废宫，极目萧条泪满襟，犹如向故国投去的最后一瞥。而胡介（字彦远）《送吴梅村被征入都》叹曰："海外黄冠旧有期，难教遗老散清时。……满地江湖伤白发……老骥犹传空冀北，春鸿那得久江东。③……我亦吹箫向燕市，从今敢自惜途穷。……碧海黄尘事有无，此来风雪满燕都。"④内中揣测梅村心曲，可堪对读。此后，不论是侨居北京，还是隐居家乡，让梅村魂萦梦绕的始终是昔日的"江南"。"故国风尘惊晚岁，天涯歌舞惜流年。"⑤"江湖有梦争南幸，沧海无家记北归。"⑥梅村其实颇像他笔下的柳敬亭⑦，"沧桑悲感"后犹"为人说故宁南旧事"，且无限依依。《寄房师周芮公先生四首》小序长叹"江南近信，已泊楼船。

---

① 朱彝尊：《曝书亭集》卷26，世界书局出版社1937年版，第325页。
② 吴伟业：《台城》，《吴梅村全集》，上海古籍出版社1990年版，第177页。
③ 沈德潜编：《清诗别裁集》（上），上海古籍出版社2013年版，第296页。
④ 沈德潜编：《清诗别裁集》（上），上海古籍出版社2013年版，第295—296页。
⑤ 吴伟业：《寿座师李太虚先生四首（其二）》，《吴梅村全集》，第414页。
⑥ 吴伟业：《寿座师李太虚先生四首（其三）》，《吴梅村全集》，第415页。
⑦ 参见吴伟业《柳敬亭赞》，《吴梅村全集》，第1078页；亦见其《为柳敬亭陈乞引》，《吴梅村全集》，第646—647页。

京岘旧游,皆非乐土"。① 追忆往日"挥尘论文,登楼置酒"② 而此时"同经丧乱","已隔山川"③。《与冒辟疆书》言:"江南江北,隔绝相思;逸老遗民,晤言不易。"④《题王端士北归草》言:"南内旧人逢庾信,北朝文士识崔㥄。蹇驴风雪芦沟道,一恸昭陵恨未能。"⑤《致云间同社诸子书》更以今之"世事隔阔"⑥"名流零落"⑦ 追慕往日"江左之巨观"⑧,其中所蕴藉的,当不只是"临纸怀人"⑨,亦是怀昔日之容光。《哭苍雪法师二首(其二)》曰:"总教落得江南梦,万树梅花孰比邻?"⑩ 黄传祖评:"梅村时官京师,不得南归,寄感切至。"⑪《白门遇北来友人》言:"风尘满目石头城,樽酒相看话客愁。庾信有书谈北土,杜林无恙问西州。恩深故国频回首,诏到中原尽涕流。江左即今歌舞盛,寝园萧瑟蓟门秋。"⑫《送王藉茅学士按察浙江二首》曰:"始兴门第故人稀,才子传家典北扉。……重到冶城开戟地,岂堪还问旧乌衣?"⑬《赠荆州守袁大韫玉四首》叹:"晓日珠帘半上钩,少年走马过红楼。……相逢莫唱思归引,故国伤心恐泪流。"⑭ 其题注曰:"袁为吴郡佳公子,风流才调,词曲擅名,遭乱北都,佐藩西楚,寻以失职空囊,侨寓白下。扁舟归里,惆怅无家。为作此诗赠之。"⑮ 所谓"江南沦落老尚书"⑯,对于"浮生所欠止一死"⑰ 却不得不羁留新都或徘徊于旧京的前明遗老或贰臣而言,"江南"再憔悴,也始终是心中的家园。

在梅村的文本世界中,江南总是被放置在与北京的对照中,并且二者都有属于自己的意象体系。属于江南的包括:故国、梦、万树梅花、歌舞;属于北京的包括:"蹇驴""风雪"。值得注意的是,前所引梅村友人赠梅村之作,竟也可轻易就纳入这个体系。不同作者笔下蔓延开的"江南"与"北京"的对照世界,竟呈现出惊人的相似。这既包括在物象上的重合(如"风雪"),也包括意义上的同质——如"蹇驴"与"老骥",皆属破败的与老去的意象;关键尤在,两个世界都呈现出"热"与"冷"对立色

---

① 吴伟业:《寄房师周芮公先生四首》,《吴梅村全集》,第416页。
② 吴伟业:《寄房师周芮公先生四首》,《吴梅村全集》,第416页。
③ 吴伟业:《寄房师周芮公先生四首》,《吴梅村全集》,第416页。
④ 吴伟业:《与冒辟疆书》,《吴梅村全集》,第1174页。
⑤ 吴伟业:《题王端士北归草》,《吴梅村全集》,第1149页。
⑥ 吴伟业:《致云间同社诸子书》,《吴梅村全集》,第1084页。
⑦ 吴伟业:《致云间同社诸子书》,《吴梅村全集》,第1085页。
⑧ 吴伟业:《致云间同社诸子书》,《吴梅村全集》,第1085页。
⑨ 吴伟业:《致云间同社诸子书》,《吴梅村全集》,第1085页。
⑩ 吴伟业:《哭苍雪法师二首(其二)》,《吴梅村全集》,第425页。
⑪ 吴伟业:《哭苍雪法师二首(其二)》,《吴梅村全集》,第425页。
⑫ 吴伟业:《白门遇北来友人》,《吴梅村全集》,第136页。
⑬ 吴伟业:《送王藉茅学士按察浙江二首》,《吴梅村全集》,第430—431页。
⑭ 吴伟业:《赠荆州守袁大韫玉四首》,《吴梅村全集》,第450—451页。
⑮ 吴伟业:《赠荆州守袁大韫玉四首》,《吴梅村全集》,第450页。
⑯ 梅村《题鸳湖闺咏四首》(其三)有句云:"记向马融谭汉史,江南沦落老尚书。"吴伟业:《题鸳湖闺咏四首》,《吴梅村全集》,第170页。陈寅恪在《柳如是别传》第四章中认为,梅村这首诗将钱谦益比为马融。参见陈寅恪《柳如是别传》,生活·读书·新知三联书店2001年版。
⑰ 吴伟业:《过淮阴有感二首》(其二),《吴梅村全集》,第398页。

调的并置。撇却漫长的"怀古"传统所带来的意象积淀的因素,我们仍能从中看出当时人物在面对"江南"时心理上的某种同构。因此,笔者将在此作一种互文式的阅读与阐释。我们看文本中呈现的"江南",不仅被放置在与"北京"的对置中,自身亦包含着繁盛与萧条意象的并置,此种并置为"江南"赋予了特别的色彩。一方面是色彩明丽的繁华景象、花、梦、春色;另一方面,这些意象本身就包裹着转瞬即逝的伤感。"万树梅花"隐藏着随之的"散落一地";"春鸿"则让人联想起另一个词"惊鸿一瞥"——瞬间的灿烂与消失。这是一个明亮而恍惚的意象世界:明亮来自往日的光环,恍惚来自这一切皆成过去。与此相对,代指"北京"的意象则被笼罩在冷气逼人的氛围中。与"江南"浓郁的色彩相比,显得萧瑟许多。然而"老骥""风雪""蹇驴",比起"春鸿"与"梦"来,亦都是更为实在的意象。

此两组并置的意象体系恰恰展现出:"南"与"北",在这里呈现为"昔日"与"现实"的对照。横亘在"南"与"北"二者之间的,决非只是地域的差别。"江南江北,隔绝相思"[①] 的既是政治,也是文化。

如果我们借助对于"江南"的表达进入其时文人的内心世界,不能忽略的是,易代前后"江南"内涵的变化。清替明后,"江南"在士人的言论与文本中,每每成为"故国"的象征。除却浮现于文本的"故国之思",对于"江南"的书写成为一种文化抗议与文化表征,如张岱在明亡后作《陶庵梦忆》《西湖梦寻》并续写《石匮书》,余怀作《板桥杂记》。也如赵园所言,如黄宗羲、吴梅村等哀叹易代后"江南"的"文化衰落",其用意正在希望"以存东南为存'明',更以其为存'斯文',存汉族士大夫文化,以至存华夏文明——忧虑正与文化自豪相表里"[②]。这样,"江南"作为微观政治的作用力,就不只通过事实上的"重演",甚至通过对它的"表述"本身而达到。"江南",在这个意义上,就成为一种"话语行为"。它从文本中唤起过去的传统,唤醒流动在身体、感觉、记忆与日常经验之间的"文化"。它使现在的自我掉过头去,重回过去;另一方面,"过去"又无时不在提醒着"现在"。这样,对于梅村这样有失身之恨的"贰臣"而言,"忆江南""哀江南"本身成为一种双重行为,它冲刷去"贰臣"深重的耻感,代之以一种绮艳的伤感;另一方面又成为对他们赎罪行为的微妙反讽。作为被世界唾弃的"贰臣"(先是被汉文化正统弃置,甚至也被后来的清政权鄙视),自我似乎在"话语"中得到了继续生存的权利。

"江南"作为"body politic"在心理上的蔓延,可以从其时士人,如上文所列举的吴梅村对于"江南"与"北京"的不断对置式书写中看出。这种对置几乎贯穿当时汉族士人,尤其是在江南士人的心中。"侨居金陵"的杜于皇送渔洋北上京师,赋诗云:"借问将焉之?北行到幽州。"[③] 以偏远边境之古名指称今日之新都,个中微妙不

---

① 吴伟业:《与冒辟疆书》,《吴梅村全集》,第 1174 页。
② 赵园:《明清之际士大夫研究》,北京大学出版社 1999 年版,第 103 页。
③ 参见《渔洋精华录集注》(上),第 246 页。

独源于情感上的隔膜,更隐隐透出落在文化上的讥诮目光。顾炎武之拒入京城,龚鼎孳原配以受大明诰封不肯随宦京师,对新都精神上的怀疑、拒斥、视若无睹,背后乃是对旧京(金陵)及其所代表的"江南"及"故明"的坚执。顾炎武般泾渭分明的文化姿态其实颇好理解,耐人寻味的是如渔洋辈,居住京城,供奉朝廷,笔头心尖浮出的却每每仍是"旧京寥廓"——渔洋诗中的金陵形象,几俯拾即是,真正描写北京生活的,却少之又少。在他的仕途得意——现实层面上与"新都"与"新朝"之交融的映衬下,这种心理上的"疏离感"就显得尤具文化象征性。在这个意义上,他们对往日"江左风流"丝丝入扣的重演与复写,又何尝不是一种"忆"。"新都"里的"忆江南""哀江南",即"新都"里浮出的"旧京形象",正鲜明地展现了作为"body politic"的"江南"怎样在"macro-politics"的俯视下曲折展开自己的视线。

若就心态而言,渔洋辈比之上代,原要轻松得多。当日阮大铖"以吴绫作朱丝阑,书《燕子笺》诸剧进宫中"[①],被视为"猥亵"[②]——"风流""下流"不过"一线天"(当然也可说是隔了一整个社稷)。易代之后,是洒落依旧还是枯如槁木,亦不过只在士人的"一念之间"。被视为贰臣的牧斋、鼎孳辈,其风流蕴藉此时反倒每每演成心头之重担。反倒是渔洋辈,既无丧身之悔,丧国之痛亦已淡至一种精神饥渴似的文化乡愁。在这个意义上,渔洋辈之好说、好演"江左风流",便不只出于士人情趣自身,更在于可借此与整个故明文化续上"前世姻缘"。

同是记梦,在汉族士人笔下,是"梦断",在满族子弟的眼里,"江南"却仍是清梦。这当然不只是缘于北地人对江南风光的艳羡,更缘于其中包含的文化。这样,为汉族士人所系之于"江南"的"精神回眸",在满人,却毋宁说是进入一种新的文化。如果说,在汉人的笔下,"忆"或多或少都弥散着"哀",其中更夹杂着对故国文化的归属感的寻求,那么对于纳兰容若这样的满人来说,则意味着对一种久已向往的文明更久远的上溯和真正的穿行。他们的"忆"江南,毋宁说是在"忆"汉人文化。在这个意义上,"清梦"就有了"旧游"的意味。容若去往江南,极为兴奋,《饮水词人年谱》记其抵无锡后致书顾贞观,"历叙所经山川之胜,而于姑苏无锡,以平生师友,尽在是邦,尤所爱慕"。[③] 其爱慕之意,溢于言表:"平生师友,尽在是邦,此仆平生之夙愿,昔梦所常依者也。"[④] "品名泉于萧寺,歌鸟语于花溪,昔人所云茂林修竹,清流激

[①] 王士禛《秦淮杂诗十四首(其八)》曰:"新歌细字写冰纨,小部君王带笑看。千载秦淮呜咽水,不应仍恨孔都官。"其下有注:"弘光时,阮司马以吴绫作朱丝阑,书《燕子笺》诸剧进宫中。"阮司马指阮大铖。参见《渔洋精华录集注》(上),第149—150页。
[②] 王士禛《秦淮杂诗十四首(其八)》其下有惠栋注:"夏复《续幸存录》:'阮圆海之出也,满朝大哄,如王孙蕃、左光先、詹兆恒,各有专疏。'王疏曰:'枢辅以大铖为知兵乎?则《燕子笺》、《春灯谜》,枕上之阴符,而床头之黄石也。《燕子笺》、《春灯谜》是阮所作传奇,此等亵词,岂是告君之体!'"参见《渔洋精华录集注》(上),第150页。
[③] 《饮水词人年谱》,见李勖《饮水词笺》,第42页。
[④] 《饮水词人年谱》,见李勖《饮水词笺》,第42页。

湍者，向于图牒见之，今之耳目亲之矣。且其土壤之美，风俗之醇，季札遗风，人多揖让，言偃故里，士尽风流。……"① 作为满洲贵公子的江南故里之思，其实是因为他早已被"江南文化"所"化"。所以我们看他描写江南之作，说到"废宫""铜驼"并无切身的痛感，倒更像是一种仪式性的精神轨迹的上演。

四 总结

通过上文对于"江南"在清初北京物理（日常生活）、文化、心理上的展开，笔者想探讨的正是，在面临满族这样一个异族统治者入主中原，在"服从"或不得不接受来自异族的国家权力的"规训"与"惩罚"的过程中（比如应诏与参加科考），"江南"作为"body politic"，如何以自身强大的文化力量，通过"空间"的漂移进入国家权力所在地，甚至进入实施这种"规训"与"惩罚"的统治者本身的身体、感觉、记忆与日常生活，以微观政治的介入方式，默默地反作用于宏观政治。从一开始，清统治者就刻意将北京城打造为满汉分居内外城。从"博学鸿词科"到"四库开馆"，满清政权都意在将"文化"从"江南"收拢到"北京"，但在此过程中，满清统治者自己，甚至包括这个刻意营造为"满汉分居"的北京城，不知不觉已被"江南"所"化"。康熙南巡对于"江南"的微词，不过是出于政治统治者的眼光，但事实上其时皇室的日常生活，已被穿插其中的江南文人冶炼出了浓郁的江南士大夫气。相比康熙皇帝的挑剔与谨慎，如前所述，同样是满洲贵族的纳兰性德，到"江南"几乎狂喜，乃因江南似已成为他精神上的"故乡"。在满清政权有意识地试图拆解"江南"，打造全新的皇都文化的过程中，"江南"却已渗透到了新朝文化的建构，并在一定程度上重写了满人的生活世界。由此，不禁可以联想到皮锡瑞所言："隋平陈而南并于北，经学乃北反并于南；元平宋而南并于北，经学亦北反并于南。论兵力之强，北常胜南；论学力之盛，南乃胜北。"② 赵园在引这段时将皮氏的观点概括为："北方以政治'统一'，南方以文化'统一'③。"作为文化中心的"江南"被明清政权交叠打散后，其中一部分如方以智等流散天涯，以自虐式的苦行试图凝固住昔日的风流，另一部分则在江南本地隐隐恢复，而由其中一批江南人的北上，则可以窥见"江南"之"漂移""北地"，某种程度上，亦即汉文化之进入新朝的足迹。

当然不可忽略"江南"作为"body politic"，同时受到"宏观政治"制约和影响的一面。这不仅指如本文前面章节不断铺陈的，"江南"在政治上所受的"压制"与身不由己地卷入"宏观政治"，也包括在文化的意义上，"江南"自身面目不可避免的变化。

本来，各自作为"文化"的"南""北"对话已拥有很长的传统，易代之后，"南"

---

① 《饮水词人年谱》，见李勖《饮水词笺》，第42—43页。
② 皮锡瑞：《经学历史》，中华书局1959年版，第282页。
③ 赵园：《明清之际士大夫研究》，第95页。

与"北"互相的流动更为加剧。前所引皮锡瑞所言,并未囿于汉文化与异族文化的框架,而是从这个更久远的传统和更宽广的范围来论"南北"。事实上,前所述"江南"在空间上的移动(大批士人进入北方)显然不可能只是单向的"化",因为如福柯的理论,作为"body politic"的"江南"并不是绝对自由的,仍要受到"宏观政治"的某种映射。这种"宏观政治"之作用力的发挥,也不只在满清统治者所实施的"压制性"文化政策,而在于"清替明"这一"宏观政治"带来的江南士人的反省——这种反省既关乎士人自己,也关乎"江南"文化本身。与"江南"相对的"北"在这里正被"宏观政治"推动,进入前者。当然,这里的"北",也不只是北京,而是更广义的"北"。

钱穆在《中国近三百年学术史》中从生活习惯、游历和与学友之交游各方面论述了顾炎武在明亡后漂流于北地,由早年之华藻诗文转而为"考索",熏染于北学,自己所为也成为"北学"。亭林成学著书,大率在四十五岁北游以后。此亭林《与黄梨洲书》亦自言之,曰:

> 炎武自中年以前,不过从诸文士之后,注虫鱼,吟风月而已。①

钱穆比较了顾炎武北游前与北游后所交往的学友的不同,生活习惯与学风也有着南北的差异:

> 亭林学侣,在南者多尚藻采而贵通今,在北者多重质实而务博古。亭林自四十五北游,往来鲁燕秦晋二十五年,尝自谓"性不能舟行食稻而喜餐麦跨鞍"。然岂止舟鞍稻麦之辨哉,其学亦北学也。虽其天性所喜,亦交游濡染有以助之矣。②

江南人顾炎武北游多年后更习惯于北方的饮食与交通方式。相似的,清初语境中的魏禧曾描述过往与自己一起在江南游历的曾畹,自明亡后转而以西北为家,不仅文章风格改变,整个人的形象也改变了——所谓"面目色黄黝,须眉苍凉,俨然边塞外人。回视向者与予咿唔笔研间,及细服缓带为三吴名士时,若隔世人物"。③只有同时看到"江南"这种由于"宏观政治"作用而发生的变化,对读前所述它作为"body politic"对于"宏观政治"的反作用,方能对这一问题做更深刻的思考。"江南"如何被"宏观政治"影响,是今后进一步深入研究的问题。

---

① 钱穆:《中国近三百年学术史》,中华书局1986年版,第150页。
② 钱穆:《中国近三百年学术史》,第152页。
③ 魏禧:《曾庭闻文集序》,《魏叔子文集外篇》卷8,中华书局2003年版,第400—401页。

明代《诗经》的文学解读
——以杨慎为个案

高小慧*

(郑州大学文学院　河南郑州　450001)

摘　要：《诗经》历来被放置在错误的位置，这种现象在明代得以改变。博学大家杨慎就是其中著名的个案。无论杨慎"主情"的诗歌本质说还是其"含蓄"的诗歌审美论，都是以《诗经》为滥觞；杨慎认为《诗经》赋比兴的写作手法哺育了后代的诗人，他评论诗歌也是以其是否继承了《诗经》的优良传统为轩轾的圭臬，已经完全摆脱了汉儒"诗教"的影响，用文学的眼光来看待这一诗歌总集，开创了《诗经》文学批评的新航线。

关键词：杨慎；《诗经》；文学阐释

作为中国文学史上第一部诗歌总集，《诗经》被历代正统的文学思想放置在错误的位置。孔子以"克己复礼"为理想，以经国济世为己任，他对《诗经》的阐释带有强烈的实用主义色彩——"可以兴，可以观，可以群，可以怨。迩之事父，远之事君，多识于鸟兽草木之名"。（《论语·阳货》）《汉书·艺文志》将《诗经》列在"六艺略"，与《易》《书》《礼》《乐》《春秋》并列而论，重视《诗经》的经学意义强化其政教功能而忽视其文学特质，推崇其"故正得失，动天地，感鬼神，莫近于诗。先王以是经夫妇，成孝敬，厚人伦，美教化，移风俗"的社会功用。在李谔《上隋文帝论文书》的影响下，王通进一步夸大了《诗经》的社会功能，谓《诗经》有"四名""五志"之说，视其为政治兴衰的标志，并由此来观察社会历史。完全是孔子"兴、观、群、怨"说的阐发。既然隋朝的《诗经》观是如此，在"文章合为时而著，歌诗合为事而作"之说盛行的唐代，《诗经》的命运也不难想象。宋元从诚心正意修根本，以至齐家治国平天下为标准，宗祧汉代，尚未完全摆脱汉儒《毛诗序》的诗教传统而以文学的眼光来看待《诗经》。而到了明代，大多数人开始用文学的眼光读《诗经》，获得《诗经》

---

* 作者简介：高小慧（1975—　），河南平舆人，文艺学博士，郑州大学文学院副教授，硕士生导师，主要从事明清文学文论以及中州文学研究。

活泼泼的灵魂,开创了《诗经》文学批评的新航线。而博学大家杨慎《升庵诗话》用文学眼光考察《诗经》就代表了这种新思潮、新风气。

对于杨慎的《诗经》学的研究,较早的有台湾林庆彰《杨慎的诗经学》[①]和《杨慎的经学》[②]两篇论文,分别从诗义之阐释、诗音之厘定等方面阐述杨慎研究《诗经》之成果,论述杨慎的经学成就。刘毓庆《杨慎与〈诗经〉考据学》吸收了林文的观点,认为"经学研究的历史而言一般认为可自然地分成三个阶段,即汉唐之训诂、宋元之义理、清代之考据。……《诗经》学作为'经学'的一部分,其考据之兴亦由杨慎始"。[③]并进一步论述了杨慎关于《诗经》的考证,包括了文字的训释、关于古代制度礼俗、名物考证、地理考证和古音考证等五个方面的内容。此外,还有朱蕾《杨慎〈诗经〉学研究》(华东师范大学2017年硕士学位论文)和张晓婷《杨慎〈诗经〉学研究》(辽宁大学2015年硕士学位论文)都是近年来研究杨慎"诗经学"的重要成果。大家关注的焦点也都是被誉为"明人经说之翘楚"(《续修四库提要·升庵经说》)的《升庵经说》,多阐释杨慎对于《诗经》考据学的开拓之功,忽略杨慎对《诗经》的文学阐发。其实,杨慎的《诗经》学可以分为两大块:一块是《升庵经说》这种传统经学的研究;一块是《升庵集》和《升庵诗话》等专著关于《诗经》文学特质的探讨。学界对于后者研究的缺失是不应该的,因而也导致杨慎《诗经学》研究相关板块的空白。故撰此小文,拟就对杨慎《诗经》的文学阐释这一问题展开论述,求教于大方之家。

作为第一部诗歌总集,《诗经》在我国文学史上占有十分重要的地位。杨慎认为无论在思想性还是艺术性方面,《诗经》都具有极高的价值,用一个词来概括,便是"正葩"。在七言律诗《病中永诀李张唐三公》里,杨慎说:

> 魑魅御客八千里,羲皇上人四十年。怨诽不学离骚侣,正葩仍为风雅仙。知我罪我《春秋》笔,今吾故吾《逍遥》篇。中溪半谷池南叟,此意非公谁与传。[④]

"正"是思想内容的纯正,即传统诗教之"思无邪";"葩"则是指《诗经》以"六艺"为代表的丰富多彩的表现手法。《诗经》以其内容纯正、形式多样,被杨慎在进行文学创作和文学鉴赏时奉为圭臬。

首先,针对宋元诗歌"以韵语纪时事"的散文化倾向和明初诗歌"颂圣德,歌太平"、缺乏内心真实感情抒发的台阁体,杨慎从中国诗歌的源头《诗经》来探讨诗歌的本质特性。

《升庵集》卷44《古乐今乐》引《淮南子》曰:

---

① 林庆彰:《杨慎的诗经学》,《孔孟学刊》1982年第7期。
② 林庆彰:《杨慎的经学》,《"国立中央"图书馆馆刊》1985年第2期。
③ 刘毓庆:《杨慎与〈诗经〉考据学》,《山西大学学报》(哲学社会科学版)2000年第1期。
④ 杨慎:《升庵集》,文渊阁四库全书本。

雅颂之声，皆本于情。故君臣以睦，父子以亲。今取怨思之声，施之于管弦，闻其音者，不淫则悲。淫则乱男女之别，悲则感怨思之气。岂所谓乐哉？赵王迁房陵，思故乡，作为山水之讴，闻者莫不陨涕；荆轲西刺秦王，高渐离击筑易水之上，闻者莫不瞋目裂眦，发植穿冠。因以此声入宗庙，岂古之所谓乐哉！①

他还在《李前渠诗引》里，从诗歌的本源方面说明了它固有的抒情特征：

诗之为教，邈矣玄哉！婴儿赤子，则怀嬉戏抃跃之心；玄鹤苍鸾，亦合歌舞节奏之应。况乎毓精二五，出类百千。六情静于中，万物荡于外。情缘物而动，物感情而迁，是发诸性情而协于律吕，非先协律吕而后发性情也。以兹知人人有诗，代代有诗。古之诗也，一出于性情；后之诗也，必润以问学。②

杨慎认为诗歌是由于诗人内在感情受外物的触动而产生的，抒情性是诗歌最本质的创作要求，也是诗歌最本质的文体特征。在杨慎看来，诗歌创作皆从诗人的本来面目与自我性情方面来，其间不是没有学问的参与，而是性情为本，学问为末。唯其如此才能形成诗人独特的艺术风格与自家气象，诗也就有"正""邪""工""拙"之分。

以此为出发点，杨慎反对苦吟，强调感情的自然流露。他批评晚唐那些学张籍、贾岛诗风的诗人："惟搜眼前景而深刻思之，所谓'吟成五个字，捻断数茎须'也。余尝笑之，彼之视诗道也狭矣。《三百篇》皆民间士女所作，何尝捻须？今不读书而徒事苦吟，捻断筋骨亦何益哉！"③ 他论述唐宋诗之别时说："唐人诗主情，去《三百篇》近；宋人诗主理，去《三百篇》却远矣。匪惟作诗也，其解诗亦然。"④ 杨慎诗歌主情的主张便越发彰显。杨慎对唐诗极为推崇，一方面固然是因为明代宗唐的主流诗学思潮的影响，但主要还是因为唐诗继承了《诗经》的优良抒情传统。

《升庵集》卷6《答重庆太守刘嵩阳书》条曰：

然窃有狂谈异于俗论，谓诗歌至杜陵而畅，然诗之衰飒实自杜始。经学至朱子而明，然经之拘晦实至朱始，是非杜、朱之罪也。玩瓶中之牡丹，看担上之桃李，效之者之罪也。夫鸾辂生于椎轮，龙舟起于落叶，山则原于覆篑，江则原于滥觞。今也，譬则乞丐，沾其剩馥残膏；犹之瞽史，诵其坠言衍论，何惑乎道之日无，而文之日下也。窃不自揆，欲训诂章句，求朱子以前"六经"；永言缘情，

---

① 杨慎：《升庵集》，文渊阁四库全书本。
② 杨慎：《升庵集》，文渊阁四库全书本。
③ 丁福保：《历代诗话续编》，中华书局1983年版，第851页。
④ 丁福保：《历代诗话续编》，中华书局1983年版，第799页。

效杜陵以上"四始"。斐然之志确乎不移，而影颓吴泉，昏及赵荫，跻类愚公，力疲夸父矣。①

杨慎之所以在"李杜优劣"这一论题上把橄榄枝投向李白，就是因为他从诗歌缘情的角度出发，一则批评杜甫"景多而情少"的言理叙事的理性化倾向，二则不满杜甫多学问化的不良倾向。所以杨慎主张诗歌创作应该从学习《诗经》的优良传统入手："永言缘情，效杜陵以上四始"，向《诗经》主情的传统看齐。

其次，杨慎认为《诗经》赋比兴的写作手法哺育了后代的诗人。

"赋比兴"这一组概念最早见于《周礼·春官》："大师……教六诗：曰风、曰赋、曰比、曰兴、曰雅、曰颂。"② 其后《诗大序》同样地提到这一组概念，将"六诗"改为了"六义"③。汉代的经学家开始对赋、比、兴这三种写作方法进行具体的阐述。《周礼·大师》郑众注曰："比者，比方于物也；兴者，托事于物也。"④ 郑玄注曰："比，见今之失，不敢斥言，取比类以言之；兴，见今之美，嫌于媚谀，取善事以喻劝之。"⑤ 刘勰《文心雕龙·比兴》基于二郑的解释，进一步认为："故比者，附也；兴者，起也。附理者切类以指事；起情者依微以拟议。起情故兴体以立，附理故比例以生。比则蓄愤以斥言，兴则环譬以记讽。"⑥ 他认为"比兴"是借特定外物渲染某种情志。孔颖达《毛诗正义·诗序》说："比者，比方于物；兴者，托事于物。则兴者，起也。取譬引类，起发己心。"⑦ 朱熹《诗传纲领》谓："赋者，直陈其事……比者，以彼状此……兴者，托物兴词。"⑧ 杨慎却引用宋代李仲蒙的观点，把赋比兴三者都与感情相联系：

李仲蒙曰："叙物以言情，谓之赋，情物尽也；索物以托情，谓之比，情附物也；触物以起情，谓之兴，物动情也。"⑨

杨慎认为赋、比、兴是借助某些外物传递内心思想或情感倾向的创作手法。他着眼于诗人之情和外界之物这一主客体的关系，来说明情感在诗歌创作中的重要作用，发扬了郑玄、刘勰等人的观点。

以此为出发点，杨慎不同意《诗大序》"政有大小，故有小雅焉，有大雅焉"的说法：

---

① 杨慎：《升庵集》，文渊阁四库全书本。
② 阮元：《十三经注疏》，上海古籍出版社1979年版，第796页。
③ 阮元：《十三经注疏》，上海古籍出版社1979年版，第271页。
④ 阮元：《十三经注疏》，上海古籍出版社1979年版，第796页。
⑤ 阮元：《十三经注疏》，上海古籍出版社1979年版，第796页。
⑥ 刘勰著，范文澜注：《文心雕龙注》，人民文学出版社1998年版，第601页。
⑦ 阮元：《十三经注疏》，上海古籍出版社1979年版，第12页。
⑧ 罗复：《诗集传名物钞音释纂辑》，上海古籍出版社1995年版，第594页。
⑨ 丁福保：《历代诗话续编》，中华书局1983年版，第882页。

《诗·大序》曰:"政有大小,故有《小雅》焉,有《大雅》焉。"此说未安。《大雅》所言,皆受命配天,继代守成,固大矣。《小雅》所言,《天保》以上治内,《采薇》以下治外,亦岂小哉!华谷严坦叔云:"雅之小大,特以体之不同尔,盖优柔委曲、意在言外,风之体也。明白正大、直言其事,雅之体也。纯乎雅之体者为雅之大,杂乎风之体者为雅之小。"今考《小雅》正经十六篇,大抵寂寥短章,其篇首多寄兴之辞,盖兼有风之体。《大雅》正经十八篇,皆舂容大篇,其辞旨正大,气象开阔,与《国风》夐然不同,比之《小雅》,亦自不侔矣,至于变雅亦然,变《小雅》中,固有雅体多而风体少者,然终不得为《大雅》也。《离骚》出于《国风》,言多比兴,意亦委婉。世以"风骚"并称,谓其体之同也。太史公称《离骚》曰:"《国风》好色而不淫,《小雅》怨诽而不乱,若《离骚》者可谓兼之矣。"言《离骚》兼《国风》《小雅》,而不言其兼《大雅》,见《小雅》与《风》、《骚》相类,而《大雅》不可与《风》、《骚》并言也。咏"呦呦鹿鸣,食野之苹",便识得《小雅》兴趣,诵"文王在上,于昭于天",便识得《大雅》气象,《小雅》《大雅》之别昭昭矣。华谷此说,深得二雅名义,可破政有小大之说,特为表出之。①

杨慎认为《诗大序》之谓"政有大小,故有《小雅》焉,有《大雅》焉"不甚严谨和恰切。《大雅》固然多"辞旨正大,气象开阔"的舂容大篇,而《小雅》也并不都"小"作,"《天保》以上治内,《采薇》以下治外,亦岂小哉!"那到底怎么区分大小雅呢?杨慎首肯宋代严粲《诗缉》的观点,并引用司马迁的话侧面印证了应该从风格和比兴手法的运用方面出发来区别大雅和小雅、变风和变雅。大雅多用赋体,小雅多用比兴,而变风和变雅则混合使用赋、比、兴,很难划清孰多孰少。

杨慎认为《楚辞》继承了《诗经》的比兴手法,既有经书的思想纯正,又能创造新的境界和词语,能做到"丽""则"的和谐统一:

《离骚》出于国风,言多比兴,意亦微婉,世以风骚并称,谓其体之同也。太史公称《离骚》曰:国风好色而不淫,小雅怨诽而不乱,若离骚者,可谓兼之矣。②

在艺术手法上,《招魂》吸收了《离骚》的浪漫主义创作方法,杂糅以许多古代神话传说故事,无论是"外陈四方之恶",还是"内崇楚国之美"(王逸《楚辞章句·招魂序》),都是用华美的辞藻、绚丽的色彩、铿锵的音韵,极尽夸张铺陈之能事。《招魂》这种"丰蔚醲秀"的风格,直接影响着后来汉赋"写物图貌,蔚似雕画"(《文心雕龙·诠赋》)的写作风格。

---

① 杨慎:《升庵集》,文渊阁四库全书本。
② 杨慎:《升庵集》,文渊阁四库全书本。

杨慎在《升庵诗话》卷7《胡唐论诗》条说：

> 至李、何二子一出，变而学杜，壮乎伟矣。然正变云扰而剽袭雷同，比兴渐微而风骚稍远。①

李梦阳、何景明的诗作之所以"风骚稍远"，就是因为他们把《诗经》《楚辞》的创作手法丢弃殆尽，而采用杜甫所擅长的过于直白的赋体来进行创作，使得诗歌远离了它的根本和正宗，最终成为诗歌之"变体"。②

再次，杨慎认为《诗经》是含蓄风格的开创者。

杨慎有关《诗经》含蓄风格最著名的论述是在他批评宋人学习杜甫的"直陈时事"的散文化诗风的时候提出的。其《升庵诗话》卷11《诗史》云：

> 宋人以杜子美能以韵语纪时事，谓之"诗史"。鄙哉宋人之见，不足以论诗也。夫六经各有体，《易》以道阴阳，《书》以道政事，《诗》以道性情，《春秋》以道名分。后世之所谓史者，左记言，右记事，古之《尚书》《春秋》也。若诗者，其体其旨，与《易》《书》《春秋》判然矣。《三百篇》皆约情合性而归之道德也，然未尝有道德字也，未尝有道德性情句也。二南者，修身齐家其旨也，然其言琴瑟钟鼓，荇菜芣苢，夭桃秾李，雀角鼠牙，何尝有修身齐家字耶？皆意在言外，使人自悟。至于变风变雅，尤其含蓄，言之者无罪，闻之者足以戒。如刺淫乱，则曰"雍雍鸣雁，旭日始旦"，不必曰"慎莫近前丞相嗔"也；悯流民，则曰"鸿雁于飞，哀鸣嗷嗷"，不必曰"千家今有百家存"也；伤暴敛，则曰"维南有箕，载翕其舌"，不必曰"哀哀寡妇诛求尽"也；叙饥荒，则曰"牂羊羵首，三星在罶"，不必曰"但有牙齿存，可堪皮骨干"也。杜诗之含蓄蕴藉者，盖亦多矣，宋人不能学之。至于直陈时事，类于讪讦，乃其下乘末脚，而宋人拾以为己宝，又撰出"诗史"二字以误后人。如诗可兼史，则《尚书》《春秋》可以并省。又如今俗卦气歌、纳甲歌，兼阴阳而道之，谓之"诗《易》"，可乎？③

含蓄是《诗经》的鲜明特色，也是杨慎评价诗歌是否具有美学价值的一个重要依

---

① 丁福保：《历代诗话续编》，中华书局1983年版，第774页。
② 何景明《明月篇序》："夫诗本性情之发者也"，"乃知子美……实则诗歌之变体也。"王廷相在《与郭价夫学士论诗书》："若夫子美《北征》之篇……漫敷繁叙，填事委实，言多趁帖，情伏附辏，此则诗人之变体，骚坛之旁轨也。"二人皆从比兴的角度谓杜诗为"变体"，可以和杨慎的观点相参考。许学夷《诗源辩体》卷1："《风》则比兴为多，《雅》、《颂》则赋体为众；《风》则微婉而自然，《雅》、《颂》则齐庄而严密；《风》则专发于性情，而《雅》、《颂》则兼主乎义理。……风人之诗，不特性情声气为万古诗人之经，而托物兴寄，体制玲珑，实为汉、魏五言之制。"许学夷强调《诗经》的抒情特色和比兴手法对后世文学的影响，可谓深受杨慎的启发。
③ 丁福保：《历代诗话续编》，中华书局1983年版，第868页。

据。他提倡诗歌创作应向"《国风》之微婉，二《雅》之委蛇，三《颂》之简奥"① 来汲取营养。杨慎在《唐绝增奇序》里说："余尝品唐人之诗，乐府本效古体而义反近，绝句本自近体而义实远。欲求风雅之仿佛者，莫如绝句。"(《升庵集》卷二《唐绝增奇序》) 远，即是《诗经》之含蓄蕴藉，意在言外。之所以说绝句体近而意远，就是因为绝句所具的含蓄蕴藉、意在言外、以少总多的美。后人胡应麟评曰："用修平生论诗，惟此精确。"(胡应麟《诗薮》内编卷六《近体》下)

此外，杨慎还在很多地方重申了《诗经》含蓄蕴藉的风格。《升庵诗话》卷5《李约观祈雨》条云：

"桑条无叶土生烟，箫管迎龙水庙前。朱门几处耽歌舞，犹恨春阴咽管弦。"与聂夷中"二丝五谷"之诗并观，有《三百篇》意。②

参看上面《诗史》一条，就明了何谓"有《三百篇》意"。

既然《诗经》为四言诗，那么直接用《诗经》之含蓄蕴藉的标准来评价魏晋的四言诗是再恰切不过的。杨慎《丹铅总录》卷十九《四言诗》云：

刘彦和云："四言正体，雅润为本；五言流调，清丽居宗。"钟嵘云："四言文约义广，取效《风雅》，便可多得，每苦文繁而意少，故世罕习焉。"……或曰："唐山夫人《房中乐歌》何如？"曰："是真可以继《关雎》，不当以章句摘也。"曰："然则曹孟德'月明星稀'，嵇叔夜'目送归鸿'，何如？"曰："此直后世四言耳，工则工矣，比之《三百篇》，尚隔寻丈也。"③

钟嵘《诗品》云："晋中散嵇康诗，颇似魏文，过为峻切，讦直露才，伤渊雅之致。"④ 沈德潜《古诗源》注曰："嵇叔夜四言诗，时多俊语，不摹仿《三百篇》，允为晋人先声。"⑤ 徐祯卿《谈艺录》谓："曹公《短歌行》，……不受《雅》、《颂》困耳。"⑥ 吴乔《围炉诗话》卷二云："作四字诗，多受束于《三百篇》句法。不受束缚者，惟曹孟德耳。"⑦ 魏源《诗比兴笺·序》云："对酒当歌，有风云之气，即失含蓄蕴藉。"⑧ 上述诸条相互参考，可见正是因为曹操的诗歌多抛开《雅》《颂》含蓄风格的束缚，直陈其

---

① 丁福保：《历代诗话续编》，中华书局1983年版，第719页。
② 丁福保：《历代诗话续编》，中华书局1983年版，第730页。
③ 杨慎：《丹铅总录》，文渊阁四库全书本。
④ 钟嵘著，周振甫译注：《诗品译注》，中华书局1998年版，第55页。
⑤ 沈德潜：《古诗源》，中华书局1963年版，第141页。
⑥ 徐祯卿著，范志新校注：《徐祯卿全集编年校注·谈艺录》，人民文学出版社2009年版，第786页。
⑦ 吴乔：《围炉诗话》，商务印书馆1936年版，第47页。
⑧ 魏源：《老子本义·净土四经·诗比兴笺》，岳麓书社2010年版，第252页。

事，直抒胸臆，"伤渊雅之致"，使主张含蓄蕴藉风格的杨慎颇为不满。

《升庵诗话》卷六《波漂菰米》条云：

> 客有见予拈"波漂菰米"之句而问曰："杜诗此首中四句，亦有所本乎？"予曰："有本，但变化之极其妙耳。"隋任希古《昆明池应制》诗曰："回眺牵牛渚，激赏镂鲸川。"便见太平宴乐气象。今一变云："织女机丝虚夜月，石鲸鳞甲动秋风。"读之则荒烟野草之悲见于言外矣。……"波漂菰米沉云黑，露冷莲房坠粉红。"读之则菰米不收而任其沉，莲房不采而任其坠，兵戈乱离之状具见矣。杜诗之妙，在翻古语，《千家注》无有引此者，虽万家注何用哉？因悟杜诗之妙。如此四句，直上与《三百篇》"牂羊羵首，三星在罶"同，比之晚唐"乱杀平人不怕天""抽旗乱插死人堆"，岂但天壤之隔。①

《升庵诗话》卷一《巴陵赠贾至舍人》条云：

> "贾生西望忆京华，湘浦南迁莫怨嗟。圣主恩深汉文帝，怜君不遣到长沙。"贾至中书省舍人左迁巴陵，有诗云："极浦三春草，高楼万里心。楚山晴霭碧，湘水暮流深。忽与朝中旧，同为泽畔吟。感时还北望。不觉泪沾襟。"太白此诗解其怨嗟也，得温柔敦厚之旨矣。②

李白杜甫之诗作被杨慎称道，就在于他们继承了《诗经》含蓄蕴藉的风格，所以比起那些直白浅露的"乱杀平人不怕天""抽旗乱插死人堆"的作品有天壤之别。

杨慎还将《诗经》之含蓄蕴藉为标准来评价诗歌之优劣。如《升庵诗话》卷八《唐彦谦诗》条云：

> 唐彦谦绝句，用事隐僻，而讽谕悠远，似李义山。如《捷奏西蜀题沱江驿》云："野客乘轺非所宜，况将儒服报戎机。锦江不识临邛酒，幸免相如渴病归。"即李义山"相如未是真消渴，犹放沱江过锦城"之意也。余如《登兴元城观烽火》云："汉川城上角三呼，扈跸防边列万夫。褒姒冢前烽火起，不知泉下破颜无。"《邓艾庙》云："昭烈遗黎死尚羞，挥刀斫石恨谯周。如何千载留遗庙，血食巴山伴武侯。"此即唐人《题吴中范蠡庙》云"千年宗国无穷恨，只合江边祀子胥"之句也。《汉殿》云："鸟去云飞意不通，夜坛斜月转桐风。君王寂虑无消息，却就真人觅巨公。"首首有蕴藉，堪吟咏，比之贯休、胡曾辈天壤矣。③

---

① 丁福保：《历代诗话续编》，中华书局1983年版，第752—753页。
② 丁福保：《历代诗话续编》，中华书局1983年版，第652页。
③ 丁福保：《历代诗话续编》，中华书局1983年版，第803页。

《升庵诗话》卷九《崔涂王维诗》条云：

> 崔涂《旅中》诗："渐与骨肉远，转于僮仆亲。"诗话亟称之。然王维《宿郑州》诗："他乡绝俦侣，孤客亲僮仆。"已先道之矣，但王语浑含胜崔。①

王维《宿郑州》全诗在描绘简淡自然的村野景物中抒写宦海沉浮的失意、苦闷和孤独，诗情与画境达到完美的融合统一，真可谓"诗中有画、画中有诗"。其中"朝与周人辞，暮投郑人宿。他乡绝俦侣，孤客亲僮仆"四句摹写人情极真，刻画心理极深，多为学人赞叹，晚明邢昉《唐风定》评之曰："深衷密绪，言外不尽。"晚唐崔涂诗《巴山道中除夜抒怀》"渐与骨肉远，转于僮仆亲"就是由这两句脱化而来，但惜过于显露。

其他诸如《升庵诗话》卷五谓沈满愿《咏五彩竹火笼》诗因为"此诗言外之意，以讽士之以富贵改节者，……而含蓄蕴藉如此"，因而胜于李清照《咏史》诗"所以嵇中散，至死薄殷周"之直白坦率。②《升庵诗话》卷五谓杜牧之："尽道青山归去好，青山能有几人归"，比起灵澈《东林寺酬韦丹刺史》之"相逢尽道休官好，林下何曾见一人"之句"殊有含蓄"。③《升庵诗话》卷十三《刘文房诗》条称赞王粲之"南登霸陵岸，回首望长安"为"涵蓄蕴藉"，而刘文房、孟东野"自然不可及也"。④ 最后，杨慎还指出《诗经》对后代的文学产生了深远的影响。

杨慎认为先秦两汉是中国文学的开端，后世的一切文学样式和作品，都可以在《诗经》这里找到源头。其《升庵集》卷二《五言律祖序》说："五言肇于风雅，俪律起于汉京。游女《行露》，已见半章；孺子《沧浪》，亦有全曲，是五言起于成周也。北风南枝，方隅不惑，红粉素手，彩色相宣，是俪律本于西汉也。"⑤

《升庵集》卷四十二《觱发》条云：

> 《豳风》"一之日觱发，二之日栗冽"。注："觱发，风寒也；栗冽，气寒也。"今按："觱发"指风，是也；栗冽乃气寒，结而为冰，《月令》十二月"水泽腹坚"是也。栗冽字从冰，其义易见。觱发之为风，其义隐而难知。以字言之，觱，羌人吹角也。其声悲惨。冬日寒风骤发，其声似之。庄子所谓地籁，宋玉所谓土囊。殷仲文诗"爽籁惊幽律，哀壑叩虚牝"是也。总不若谚云："三九二十七，篱头吹觱篥。"正谓风吹篱落，其声似觱篥，与诗意合。觱发今俗名头管乐，书名风管，

---

① 丁福保：《历代诗话续编》，中华书局1983年版，第820页。
② 丁福保：《历代诗话续编》，中华书局1983年版，第722页。
③ 丁福保：《历代诗话续编》，中华书局1983年版，第737页。
④ 丁福保：《历代诗话续编》，中华书局1983年版，第896页。
⑤ 杨慎：《升庵集》，文渊阁四库全书本。

又可证焉。林肃翁云:"万象惟风难画,庄子地籁一段,笔端能画风,掩卷而坐,犹觉翏翏之在耳,然观周公《七月》之诗,觱发二字,简妙含蓄,又庄子画风之祖也。"如毛苌诗注云:"涟,风行水成文也。"苏老泉衍之,作《文甫字说》一篇。古人谓六经为时文之祖,信哉!①

八股时文的滥觞也能上溯至《诗经》,其假设可谓大胆。
杨慎《丹铅总录》卷十二《古人伪作外夷文字》条云:

余尝疑《穆天子传》西王母歌词,出于后人粉饰。且《山海经》载西王母:"虎首鸟爪,形既殊异,音亦不同。何其歌词悉似《国风》乎?"②

杨慎指出汉代小说《穆天子传》里颇有名气的《西王母歌》类似《诗经》里的国风。
杨慎还指出有些唐诗也是熔裁《诗经》里的诗句而来的,如《升庵诗话》卷8《唐诗主情》条:

唐人诗主情,去《三百篇》近;宋人诗主理,去《三百篇》却远矣。匪惟作诗也,其解诗亦然。且举唐人闺情诗云:"袅袅庭前柳,青青陌上桑。提笼忘采叶,昨夜梦渔阳。"即《卷耳》诗首章之意也。又曰:"莺啼绿树深,燕语雕梁晚。不省出门行,沙场知近远。"又曰:"渔阳千里道,近于中门限。中门逾有时,渔阳常在眼。"又云:"梦里分明见关塞,不知何路向金微。"又云:"妾梦不离江上水,人传郎在凤凰山。"即《卷耳》诗后章之意也。若如今诗传解为托言,而不以为寄望之词,则《卷耳》之诗,乃不若唐人作闺情诗之正矣。若知其为思望之词,则《诗》之寄兴深,而唐人浅矣。若使诗人九原可作,必蒙印可此说耳。③

《唐诗翻三百篇意》条:

唐刘采春诗:"那年离别日,只道往桐庐。桐庐人不见,今得广州书。"此本《诗疏》"何斯违斯"一句,其疏云:"君子既行王命于彼远方,谓适居此一处,今复乃去此,更转远于余方。"韦苏州诗:"春潮带雨晚来急,野渡无人舟自横。"此本于《诗》"泛彼柏舟"一句,其疏云:"舟载渡物者,今不用而与众物泛泛然俱流水中,喻仁人之不见用。"其余尚多类是。《三百篇》为后世诗人之祖,信矣。④

---

① 杨慎:《升庵集》,文渊阁四库全书本。
② 杨慎:《丹铅总录》,文渊阁四库全书本。
③ 丁福保:《历代诗话续编》,中华书局1983年版,第799页。
④ 丁福保:《历代诗话续编》,中华书局1983年版,第799—800页。

杨慎甚至把某一首唐诗直接附会到《诗经》的具体篇章，如谓唐人闺情诗"袅袅庭前柳，青青陌上桑。提笼忘采叶，昨夜梦渔阳"和"莺啼绿树深，燕语雕梁晚。不省出门行，沙场知近远"等即《卷耳》诗之章节，"春潮带雨晚来急，野渡无人舟自横"本于《诗经》"泛彼柏舟"。这样的追根溯源固然有一些牵强，但是可以看出《诗经》在中国诗歌史上的地位和影响。

闻一多所谓"汉人功利观念太深，把《三百篇》做了政治的课本；宋人稍好一点，又拉着道学不放手——一股头巾气；清人较为客观，但训诂学不是诗；近人囊中满是科学方法，真厉害。无奈历史——唯物史观的与非唯物史观的，离诗还是很远。明明一部歌谣集，为什么没人认真的把它当文艺看呢？"[①]的论断也许过于悲观，但是朱熹主张的"读《诗》，且只将做今人做底诗看"[②]也因为忽略掉当时理学的文化大环境而显得太脱离实际。但是杨慎对《诗经》的文学阐释却符合了顾颉刚对清代姚际恒"其以文学说诗，置经文于平易近人之境，尤为直探讨人之深情，开创批评之新径"的评论。[③] 以上可见，杨慎的诗学体系中，无论是其"主情"的本质说还是其"含蓄"的审美论，都是以《诗经》为滥觞；他在考据诗歌体裁的演变的时候，大都以《诗经》为源头；他在评价李杜优劣和唐宋之诗的时候，也是以是否继承了《诗经》的优良传统为轩轾的圭臬；他还具体地探讨《诗经》的风、雅、颂之得名源自风格的不同，完全摆脱了汉儒"诗教"的影响，完全用的是文学的眼光来看待这一先秦的诗歌总集。如此种种，都可以看出杨慎在解读《诗经》时对其文学性的重视。改变了《诗经》学原初的经学研究方向，开创了《诗经》文学批评的新航线。[④]

---

① 闻一多：《闻一多全集》，湖北人民出版社1993年版，第214页。
② 黎靖德：《朱子语类》，中华书局1986年版，第2083页。
③ 顾颉刚：《诗经通论序》，《文史杂志》1945年第3、4期。
④ 刘毓庆：《从经学到文学——明代〈诗经〉学史论自序》，商务印书馆2001年版。

南明流亡书写与"楚辞学"的极盛

张清河[*]

(河南理工大学 中文系 焦作 454000)

摘 要: "楚辞学"在明清之际骤升为显学,南明文人的流亡书写是其直接的推手。然而限于代际文献爬梳的困难和新朝意识形态的遮蔽,相关的文学史实变得模糊、含混甚至错乱,有待正本清源。本文从弘光、隆武、永历等南明文人的流亡书写入手,选取其集体抒发骚怨的作品,结合楚辞学注解专著,论述其文学和学术价值。

关键词: 楚辞学;江南诗学;明清之际;遗民诗学

"楚辞学"在明清之际骤升为显学,此判断主要基于如下几点:其一,普及性,社会各地域各阶层的文人均广泛参与,尤当清鼎革之际,无论是遗民、贰臣还是新朝培养的官宦,均在不同程度上认可"楚辞"或"骚体"的创作,视之为诗歌表现的重要形式。其二,专业性,主要体现在楚辞类的学术著作呈井喷式出版,以致明末清初出现了"百家汇评楚辞"的盛况,与此同时,注疏、音义、训诂、笺释等相关专著层出不穷,汉宋以来的"楚辞学"此际发展到极盛。其三,专门性,形成了独立的楚辞目录学,最终以"四库全书"单独列为集部第一目,确立了其独特的地位。楚辞学的勃兴,既是江南诗学内在发展的必然诉求,也是时代剧变的催化使然,流亡文学和继之而来的"遗民诗学"是其主要的支柱。

在李自成与清兵交替南下的过程中,为躲避战乱,无数文人雅士变成迁客流民,"流亡文学"成为文学的主流。即便到了康熙朝,受郑成功、吴三桂"北伐"等的影响,不少作品中仍然有"流亡文学"或"遗民诗学"的影子。于是康熙七年(1668)皇帝诏曰:"故明宗室子孙众多,有窜伏山林者,悉命归田里;其姓氏皆复旧。"景梅九等解释说:"盖明既鼎革,天潢贵胄搏徙流亡无不改姓自晦。"[①] 可见当时流亡隐逸的普遍情形。本文选取南明政权作为时空背景,选择典型案例分析流亡文人集体抒发骚

---

[*] 作者简介:张清河(1977—),男,湖北潜江人,副教授,博士。从事明清文学研究。基金项目:国家社会科学基金一般项目"明清之际江南诗学研究"(项目编号:14BZW171)。

[①] 景梅九:《石头记真谛》,王振良编《民国红学要籍汇刊》第6卷(影印本),南开大学出版社2017年版,第49页。

怨的作品，结合楚辞学注解专著，论述其文学和学术价值。

一 弘光朝江南的流亡与骚怨

崇祯上吊自杀后，其弟朱由崧于南京登基，国号"弘光"，继续支撑东南危局。南下的文人群体，辄展开了普遍的流亡书写。

江南首批流亡而抒发骚怨者，应为中原与山左南下流亡诗人群。崇祯十五年，李自成三围开封，引黄河水灌城而入；接着攻陷商丘，"雪苑六子"之中吴伯裔、吴伯胤、徐作霖、张渭等在卫城战役中阵亡，侯方域、贾开宗携宋荦等出逃，顺治初返乡与徐氏兄弟徐作肃等续建"六子社"，不久便开始了长达十余年的流亡书写。中原诗人群以战国时代被放逐江汉的屈原以及天宝年间流落西南的杜甫为楷模创作诗歌，贾开宗自谓："余二十学诗而志富贵……又二十年而志功名，又不得功名，思鼓吹于休明，悲放逐于《离骚》，悯寇盗之交驰，痛春风之别离，故其诗法杜甫。"侯方域为《离骚》正名，其实也是为其诗歌的"香草美人"传统而自辩，他说："屈原幽忧而著《离骚》，其中称名类物，或呼为芰，或呼为荃。今读者不知其所专指，子宁知之耶？盖人心诚有所郁，则必思，思而不得其所通，则必且反复形诸言辞，发为咏歌。情迫气结，纵其所至，不循阡陌。"[①] 宋荦顺治八年始入"雪苑社"，系"六子"中最晚而诗学成就最著者，其《漫堂说诗》具有总结陈词的味道，开篇即将《离骚》与"三百篇"并称为诗歌之缘起："诗者，性情之所发。《三百篇》《离骚》尚已。"崇祯末，清军以登州为大本营，连克山东各州郡，崇祯十五年（1642）攻克新城，王士禛叔祖王象晋及其二叔王与胤、王与龄殉国，后来王士禄与王士禛兄弟考中进士，宦游扬州。此间王渔洋的《秋柳》之所以触发江南文人的亡国之思而引起骚动性的赓和狂潮，正源于其"骚怨"精神。清兵次年攻陷莱阳，姜埰及其妻弟董樵、表兄宋琬等出逃，亦开始了长期的流亡（或曰流宦）生涯。宋琬作《王雪洲诗序》，表达了对"昔者屈原既放，忧愁幽思而作《离骚》"的认同。他观瞻而作《三闾大夫庙》，抒发"屈子湛身后，凄凉石屋存；青山环梓里，白日暗湘沅"的悲慨。流宦天水期间，他将杜甫逃亡秦川等同于屈原的放逐，其《杜诗石刻题后》云："杜少陵以天宝之乱，避地秦州……今所传《秦州杂诗》以及《同谷七歌》数十篇，忧时闵乱，感物怀君，怨不涉诽，哀不伤激，殆渢渢乎《小雅》《离骚》之遗矣。"

第二批流亡者，为被弘光小朝廷打击报复的复社文人。起初，阮大铖、马世英等把持朝政。他们因与复社成员有隙，便大肆展开缉捕：陈贞慧被捕，经拷打后赎归宜兴；沈寿民改名换姓躲入金华山中；贵池吴应箕、芜湖沈士柱流亡于江淮之间；归德府侯方域逃回河南，重建雪苑社；如皋冒辟疆回到水绘园归隐；桐城方以智等加入了

---

① 侯方域：《壮悔堂文集》卷6《四忆堂记》，《清代诗文集汇编》第62册，中华书局2010年版，第436页。

左良玉的南宁军,其后流亡于江浙闽粤一带,寄身佛门,法号"药地"。南京被攻陷,弘光政权解体,以苏州、松江为核心区的复社精英为策划松江总督吴胜兆反正,遭围捕而遇难,其中名声著者,如杨廷枢、侯岐曾、顾咸正、陈子龙、夏完淳等。这一批复社领军人物最终覆巢,其惨状可谓史无前例,原工部侍郎、吴江叶绍袁(叶燮之父,1589—1648)的流亡日记《甲行日注》,其命名即取《九章·哀郢》"去故乡而就远兮,遵江夏以流亡;出国门而轸怀兮,甲之朝吾以行"之意,该书多处提及叶氏父子亡命期间,与同行一道读骚赋诗的场景,诸如叶世偁"高岩凭眺徒增感,读罢《离骚》楚峡虚"、徐匪石"读倦离骚倾渌酒,扈同兰芷友湘蓠"等诗句。另著《半不轩留事》,卷末借太仓张采之口描述嘉定死难和流亡情状,与《甲行日注》形成互文:

  (乙酉八月二十一日适张受先亦弃家遁迹至此)曰:"敌薄嘉定,侯豫瞻(峒曾)力屈城陷,赴水死,子几道(名玄演)、云俱(名玄洁)相继赴水。御难之臣,此为最烈矣!"第三子智含(名玄㵾)幸雍瞻(岐曾)先挈之出,得存其祀,以后载《甲行日注》。①

与侯岐曾等少数文人从屠城中逃亡一样,江南诸城陷落后,众多的世家子弟均有逃亡的记载。顺治二年,江阴失守,黄毓祺流亡至淮南。闰六月底,嘉兴城陷,山左流亡的宋瑊、宋琬兄弟以及王崇简等寄投叶绍袁家。不久,吴江失守,戴笠等欲效屈原投水自尽,被人救起,出家为僧。昆山陷落后,归庄起义失败,僧装流亡至江浙,自号"普明头陀",并仿照《离骚》《天问》笔意,作《万古愁》散曲。嵇永仁亦流亡无锡,以行医为生,康熙初被耿精忠诱捕,狱中写下《续离骚》杂剧后英勇就义。一同逃亡者,尚有弘光朝的官员,诸如四川达州李长祥长期流亡常州、绍兴,将其经历写入《天问阁集》。李氏后来著有《杜诗编年》,其文学自是以屈杜精神自勉。

二 隆武朝南方的抗争、文祸与骚动

"弘光政权"倒台后,李长祥等于顺治二年(1645)闰六月初七,奉唐王朱聿键"监国"于福州,任浙江巡抚,与福建巡抚张肯堂、礼部尚书黄道周及南安伯郑芝龙、靖虏伯郑鸿逵等组建朝廷,此即"隆武政权"。此后一年半,随着郑成功之父郑芝龙等投降迅速土崩瓦解,黄道周亦被押送至南京杀害。然而,由于郑成功的坚守,他先后拥立绍武、东武等朱明宗室,直至其承认永历政权。朱由榔被杀后,郑氏另立鲁王,割据台湾。尽管隆武政权持续不足两年,但郑成功等坚持东南战局二十年,为行文方便,我们将顺治时期江南、闽浙的文人抗争均一并归纳于此。

---

① 叶绍袁原编,冀勤辑校:《午梦堂集》,中华书局1998年版,第906页。

与弘光朝众阁臣不一样，隆武首辅黄道周是个直臣，一个类似于文天祥的民族英雄，一个具有屈原悲剧精神的领袖。他以屈原自况，写有六十多篇模仿屈骚的作品，诸如《续离骚》《续天问》《续招魂》《九议》《九诉》等。郑晨寅《黄道周论稿》曾列表一一对比黄氏与屈原之作品，得出结论："黄道周对屈骚的拟写、续写是有意识的，其规模、格制为辞赋史上所罕见。其作融合了自身家国之痛，或发愤以抒情，或申论、演绎屈赋章句，可称为屈骚千古之同调。"① 在追溯原委时，他分析说："明末出现了一个辞赋创作与研究的高潮，黄道周拟骚杰作的出现并不是偶然、个别的现象，如与黄道周并称为'明末两大儒'的刘宗周亦有骚体赋五篇（即《淮南赋》《吊六君子赋》《知命赋》《逝哀赋》《招魂》）。"

　　刘宗周的传人即黄宗羲等。自顺治二年至康熙元年，黄宗羲开始了长达十八年的流亡生涯，直到他追随鲁王创建"世忠营"失败，其后流亡浙东，以馆塾为生，作《黄孚先生诗序》等，强调了屈子骚怨精神的合理性。与之类似，萧山毛奇龄流亡淮上，撰《天问补注》一卷。顺治十二年，阎尔梅遭通缉，携幼子流亡河南，直至康熙六年，与顾炎武等相会于京师，顾氏《日知录》中，记载着他们大量参详屈赋的心得体会，详见易重廉《顾炎武、黄宗羲屈原学研究综述》一文。清顺治十六年（1659），朱舜水协同郑成功入长江北伐，失利后流亡日本。康熙二年，鲁王朱以海病逝于金门，华亭徐孚远自厦门思明出走，流亡于沿海诸岛，辗转至广东饶平。此间，钱澄之等皆曾辗转流亡至闽海，徐孚远等与之会合，这一批流亡诗人组建了影响深远的"海外几社"。正如黄宗羲之名著《明夷待访录》取易经卦象明志一样，"海外几社"亦取《易》"知几其神乎"之意。他们希望时局能够逆转。亡逸山中读《易》者，还有豫章的"易堂九子"。其领袖彭士望，写有《读骚有感》诗，抒发"老惟屈、杜是知心"的志趣。"九子"中的魏禧也提到，江浙一带诸多文人在甲申、乙酉之后便以屈原辞章遁世自娱，其《娱墨轩遗诗序》曰："甲申后，夫人劝羽文罢弃举子业，更喜读《离骚》《九歌》《九章》激楚之音，与羽文、叔竦及诸从子月课为诗，然少不当意即弃去。"② 除了易堂诸子，江西文人避难流亡山中者颇众，临川傅占衡与其友创作《亦骚》，可谓典型："唐君子晖崇祯末与予偕学为诗，俄别去数年，诗益清怨。苟亡作，作必关世变、览风教，《国殇》《厉鬼》章，三致志焉。……粹数百章为篇，题曰《亦骚》。予既读而悲美之。或以为君非。若（屈）平，宗臣羁士，幸得从容衡涧中，饮酒弹琴，与予辈相上下亦乐矣。离骚者，离忧也，忧固有之，目篇宜乎？予曰：何为然，何为然！顾其人中多忧与否。世不可以乐，故有忧者；世不可以乐，又不可以忧，则有以乐忧者。忧，一也。骚何常之有？"③

　　南方文人的负隅顽抗，最终激怒清廷，所谓"江南十大案"的文祸便接踵而来。尤以"通海案""庄史案"爆发为剧，除了魏耕、钱缵曾、潘柽章、吴炎等直接罹难，

---

① 郑晨寅：《黄道周论稿》，河南人民出版社2014年版，第236页。
② 《清代诗文集汇编》第92册《魏叔子文集》卷8《西林集叙》，第252页。
③ 《清代诗文集汇编》第27册《湘帆集》卷3《亦骚篇序》，第35页。

其余如朱士稚、张宗观、韩绎祖、黄宗炎等人皆四窜流亡,"西泠十子"之首陆圻流亡后竟不知所终,著有骚赋专集,以故柴绍炳评曰:"丽京之于骚赋赡矣,曰吾志以屈宋扬马为宗。""西泠十子"之一的丁澎作《演骚》,将屈、宋诗文演为戏曲;诸暨陈洪绶绘《九歌图》十一幅,又作《屈子行吟图》,抒发其流亡之悲慨。秀水朱彝尊更是从岭南流窜至关中以撇清干系,他在《荇溪诗集序》中总结此一时期的诗风:"一变而为骚诵",后来又将其致力于填词的诗学活动等同于追求"骚雅之义":"善言词者,假闺房儿女子之言,通之于《离骚》、变雅之义。"[①]

　　顺治年间骚体的流行,与清初江南文祸酷烈、文人急于寻求一个安全表达其"骚怨"的途径有密切的关系。新朝的文字狱,一度蔓延到贰臣等群体中,像钱谦益、李楷等皆受牵连。钱谦益肯定"骚怨"的合理性,其《题徐季白诗卷后》中曰:"天地之降才与吾人心灵之妙智,生生不穷,新新相续。有《三百篇》则必有楚《骚》。"[②]他称许杜濬为楚人第一,正因其符合屈赋之情思:"麦秀渐渐哭早春,五言丽句琢清新。诗家轩鼒今谁是?至竟《离骚》属楚人。"晋江丁炜亦曰:"诗者思也,固因乎时,即乎遇,传吾情之所欲言,而无不切中。十五国风、楚骚汉魏皆本诸此。今日诗家,人人殊论。"[③]溧阳陈名夏《吴际飞诗序》亦云:"三百篇而后,楚屈氏独行骚赋,遭谗而怨,慕君而吟,兰芷荬蒚,不一其辞;夫君公子,不一其思。以至于幻眇挑招之说,鬼神怪迂之状,使人数读慷慨欲涕,岂非得比兴之体者耶?"[④]关中李楷贬官后流寓江南,"尝拟骚赋泄哀伤",传世六种书中以《楚骚偶拟》压卷。王经邦《文喜堂诗集序》亦曰:"诗亡而骚著。灵均之际,上官也,其天忧愤,其声繁以急,诗盛而杜少陵尤著。少陵之际,天宝也,其天愁惨,其声凄以切,故自三百十篇至于近体词曲,提耳骚坛,代不乏人。……岂独与屈杜诸子为繁急凄切之声,使人叹为穷愁益工也哉!"[⑤]宜兴储方庆(1633—1683)《桐斋近草序》亦云:"屈宋遭时不偶,续变风变雅,杂之以楚声,其言缠绵比附,寓意于美人香草,抒写其孤愤,此其人盖有大不得已于中者,而后为此放废之言。而后之论诗者不察,猥云:诗人之道,必托乎骚雅,恣肆乎言词,然后可以登于作者之林。殊不知屈宋之心,深以不获味采薇天保为戚戚也。"[⑥]湖广孝昌熊赐履在南京受押收监期间,于1687年自作《些余集序》,转而回归"楚骚之旨"。其序云:"余自幼埋首章句,不喜吟咏……丙辰(1676)被放,流寓金陵……十余年间,长歌短咏得若干首,要不可为无病呻吟者矣。杜子于皇见而赏之,谓宜付梓以公同好。以识行吟江畔之意。……曰些余者,犹骚音也。"[⑦]

---

① 朱彝尊:《群雅集序》,《曝书亭集》卷40,《清代诗文集汇编》第116册,第333页。
② 钱谦益:《牧斋有学集》卷19,第828页。
③ 《清代诗文集汇编》第132册,《问山文集》卷1《谢昼也诗序》,第494页。
④ 《清代诗文集汇编》第16册,《石云居集》卷2,第52页。
⑤ 《清代诗文集汇编》第85册,第20—21页。
⑥ 《清代诗文集汇编》第129册,《储遁庵文集》卷2,第421页。
⑦ 《清代诗文集汇编》第139册,《经义斋集》卷4,第88页。

三 永历朝覆灭与南明文人之骚愤

隆武帝死后,桂王朱由榔在广西即位,建立南明"永历政权"。永历三年(1649)遥封郑成功为延平郡王。郑成功依据海上优势,盘踞厦门一带,一度反正"嘉定三屠"降清大将李成栋以及郑芝龙下属,屡次突破长江防线,甚至打到镇江。而清兵则继续南下,攻城略地。在云桂川贵等地,与西宁王李定国等形成拉锯战。顺治十一年,清兵攻陷长沙,王夫之先后流亡至零陵、郴州、耒阳,其后徙居常宁西庄源,匿名讲学。顺治十四年,始隐遁于故里衡阳石船山中。王夫之著《楚辞通释》,龙眠姚文燮曰:"世多以诗注诗,而不知本于骚。又以骚注诗,而不知本于史。斯注传,可以教天下之言诗者矣。"

湘潭陷落后,王岱作《楚招诗》十四首,为傅作霖、章旷、何腾蛟、金声等大明英烈招魂,其序曰:"或楚人,或别省死楚地,偶赋楚招,其不知或知未确者不俱载。"[①] 龚鼎孳辄为王岱所作《了庵诗集序》曰:"灵均放而离骚作……然则憔悴幽忧、卑湿愁苦,乃千古陶炼文心之具,而上官子兰辈之申胄,绛灌诸人之摧阻当其排俊疑杰,使之侘傺不偶,正所以昌大乎文章也。"[②] 不仅"国家不幸诗家幸"造成诗赋的繁兴,而且严酷的人文环境,也促成楚辞学的兴盛。

顺治五年,仁和金堡赴广西,任礼科给事中,不久遭遇弘光朝一样的政治陷害,幸得兵部尚书、"临桂伯"瞿式耜之助,留居桂林。不久桂林为清兵所破,瞿式耜被俘就义。金堡削发为僧,初取法名性因,辗转至广州雷峰寺函昰大师门下受具足戒,法名今释,字澹归。

据方志载,最终他仿效屈原,与黄周星相约于端午节投水自尽:"丹霞师澹归,姓金名堡,钱塘人,为谏官,随永历入滇,后入丹霞山为僧。……师作骚九章以遗之。后九烟益无聊,五月五日,缚所著诗文于臀,自投于洙泾之高桥下。不数年,师亦示寂于湖。"[③] 所携包括绝命诗二首,黄冈杜濬《题九烟先生绝命诗》曰:"今读其绝命诗二章,其首章固已自明其嗔之故。次章直欲与三闾大夫方驾齐驱,岂欺我哉!夫一部《离骚经》缘瞋而作也,故屈子不瞋则无《离骚》。"[④]

而毕生以屈子后裔自居抒发亡国骚愤的著名流亡诗人,当属番禺的屈大均(1630—1696)。他曾于永历三年献《中兴六大典》,永乐拟官中秘,因父疾辞归。抗清失败后,返乡筑祖香园,设骚圣祠,奉屈原木像。广州城陷后,遭清兵缉捕,在向北流亡途中,

---

① 王岱:《了庵诗集》卷3,《清代诗文集汇编》第23册,中华书局2010年版,第51页。
② 王岱:《了庵诗集》卷首,第2页。
③ 许瑶光修:《中国地方志集成 浙江府县志辑14 嘉兴府志》卷87《丛谈》,上海书店出版社1993年版,第848页。
④ 黄周星、王岱撰:《黄周星集·王岱集》,岳麓书社2013年版,第92页。

僧服出行。屈氏原名绍龙，改名大均，改字一灵，又字骚余，很明显受离骚"字余曰灵均"的影响。取永历钱一枚终身携带，流亡终生。顺治十三年（1656）自越入吴，"吴越间名士俱从之游"；又十年［康熙五年（1666）］历游陕晋豫冀，道京师、下吴会。吴三桂谋反后，曾往来楚、粤军中，知其不可靠，乃返乡。著有《九歌草堂诗集》，朱彝尊作序曰：

  《骚》也者，继《诗》而言志者也。彼其疾世俗，则曰："宁溘死以流亡""哀南夷之莫知"。下女可诒，则曰："及少康之未家"，"恐高辛之先我"。其思也，近于淫；其怨诽也，几于怒。而刘安、司马迁谓"其志洁，其行廉，其称物芳，兼《国风》、《小雅》之义，可以争光日月"，是岂仅称其文字之工哉？亦推其志焉尔矣。予友屈翁山为三闾大夫之裔……予以为皆合乎三闾之志者也。嗟夫！三闾悼楚之将亡，不欲自同于混浊。……然三闾当日方叹恨国人之莫知，今海内之士无不知有翁山者，则所遇又各有幸不幸焉。呜呼，难言矣！

  顺治十七年，"奏销案"爆发。越二年，永历帝朱由榔被害，南明王朝基本结束。这两件事看似无甚关联，但"奏销案"削籍一万三千多人，他们中相当一部分人恢复功名无望，于是参与到与南明文人共同流亡的唱和团队中。吴江计东（1625—1676）即如此，他顺治十四年中举，旋以"奏销案"除名，亦与屈大均、阎尔梅等往来流亡于大江南北。陆可求《计甫草衡庐诗序》云："凡幽峻岩嶂，莫不登眺……悽目九派之流，伤心一柱之观；哭屈平于湘水，吊贾谊于长沙。北上荆州，怀王粲，泣祢衡。彼数子以命世雄才，穷愁郁抑，俯仰今昔，异代同嗟。"① 陆履长削孝廉籍后，长洲徐增为之作《南游草诗序》亦云："《春秋》之后，首推灵均，子卿次之，元亮又次之。此三君子者，原本忠孝，死生患难不少变迁，发于咏歌，无非君父之思焉、家国之虑焉，谓与《三百篇》同归可也。"② 可以说，他们也是流亡诗学的延续者。

四　明清之际骚注进程与学者心态

  汤漳平等认为，"明末清初注《楚辞》者特别多，大体皆引注屈骚以寓自己对故明的思念，如钱澄之'以《离骚》寓其幽忧，而以《庄子》寓其解脱'（《四库全书总目提要》），作《屈诂》；李陈玉和《楚辞笺注》，寄寓自己家国之痛，等等。这是屈原的高尚气节和情操在异代引起的感情共鸣"。③ 大概如是。然文人所处时代不同，其注

---

① 《清代诗文集汇编》第 59 册《陆密庵文集》卷 6，第 59—60 页。
② 《清代诗文集汇编》第 41 册《九诰堂集》古文卷 1，第 337 页。
③ 汤漳平、陆永品：《两千年屈原学研究历史回眸》，戴锡琦、钟兴永主编《屈原学集成》，中央编译出版社 2007 年版，第 330 页。

《骚》之初衷与心态亦相异,大致可以归纳为三个阶段。

其一,是明末文人型的学者,代表者有来钦之、陆时雍、周拱辰等。

萧山来钦之(字圣源,1606—1658),以朱熹《楚辞集注》为底本,裒辑录《楚辞述注》,以陈洪绶《九歌图》插入。来氏生平不可考,仅知其曾与朱彝尊为同学。其学养可从插图作者陈洪绶窥知一二。彼时陈洪绶年十九,初娶萧山来斯行(即来道之女),曾与"来风季"一同读《骚》,因此《楚辞集注》选取了陈图。姜亮夫先生据卷首"来风季印"断定此人即钦之另一字号,然今人据来氏家谱,证实来风季(字道巽,1584—1635)为钦之之父。① 其父子注楚辞初衷,参洪绶《题来风季离骚序》曰:"丙辰(1616)洪绶与来风季学《骚》于松石居,高梧寒水、积雪霜风,拟李长吉体为《长短歌行》,烧灯相咏。风季则取琴作激楚声。……此图两日便就。呜呼!时洪绶年十九,风季未四十,以为文章事业,前途于迈;岂知风季羁魂未招,洪绶破壁夜泣。天不可问,对此宁能作顾、陆画师之赏哉!第有车过腹痛之惨耳。一生须幸而翁不入昭陵,欲写吾两人骚淫情事于人间,刻之松石居,且以其余作灯火赀,复成一段净缘。当取一本,焚之风季墓前,灵必嘉与,亦不免有存亡殊向之痛矣!戊寅(1638)暮冬,诸暨陈洪绶率书于善法寺。"② 从"羁魂未招""车过腹痛"诸词看,此段悼亡之论,亦是陈洪绶自伤身世之言。

桐乡陆时雍(字仲昭,1585—1639)《楚辞疏》、周拱辰(1589—1657,字孟侯,顺治三年岁贡生)《楚辞注》,亦是两学者发愤著述、互相砥砺的结果,曾同注《天问》等篇。据拱辰《陆征君仲昭先生传》:"性不耐俗,俗亦多避之,……顾独与予交最善,千秋各命。……予结撰惨淡,茎髯欲枯,仲昭恣笔所之,风雨蹴踏,淋漓未已。两家檐拱相直,书声亦略相闻。……明年游燕,大司马范公、冏卿戴公最相慕爱,延客入,仲昭踞上座,弹射其诗若文不少逊,一时声满长安。会冏卿以风闻有所劾,援陆为证,并逮之。繇镇抚司下刑部,卒于系。"③ 可以窥见两人读书著述情形。陆氏瘐毙,大部分著作或毁板或遗失,《楚辞疏》由周拱辰整理出版。此外,著名学者张履祥亦为陆氏弟子。《楚辞疏》前有桐乡乌镇左都御史唐世济、武林门人张炜如、至交周拱辰序,评点者如余姚大都督孙鑛、门人钱塘张炜如和焕如兄弟等,都是晚明江南著名文人。国亡后,周拱辰潜心著述,据陆以湉《冷庐杂识》传曰:"吾邑周孟侯先生拱辰,明季贡生……屡不得志于有司,牢骚抑塞之气悉寓于文辞。……(先生)尝坐小楼,去梯三年,读古今文五千篇有奇,由是才藻艳发,名噪一时。"周氏《楚辞注》有冯如京序曰:"统古今诗家而论之:……瑰奇浩瀚,上陈天道,下悉人情,旁及物理,不失恻隐

---

① 李一氓:《书崇祯来钦之刊陈洪绶绘插图本楚辞后》,《存在集 续编》,生活·读书·新知三联书店1998年版,第166页。
② 《清代诗文集汇编》第11册《宝纶堂集》卷1,第680页。
③ 周拱辰:《圣雨斋文集》卷2《陆征君仲昭先生传》,《四库禁毁书丛刊》集部第86册,北京出版社2000年版,第399—401页。

古诗之意,则断自屈氏《离骚》。夫《离骚》,岂得已之言哉!构倖臣,间矇主,烦冤愤激,相于怪淫,疑鬼疑神,汨罗明志。嗟乎,《离骚》岂得已之言哉!……周子鸳湖之望,人伦冠冕,书无所不窥,著书体无所不备,而尤工五七言,是以从支探本,苦心搜索而成此书。……便便经笥之目,飘飘神仙中人,于斯不爽,独惜其当盛壮、履太平,长才远驾,何所不之,而矻矻穷经以老,将无与遭时不偶之原同一牢骚,而周子淡然自异,其读骚又与时人解作怨君者异,所谓名士,良不虚矣。"①周拱辰后来还著有《离骚草木史》十卷,另据桐乡方志载:"周孟侯先生拱辰……著《圣雨斋集》,仅其家传中钞得之。传称先生尚有《感秋杂咏》百首,皆三闾哀郢之意,集中今亦不载。"②

  从以上事例中不难发现,明末学者潜心楚辞学研究,以族亲、乡谊等地缘关系绾结,形成了一个网状研究群体,因此秀水蒋之翘(1596—1659)《七十二家评楚辞》得以将黄道周、陈仁锡、陆时雍、宋之屿、陆钿等人的新注一并揽入。归纳此期文人著述的行迹可知:尽管这批著者的主要注疏行为在亡国之前,但彼时风雨如晦,已难安宁读书。无论是来风季、来钦之血亲父子,还是陆时雍、周拱辰同邑至交,他们均以解注《离骚》作为前后相继的终身事业,这种专注精神,为清初的骚学发展一脉相承。

  其二,是鼎革之际志士型的学者,代表者有黄文焕、王夫之、李陈玉等。

  黄文焕(字维章,1598—1667),天启乙丑(1625)进士,官翰林编修,因崇祯十三年黄道周袒护杨嗣昌被诬结党一事牵连入狱,狱中受探监的方以智等人的鼓励,以近一年之努力完成《楚辞听直》。自序曰:"朱子因受伪学之斥,始注《离骚》;余因钩党之祸,为镇抚使所罗织,亦坐。以平日与黄石斋前辈讲学立伪,下狱经年,始了《骚》注。"③可见其主要受黄道周影响,以朱子注骚之精神自勉。"既释狱,乞身归里,后寓居金陵,卜第钟山之畔,终其余年,寿六十九"(黄惠《麟峰黄氏家谱》卷九),《楚辞听直》初刻于崇祯十六年,后来黄氏携板辗转流亡至闽中、金陵,顺治十四年(1657)将所补《合论》续刻。其观念秉承朱子传统,认为《离骚》系国风小雅之变体:"《骚》从《诗》变,六义毕具者其体也。首《骚》,概从变《雅》中来,援引美人以寄则兼《风》。《九章》与变《雅》相似,同于首《骚》,音节之低徊唱叹,固《风》之遗。"其注解严守儒家格物致知立场,受朱熹影响较深。

  王夫之(字而农,1619—1692),崇祯十五年(1642)举人,曾任永乐桂王府行人。张献忠、吴三桂及清兵攻陷衡州,俱匿深山中,著《楚辞通释》等。卷首《序例》有"岁在乙丑秋社日",辄可断成书于1685年。此书稿沉埋二十余年,康熙四十七年(1708)镇江张仕可任衡州等地道台,向王夫之之子敔乞观,并欣然命序以求刊刻。王

---

① 《清代诗文集汇编》第18册,《秋水集》卷10,第745页。
② 《乌青镇志》卷42,《中国地方志集成 乡镇志专辑》第23册,上海书店1992年版,第897页。
③ 黄文焕:《楚辞听直·凡例》,载黄文焕撰,黄灵庚、李凤立点校《楚辞听直》,上海古籍出版社2019年版,第33页。后引同。

敬思虑三载，将《凡例》《九昭》等自明心志之语删尽后出版，诸如"有明王夫之，生于屈子之乡，而遭闵戢志，有过于屈者"。[①] 王夫之之通释，不在乎细枝末节，如某篇写于顷襄王某时、某篇写于怀王某时，而是"以情揆理"，注重通篇文气的连贯性。他以宋学精神严守"华夷之辨"，将清朝暗喻为"秦朝"，以楚臣屈原自比，揣度著作时之情势，一气灌注，对屈子楚辞各篇进行了通读性的阐释。易重廉《中国楚辞学史》（湖南出版社 1991 年版）认为，以绍武屈原爱国精神，寄寓故国之思体现了鼎革之际楚辞学特点，代表性作品"当首推王夫之的《楚辞通释》"。

李陈玉（字石守，1598—1660），崇祯时进士，拜侍御史，因季父李邦华为都御史，以回避例归里。明亡后弃家入山，流亡楚、粤间，穷愁著书，终身岩穴。据门人钱继章序，李氏曾"手注《诗》《书》《三易大传》成，间以其余为《楚辞笺注》"，而其初衷，则为"屈平之志"："先生进位总宪，循例乞身，追懋翁殉闯逆之难，先生北望陵阙，流涕泛澜，屈平之《涉江》而《哀郢》也；既而遁迹空山，寒林吊影，乱峰几簇，哀猿四号，抱膝拥书，灯昏漏断，屈平之《抽思》而《惜诵》也。先生之志，非犹屈平之志乎？"[②] 李氏《自序》其写作缘由，顺治十年（1653）："复过云阳，门人执《楚辞》为问，因取而观之，为注家涂污极矣，《天问》一篇，云雾尤甚。"由是感慨，"屈子千古奇才，加以纯忠至孝之言，出于性情者，非寻常可及，而以训诂之见地通之，宜其蔽也且夫《骚》本诗人之意，镜花水月，岂可作实事解会？唯应以微言导之，则四家之中，笺所直其事也。"康熙间魏塘魏学渠再序刻曰："（李石守先生）季父为都御史，以回避例归里，遂有甲申三月之变。先生慷慨弃家入山，往来楚粤间，行吟泽畔，憔悴踯躅，犹屈子之志也。衡云湘雨，往往作为诗歌以鸣其意，有离骚笺注数卷，其词非前人所能道。然而涉忧患、寓哀感，犹屈子之志也。"姜亮夫《楚辞书目五种》评云，"其笺注屈、宋，涉忧患，寓哀感，别有会于屈子之意。故体验实有过人之处，因亦有过量处。"其笺注稍显琐屑，然不时有独得之秘，吉光片羽，不可埋没。

通观以上著述可知：鼎革之际的学者最深切体悟到亡国之痛楚，亦亲身经历流亡之残酷，因此他们在注疏中很容易进入屈原当时创作的"情景模式"，以其"共鸣共振"的注解，来取得事半功倍的效果。加之他们本身便是经学通儒，亡国后退守家园潜心著述，其成就自然是高华卓绝、无与伦比的。

其三，是由明人清诗人型的学者，代表者有贺贻孙、钱澄之、林云铭等。

贺贻孙（字子翼，1605—1686?），江西永新诸生，与陈弘绪等结"豫章社"，明亡后为躲避征召，流亡山中。康熙二十三年（1684）仲春，其族弟贺云黼将其《诗筏》《骚筏》等"四十年著作之书"校订付刊，就其旨趣大概，"取古人之说而意度之"。

钱澄之（字饮光，1612—1693），弘光时为躲避阮大铖等陷害避难吴中，其妻拒捕投河死，流亡江浙闽粤间。《楚辞屈诂》与《庄子诂》合撰。其注骚初衷，《清史稿》

[①] 杨坚等：《〈楚辞通释〉编校后记》，王夫之《船山全书》第 14 册，岳麓书社 2016 年版，第 468 页。
[②] 《续修四库全书》第 1302 册，上海古籍出版社 2002 年版，第 5 页。

隐逸传有曰："盖澄之生值末季，离忧抑郁无所泄，一寓之于言，故以庄继《易》，以屈继《诗》也。"《四库全书总目》提要云："盖澄之丁明末造，发愤著书，以《离骚》寓其幽忧，而以《庄子》寓其解脱，不欲明言，托于翼经焉耳"。事实上，钱澄之是不满遗民诗人故作解人、穿凿附会而作。其《楚辞屈诂引》曰："因朱子之集注，更加详绎，不立意见，但事诂释，则见其情绪之感触，有无端而生者，有相因而起者，意之所至，忽然有词，词同，意固不同，则亦未尝无秩序无条理也，故于《离骚析诂》之后，又为之总诂焉。……吾盖深恶夫牵强穿凿，以求其前后之贯通，故以诂名，而所诂亦止于屈子诸作。因谓《楚辞屈诂》。"①

林云铭（字西仲，1628—1697），顺治十五年进士，官徽州通判。与前文嵇永仁一样，耿精忠谋反被执，囚之十八月。被释后流寓杭州。1686年，仿骚体为叶燮作《二弃草堂歌》。洪图光谓其"寄情于美人香草，略写《风》《骚》逸韵，才老愈工，皆由性情所得，有不期然而然者"。② 诗词文稿有康熙三十三年（1694）《挹奎楼选稿》，临终刊行《楚辞灯》。康熙三十六年（1697）仲春，林氏自序称"治骚者向称七十二评本，大抵感于旧话之传讹、随声附和，而好奇之人又往往凭意穿凿"，"因于丙子良月杜门追记，并补未注诸篇"，"还他一部有首有尾、有端有绪之文，与注《庄》同一法"。③

顺康之际社会渐趋安定，南明"遗民"作为一个阶层逐渐退出历史舞台，转化为专心于"楚辞学"的诗人学者。此期注家作品亦较多，且多是合注，诸如贺贻孙的《骚筏》与《诗筏》，钱澄之的《楚辞屈诂》与《庄子内七诂》，林云铭的《楚辞灯》与《庄子因》等。综上可知明清之际注《骚》三阶段：首先是执着于抒发"孤忠""骚愤"心结的学者，接着是"明志""守节"一派的遗民学者，最后成为将"骚学"纳入"诗学"体系的专业型学者，其注《骚》之进程，与学者心态之演变是互为表里的。

结　语

南明文人流亡过程中集体抒发骚怨、骚愤，除了其本身独特的诗史和文学价值，对于推尊楚辞文体以及诠释《楚辞》经典，均起到了直接的推动作用。一方面，"骚"之为体，不仅成为与《诗经》并立的文学之源，且形成了"风骚""屈杜"相提并论的文学传统。屈原《离骚》在明清之际学者的眼中，成为文人诗的源头；又因特殊的时代背景，成为"诗可以怨"的代表性文体。钱谦益、朱鹤龄等皆援引司马迁"书骚愤"的观点来称道《离骚》，并以此为当世诗歌准则。钱谦益《虞山诗约序》云："太史公曰：'《国风》好色而不淫，而不乱，若《离骚》者，可谓兼之。'故夫《离骚》者，

---

① 《清代诗文集汇编》第40册《田间文集》卷16，第162—163页上。
② 孙克强、杨传庆、裴哲编：《清人词话》，南开大学出版社2012年版，第299页。
③ 林云铭：《楚辞灯》，《四库全书存目丛书》集部第2册，齐鲁书社1997年版，第158页。

《风》《雅》之流别，诗人之总萃也。《风》《雅》变而为《骚》，《骚》变而为赋，赋又变而为诗。昔人以谓譬江有沱，干肉为脯，而晁补之徒，徒取其音节之近楚者，以为楚声，此岂知《骚》者哉？"朱鹤龄《闲情集序》亦曰："自国风寖微，离骚继作……其衷情之缠绵悱恻，实本于忧谗畏讥、爱君忧国之思，故太史公曰：国风好色而不淫，小雅怨诽而不乱，离骚可谓兼之。"[1] 稍后，施闰章《书两姜先生诗后》亦曰："昔三闾大夫以放逐之孤臣，行吟泽畔，后世以其所作为《骚经》，推之与《三百篇》相表里。"[2] 溧阳马世俊曰："继三百篇者，楚辞也；继楚辞者，杜诗也。"[3] 另一方面，除了创作中继承风骚、庄骚、屈杜传统，"百家注骚"实际上形成了屈原《离骚》《九歌》《九章》等篇目的经典化，将楚辞学提升到一个全新的高度；而屈原也成为继陶渊明之后追溯成立的第一流人物，诸如朱鹤龄便以屈杜韩苏并称，"屈宋之骚些，不至于江潭憔悴则不成；子美之诗，退之、子瞻之文章，不至于夔州流落、潮惠贬窜以后，亦不能奇且变若是也。"[4] 这无疑拓展了文学史的深度和广度，对近代文学史学的建树产生了深远的影响。

---

[1] 《清代诗文集汇编》第22册《愚庵小集》卷8《闲情集序》，第695页。
[2] 《清代诗文集汇编》第67册《愚山先生文集》卷26，第229页。
[3] 《清代诗文集汇编》第28册《匡庵文集》卷4《杜诗序》，第208页。
[4] 朱鹤龄：《愚庵小集》卷八《缃林集序》。

中华诗论西译的关键在于译出思想之精彩
——以《诗品》德译为例

王 涌[*]

(华东理工大学/上海工商外国语职业学院 上海 200237)

摘 要: 西译语境下,中华诗论是一个特有的文类。其作为思想文本,但叙事方式不是思想的,而是诗的,所谓以诗喻诗。因此,字义所指往往不在字面本身,而是潜藏于字外,隐居于上下文脉关联中。这就使得不能留于字面翻译,这个看似简单的道理在中华诗论外译中尤为重要。译介中只有字面义,就会失落对原义的传达,没有了具体所指的原义,思想传达就会受损。不见思想,只见字面叙事的翻译,不仅没有传译出原义思想,而且还会使篇章前后不搭,整个文本失去意义。就德译《诗品》而言,但凡不尽意处,大多与留于字面相关。因此,中华诗论西译切忌留于字面叙事,必须传译出思想。见到思想,中华诗论的光彩才会照耀异域。中华文论(诗论)才会获得应有的接受。

关键词: 中华诗论西译;《诗品》德译;连类比附;字外义

一 中华诗论西译 VS《诗品》德译

翻译必须尽可能等值传达源语含义,这点已经不在话下,需要讨论的问题是如何会意,如何把握源语含义。问题与其说在理论层面不如说在实践层面,因为不同文体、不同题材,意义表达的方式不尽相同,要把握文本表达的确切含义,很大程度上取决于对不同文本固有表意方式的把握。就中华诗论西译而言,对文本固有表意方式的把握尤为重要。

西译视域下,中华诗论属于非常特殊的一种文本。无疑,诗论属于说理性文本,

---

[*] 作者简介:王涌(1961—),上海市人,华东理工大学德语国家研究中心教授,上海工商外国语职业学院教授,硕士生导师。研究方向:德语文学与文化,德汉—汉德翻译。

基金项目:本文系国家社会科学基金一般项目"中国古典文论德译研究"(项目编号:16BWW007)阶段性成果。

就此来看，应该与其他中华思想文本西译无多大差异。其实不然，诗论西译与《道德经》《论语》等思想文本西译会遭遇完全不同的情形：没有对诗论思想指向对象，即中华诗歌的了解，对中华诗论思想的领会与把握就失去基础，成为一件几乎不可能的事。而像《道德经》《论语》等一般思想文本的西译则不会有失落理喻基础的问题，这些一般思想文本指向的也是一般社会生活。即便对中华社会生活无甚了解，《道德经》《论语》等文本西译也不会遭际理喻的瓶颈，因为这些文本涉及的基本是人类社会生活的共通问题。这样，理喻的基础就永远在。而诗论则不同，传达的思想都是就中华诗歌而发，没有对诗歌的了解，思想理喻就会很大程度受损，乃至受阻。当然我们可以说，不是有翻译吗？将传达思想的文字翻译出来，文字所承载的思想不就也传译过去了吗？问题并没有那么简单。这又涉及中华诗论西译的另两个特殊层面：特殊的思想叙事方式和专有的问题关注。

较之于西方，中华诗论以完全不同的叙事方式出现。众所周知，西方文论诗论的说理方式是直述其事，将思想层层推进，无论是演绎推理，还是归纳提炼，都是将思想直接诉诸文本的字面表述。而中华诗论（包括文论），大多采用连类比附的方式来说事，这与西方的隐喻（Metapher）表面相同，用感性方式进行传达和表述。但实质不同，中华诗论的叙事方式将思想嵌入文字引发的阅读反应中，而不是固化在文字字面表达中；西方的隐喻再怎样使用符号或形象化手段，表达都还是在文本之中，不会在之外，不会诉诸阅读反应。中华诗论的思想表述则很大程度在文字之外，与中华诗歌本身的叙事和抒情方式几近一致。正是这个特有的叙事方式使得中华诗论西译呈现出固有的特殊性，决不能停留在字面意，而必须译出比附的字外意，那才是文字实际要表达的含义所在。当然我们可以说，字外意还是由字本身引起，翻译只要将字本身译出就行，读者自会领悟到字所引向的字外意，就像汉语读者一样，读后自然能会出实际表达的字外意。其实，如此之说只是按一般逻辑在说事，而忽略了思想表达的特有逻辑。思想的语汇是以确定性为标志的，中华诗论连类比附的叙说方式将思想从固定的文字引向读者的会意，虽然摆脱了文字，但确定性依然在。意不再假托文字，落在了人心中，但还是确凿无疑。这样的会意逻辑是西方没有的，是由中华诗歌承载的特有审美方式而来。所以，以诗说诗成了中华诗论最常见的方式。这样，中华诗论的西译就不能简单译出字面意了事，西语读者像汉语读者那样会出字外意的可能微乎其微。所以，中华诗论西译首先必须会出源语的实际含义，这往往不在字面，而在字外；然后，将这比附的字外意传达出来，而不是字面义。

那些往往位于字外的实际表达大多又指向中华诗论的特有关注。就中西同比而言，中华诗论关注的问题以及思想追求与西方完全不同。表面看，这个不同主要体现在所关注的问题及使用的术语和叙事方式上。其实，其根本在于所传达的诗论思想不一样。这又从另一个层面要求翻译要传译出中华诗论思想的特有方面，这是中华诗论思想的精彩与价值所在，译介如果不落在这样的思想上，仅留于字面叙事，原义就没有传译出来，译文就会成为无价值的东西。问题的复杂性在于，这些特有思想大多由连类比附的方式呈现，也就是说，存在于文字比附指向的字外，而且这样的比附在准确会意方面要求对中华诗论特有的关注有了解。具体而言，中华诗论使用的比附从单纯文字解读角度会出现多种会意的可能。思想传译具体落在哪一点上就不是单靠字面解读可以做到的，这就要求对中华诗论思想的特有关注有清楚认知。换一种方式说，中华诗论使用的文字就能指而言可以是多方面的，但所指只能是一个。要准确译出所指就要对话语的话题和思想指向有了解。唯其如此，中华诗论固有的思想才会在西方异邦呈现出光彩，译文才会显出意义，受到重视。

中华诗论的西译实践起步要远远晚于中华诗歌（文学）的西译，而且就现状来看，规模和影响远不及中国文学，包括诗歌的西译，这由外部和内部原因所致。就外部原因而言，西语世界对中华文学诗歌的接受远比对中华诗论的接受要容易、简便。诗论属于思想文化，思想传译稍不到位，基本就很难被接受；而文学诗歌则属于感性文化，翻译的些许不到位不至于影响整个接受的发生，面对外来文化的感性创造物，即便传译不到位，感受还是会发生，哪怕是自主的感受；当然，中华诗论西语世界的影响远不及文学诗歌本身的主要原因在翻译本身，在内部。总体而言，中华诗论的西译质量不如作品本身的西译，两者间大相径庭的关注度和接受度便是明证。这还不简单意味着，诗论西译的出错率普遍高于作品西译的出错率，而主要是说，诗论西译的思想传达有欠缺，话语的具体所指没有准确译出。

就《诗品》这部中华诗论早期经典的德译而言，情形基本如此。迄今，中华文论（诗论）有德语全译本的也不过四部：《文心雕龙》《诗品》《沧浪诗话》《续诗品》。《诗人玉屑》虽也有德译本，但并非全译本。这些译本大多出自汉学家之手，其中不乏成就斐然的汉学学者，如《沧浪诗话》的译者戴贲（Guenther Debon）堪称向德语世界译介中华文论和诗论的开垦者和奠基者。较年轻的如《诗品》译者傅熊（Bernhard Fuehrer）。《诗品》德语版于1995年出版，当时译者还是一位较年轻的汉学家，如今已是享誉学界的知名汉学家，目前供职于伦敦大学亚非学院。从翻译角度看，《诗品》德译应该是目前中华文论德译中最好的，这一说法主要基于思想传达准确度。但是，即便如此，与英语世界的情形一样，《诗品》德译也没有引起学界多大反响和关注，更不要说促进中德文论界的对话与交流。当然，本该有的反响和关注没有出现，原因是多方面的，但无论如何翻译应该是重要原因之一。

《诗品》作为中国古典诗论的代表作蕴涵着不少中华诗论的经典思想，这个经典思想不单单体现在对后世的影响，而且也体现在对先秦两汉以来重要思想的承续上。行文虽主要由对前人诗歌的点评组成，但传译的关键不在史而在论方面。对诗史的叙述不仅翻译上难度相对较小，而且受众层面的关注度也相对较小，而点评中陈述的诗论思想不仅是翻译的难度所在，也是获得目标语世界接受和关注的关键所在。而《诗品》德译中出错或没有完全译好的地方恰恰大多在此。

总体而言，翻译中无论在史还是论方面基本都采用词义对应的方法，这在诗史叙事方面问题不是很大。但在思想表达方面却很容易失落词义或句义的实际所指，结果没有传译出《诗品》作为一本诗论著作的精彩和价值。具体而言，但凡《诗品》德译有思想传译不到位的地方，不是术语翻译上过于找对应词，就是失落对寓于文脉中的思想把握和传译。这两点恰是中华诗论西译的关键所在。

二　术语翻译中的思想传达

术语是中华诗论独特思想表述的关键，也是西译几个核心难点之一。一般而言，术语外译只要尽可能找语义相近的对应词即可。但是，中华诗论的独特性使得绝大多数术语都无法在目标语中存在合适的对应词。这就要求翻译不能刻意找对应词，而应从准确把握到的词义出发，建构译语新词或旧词新用。《诗品》德译在不少术语翻译中，由于过于寻找对应词，最终失落对源语术语所指之义的传达，尤其是那些史上传承下来的重要术语，这些往往又是贯穿整个历史而具有基本意味的思想。比如有关赋、比、兴的思想，《诗品·序》表述如下：

> 故诗有三义焉：一曰兴，二曰比，三曰赋。文已尽而意有余，兴也；因物喻志，比也；直书其事，寓言写物，赋也。宏斯三义，酌而用之，干之以风力，润之以丹彩，使味之者无极，闻之者动心，是诗之至也。若专用比兴，则患在意深，意深则词踬。若但用赋体，则患在意浮，意浮则文散，嬉成流移，文无止泊，有芜蔓之累矣。

这是对先秦以降重要诗论思想的承接与阐发，无疑具有重要意义。第一句话的德译是：

> Daher gibt es in der Dichtung drei Darstellungsarten: Allegorie, Vergleich und Deskription. [1]

这里，赋、比、兴三个术语都采用直接找对应词的方法完成翻译，"赋"尚可，但"比"和"兴"的翻译则没有传达出实际所指的含义。

首先，"兴"在中华诗论中指的是起兴以及兴中含比，指诗歌引发意念活动的情形。德译用 Allegorie（比喻，寓意）这个西方文论中现存的对应词来翻译，显然没有传达出实际所指之义。当然，"兴"也含有用一词、一事来喻某个含义之情形，但这个

---

[1] 文中所分析德译均出自傅熊，见 Bernhard Fuehrer, *Chinas erste Poetik*, *Das Shipin* (*Kriterion Poietikon*) *des Zhong Hong*, Dortmund, 1995.

喻绝非确定的,绝不是用理智手段可以确凿无疑地把握的。"兴"是靠激发情感和思绪活动来传达含义的,具体含义是各情感和思绪活动的产物,无法先期确定。Allegorie 的所指是预先确定的,因此也是确凿无疑的。中国诗论强调"兴"主要强调诗的所指在起兴,意味在起兴中发生,不是在词义本身中。Allegorie 丝毫没有传译出这样的意思,而且如此还会使前后解读不着边际、无法匹配,如原文中接下来解释"兴"的"文已尽而意有余,兴也",德译是:

Wenn die Worte zu Ende sind, die Gedanken aber weiterklingen, dann handelt es sich um eine Allegorie.

意为:文已尽而思绪还在继续,此为比喻或寓意。乍一看是译出了源语的含义。但这与西语的比喻或寓意(Allegorie)明显不是一回事。由于前面将"兴"译成了 Allegorie,这里也必须这样译。这里不顾前句含义,为保持上下一致,硬译导致的不匹配更彰显出了用 Allegorie 来译"兴"的不妥之处。所以,较合适的翻译应该是 Inspiration,西语中这虽不是专门术语,而是一般常用词,但表达出了启动思绪之义,而且所启动的思绪的具体落点是无法先期确定的。恰是这个西语中非专门词,表达出了中华诗论与西方不同的关注,并且与"文已尽而意有余"的德译 Wenn die Worte zu Ende sind, die Gedanken aber weiterklingen 就较好吻合,不存在不匹配的情况。

再看"比"的德译 Vergleich(比较),这是整个西语世界较常用的译法。乍看,应该没有问题,因为中华诗的"比"确实与比较有关。但是,那不是单纯的比,而是专指借物来比附人的品性。这样的诗论术语西方是没有的,Vergleich 一词只是极其有限地含有比附之义,而且丝毫没有附的意义指向。如此翻译,只是大致但没有根本上将"比"的原义译出。笔者认为,译成 vergleichende Anspielung(比拟性的暗指)较好。不仅 Anspielung 本身有附着之义,而且"比"这个手法的隐匿性也传译了出来。如此,"因物喻志,比也"就不应译成 Wenn Gefühle auf Dinge übertragen werden, dann handelt es sich um einen Vergleich,而应译成 Wenn ein Ding auf die Gesinnung hindeuten kann, dann handelt es sich um eine vergleichende Anspielung。"因物喻志"不是将情感比附到物上,而是托物言志。这里又牵涉到"志"这个中华诗论(文论)中固有术语的翻译,译成情感(Gefühle)无论如何是有偏废的。固然,志,情志也。撇开情志中志主导而不是情暂且不论,即便情志中的情也已不再是感受而是情感之意。"志"较合适的德译应该是 Gesinnung(精神取向、思想取向),其中已经含有情感取向、情感追求之意。

术语翻译到位了,整个篇章中的诗论思想叙事就有了关联,翻译中的思想传达就得以实现。试看接下来的句子"若专用比兴,则患在意深,意深则词踬",源语的意义关联很清晰。但是,译成德语后就会出现问题:

Verwendet man ausschließlich Vergleich und Allegorie, so liegt die Schwäche in der Tiefe der Gedanken. Sind die Gedanken zu verborgen, so ist der Wortfluß gehindert.

问题在于，将"比"译成了 Vergleich（比较）后，与"意深"就出现了矛盾，之间关联不清晰。如果改译成 vergleichende Anspielung（比拟性的暗指），则"意深"就成了当然的结果。

可见，术语翻译等值程度的重要性，一旦有所偏离，便会损害前后叙事的意义关联，进而使整个篇章的精彩思想不能传达出来。《诗品》中有许多承接前人的诗论术语，恰恰这个承接使得这些术语贯通历史，成为中华诗论重要思想之所在。一旦翻译有误，受损的不单是一个字或词的问题，而是中华诗论的整个精华。再看《诗品》德译对"故曰：诗可以群，可以怨"这句话的处理，同样出现了关键术语译解不准确的问题：

Daher heißt es："Gedichte können Gemeinschaft stiften und Klage äußern."

这里将"群"译成 Gemeinschaft（共同体）应该是较严重的误译。"诗可以群"又是中华诗论固有的一个命题，指的是以同乐方式使人安然相处。重点是不同人群，甚至有冲突人群之间安然相处，绝不是指建构出人之间的共同点。Gemeinschaft 只是译解出了"群"这个词的字面意义，而且将意义所指落在了诗是人之间共有或共同的东西上。意义从使人安然相处这个政治性原义上偏离了出去。有关诗的功用，西方强调的使人向善，指的主要是个人思想境界的提升，很少有指向使不同人群之间平安相处。"诗可以群"的思想是中华诗论特有的诗学政治理念。由翻译而偏向人之间的共性，就失落了对这个唯中华独有之精彩思想的传达。恰是重视和平相处的中华民族才会推举"诗可以群"这一点。所以，这里应该将"群"德译成 Menschen Verbindende，意为勾连人群。这样也使翻译接下来的句子"使穷贱易安，幽居靡闷，莫尚于诗矣"显得通畅，因为 Gemeinschaft 无法使穷贱的人容易安心，无法使隐居避世的人没有苦闷，而 Menschen Verbindende 则可以做到。这就贯通了文本中"群"的具体所指含义。

如上讨论的术语（"比""兴""群"），不仅在《诗品序》中出现，而且在此前中华典籍如《诗经》《论语》中也有出现。在其他典籍里这些术语的德译中，也存在类似情形。可以说，如上讨论情形在西译中，至少德译那里，是较有典型意义的。中西诗论在思想、术语方面大相径庭，不仅在话语而且在思想方面，几乎找不到任何对应。因此，术语翻译沿着寻找对应词的思路很难行得通，可行的办法应该是放弃寻找专业对应词，从日常语词中建构术语用词，这样反而能将中华诗论特有而西方没有的术语传译出来。具体操作中不妨建构复合词，这不仅在德语构词中惯用，而且也是中华诗论术语中常常出现的情形。

三 译出居于文脉的专属思想

中华诗论的光彩集中在一系列别处找寻不到的专属思想中。当然，这是独具特色之中华文学艺术的产物。作品由于有感性语汇的缘故，不管译介如何，多多少少都会引发感受。诗论文本则不然，思想传译稍有偏差，特有的思想价值就无从呈现。由于中华诗论多采用连类比附的叙事方式，思想所指很大程度不体现在字面，而在上下文脉之中。这就要求译介准确传译出潜伏于文脉中的思想宝藏。就《诗品》而言，中华诗论的不少精彩思想都得到了弘扬与光大，对这些思想的传译是否准确，直接关系到整个文本是否获得接受以及接受的程度。但是，《诗品》德译本在这些方面还是有不少令人遗憾之处。比如，"气之动物，物之感人，故摇荡性情，形诸舞咏"这几句话的德译。先看前两句：

> Die Urkraft, sie versetzt die Außenwelt in Bewegung; die Außenwelt, sie versetzt den Menschen in Rührung.

这里，"气之动物"的"动"用 Bewegung 去译，就出现了意义偏差。固然，Bewegung 可以指身动，也可以指心动。但是，与外在世界（Außenwelt）连在一起，就只是表示物理意义上的动，没有心动、感动之义。"气之动物，物之感人"表达的是中国诗论的一个专属思想，自古有之，是在本体层面解说"气""物""人"之间感动的关系。所以，"气之动物"的"动"就不能译成物理意义上的动，这样翻译只是把握了字面意，而且只是符合了目标语逻辑而已。可是，问题恰恰出在与目标语逻辑的归化上。正是这个归化的力量将意义所指引向了歧途。"气之动物，物之感人"作为中国诗论专有的一个基本思想，表达的是"气""物""人"之间一个使另一个有感有动的关系。或者换个角度说，是在讲诗之动人的本体意义。诗之动人是由天地万物的根本，也就是气决定的。此间主导的是感，不是动，动只是起辅助作用，在衬托感，因此，绝不是指脱离感的物理意义上的动。这里表达的思想是：物何以能感人，那是由于物中有气，有生气。感人的本体意义在气，最终一切都是气使然。"动"译成了物理意义上的动之后，与"物之感人"就失去了逻辑关联。物只有物理意义上的动是自然而然的事，无须赘言，而且重要的是无法表明何以会动人。物如果不仅仅在物理上受动于气，就因气而具有了灵性，这样也就会动人、感人。人之感物，其实是气之所动。这应该是这句话所要表达之专属诗论的思想，也是中华诗论（文论）物感说的精髓所在。所以，应该将这句话德译成：

Die Urkraft verleiht der Außenwelt das Lebendige; so ist die Außenwelt in der Lage, Menschen in Beruehrung zu bringen. （气赋予外物以生气，因此外物能使人有感。）

这样就传达出了中华诗论专属思想的光彩：诗之感人是依托天地万物本有之气的，具有深层的本体意义。诗之感人是在感本有之气。这样的思想是西方诗论没有的。文本中这是潜藏于字外、隐居于上下文的文脉关联中。唯有传译出这样的专属思想，中华诗论的光彩才会照耀异域。

接下来再看"故摇荡性情，形诸舞咏"这两句话的德译，同样没有传译出原义所指：

Dadurch werden [menschliche] Natur und Empfinden in Schwingung versetzt und nehmen in Tanz und Gesang Gestalt an.

这句德译传达的含义是：由此，人的天性和感受会摇荡，在舞和歌中获得表达。问题直接在于将"性情"拆分成性（Natur）和感受（Empfinden）来译，没有传达出其特有的诗论之意。如此一拆分将本来前后句的精彩关联拆掉了，进而使前后句成为不再搭连、令人难以理会的句子表达。本来，"故摇荡性情"是在承接前句讲：人有性情摇荡是因为感物，而感物又是由于物受气所动，天地万物皆贯穿气。这是中国诗论专有的对天人合一思想的依托。将"性情"拆分成性（Natur）和感受（Empfinden）来译就完全失落了对源语这一精彩思想的传达。就前后搭连来看，性（Natur）和感受（Empfinden）不仅与前句的感物没有直接关联，而且与后句讲的艺（形诸舞咏）也没有清晰的勾连。表面看，将"性情"拆分翻译是由误读所致，其实，更深层的原因是没有把握住潜伏于字里行间的文脉之意。一般而言，但凡中华文论术语由两个以上的词复合而成，表达的含义大多不是两个词的等值并举、机械相加，而是有机合成，其中有主有辅，所以大多不能逐字并举进行相加翻译。"性情"这个中华文论术语，情是主干，主导词；性只是补足，辅助和限定词，意为：来自性的情，依托性的情。这个情就是情感，与人的诗艺活动紧密切合，而不是感受。所以，应译成 die naturellen Gefühle（出于性的情，依托性的情），这不仅与前句的感物、受气之所动清晰相连，而且也紧密切合后句讲的诗艺活动，情是诗艺活动无疑的轴心。这样的话，"故摇荡性情，形诸舞咏"就应该德译如下：

Dadurch kommen die naturellen Gefühle in Schwingung und nehmen in Tanz und Gesang Gestalt an.

把握住了原文这样的思想文脉，接下来的句子翻译就不会失落指向原义的依循。

如"动天地，感鬼神，莫近于诗"中的"动天地"就不能像傅熊译本那样译成 Um Himmel und Erde in Bewegung zu versetzen，如此，诗与使天地动起来之间就建构不出关联。诗可以动天地，原因是与气一体。气可以动物，那与之一体的诗同样可以动天地。所以，这里的动同样不能用 Bewegung 来翻译，而应译成 Um Himmel und Erde lebendig zu machen，意为：诗可以使天地具有生气。这样，具有生气与诗之间就具有了关联，就切入诗论/文论专有的话语中。所以，译出诗论专属思想是何等重要，只是拘泥于字面去译会使原文本来居于文脉的意义关联失落，导致前后不搭，最终埋没了中华诗论本来拥有的思想光彩。

此外，中华诗论的精彩还常常体现于以诗喻诗，即用诗的话语、诗的意境去展现如何为诗的道理。这就要求翻译必须传达出如此诗之话语的语义。比如"若乃春风春鸟，秋月秋蝉，夏云暑雨，冬月祁寒，斯四候之感诸诗者也"这几句话，是在用春风春鸟这般诗句话语展现诗对情感的表现。傅熊德译如下：

Wind und Vögel des Frühlings, Mond und Zikaden des Herbstes, Sommerwolken und Hitzeregen, winterlicher Mond und eisige Kälte-das sind die Erscheinungen des Jahresablaufes, die das Herz des Dichters bewegen.

这里用德语中表示所属关系的二格，将诗句中本来展现感物情感的"春风春鸟，秋月秋蝉"拆分翻译成春天的风和鸟，秋天的月和蝉，这样就没有将源语中两个词复合在一起的意境美传达出来。这里一旦用单纯所属关系去译，那只是认知，不是感。中国诗学历来不看重认知，而看重感，这里传达的也恰是《诗品》核心话语：感物。所以，应保留复合构词，将"春风春鸟"译成 Frühlingswind und-Vögel，"秋月秋蝉"译成 Herbstesmond und-zikaden。这样，源语的意境美才能传达出来。

因此，译出中华诗论思想之精彩的关键是，不能留于字面翻译。这个看似简单的道理在中华诗论外译中尤为重要。傅熊德译《诗品》中但凡不尽意处，大多与留于字面相关。比如将"照烛三才，晖丽万有"译成 Die Drei Grundkräfte und alles Existierende werden zu glänzender Schönheit gebracht，又是由于留于字面，没有切入上下文脉，而失落对思想的传达。这里的"三才"在源语中是对天、地、人的统称，古人尽知，无须再具体言明。但德语读者会茫然，翻译应该将"三才"的具体所指译出来：Himmel, Erde und Menschen，这样不仅令译语读者快速领会，而且还与整个篇章讲的诗依托气而感天地万物的基本思想紧密契合，使译语读者能更佳把握《诗品》所表述之诗论思想的精髓和光彩。

本文所选案例虽然多取自《诗品序》，但由于关乎《诗品》的基本思想，在德译具体诗人作品部分时，所述翻译上的问题同样存在。所以，不能留于字面，要切入上下文脉，具有普遍意义。当然，切入文脉，传译思想，具体情况各异，而且因文本不同会呈现出不尽相同的情形。这就要求译者对中华文论和诗论思想有较深入的把握。这不是单纯熟悉文本内容这个老生常谈的话题,而是事关成败的关键所在。中华诗论与诗不同,诗的基点在感,翻译无论如何不会失落这个感,哪怕出现偏差。而诗论的基点在思想,而中华诗论又以感的方式写成,读起来是诗,但落点不在感本身,而是借感会意,如若会意有误,那整篇文字将失落意义。所以对译者有更高的要求,必须对中华诗论关注的问题及传达的观点有全面了解,绝不能就字面义去翻译,这样,译出来的句子像诗,但不如真正的诗那般精彩。一旦会意有误、思想传达有偏差,整个文本将失去意义。这应该是中华诗论西译不如中华诗歌文学西译那般令人关注和产生影响的原因所在。

《诗》义离合与中国诗学的审美独立

吕仕伟[*]

(中山大学中文系　广东广州)

摘　要：发源于《诗》义的赋、比、兴经历了从《诗》用一体到诗法分立的衍义历程，尤其在《诗》的时代之后，赋、比、兴在《诗》论与诗论、作诗与论诗几个诗学层级交错互动中形成了复杂的诗学肌理：一方面，中国诗学以《诗》论学问为根柢，赋、比、兴在后世分离扩容为中国诗学的体制源流、诗法技巧、诗风评估要义；另一方面，个人诗作的出现、发展、繁荣使得诗"兴"的重要性被确认，作为诗人创作感遇契机的"兴会"及审美境界的"兴"的独立价值被最大限度地开掘出来。《诗》论与诗论的模糊论说界限，作诗与论诗的审美、知识差异造成了赋、比、兴诗学谱系最大限度的缠夹，理清赋、比、兴的离合关系及"兴"的诗学扩容逻辑不仅有助于理清中国诗学的学理脉络，更可发现中国诗学的审美独立路径。

关键词：赋比兴；兴会；《诗》用；《诗》论；诗论

一　引言

作为中国诗学独有的概念，赋、比、兴经历了从《诗》到诗的诗学发展历程，尤其伴随着中国诗歌创作的发展与繁荣，赋、比、兴各自的《诗》学内涵得到了最大限度的诗学价值扩容。但自现代学术研究以来，如钱锺书看到的，"'兴'之义最难定"[①]，学界更是着眼于诗学论域中比与兴的离合纠缠，普遍认为比、兴诠释之所以如此缠夹不清，是由于中国古典诗学缺乏严格的概念界定，儒家诗教又往往将诗歌表现方法与诗歌教化作用、将伦理价值与诗学价值搅和在一起[②]，可见，围绕比、兴又形成了中国诗学最大的"缠夹"难题。实际上，赋、比、兴是在历史演进中形成的，亦未停滞于某段历史时期，赋、比、兴之间尤其有着复杂的离合关系。在历史真空中认为中国诗

---

[*] 作者简介：吕仕伟（1992—　），甘肃兰州人，西北大学文学院讲师，主要从事中国文学批评史研究。
① 钱锺书：《管锥编》（一），生活·读书·新知三联书店2007年版，第110页。
② 参见张国风《比兴别解》，《学术研究》1982年第5期。

学"缺乏严格的概念界定",或先入为主地以"《诗》作诗读"的眼光或现代文学观念乃至于西方文论观念对其全部面貌作出界定都是对其固有诗学历史景观的简化。因而,"搅和"的生成谱系才是问题的关键所在,中国诗学历史并非没有学理脉络可寻,亟待在中国诗学发展谱系中理清赋、比、兴语义衍生的具体逻辑,以还原其在中国诗学各个阶段发生、衍义的本来面目。

清人田同之引述王士禛语道:"诗之道,有根柢焉,有兴会焉。镜中之花,水中之月,羚羊挂角,无迹可寻,此兴会也。本之《风》《雅》以导其源,沂之楚《骚》、汉魏乐府以达其流,博之九经、三史、诸子以穷其变,此根柢也。根柢原于学问,兴会发于性情。"[1] 按照此提示,赋、比、兴之所以成为诗学难题,一方面在于,中国诗学发展往往以《诗》论学问为根柢,尤其是后世"皆知《诗》之为诗,而仍尊《诗》之为经"[2],赋、比、兴成为后世诗论的知识准备与关键学理依据。另一方面,尽管《诗》的时代并不讨论《诗》的创作问题,但个人诗作的出现、发展、繁荣,尤其使得性情感遇诗"兴"的核心作用被指认出来,后世尤其以诗的面目解《诗》,脱去《诗》用语义的赋、比、兴发生着诗学语义的扩容、分立、重组,基于诗歌创作的诗法面目及其诗学价值高下逐渐显露出来,"兴"尤其形成了独立的审美谱系。可以说,正是《诗》论与诗论、作诗与论诗几个层级的诗学互动、缠绕、错位造成了赋、比、兴最大限度的离合与兴义的"缠夹"。由此,本文试图在《诗》与诗的互动过程中重新理清赋、比、兴的离合关系及"兴"的诗学扩容逻辑,以期对中国诗学的发展脉络进行学理性澄清。

二 从《诗》用一体到诗法分立:论《诗》与作《诗》的诗学缠夹

要谈论赋、比、兴,首先需要对《诗》的本原性质进行认知,尤其不宜以后世《诗》作诗读的眼光仅着眼于赋、比、兴的诗法问题。《诗》的时代是"用诗"的时代,《诗》一开始是作为实用的礼乐公共知识形态出现的,因而,要讨论赋、比、兴需从《诗》的实用礼乐功能谈起。

《周礼》最早言及"兴"。《周礼·春官·大司乐》云:"以乐语教国子:兴、道、讽、诵、言、语"[3],《周礼·春官·大师》亦云:"教六诗:曰风,曰赋,曰比,曰兴,曰雅,曰颂"[4],更有《论语·泰伯》云:"兴于诗,立于礼,成于乐"[5],这里的"兴"都与礼乐的使用紧密相连,并非指《诗》的文本内容。《周礼》的"兴"义即如清人王闿运所论:"兴者,因事发端,托物寓意,随时成咏,始于虞廷喜起及《琴操》诸篇,

---

[1] 田同之:《西圃诗说》,郭绍虞编选《清诗话续编》(二),上海古籍出版社1983年版,第748页。
[2] 钱锺书:《管锥编》(一),生活·读书·新知三联书店2007年版,第252页。
[3] 李学勤主编:《十三经注疏·周礼注疏》,北京大学出版社1999年版,第575页。
[4] 李学勤主编:《十三经注疏·周礼注疏》,北京大学出版社1999年版,第610页。
[5] 李学勤主编:《十三经注疏·论语注疏》,北京大学出版社1999年版,第104页。

四、五、七言无定，而不分篇章，异于《风》《雅》，亦以自发情性，与人无干，虽足以风上化下，而非为人作。"①"兴"指涉礼乐仪式，《诗》正是通过"兴"的过程获得了风上化下的礼仪之用，而《关雎》之所以被阐释为后妃之德，很大程度上便是用《诗》过程中取用礼仪之义的例证。而汉儒基于《诗》之为经的用《诗》之义，最早为赋、比、兴提供了确切的解释。就郑玄对赋、比、兴的解释来看，"赋之言铺，直铺陈今之政教善恶；比，见今之失，不敢斥言，取比类以言之；兴，见今之美，嫌于媚谀，取善事以喻劝之"②。赋、比、兴的功能都在言说善恶。以《诗》之为经的固有性质来看，这里的赋、比、兴都涉及以《诗》进行奏议、问答、劝谕的美刺、言志实用功能，且成为后世诗论发生的学问根柢，这与《离骚》、辞赋及后世个人诗文创作中的赋、比、兴不可同日而语。

而于后世的阐释来看，刘勰的"比兴"阐释很大程度亦是在《诗》之为经的《诗》学意义上展开的。在《诗》的性质认知方面，即如刘勰《宗经》所言："《诗》主言志，诂训同《书》，摛《风》裁兴，藻辞谲喻，温柔在诵，故最附深衷矣"③，《诗》之为经依然是其主要认知。此中刘勰尤其标举《诗》之"比兴"，在其看来："毛公述传，独标兴体，岂不以风通而赋同，比显而兴隐哉？"④刘勰注意到《毛传》独标"兴体"，洞见出《诗》中兴与风、赋、比相通关系，而比、兴尤其是刘勰指称的："比者附也，兴者，起也。附理者切类以指事，起情者依微以拟议，起情故兴体以立，附理故比例以生，比则畜愤以斥言，兴则环譬以记讽。盖随时之义不一，故诗人之志有二也。"⑤可见在刘勰这里，附理之"比"与起情之"兴"在《诗》学用途上虽有显隐之异，而譬喻之义略同，比、兴的意义依然是基于斥言、记讽等言志需求对《诗》句的随时使用。今人钱锺书指出，在刘勰那里，"比显兴隐"的阐释实际是"兴"即"比"，均主"拟议""譬""喻"，而比、兴的"显""隐"之别"如五十步之于百步，似未堪别出并立"⑥。钱锺书的"比兴无异"论断实际指涉了此中"比""兴"在《诗》学意义上并未明确区分，刘勰基于《诗》学眼光论比、兴，比兴显隐一体论断暗示了在《诗》用意义上比兴并非并立，于譬喻中劝讽拟议是《诗》之比兴的主要义涵。

在唐人孔颖达那里，"其实美、刺具有比、兴者也"⑦，比、兴依然有着相通的美刺伦理语义，但值得注意的是，宋明以来多以诗歌创作视角解《诗》，出现了颇多"《诗》作诗读"的意见⑧，赋、比、兴的内涵由《诗》学的经义转向了诗学的诗意探讨，"比兴"《诗》用一体的言志意义退去，作为诗法面目的比、兴开始分立。例如苏轼即重视

---

① 王闿运：《论作诗之法》，《湘绮楼诗文集》，岳麓书社1996年版，第366页。
② 李学勤主编：《十三经注疏·毛诗正义》，北京大学出版社1999年版，第11页。
③ 刘勰著，范文澜注：《文心雕龙注》，人民文学出版社1962年版，第22页。
④ 刘勰著，范文澜注：《文心雕龙注》，人民文学出版社1962年版，第601页。
⑤ 刘勰著，范文澜注：《文心雕龙注》，人民文学出版社1962年版，第601页。
⑥ 钱锺书：《管锥编》（一），生活·读书·新知三联书店2007年版，第110页。
⑦ 李学勤主编：《十三经注疏·毛诗正义》，北京大学出版社1999年版，第11页。
⑧ 参见钱锺书《管锥编》（一），生活·读书·新知三联书店2007年版，第137页。

《诗》之"兴",尤其在比、兴的分立区别中加以阐释,如其所论:"嗟夫,天下之人,欲观于《诗》,其必先知夫兴之不可与比同。"① 苏轼尤其以诗人一时的偶触论"兴":"夫兴之为言,犹曰其意云尔。意有所触乎当时,时已去而不可知,故其类可以意推,而不可以言解也。"② 苏轼将《诗》作诗读,以"触乎当时""不可以言解"的诗兴阐发《诗》"兴",比兴一体的美刺讽喻之义在此让位于比、兴两分的诗法意义。而不只在苏轼这里,宋人诗话多以兴会偶触论《诗》"兴"。如郑樵论《诗》曰:"《诗》三百篇,第一句曰:'关关雎鸠',后妃之德也,是作诗者一时之兴所见在是,不谋而感于心也。凡兴者所见在此,所得在彼,不可以事类推,不可以理义求也。"③ "兴"不取义的诗学意味在此可见一斑。而后世经学家亦多从诗学创作论角度阐释"兴"义。如朱熹认为"读《诗》,且只将做今人做底诗看"④,其论"兴"曰:"兴者,先言他物,以引起所咏之词也。"⑤ 朱熹尤其依据"后妃之德"对《关雎》的创作情况作出想象,将"后妃之德"作为作诗缘起,认为"周之文王生有盛德,又得圣女姒氏以为之配。宫中之人、于其始至、见其有幽闲贞静之德,故作是诗。"⑥ 可见,《诗》进入诗学创作论域之中,礼乐之义以及言志意义衰微,"比"为拟物造意、"兴"为触事兴会,比、兴以其各自的诗法面目被最大限度地分立阐发出来。

而当《诗》学问题经过诗学阐发后,后世往往将《诗》"兴"的譬喻美刺义与作诗的兴会义混在一起,"兴"的难题就此出现。或不加区分地模糊合论,清人陈廷焯云:"兴则难言之矣。托喻不深,树义不厚,不足以言兴。深矣,厚矣,而喻可专指,义可强附,亦不足以言兴。所谓兴者,意在笔先,神余言外,极虚极活,极沉极郁,若远若近,可喻不可喻,反复缠绵,都归忠厚。"⑦ 又如近人刘师培所论:"兴之为体,兴会所至,非即非离,词微旨远,假象于物,而或美或刺,皆见于兴中。"⑧ 又或将《诗》的创作作为重要问题,对毛郑的"兴"义加以质疑,如朱自清指出:"《毛传》所谓兴,恐怕有许多是未必切合作诗人之意的"⑨,钱锺书更是承接了宋明以来"以诗解《诗》"的原则,详细梳理了诗文创作角度"兴"为"触物起情"的诗学内涵,认为毛郑等说《诗》者昧于"兴"旨⑩。尽管现代学人的阐发有其合理之处,但应当注意到,《诗》有着源与流两副面目,"古人诗言志,而未尝志于诗"⑪,并非专注于《诗》的词句本身,

---

① 苏轼:《诗论》,吴文治主编《宋诗话全编》(一),江苏古籍出版社1998年版,第698页。
② 苏轼:《诗论》,吴文治主编《宋诗话全编》(一),江苏古籍出版社1998年版,第698页。
③ 郑樵:《读诗易法》,吴文治主编《宋诗话全编》(四),江苏古籍出版社1998年版,第3463页。
④ 黎靖德编:《朱子语类》(第六册),中华书局1986年版,第2083页。
⑤ 朱熹集注:《诗集传》,中华书局1958年版,第1页。
⑥ 朱熹集注:《诗集传》,中华书局1958年版,第1页。
⑦ 陈廷焯:《比与兴之别》,叶朗主编《中国历代美学文库》(近代卷),高等教育出版社2003年版,第598页。
⑧ 刘师培:《论文杂记》,人民文学出版社1984年版,第136页。
⑨ 朱自清:《诗言志辨 经典常谈》,商务印书馆2011年版,第58页。
⑩ 参见钱锺书《管锥编》(一),生活·读书·新知三联书店2007年版,第110—111页。
⑪ 赵汝腾:《跋邓元观诗》,《庸斋集》卷五,《景印文渊阁四库全书》第1181册,台北:台湾商务印书馆1986年版,第289页。

"赋、比、兴是《诗》之所用,风、雅、颂是《诗》之成形,用彼三事,成此三事,是故同称为'义'"①,"言志"的实用效能是《诗》之为《诗》的主要作用,《诗》的创作问题并非《诗》时代的主要问题,不可专注于后世诗法从而忽视古人用《诗》的目的,在用《诗》内涵上,赋、比、兴初无定例且并非三义,毛郑的"兴"义阐发有其历史合理意义。

总的来看,又正如朱自清解读《毛传》"兴也"那样,"兴"具备发端、譬喻两个意义②,但对此二义不宜先入为主地以"《诗》作诗读"的眼光读解,否则将进入朱自清所说的不能使人相信的论域。"兴"贯穿于由《诗》到诗的诗学谱系中,内含着《诗》之发端与诗之缘起三个层级:第一,《诗》可以兴,作为发端的"兴"与《诗》本身的文本关联不大,"兴"内涵着因事发端、随时成咏的情性发生过程,指涉风上化下的礼乐之义;第二,比兴《诗》用一体,传达着言志的譬喻美刺之义,"兴"与赋《诗》的词章之义息息相关,是实现言志的重要途径;第三,在后世"《诗》作诗读"的语境下,诗又解读为诗人一时之兴会缘起,"兴"的意义扩容为诗文创作中的兴会、起情、触物、譬喻、美刺等意义,形成了"兴多兼比、赋,比、赋不兼兴"的复杂诗学意涵。

三 从诗论根柢到作诗学问:诗义离合中的体制诗风之变

所谓:"圣人之经,后人无敢袭其名,惟诗人人可为,而莫斥其僭者。"③诗以《诗》之名发生,《诗》六义亦为后世诗学的发生、发展提供了学理支撑与知识准备。而就历代论诗的差别而言,如明人何乔新所论:"论诗于三代之上,当究其体制之异,论诗于三代之下,当辨其得失之殊,盖究其体制则诗之源流可见,辨其得失则诗之高下可知矣。"④可以说,伴随着中国诗学的发生、发展,《诗》六义在历代都发生着语义经验的变迁扩容,而自《离骚》以来,赋、比、兴尤其在体制源流与诗法得失两方面发生了语义的分立重组:于诗学体制源流而言,赋与比、兴在文体层面被区隔开来,比兴尤其合义,指称着以《诗》《骚》为伦理模范的诗学范畴,成为以诗文作现实寄寓、内涵言志理想的诗学术语;于诗法得失而言,后世则秉持着依《诗》取兴的原则,比、兴因其委婉譬喻的特征显示了优于赋直书铺排的特殊诗学价值,"兴"尤其成为与诗歌语言辞藻、内容形式对举的重要诗学范畴,作为创作手法的赋、比、兴的诗学价值被指认区分开来,《诗》义伴随着中国诗歌美学的更替,发生着语义的重组重构。

首先,区别于用《诗》意义上的赋、比、兴合义,赋与比、兴在辞赋与《诗》《骚》

---

① 李学勤主编:《十三经注疏·毛诗正义》,北京大学出版社1999年版,第13页。
② 朱自清:《诗言志辨 经典常谈》,商务印书馆2011年版,第56页。
③ 陈祖范:《汪西京诗集序》,《司业文集》卷二,《四库全书存目丛书》集部第274册,齐鲁书社1997年版,第136页。
④ 何乔新:《论诗》,《椒邱文集》卷一,《景印文渊阁四库全书》第1249册,台北:台湾商务印书馆1986年版,第15—16页。

的文体价值评估中被分立出来，赋之铺排夸毗与"诗骚"比兴譬喻的诗学差异被指认出来，此中，基于《诗》《骚》讽谏譬喻的特征，"兴"尤其发生了"比兴""讽兴"等内涵讽喻意义的诗学衍义。

于"兴"而言，诚如清人王闿运的总结：诗学意义上的"兴""或亦写情赋景，要取自适，与《风》《雅》绝异，与骚赋同名"①，"兴"的起情发端意义被用于指称骚赋等个人创作方面，"兴"的譬喻美刺意义尤其被用作骚、赋的评价之中。东汉王逸云："《离骚》之文，依《诗》取兴，引类譬喻。故善鸟香草，以配忠贞；恶禽臭物，以比谗佞；灵修美人，以媲于君；宓妃佚女，以譬贤臣；虬龙鸾凤，以托君子；飘风云霓，以为小人。"②依《诗》取兴成为后世诗文评价的重要方式。此中，比、兴以其譬喻之义往往合义，比兴一方面以美刺原理成为对屈原作品现实政治价值的重要判断，另一方面则成为评价《离骚》审美特征的诗学范畴。而《诗》《骚》往往又因其美刺的特征与辞赋区分开来，如刘勰所云："楚襄信谗，而三闾忠烈，依《诗》制《骚》，讽兼比兴。炎汉虽盛，而辞人夸毗，诗刺道丧，故兴义销亡。"③此中，"辞人夸毗"与"讽兼比兴"展现了辞赋与《诗》《骚》在文体方面的价值分立。刘勰的"兴义销亡"暗示了"兴"由实用语义进入诗学论域的语义变迁，而于后世诗学发展来说，"比兴"与"诗骚"彼此相通，以《诗》《骚》为代表的比兴美刺传统，成为中国诗学的体制源流所在。

同时，在由《诗》向诗的语义经验变迁中，"兴"之为讽谏时事成为固定的诗学评价内涵，"讽兴"范畴由此出现。"讽兴"一方面成为后世对古诗风格的描述，如元稹在《乐府古题序》所言："况自《风》《雅》，至于乐流，莫非讽兴当时之事，以贻后代之人。"④皎然尤其在《诗议》中指出了古诗的"讽兴"风格："古诗以讽兴为宗，直而不俗，丽而不朽，格高而词温，语近而意远，情浮于语，偶象则发，不以力制，故皆合于语，而生自然。"⑤另一方面，古诗"讽兴"的审美风格成为评判后世诗作的重要标准。如白居易在论韦应物诗风时谈到"如近岁韦苏州歌行，才丽之外，颇近兴讽"。⑥更有宋人范晞文以"讽兴"作为评判诗作高下的要素："刘沧《咸阳》云：'渭水故都秦二世，咸阳秋草汉诸陵。'唐彦谦《蒲津河亭》云：'烟横博望乘槎水，日上文王避雨陵。'论句法则刘不及唐，然序怀感之意，得讽兴之体，则刘诗胜。"⑦可以说，在诗歌评价中，"才丽""句法"之于"讽兴"，显露着"赋"之于"兴"的诗学原理，赋与兴的诗学分立在此可见一斑。

其次，不只在文体上对《诗》、《骚》、古诗与辞赋作出"比兴"、"讽兴"与"夸

---

① 王闿运：《论作诗之法》，《湘绮楼诗文集》，岳麓书社1996年版，第366页。
② 王逸：《离骚序》，《楚辞补注》，凤凰出版社2007年版，第2页。
③ 刘勰著，范文澜注：《文心雕龙注》，人民文学出版社1962年版，第602页。
④ 元稹：《乐府古题序》，《元稹集》，中华书局1982年版，第255页。
⑤ 皎然：《诗议》，李壮鹰校注《诗式校注》，人民文学出版社2003年版，第373页。
⑥ 白居易：《与元九书》，《白居易集》，中华书局1979年版，第965页。
⑦ 范晞文：《对床夜语》卷五，丁福保辑《历代诗话续编》，中华书局1983年版，第441页。

毗"的诗学价值区分，在后世具体的诗文评价与诗法讨论中，比、兴与赋的诗学分立更加突出，比兴与赋分立为指称委婉讽喻寄托与直写铺排文辞的两方面诗法内容，此中，"兴"与"辞"的互动关系成为后世诗学讨论的重要内容，"比兴""兴寄"成为体现诗文言志载道价值的重要诗学审美范畴。

在钟嵘那里，即对赋、比、兴三义作出了诗法区分，如其所谓："故诗有三义焉，一曰兴，二曰比，三曰赋。文已尽而意有余，兴也；因物喻志，比也；直书其事，寓言写物，赋也。宏斯三义，酌而用之，干之以风力，润之以丹彩，使味之者无极，闻之者动心，是诗之至也。"① 此中，《诗》学意义上以赋比兴进行美刺言志的实用语义已经不复存在，比、兴与赋成为指涉"意深""意浮"的两种诗学体式，如其所论："若专用比兴，患在意深，意深则词踬。若但用赋体，患在意浮，意浮则文散，嬉成流移，文无止泊，有芜漫之累矣。"② 而在具体批评实践中，钟嵘尤其以托兴与体辞两种要素论诗，如评价谢灵运："兴多才高，寓目辄书，内无乏思，外无遗物，其繁复宜哉"③，评张华"其体华艳，兴托不奇"④，评陶潜"笃意真古，辞兴婉惬。"⑤ 可见在钟嵘那里，托物之比兴的深浅与写物之赋辞的华美成为其品评诗作高下的主要考量要素。"赋"与"比兴"在诗学意义上并立为代表语言辞藻与内涵寄托的一对诗学范畴，而从"兴""辞"两方面品诗则为后世诗学发展奠定了基础。

而在后世的诗学发展中，多有因文风变革诉求而对比兴体制源流的倡导，内涵寄托与语言辞藻之间的"兴""辞"价值评估成为后世诗话文论的经典命题。唐人陈子昂的"兴寄"说便是在比兴体制的重认与"兴""辞"价值的评估中提出的，如其所论："仆尝暇时观齐、梁间诗，彩丽竞繁，而兴寄都绝，每以永叹。思古人常恐逶迤颓靡，风雅不作，以耿耿也。"⑥ 陈子昂对"兴寄"的强调正是对齐梁以来繁缛辞藻文风的一次反拨。而唐人多有对比兴体制的提倡与开拓，如杜甫认为元结《舂陵行》《贼退示官吏》作品有"比兴"体制，更有白居易在李杜诗中索其"风雅比兴"。总的来说，唐人对前代诗文体制得失作出了评估，对赋、比、兴各自的诗学价值作出了开拓，重认了"导扬讽喻，本乎比兴"的审美伦理理想⑦，"比兴"指称着具有现实意义的诗歌创作，《诗》义重组扩容为"比兴""兴寄"等代表言志载道内涵的诗学范畴。

最后，宋以来，赋、比、兴的诗学分立更加突出也更加复杂，与前代以《诗》为审美模范的诗论不同，基于唐人诗作评价，作诗之法开始成为一门学问，赋、比、兴在诗文创作、诗文评价方面的诗法审美价值被最大限度地开掘出来，其各自的诗学价

---

① 钟嵘：《诗品》，何文焕辑《历代诗话》，中华书局1981年版，第3页。
② 钟嵘：《诗品》，何文焕辑《历代诗话》，中华书局1981年版，第3页。
③ 钟嵘：《诗品》，何文焕辑《历代诗话》，中华书局1981年版，第9页。
④ 钟嵘：《诗品》，何文焕辑《历代诗话》，中华书局1981年版，第11页。
⑤ 钟嵘：《诗品》，何文焕辑《历代诗话》，中华书局1981年版，第13页。
⑥ 陈子昂：《修竹篇并序》，《陈子昂集》，上海古籍出版社1962年版，第15页。
⑦ 柳宗元：《杨评事文集后序》，《柳宗元集》，中华书局1979年版，第579页。

值高下尤其成为评估后世诗风得失的文化要义。

所谓"唐人不言诗法,诗法多出宋"①,于"兴"来说,讽刺的伦理经验逐步退去,作为诗法的诗学审美经验成为宋之后的主要语义。如宋人葛立方云:"自古工诗者,未尝无兴也。观物有感焉,则有兴。今之作诗者,以兴近乎讪也,故不敢作,而诗之一意废!"②葛立方在诗作高下评判中作出了感"兴"与讥"讪"的区分:"老杜《蒟苣诗》云:'两旬不甲坼,空惜埋泥滓。野苋迷汝来,宗生实于此。'皆兴小人盛而掩抑君子也。至高适《题张处士菜园》则云:'耕地桑柘间,地肥菜常熟。为问葵藿资,何如庙堂肉。'则近讪乎矣。"③此中,高适诗被评作"讪"是因其诗作直露的反问讽刺,而此种托物讽刺被认为失去了诗意,不能被称作"兴"。又如宋人范晞文论韩偓诗曰:"若'挟弹少年多害物,劝君莫近五陵飞',又'萧艾转肥兰蕙瘦,可能天亦妒馨香',是直讪耳。诗人比兴扫地矣。"④在宋人这里:"作诗者苟知兴之与讪异,始可以言诗矣。"⑤"兴"的诗法审美语义在此显示得淋漓尽致。

而同时,宋明以来,诗学发展中明确出现了对古今诗学差异的指认,对《诗》与诗的"比兴"差异作出了充分的辨析。宋人刘克庄云:"古人不及见后世之偶然比兴、风刺之作至列于经;后人尽诵读古人书,而下语终不能髣髴风人之万一,余窃惑焉。或古诗出于情性,发必善,今诗出于记问,博而已。"⑥可以说,基于讽刺伦理与创作诗法的古今《诗》、诗差异被充分区别开来。正是在这样的诗学经验变迁过程中,赋、比、兴尤其被用作概括各个朝代的诗风审美特征,其各自的诗学价值高下在此中被指认出来。如明人郝敬言:"后世诗不离情、境、辞三者,即所谓兴、比、赋也。太上寄情,汉魏十九首是也;其次写境,六朝诸人之作是也;其次尚辞,唐以后近体是也。"⑦此中,赋、比、兴有了指称辞、境、情的下、中、上三等价值区分。而不仅如此,所谓"古人以诗言志,而不必存其名,今人以诗成名,而固可以考其志"⑧,赋与比兴的诗义特征差别亦成为后世作诗伦理判断的要素,尤其在后世对以诗成名、以诗致用的诗风声讨中,比兴成为匡正诗风的文化要义。如明人蒋臣所谓:"嗟乎!诗有六义,今四已亡。有赋而无比兴,有颂而无风雅,矜体格之峻整,琢字句之幽纤。即以施之溪山云月,亦总名之酬应,斯未可与言诗已矣。"⑨清人朱彝尊尤其叹息:"今世之为诗

---

① 李东阳:《麓堂诗话》,吴文治主编《明诗话全编》(二),江苏古籍出版社1997年版,第1625页。
② 葛立方:《韵语阳秋》,何文焕辑《历代诗话》,中华书局1981年版,第497页。
③ 葛立方:《韵语阳秋》,何文焕辑《历代诗话》,中华书局1981年版,第497页。
④ 范晞文:《对床夜语》卷四,丁福保辑《历代诗话续编》,中华书局1983年版,第438页。
⑤ 范晞文:《对床夜语》卷四,丁福保辑《历代诗话续编》,中华书局1983年版,第438页。
⑥ 刘克庄:《韩隐君诗》,吴文治主编《宋诗话全编》(八),江苏古籍出版社1998年版,第8575页。
⑦ 郝敬:《艺圃伧谈》,吴文治主编《明诗话全编》(六),江苏古籍出版社1997年版,第5911页。
⑧ 陈用光:《白鹤山房诗钞序》,《太乙舟文集》卷六,《续修四库全书》第1493册,上海古籍出版社2002年版,第365页。
⑨ 蒋臣:《陈伯玑诗序》,《无他技堂遗稿》卷五,《四库禁毁书丛刊》集部第72册,北京出版社1997年版,第515页。

者，或漫无所感于中，惟用之往来酬酢之际，仆尝病之，以为有赋而无比兴，有颂而无风雅，其长篇排律声愈高而曲愈下，辞未终而意已尽，四始六义阙焉，而犹谓之诗，此则仆之所不识也。"① 可以说，赋、比、兴经历了从用《诗》一体到诗法分立再到诗风评估分离的语义扩容历程，后世《诗》义离合重组充分显示了中国诗学变迁中的体制源流与诗风得失经验。

四 从创作感遇到审美境界："兴会"与"兴"的诗法审美独立

实际上，除了在《诗》论学问的衍义层面，所谓"机由天授，兴自神来"②，在中国诗学中，作为诗情发端的"兴"的核心意指更在于诗歌创作过程。因而，诗歌创作层面的"兴"有着独立的诗学谱系，在作者层面讲求"兴会"，在创作缘起上讲求触景起兴，在诗作范式层面有浑篇漫成不可义解的兴体作品，在诗歌评价层面更以无迹可寻的"兴象""兴趣"作为审美标准。与基于《诗》论影响的诗学评价路径不同，诗歌创作层面的造语发兴铸就了基于诗作本身的独立审美谱系。

早在南北朝时期，颜之推就对文章创作中的"兴会"现象作出了指认，如其所云："文章之体，标举兴会，发引性灵，使人矜伐，故忽于持操，果于进取。今世文士，此患弥切，一事惬当，一句清巧，神厉九霄，志凌千载，自吟自赏，不觉更有傍人。"③ 尽管出于"以保元吉"的考虑，颜之推以"兴会"为患，但后世诗文发展的繁荣景观又不可与颜之推所见的文祸同日而语。唐人刘禹锡言："片言可以明百意，坐驰可以役万景，工于诗者能之。风雅体变而兴同，古今调殊而理一，达于诗者能之。"④ 此中，诗"兴"即被认作古今诗学变迁中的不变之理。也正是在"兴同"的原理之下，诗作言辞相似却并不被认为是抄袭，如宋人范晞文所言："诗人发兴造语，往往不约而合。如'雨中山果落，灯下草虫鸣'，王维也。'树初黄叶日，人欲白头时'，乐天也。司空曙有云：'雨中黄叶树，灯下白头人。'句法王而意参白，然诗家不以为袭也。"⑤ 可见在中国诗学中，"兴"之于诗歌创作的特殊意义。

正是因此，宋明以来的中国诗论展现了对"兴"的最大限度的推崇。宋人张镃即有言："近见东坡说：'凡人作文字，须是笔头上挽得数万斤起，可以言文字也。'余曰：'岂非兴来笔力千钧重乎？'"⑥ "兴"来笔力千钧，可见其对诗文创作的重要性。明人谢榛更是以"兴"论诗，将"兴"的到来作为诗文创作的核心密旨："凡作诗，悲欢皆由

---

① 朱彝尊：《与高念祖论诗书》，《曝书亭集》卷三十一，《景印文渊阁四库全书》第 1318 册，台北：台湾商务印书馆 1986 年版，第 4 页。
② 庄元臣：《行文须知》，王水照编《历代文话》，复旦大学出版社 2007 年版，第 2275 页。
③ 颜之推：《颜氏家训》，中华书局 2011 年版，第 142 页。
④ 刘禹锡：《董氏武陵集记》，《刘禹锡集》，中华书局 1990 年版，第 237 页。
⑤ 范晞文：《对床夜语》卷四，丁福保辑《历代诗话续编》，中华书局 1983 年版，第 433 页。
⑥ 张镃：《仕学规范》，王水照编《历代文话》，复旦大学出版社 2007 年版，第 317 页。

乎兴，非兴则造语弗工"①，"兴"成为《四溟诗话》的核心诗论宗旨。清人更在对后世学诗思潮的甄别中发现了"兴会"的诗学价值，如王士禛言："古人时只取兴会超妙，不似后人章句，但作记里鼓也。"② 又如叶燮云："惟有明末造，诸称诗者，专以依傍临摹为事，不能得古人之兴会神理。"③ 作者层面上的诗思"兴会"被认作诗歌创作的重要动因。

而于诗作而言，"兴"的意义则表现在诗法技巧与诗作评价两端，于诗作技巧而言，"兴"是涵容万物且取法奇巧的化境诗法，于诗学评价而言，"兴"是无迹可寻但玲珑超妙的审美境界。

其一，就"兴"的诗法原理来看，兴，起也，"兴"被用于诗文之中，则指称着诗文缘起的原理。宋人张戒言："目前之景，适与意会，偶然发于诗声，六义中所谓兴也。兴则触景而得，此乃取物。"④ 可见诗"兴"的初始契机在于触景取物。但"兴"不止于触景取物的求似模拟，"兴"的玄妙之处在于触景取物的感官效果及与诗人精神的联动方式。

具体来说，一者，如张戒论杜甫取兴的方式："在山林则山林，在廊庙则廊庙，遇巧则巧，遇拙则拙，遇奇则奇，遇俗则俗，或放或收，或新或旧，一切物，一切事，一切意，无非诗者。故曰'吟多意有余'，又曰'诗尽人间兴'，诚哉是言。"⑤ "诗尽人间兴"意味着作为诗法的"兴"囊括了各种感官效果。二者，"兴"效果的取得更在于对诸多感官效果的独特运用方式，如宋人尤袤论皮日休以公输氏之巧喻"兴"，所谓"遇景入咏，不钩奇抉异，令齬齪束人口者，涵涵然有干霄之兴，若公输氏当巧而不巧者也"。⑥ 明人谢榛更以兵法之奇喻"兴"，所谓"或有时不拘形胜，面西言东，但假山川以发豪兴尔。譬若倚太行而咏峨嵋，见衡漳而赋沧海，即近以彻远，犹夫兵法之出奇也"。⑦ 以人工奇巧运作自然之理，方是"兴"的诗法原理。总的来看，正如宋人杨万里对诗"兴"的总结："我初无意于作是诗，而是物是事适然触乎我，我之意亦适然感乎是物是事。触先焉，感随焉，而是诗出焉，我何与哉，天也。斯之谓兴。"⑧ 触景而得，在谙熟物理的情况下以诗法奇巧使世间感官效果联动运转才是"兴"的核心内涵。

其二，宋明以来的诗论又对"兴"的虚构内涵作出了清晰的认知，特别是在对杜甫"兴"体诗的解读中，认识到"漫兴"构造虚词的特殊诗法及不可义解的诗学特性，漫兴成诗是中国诗歌的诗法化境所在。

杜甫有诗"老去诗篇浑漫兴"，更有绝句漫兴九首，"漫兴"指涉着杜甫不用刻意

---

① 谢榛：《四溟诗话》，丁福保辑《历代诗话续编》，中华书局1983年版，第1194页。
② 王士禛：《渔洋诗话》，《清诗话》（上），上海古籍出版社1978年版，第183页。
③ 叶燮：《原诗》，《清诗话》（下），上海古籍出版社1978年版，第571页。
④ 张戒：《岁寒堂诗话》，丁福保辑《历代诗话续编》，中华书局1983年版，第474页。
⑤ 张戒：《岁寒堂诗话》，丁福保辑《历代诗话续编》，中华书局1983年版，第464页。
⑥ 尤袤：《全唐诗话》，何文焕辑《历代诗话》，中华书局1981年版，第82页。
⑦ 谢榛：《四溟诗话》，丁福保辑《历代诗话续编》，中华书局1983年版，第1224页。
⑧ 杨万里：《答建康府大军库监门徐达书》，吴文治主编《宋诗话全编》（六），江苏古籍出版社1998年版，第5964页。

琢字句而仅靠发兴造语而浑篇漫成的诗作体式，而后世在对"兴"的逐步认知中，逐渐认识到杜甫"漫兴"诗作的旨趣所在。如宋人胡仔即认识到杜甫诗作中的虚构内容，如其所论："《夔府咏银》诗曰：'途中非阮籍，槎上似张骞。'又《秋兴》诗曰：'奉使虚随八月槎。'如此类，前贤多用之，恐非实事。"① 明人王世懋更是认识到杜甫《秋兴》之"兴"的特殊漫兴意涵，其论《秋兴》曰："每每思之，未得其解。忽悟少陵诸作，多有漫兴，时于篇中取题，意兴不局。"②

实际上，"兴"展现了诗歌文体不同于学问知识的独特审美特性。明人郝敬曾言及中国诸诗作中"兴"之于题的特殊意义，所谓："诗自有不须题者，如后世《十九首》之类。比物托兴，婉转不定，而以题拟之，亦莫不皆肖。抑有有题而诗不全似者，如屈平之《楚辞》、唐人之《感遇》《杂兴》。泛滥引喻，不可指据，泥文生解，实不必解也。"③ 可以说，以"兴"为题，看似不以任何具体物事为题，实则以神思尽万物之兴，由此，诗将超越题旨的限制，更打破了以《诗》论为根柢的知识学问面目。"以兴为主，漫然成篇，此诗之入化也"④，在不雕琢词句、不表达确定意义的情况下仅依托神思发兴造语，"漫兴"之于诗是化境所在。

其三，唐诗创作审美之"兴"迥异于《诗》论伦理知识之"兴"，正是基于以杜诗为代表的化境风貌，在中国诗学的评价体系中，宋人开始认识到诗不同于知识学问的特殊面貌，出现了"兴象""兴趣""兴致"等批评术语，"兴"的诗学审美独立境界被最大限度地开拓出来。

早有唐人殷璠在《河岳英灵集》中论及"兴象"，评陶翰诗"既多兴象"⑤，却未对"兴象"作出定义。唐人皎然《诗式》在论比、兴诗法之别中触及"兴""象"的确切意涵，所谓"取象曰比，取义曰兴，义即象下之意"。⑥ 物象内容及获得象下义蕴的诗法被认作是"象"与"兴"的主要意涵。而宋人在唐诗创作中提炼诗法、发掘诗学理论，进一步开掘出以"兴趣""兴致"为代表的诗学观念。宋人严羽认为诗之法有五："曰体制、曰格力、曰气象、曰兴趣、曰音节。"⑦ "兴""象"审美元素便俨然在列，而此中，严羽尤其推崇"兴趣"，所谓："诗者，吟咏情性也，盛唐诸人，惟在兴趣，羚羊挂角，无迹可求。故其妙处，透彻玲珑，不可凑泊。如空中之音、相中之色、水中之月、镜中之象，言有尽而意无穷。"⑧ 严羽以"羚羊挂角，无迹可求"形容盛唐诗的"兴趣"，"兴趣"说正是"兴"之诗法原理的题中之义。严羽尤其贬抑宋以来"多务使

---

① 胡仔：《苕溪渔隐丛话》，吴文治主编《宋诗话全编》（四），江苏古籍出版社 1998 年版，第 3592 页。
② 王世懋：《艺圃撷馀》，吴文治主编《明诗话全编》（五），江苏古籍出版社 1998 年版，第 4829 页。
③ 郝敬：《谈经·毛诗》，吴文治主编《明诗话全编》（六），江苏古籍出版社 1997 年版，第 5941 页。
④ 谢榛：《四溟诗话》，丁福保辑《历代诗话续编》，中华书局 1983 年版，第 1152 页。
⑤ 王克让：《河岳英灵集注》，巴蜀书社 2006 年版，第 122 页。
⑥ 皎然：《诗式》，何文焕辑《历代诗话》，中华书局 1981 年版，第 30 页。
⑦ 严羽：《沧浪诗话》，何文焕辑《历代诗话》，中华书局 1981 年版，第 687 页。
⑧ 严羽：《沧浪诗话》，何文焕辑《历代诗话》，中华书局 1981 年版，第 688 页。

事,不问兴致,用字必有来历,押韵必有出处"的诗风,以"词、理、意、兴"为诗学评判元素,认为"南朝人尚词而病于理;本朝人尚理而病于意兴;唐人尚意兴而理在其中;汉魏之诗,词理意兴,无迹可求"。① 可见,"意""兴"之于诗词、诗理、诗意的特殊价值。而宋人叶梦得"兴致"之论则洞悉了"兴"之为构建象外情境的特殊内涵:"唐人记'水田飞白鹭,夏木啭黄鹂'为李嘉祐诗,王摩诘窃取之,非也。此两句好处,正在添漠漠阴阴四字,此乃摩诘为嘉祐点化,以自见其妙,如李光弼将郭子仪军,一号令之,精彩数倍。"② 所谓"精神兴致,全见于两言,方为工妙"③,"兴"全在于"漠漠""阴阴"等象外之境的点染之间。

而明清以来,一方面,宗唐学诗的风气使得"兴象""兴趣"的诗学内涵在具体诗作评论中实现了多维的扩容。如明人胡应麟论"兴象":"盛唐绝句,兴象玲珑,句意深婉,无工可见,无迹可寻。"④ 正是因此,胡应麟认为"作诗大要不过二端:体格声调,兴象风神而已。体格声调有则可循,兴象风神无方可执"。⑤ 唐诗的"兴象"成为后世"无方可执"的审美模范。又如明人屠隆论"兴趣":"唐人长于兴趣,兴趣所到,固非拘牵一途。且天地、山川、风云、草木,止数字耳,陶铸既深,变化若鬼,即不出此数,而起伏顿挫、回合正变,万状错出,悲然沉郁,清空流利,迥乎不齐。"⑥ 更有清人贺贻孙论"兴趣"谓:"诗以兴趣为主,兴到故能豪,趣到故能宕。"⑦ 可见,明清论者认识到,取兴广阔可以增强诗歌的美学容量,"兴"是诗歌的审美涵容所在。另一方面,后世论者在严羽盛唐"兴趣"说的基础上进一步明析了"兴"之于中国诗学的美学意义,如清人冯班认为:"沧浪论诗,止是浮光略影,如有所见,其实脚跟未曾点地,故云盛唐之诗,'如空中之色,水中之月,镜中之象',种种比喻,殊不如刘梦得云'兴在象外'一语妙绝。"⑧ 实际上,刘禹锡只有"境生于象外"之说⑨,但刘、冯此说正暗合近人王国维的"境界"论说:"沧浪所谓兴趣,阮亭所谓神韵,犹不过道其面目,不若鄙人拈出境界二字,为探其本也。"⑩ 可以说,从诗人精神感触到创作诗法,中国诗学衍生出独立于《诗》论伦理知识的诗学谱系,"兴"的中国诗学审美境界内涵最终被开掘出来。

---

① 严羽:《沧浪诗话》,何文焕辑《历代诗话》,中华书局1981年版,第696页。
② 叶梦得:《石林诗话》,何文焕辑《历代诗话》,中华书局1981年版,第411页。
③ 叶梦得:《石林诗话》,何文焕辑《历代诗话》,中华书局1981年版,第411页。
④ 胡应麟:《诗薮》,吴文治主编《明诗话全编》(五),江苏古籍出版社1997年版,第5532页。
⑤ 胡应麟:《诗薮》,吴文治主编《明诗话全编》(五),江苏古籍出版社1997年版,第5520页。
⑥ 屠隆:《与友人论诗文》,吴文治主编《明诗话全编》(五),江苏古籍出版社1997年版,第4944页。
⑦ 贺贻孙:《诗筏》,郭绍虞编选《清诗话续编》(一),上海古籍出版社1983年版,第192页。
⑧ 冯班:《严氏纠谬》,叶朗主编《中国历代美学文库》(清代卷),高等教育出版社2003年版,第33页。
⑨ 刘禹锡:《董氏武陵集记》,《刘禹锡集》,中华书局1990年版,第237页。
⑩ 王国维:《人间词话》,叶朗主编《中国历代美学文库》(近代卷),高等教育出版社2003年版,第378页。

西方文论

普罗提诺的至善论及其数形解释系统

陈中雨[*]

(西北大学 新闻传播学院 陕西西安 710127)

摘 要：毕达哥拉斯学派认为：数是万物的本原。普罗提诺通过至善论重构了毕达哥拉斯学派的数论，他将数追溯到理智界，探讨了本体的数。在"太一—理智—灵魂流溢学说"体系下，本体的数转化为宇宙演化和自然生成的数，转化为生命存在的数和量。在本体演化、宇宙生成和生命感知的意义上，普罗提诺将数区分为：理智的数、实体的数和量的数，体现其至善论视域下，数的本体论、认识论和生成论的多元价值及其形式美学意义。

关键词：普罗提诺；《九章集》；至善论；理智论；数论

《九章集》六卷六章《论数》，是普罗提诺思想精髓之一。国内外专门研究普罗提诺数论的著作不多，代表性著作为牛津大学出版社出版的斯维特拉·斯拉维娃·格里芬（Svetla Slaveva-Griffin）的《普罗提诺论数》，这本书考察了普罗提诺数的宇宙论，并将其与毕达哥拉斯、柏拉图和亚里士多德的数论做了对比研究。格里芬认为："在公元3世纪，普罗提诺处于毕达哥拉斯、柏拉图和亚里士多德思想交叉性和冲突性影响的时代。作为柏拉图的忠实研究者，作为新毕达哥拉斯主义者萨卡斯的学生，普罗提诺反对量的数的研究，更倾向于数作为宇宙结构的形而上角色。"[①] 在这本书中，格里芬认为：普罗提诺数论受到中期柏拉图主义和新毕达哥拉斯学派的影响[②]。在对《论数》的简介中，A. H. 阿姆斯特朗（A. H. Armstrong）认为："普罗提诺的数论是原创性思想，并没有受到中期柏拉图主义和新毕达哥拉斯学派的影响，普罗提诺的主要目的是：探讨具有一定秩序的实在如何源于太一和至善，人的精神如何找到回归

---

[*] 作者简介：陈中雨（1985— ），辽宁绥中人，管理学博士。西北大学新闻传播学院讲师，主要致力于古希腊思想传播和媒介理论研究。

基金项目：本文是教育部人文社会科学研究西部和边疆项目青年项目"普罗提诺《九章集》的思想体系研究（22XJC751001）"和陕西省教育厅人文专项项目"公民思想与城邦政治：《理想国》的理念传播"（项目编号：17JK0718）的阶段性成果。

① Svetla Slaveva-Griffin, *Plotinus on Number*, Oxford: Oxford University Press, 2009, p. 8.
② Svetla Slaveva-Griffin, *Plotinus on Number*, Oxford: Oxford University Press, 2009, p. 131.

太一和至善的路径。"① 从格里芬和阿姆斯特朗的解读来看，普罗提诺的数论不仅在理解数的历史性影响之中，还包含了宇宙、自然以及人的生命的生成和回归的结构和秩序。数是理解形而上世界的工具。

本文不在中期柏拉图主义和新毕达哥拉斯主义的背景下思考普罗提诺的数论。本文根据《九章集》五卷一章《论原初三本体》所论述的三本体世界的生成演化，对比《柏拉图对话录》，在"太一—理智—灵魂流溢学说"的意义上，考察数的生成演化以及数的观念变化，探讨实体的数（substance number）、单数存在（being）、复数存在（beings）、形式（form）、量（quantity）、有限（limited）、无限（unlimited）、理智的数、感知的数和完整生命存在（the complete life）之间的关系，探讨至善三本体演化形成的宇宙、自然和生命存在，探讨本体的数、实体的数和感知的数对世界秩序和世界治理的理解，试图为当下的政治哲学提供形而上本体界和形而下现象界的结构性治理体系的思考，使万物在各自的界限内抵达神圣的有序和统一。

一 至善形而上三本体：太一、理智与灵魂的演化

在波菲利（Porphyry）编撰的意义上，《九章集》五卷一章《论原初三本体》是普罗提诺思想的转折，代表了从形而下现象世界向形而上本体世界转化的"窄门"。在普罗提诺思想解读的意义上，五卷一章《论原初三本体》对应着柏拉图的《智者篇》、《蒂迈欧篇》和《法篇》，并对三者进行了综合性解读，阿姆斯特朗认为普罗提诺可能致力"反驳同时代人对柏拉图思想的批判"②。五卷一章清晰地展现了"太一—理智—灵魂"三本体的演化，是理解普罗提诺数论思想的基础。

首先，普罗提诺探讨了灵魂纯粹性和复合性问题。在《论原初三本体》中，他提出了灵魂的两种存在状态：一是进入理智界的灵魂，此种状态的灵魂在理智界获得了数生成的空间、结构、秩序和诸种存在形式；一是进入物质世界的灵魂，此种状态的灵魂创造了宇宙、天空、大地、自然、人、动物和植物等生命存在。在普罗提诺的世界里，灵魂的这两种状态产生了形而上灵魂论和形而下灵魂论的区分，第一种状态的灵魂回归本体界，形成智性灵魂，抵达灵魂的宁静和高贵。第二种状态灵魂作用于物质世界的萌发和生成，形成灵魂的具身性存在，抵达灵魂的生成性。普罗提诺清晰地阐明了灵魂的两种状态，将世界万事万物聚集在灵魂的普遍性和特殊性的解释系统之中，可以理解为：灵魂解释学③。在《蒂迈欧篇》中，蒂迈欧提出：灵魂是宇宙的中心，灵魂按照数和比例，创造了宇宙结构、有生命存在和无生命存在，灵魂是统治者和主宰。从普罗提诺的灵魂解释学来看，《蒂迈欧篇》所探讨的灵魂生成是形而下灵魂

---

① Plotinus, *Ennead* Ⅵ, trans. A. H. Armstrong, Mass: Harvard University Press, 1988, p.6.
② Plotinus, *Ennead* Ⅴ, trans. A. H. Armstrong, Mass: Harvard University Press, 1988, p.7.
③ 陈中雨：《生命的神圣化：普罗提诺的理性哲学研究》，《常州大学学报》（社会科学版）2016年第3期。

生成的世界。普罗提诺认为：宇宙的中心并不是单一的灵魂，灵魂创造宇宙的原因是灵魂进入理智界，理智界是万物演化的种的尺度。蒂迈欧将至善和理智放在造物主的心灵中，造物主将灵魂放在宇宙的中心，"把理智放在灵魂里"①，灵魂通过数和比例来创造天地万物和有形世界。蒂迈欧认为：火、土、水、气按照一定的比例结合起来，形成了可见又可触知的天。由此可知：理智即数和比例，灵魂运用理智让质料按比例结合。通观《九章集》，普罗提诺并不认为理智在灵魂里，而是认为"理智生成灵魂"②，因此，他并不认为灵魂按照数和比例来创造有形世界③。究其原因：蒂迈欧将数和比例赋予了灵魂，灵魂的智性存在即数和比例，灵魂根据数和比例作用于四种元素火、土、水、气，创造可见的世界；而普罗提诺将数赋予了理智，理智是万物形而上原理世界，灵魂只有进入理智界中，才能知晓万事万物的形成原理，而理智界没有四种元素，也没有比例，只有本体的数及其生成原则。因此，《蒂迈欧篇》中所讨论的"灵魂—理智—数"，是灵魂创造形而下有形世界，有形世界的生成原因在于灵魂之中的理智存在——数和比例。在普罗提诺的世界里，这被称为处于灵魂视域之下的理性形成原理（discursive reason）。普罗提诺提出了"太一—理智—灵魂"作为灵魂形而上的本体世界，他认为：数并不源于灵魂创造形而下有形世界，而是源于灵魂形而上的理智界自我分化的过程，理智界的自我分化与数的作用一致。在理智分化的过程中，理智本身形成理智的空间、结构和秩序，产生了基于种的结构性存在（beings）和实体的数（substance number）。在这个意义上，普罗提诺通过数论，回应了同时代人对"柏拉图思想没有进入理智实在"④的批评。他将数的生成追溯到理智之中，而不在灵魂使用理智之中，相比《蒂迈欧篇》，《九章集》更加凸显了数与理智的形而上学价值。

其次，普罗提诺探讨了理智界。与灵魂相比，理智是不流溢的，理智的活动呈现为灵魂，灵魂的活动建构实体。灵魂能够建构实体的原因在于灵魂窥探到理智⑤，因此，在普罗提诺的世界里，理智作为真正的存在，是空间性、结构性和有序性的存在，太一流溢是理智界存在的本原⑥。从太一的角度来看，理智并没有内部和外部的区分，因为理智整体处于太一之中。从灵魂的角度来看，理智可分为理智的内部活动和理智的外部活动，理智的内部活动面向太一，理智的外部活动生成智性灵魂⑦，智性灵魂生成灵魂本体，相反，灵魂通过智性灵魂进入理智界，获取万物的生成原理。普罗提诺探讨了理智界内部及其生成过程，包括存在、思、范畴和数。（1）关于理智中思与存在的关系，他认为：理智内部在凝思太一的过程中产生了理智之思，理智之思是存在

---

① ［古希腊］柏拉图：《柏拉图全集（第三卷）》，王晓朝译，人民出版社 2003 年版，第 281 页。
② Plotinus, *Ennead* V, trans. A. H. Armstrong, Mass: Harvard University Press, 1988, p. 21.
③ Plotinus, *Ennead* V, trans. A. H. Armstrong, Mass: Harvard University Press, 1988, p. 253.
④ Plotinus, *Ennead* I, trans. A. H. Armstrong, Mass: Harvard University Press, 1989, p. 45.
⑤ Plotinus, *Ennead* V, trans. A. H. Armstrong, Mass: Harvard University Press, 1988, p. 21.
⑥ Plotinus, *Ennead* VI, trans. A. H. Armstrong, Mass: Harvard University Press, 1988, p. 285.
⑦ Plotinus, *Ennead* V, trans. A. H. Armstrong, Mass: Harvard University Press, 1988, p. 21.

产生的原因,"理智之思产生了存在,存在是理智之思的结果。思的原因也是存在的原因,思和存在是一体两面"。① 这里,我们看到了巴门尼德的"思和存在是同一事物"②的回响,但,普罗提诺将巴门尼德的存在和思放在了理智界中,思作为主体,存在作为客体。理智之思面向太一和至善,存在是理智之思的结果,"在理智、存在、思(thinking)和思想(thought)中,理智作为思,存在作为思想"③,这个观点为中世纪主动理智和被动理智的探讨提供了基础。(2) 关于理智中思与范畴的关系,他认为:"没有异,不能思,没有同,也不能思。于是,理智、存在、异、同是原初的范畴,我们还要加上运动和静止。"④ 在理智之思的基础上,普罗提诺提出了理智界的五种范畴,这五种范畴是太一流溢的必然生成,也是理智凝思太一的过程中,形成的理智界实在。普罗提诺重新解读了柏拉图《智者篇》提出的五种范畴,而将五种范畴作为理智界中的生成性存在,批判了《蒂迈欧篇》将灵魂、范畴和数结合在一起的宇宙创造理论⑤,同样批判了亚里士多德在《范畴论》中提出基于现象界的"十种范畴论",形成了普罗提诺的理智凝思太一创造存在和范畴的思想。(3) 关于理智中的数,他认为:"原初的五大范畴产生了数和量"⑥,"太一先于二,二源于太一。太一作为的二的规定,太一本身不受规定。如果太一被规定,它就成为了数,作为实体,灵魂也是数"⑦。可知:太一先于二,太一是绝对的一,太一不是数。理智在凝思太一的过程中,产生了思和存在,即不定的二(Dyad)⑧,同时,产生了范畴和数,灵魂也是数。在一和多的问题上,理智在凝思太一的过程中,产生了与太一相连的理智之多:"一—多"。灵魂作为三本体最后一环,灵魂进入理智之"一—多"中,创造了"一"和"多"。在多和质料结合的意义上,形成了体积和数值。"体积和数值不是在先的,这些有厚度的都是后来的,感知觉才把它们当作实体。"⑨ 综上可知,普罗提诺认为:理智是主客体统一的能思者,理智凝思太一过程,产生了存在、范畴、数、运动和静止,生成了理智结构和空间结构,形成作为几何存在的理智界内部。理智能够自我决断、自我思想,理智界不受时间的限制,因为时间生成于理智之后。在理智界中,没有质料,也没有过去、现在和未来的区分,理智界只有生成性的空间结构,这些生成性的空间结构并不在时间之中,形成了普罗提诺永恒自足的理智界,理智界即现象界万物的结构性本原。

再次,普罗提诺探讨了太一。与理智和灵魂相比,太一是三本体世界的本原,普

---

① Plotinus, *Ennead* V, trans. A. H. Armstrong, Mass: Harvard University Press, 1988, p. 25.
② [古希腊] 巴门尼德:《巴门尼德著作残篇》,大卫·盖洛普英译,李静滢汉译,广西师范大学出版社 2011 年版,第 75 页。
③ Plotinus, *Ennead* V, trans. A. H. Armstrong, Mass: Harvard University Press, 1988, p. 25.
④ Plotinus, *Ennead* V, trans. A. H. Armstrong, Mass: Harvard University Press, 1988, p. 25.
⑤ [古希腊] 柏拉图:《柏拉图全集(第三卷)》,王晓朝译,人民出版社 2003 年版,第 285—287 页。
⑥ Plotinus, *Ennead* V, trans. A. H. Armstrong, Mass: Harvard University Press, 1988, p. 25.
⑦ Plotinus, *Ennead* V, trans. A. H. Armstrong, Mass: Harvard University Press, 1988, p. 27.
⑧ [德] 黑格尔:《哲学史讲演录(第三卷)》,贺麟、王太庆译,商务印书馆 2009 年版,第 210 页。
⑨ Plotinus, *Ennead* V, trans. A. H. Armstrong, Mass: Harvard University Press, 1988, p. 27.

罗提诺认为:"太一是永远完美的,永久地保持着生产性"①,"太一完美,因为它什么也不寻找,什么也不拥有,什么也不需要,只是如其本性地流溢,它的涌溢产生了异于它本身的事物"②。可知,太一是永恒的、运动的、未分化的能量体,太一如其本性的涌溢,预示着太一拥有绝对的自由意志③,太一自由意志是太一不断涌溢的原因。然而,太一的涌溢必然产生次于太一的诸种存在和范畴,但诸种存在和范畴并不与太一相区分,并不构成太一的他者性和太一的对立面,因为,太一是至善和纯粹的一、绝对的同,太一没有对立面,太一也没有之上和之前的存在,太一既不在空间中,又不在时间中,太一是孤绝的。对于太一而言,诸种存在作为太一能量体——光的涌溢生成的第一实体,表现为内外纯净的球体,巴门尼德将其称为存在④。普罗提诺将其称为太一涌溢,"如果有人说单词 einai [being]——这个术语指称实体性存在——来源于单词 hen [one],他就说出了真理"⑤。在太一涌溢所形成的诸种存在之球体中,异与异的区分形成了纯粹的界限,纯粹的界限被称为存在的开端。如果太一的涌溢还没有形成实体空间,那么在异和异的区分形成的纯粹界限中,在理智凝思太一的过程中,理智内部生成了实体空间,产生思、数、诸种存在和范畴,形成理智界。从太一的角度来看,诸种存在、同、异、运动和静止是太一涌溢的必然结果。然而,太一在涌溢的过程中,本身并没有变化。这里,普罗提诺用形象和命名的方式理解了太一及其涌溢的永恒性生产,然而,我们不能陷于命名的圈套之中,普罗提诺只是用一种逻辑化的语言讲述了世界本原的生成和存在方式,太一无处不在。总之,太一是一种能量体;太一即至善;太一是最原初的;太一拥有绝对的自由意志,太一的自由意志是运动的本体;太一的表达形式是不断涌溢的光;太一没有地方,不在空间和时间之中。在哲学史和跨文化比较的意义上,太一即古希腊《神谱》中的卡俄斯⑥,即基督教文化中的上帝,即老子《道德经》四十二章中,"道生一,一生二,二生三,三生万物"的道。

综上,在"太一—理智—灵魂流溢学说"命名的意义上,普罗提诺形成了至善三本体世界演化图谱,这个演化图综合了《蒂迈欧篇》和《智者篇》中对灵魂本原、范畴生成、天地自然和人的存在之间的关系性解读,并将这些问题融合进普罗提诺的三本体世界中,从而批判了亚里士多德在《灵魂论》和《范畴篇》中提出的基于现象世界的灵魂论和十范畴论⑦。

---

① Plotinus, *Ennead* Ⅴ, trans. A. H. Armstrong, Mass: Harvard University Press, 1988, p. 27.
② Plotinus, *Ennead* Ⅴ, trans. A. H. Armstrong, Mass: Harvard University Press, 1988, p. 59.
③ 俞吾金:《决定论与自由意志关系新探》,《复旦学报》(社会科学版)2013年第2期。
④ [古希腊]巴门尼德:《巴门尼德著作残篇》,大卫·盖洛普英译,李静滢汉译,广西师范大学出版社2011年版,第90页。
⑤ Plotinus, *Ennead* Ⅴ, trans. A. H. Armstrong, Mass: Harvard University Press, 1988, p. 171.
⑥ [古希腊]赫西俄德:《神谱》,张竹明、蒋平译,商务印书馆1996年版,第29页。
⑦ 陈中雨:《艺术与理智美:普罗提诺的本体论美学》,《西北师大学报》(社会科学版)2016年第5期。

普罗提诺形而上世界演化表			
演化所属＼演化阶段	太一（The One）Ⅰ	理智（Intellect）Ⅱ	灵魂（Soul）Ⅲ
Ⅰ	至善	思	理性
Ⅱ	异	范畴（数）	实体
Ⅲ	界限	存在	身体

根据普罗提诺至善形而上学演化和天地自然万物生成的过程性分析，本文返回《九章集》六卷六章《论数》，探讨普罗提诺数论思想。在数的生成论意义上，第一，探讨至善三本体世界中本体的数、理智的数和灵魂的数。第二，探讨宇宙自然世界中宇宙本体的数、自然实体的数和自然感知的数。第三，探讨人类世界中本体的数、实体的数和感知的数，并将其与城邦文化结合在一起。由此，普罗提诺的数论形成了庞杂和丰富的世界解释系统。

二 数的生成性区分：理智的数、实体的数与量的数

在《九章集》六卷六章《论数》中，数是一个庞大的领域，涉及形而上学、宇宙自然论、生命论和质料论。相比于柏拉图和亚里士多德的数论：第一，其形而上学选择了柏拉图的理念论，并将理念论扩充为"太一—理智—灵魂"三位一体关系，为神学三位一体提供了思想地基；第二，其宇宙—自然论将柏拉图和亚里士多德思想融合，形成了灵魂基础上的灵魂宇宙论和灵魂自然学说；第三，其生命论在亚里士多德的基础上，探讨生命的转移和转化，对不同的生命进行了对比分析，并考察了生命、幸福和至善之间的关系。普罗提诺将这三个层面的诸种存在物统一于数，数为其思想的结构性存在提供了解释基础。

在《论数》开篇，普罗提诺从"一——多"的角度解读了数。他认为：一事物成为存在必然是面向一而存在，因为只有面向一，才能成为他自己，这个一，是事物存在的实体。然而，事物的实体本身是被限定的，也就是说它是与一相连的多，而不是多本身，比如：人的身体是有各个部分的，但人的身体的各个部分必然面向一，否则人就会消失，不存在。另外，人作为人的存在，其行动必然是面向人的理智和德行实体所形成的实践性存在，这使得基于多的行动不是恶，因为行动在至善的限定中形成，行动本身并不基于计算理性，而是基于理智和德性。理智和德行构成人的生命本质。在宇宙层面，普罗提诺认为："宇宙是大而美的，因为宇宙是被美限定的存在，否则宇宙就会在变大的过程中变丑。"[①] 因此，普罗提诺认为整个世界都是被一限定的，因而

---

① Plotinus, *Ennead* Ⅵ, trans. A. H. Armstrong, Mass: Harvard University Press, 1988, p.13.

他认为世界不是无限的。根据"太一—理智—灵魂三本体流溢"学说,数产生于太一之后,是太一的自由意志流溢的结果。数作为理智实体的区分,为太一之后的几何学存在和结构性存在提供了空间和解释系统,为西方宇宙论解释系统提供了思想地基。根据阿姆斯特朗的解读,普罗提诺的数在三个层次上存在:理智的数、实体的数和量的数。

首先,数是理智界的存在。理智界是太一的自由意志流溢的结果,理智界的数不是无限的,而是被太一生成所限定。"在理智界中,所有的理智存在都是作为部分的个体存在,是有一定数量理智存在。在理智界,数是首要的存在,在理智之中作为理智存在实现的总和,这就是理智的数。"[①] 理智的数是万物的本原,是万物生成的根据,它具有一定的数量,不是无限的。当理智的数在灵魂的作用下成为现实时,它就表现为自己的本性,形成类存在。在类存在中,类与质料相互结合,形成诸种生命体,并形成多。"存在,当它变成数,就将自己复制为多种存在。它就被分裂(不是作为普遍的一,而是作为特殊的一);它被分裂是根据他自己想成为多的本性。它根据数来生成,它根据数的力量被撕开,并和数产生的一样多。因此,数是生产多种存在的原理。"[②] 数、存在与多种存在之间是互相依存的关系,数是存在分裂的动力,多种存在是数生产的结果,数和存在的力量来源于太一的自由意志流溢。理智界的数是范畴性和结构性的,形成完整的形式,其没有进入质料性生成,不能区分为我们数的一个苹果、两个苹果、三个苹果的实物和量,而是作为苹果理智界实体。也就是说,苹果之所以成为苹果是分享了理智界作为苹果的存在的理智数——苹果的原理,这种原理保存在苹果的种子中。理智的数是万物生发的原因,每一类生命存在都有特定的理智的数。

其次,数作为实体表象的规范。实体的数是理智数的外化,实体的数呈现为一事物成为一事物的尺寸(size)。在"种—属"意义上,实体的尺寸由理智的数决定。普罗提诺认为:"实体的数凝视形式,并分享给他们的生成者。"[③] 大全世界中万物的生长由理智的数决定,而理智的数本身是不可见的,理智的数通过灵魂与质料结合,形成实体,产生可见的实物。可见的实物,向我们展示了理智数的生成性。也就是说,在榆树和柳树的区分中,我们在先地知道作为理智数的榆树和柳树是不同的,否则我们不能在表象上将两者区分开来,并认定其为两种树种。实物的数是被形式限定的,形式来源于理智数。一棵树不能无限生长,一个人也不能无限生长。如果一事物无限生长就代表了该事物的恶,没有被一限定,处于缺乏和疾病状态之中。实物的数是可见世界的存在,体现为现实世界的可测量性。在实物的数的意义上,我们可以探讨大和小、长和短。一个苹果是大的,另一个苹果是小的,这种大小的区分是实物的数的区分,处于关系之中。在理智数之中并没有大和小、时间和空间

[①] Plotinus, *Ennead* Ⅵ, trans. A. H. Armstrong, Mass: Harvard University Press, 1988, p. 59.
[②] Plotinus, *Ennead* Ⅵ, trans. A. H. Armstrong, Mass: Harvard University Press, 1988, pp. 59–61.
[③] Plotinus, *Ennead* Ⅵ, trans. A. H. Armstrong, Mass: Harvard University Press, 1988, pp. 35–37.

的区分。因为理智界的数是永恒的存在，虽然其生成万物种的范畴，但并不表现为可见的时空中运动、静止、同和异关系，这也体现在庄子《逍遥游》中小大之辨的层次性。在《形而上学》卷一中，亚里士多德称："'大与小'之参于一者，由是产生了数，故数之物因为'大与小'，其式因为'一'。"① 这种"大小参于一"是作为实物的参照，在普罗提诺的哲学中，被称为实体的数。亚里士多德考察现象界实物之间的关系，提出了实体、数量、性质、关系、地点、时间、状态、具有、主动、被动十大范畴。普罗提诺批判亚里士多德的十范畴论，继承了柏拉图的五范畴论，并进一步探讨了二范畴论（灵魂论和理智论）和无范畴论（太一论），由此，形成范畴论的层级。在普罗提诺哲学中，数被分成了两个世界的存在：现象界的数和本体界的数。现象界的数在本体界中都能找到相应的原因和根据。只不过本体界的数是非质料性，具有原理和结构性，具有整体性秩序，具有美善的纯粹价值。在现象界，人的感觉器官通过感知外在现象世界造成感知区分，形成多样性，但这种多样性在生成的意义上归属于"种的范畴"。柏拉图认为：数离开感觉也能存在。他将事物区分为感觉数和理知数②。在《论自由意志》中，奥古斯丁认为："数的秩序，被知为一和不变的，不为身体感官所感知。"③ 数的智慧和真理相连。奥古斯丁的数论也是理智的数，不是感知觉感知的区分形成的数。数通过理智形成存在、生成实体。人类通过感知觉作用于可见的世界，并将可见世界有序分类，形成了感知觉对现实世界的数理把握，实现对纷繁世界的理解和解释。

再次，数作为量的存在。量的数是在身体感知和实物表象基础上形成的统一性，形成一个、两个、三个的区分，实现对实物的量的有效认知，但这种认知在同一类的基础上。可以说"给我三个苹果"，却不可以说"给我三个苹果和梨"。第二种表述不能传达正确的意义，老板会问："你要三个苹果，还是三个梨？"因此，量的数，是在同一种类内的表达，受到理智的数和实物的数的限制，比如"给我三个大苹果"，这个表述既包括量的数又包括实物的数和理智的数，因为三个、大、苹果，分别代表量的数、实物的数和理智的数。由此可知，现象界的存在具有复合性，这种复合性呈现在语言表述万物的语法规则之中，但这三者存在依据理智的数。没有理智的数，种的范畴的苹果不会产生，实物比较的数的大小不会产生，更不会有量的范畴。对于繁多的实物来说，量的数具有统计规范作用。普罗提诺对理智的数、实体的数和量的数的区分具有重要的解释力，实现了数的多元性解释。

基于对数的分析，数的形式主义即灵魂的理智的形式呈现，即宇宙自然和人类社会的本质主义，是世界构型的本质。在宇宙层面，这种构型体现为时间和空间组成的运动规则；在自然世界，这种构型体现为可见的天地和世界万物的生成、生长和衰退；

---

① ［古希腊］亚里士多德：《形而上学》，吴寿彭译，商务印书馆2012年版，第19页。
② ［古希腊］亚里士多德：《形而上学》，吴寿彭译，商务印书馆2012年版，第26页。
③ ［古罗马］奥古斯丁：《论自由意志》，成官泯译，上海人民出版社2013年版，第114页。

在人的世界里，这种构型体现为个人治理和群体治理，前者基于灵魂的理智和德行，后者基于城邦的理智和德行。基于这两种思想，在古代文化中，政治学和伦理学是最为核心的问题。总之，基于数的分析，对数的本质以及数的生成的认识，是理解形而上学、宇宙论、自然论和人类社会的核心问题，这个核心问题建构了普罗提诺的哲学体系，其为宗教哲学、政治哲学、自然哲学的思考提供了重要的基础，为中世纪哲学、启蒙运动、古典主义、浪漫主义、现实主义、现代主义的数论思考提供了思想的深度。

综上，普罗提诺的数论，既不是基于主体，又不是基于客体，而是基于万事万物生成性的形成原理。在万事万物的生成性之中，从表象到本体，都在数论统照之下，因此，普罗提诺的数论是动态的、变化的、具有生命力的。数论的背后是大全世界生成和自然循环的秘密。在现象的数向本体的数回归之中，人不断地思考宇宙、自然、城邦和人的本体，只有受到太一、理智和德行的召唤，受到生命本体的召唤，才具有思的动力。在身体感知基础上的世界，是区分性的世界，用于满足身体需要，应灵魂理智之光，太一的召唤，进入永恒世界之中，才能满足人的实体要求。人的实体存在是思考自然世界、人类世界和城邦社会的本原。因此，本文形成了普罗提诺形而下世界演化表。

普罗提诺形而下世界演化表

演化所属 \ 演化阶段	宇宙（cosmos）Ⅰ	自然（nature）Ⅱ	生命物（life）Ⅲ
Ⅰ	时间	天空—大地	有机物
Ⅱ	运动	精神	人
Ⅲ	空间	物质	无机物

对形而下世界的理解在数的范畴之内，任何实物从内在到表象都在数的范畴之内，都无法逃脱数的测量，甚至语言、文字和思想也在数之中。基于数和几何形成的质、量、关系、模型的研究，宇宙世界、自然万物和城邦社会具有了亲近性，同时，这种亲近性扩展了人对世界表象和本体的理解，让人的生活具有了安全感和亲切感。人与宇宙、人与自然、人与城邦、人与人之间的和谐关系，在对数的认知中，在对自然社会和人类本性的认知中抵达完满的知与行。

三　数—美：太一流溢的纯粹形式美

物或生命的内在的光，是物成为物的生成性和结构性存在的活力。最初，人并不在物的内在光辉以及物的生成意义上来理解数。数作为表象呈现的规范性计量，或者作为可见世界的记忆性认知，提供了一种最为便利的对存在物的测量，这种便利性让数成为世界的首要存在。在普罗提诺的哲学中，数与美之间是同构性生成的关系。没有太一，就没有理智，就没有数，就没有空间和结构，就没有几何，就没有生命美，更没有存在和存在物。因此，数与美的结合形成了自然物理世界和城邦社会的内在治理模式，在此基础上，数既不是主观的，也不是客观的。同时，美既不是主观的，也不是客观的。数—美是世界本原的生成性存在自然流溢的结果，是宇宙作为宇宙存在，自然作为自然存在，人作为人存在，动物作为动物存在，植物作为植物存在，质料作为质料存在的内在原因，数—美主导了普罗提诺哲学体系的治理思想，形成了形而上与形而下世界的流溢性与生成性。

第一，数—美是对本体世界治理的思考。形而上学向来是难以理解的领域，被称为物理学之后，其致力于探讨一物缘何成为一物。在对《论数》的简介中，阿姆斯特朗引用了波菲利的作品《毕达哥拉斯生平》："毕达哥拉斯不能够清晰地表达第一原理和第一形式，因为这些思想很难懂，很难解释。因此，毕达哥拉斯求助于数来解释理智界"，阿姆斯特朗认为："对于普罗提诺来说，不但太一，整个理智世界的实体都超越了理性思维和语言本身。传统的数的观念，能够帮助我们抵达理解的目的。"[①] 在形而上学意义上，普罗提诺借助数解释了形而上世界，被称为"数—神秘主义"。在数—美视域中，形而上学因为普罗提诺的理智论和灵魂论的种属探索呈现出一种清晰性，开显出一种解释的可能性，这种清晰性和可能性为形而上学的暧昧不清提供了结构，在结构性中呈现出精、微的数的奇妙价值。同时，在原初的数的精、微结构中，呈现了美学的全部力量。也就是说，普罗提诺的形而上学是通过数与美相结合的方式呈现为吸引性、亲近性和可理解性。一种秩序性和结构性的永恒性呈现，是万事万物存在的根据。光芒四射的结构并没有质料和肉体的纠缠，是一种纯粹的生命力、纯粹的结构、纯粹的美，不是认识论的，是世界本已所有的宝藏。普罗提诺进入了数的本体论之中，在数的本体论之中发现了世界生成的神秘知识，一种神秘主义的范畴论。一个没有主体、没有客体，源源不断呈现的世界本原的结构性和秩序性的光辉。数—美主导着世界本体生成的秘密。

第二，数—美是对城邦世界治理的思考。城邦世界的治理，是古希腊思想的重要遗产。柏拉图的《理想国》，提供了治理城邦的结构，但在其著作中，对于数—美的结合并没有深入思考，柏拉图以灵魂的德行为基础，提出了灵魂从形而下的世界向形而上的世界的转向，他运用的是灵魂中的辩证法和数，并没有对灵魂发现形而上世界的激动之情用美的方式加以概括，他只看到了美的破坏性力量，而没有看到美的力量在形而上学中的重要价值。亚里士多德的《政治学》，在至善的层面思考了城邦的生成原则，城邦为各行各业提供了生存空间，他思考了好的政体、好的德行与好的城邦之间的匹配关系，在管理者和被管理者所形成的共同体取向中完成了城邦的设想。他们两位哲学家对美所带来的不是概念的，不是辩证法式的，不是伦理学的普遍性认同，没

---

① Plotinus, *Ennead* Ⅵ, trans. A. H. Armstrong, Mass: Harvard University Press, 1988, p.8.

有直观的认识。因此，西方的城邦文化在文学、音乐和美术所代表的美学意义上是缺失的，人的多元价值通过伦理的多元和行业的多元构筑，形成了基于行业和需求的社会建设模式，致力于发育完善的社会结构①。宗教学和神学是社会结构再生产的内在原因。在普罗提诺的哲学中，城邦建设思维方式被打破。普罗提诺生活的时代，城邦并不是人美好生活的代表，普罗提诺在数—美的意义上，对城邦世界进行了宇宙论的分析，形成了一种效仿式②的关系性解读，即宇宙存在和城邦存在之间的镜面与返照③关系，其主要方式是作为形式呈现的城邦，而不是作为内容呈现的城邦。普罗提诺的城邦思想并没有取得成功，因为普罗提诺对世界治理的思考，是一种形而上学的思考。以脱离历史的视域来看，普罗提诺的数—美的城邦治理思想，提供了城邦形而上学的建构模式，对城邦治理的宇宙学、美学和至善论维度进行了思考，而美善结合在一起形成了超越城邦文化的宇宙文化和普世性文化，这种普世性是以思考宇宙为中心的效仿关系，形成了西方思想对规范性美学的思考，即在整体性约束下的个体性和多元性价值取向。

第三，数—美是对质料世界治理的思考。对于普罗提诺来说，恶是重要的问题。恶来源于形式的缺乏。在城邦和个人意义上，恶始终如影相随，普罗提诺认为：城邦的恶在于城邦治理形式的缺乏，个人的恶在于个人理智和德行光辉的缺乏。无论是柏拉图、亚里士多德，还是普罗提诺，对恶的思考都在于建立一个规范的管理机制。在普罗提诺看来，这个规范的管理机制中，真正起作用的是人的自律性、道德性和法律性。普罗提诺认为在人生成人那一刻，以及在人成长的过程中，这些规范机制是写入人的本体的，人是按照规范机制生活的，没有任何一个人能在宇宙规则、自然律法和城邦制度之外生活。优良的城邦生活在于根据宇宙法则、自然律法和城邦制度，治理那些扰乱规范机制的恶，而这个扰乱的主要来源是肉体、不良的情绪和情感，普罗提诺将其统一称为"质料"。只有治理形式能够消除质料导致的恶。同时，普罗提诺认为恶参与了世界的建构，宇宙规则在其范围内有效地分配了善恶存在，只有分配主体才能知晓善恶的生成逻辑。因此，数—美问题体现了对善恶逻辑的超越性治理、对世界范围内情绪和情感的净化。数作为质料世界的规范性，美作为质料性世界内在统一性。美与质料斗争而结合在一起，形成一种统一性，生成了质料的外观，让质料在美的外观中，形成中和性存在，同时，形成质料的数理逻辑。数和美的结合形成了对无序的质料世界的治理，这个治理的结果：一是宇宙世界和自然物理世界规范性的空间结构；二是城邦的对内对外的农林牧副渔各行各业的规范性结构；三是人的灵魂与身体情绪的规范性结构。人的行动在这三种规范结构中抵达对无序的质料世界的治理。任何一种结构有序的治理体系，都以美善作为情感情绪的净化和以自律为中心。人的行动的原因在于人在城邦和宇宙中的位置，以及人的幸福生活的实践模式。宇宙空间分配给

---

① 陈中雨：《正义的本质与正义的建构——〈理想国〉第1卷解读》，《马克思主义美学研究》2015年第2期。
② [法]米歇尔·福柯：《词与物——人文学科考古学》，莫伟民译，上海三联书店2002年版，第26页。
③ [德]大卫·巴拓识：《库萨的尼古拉哲学中的镜面隐喻》，彭蓓译，《基督教文化学刊》2018年第2期。

每个人命运和责任，人应该肩负起人的使命和责任，使得自然物理世界和城邦世界充满人性和神性的光辉，而这以数—美形成的结构关系为中心。

综上，数—美生成性结构对治理宇宙、自然、城邦和人的世界提供了重要的基础。在普罗提诺的思想体系中，本体论、认识论和存在论的所有结构生成都在数—美原则之中，《九章集》本身也通过波菲利，以六卷九章的方式，将其编撰成完美的形式，构成一个整体，从自然物理世界到太一理智灵魂的世界，从形而下的现象世界到形而上的本体世界，形成了普罗提诺完善的治理体系，从而展现了《九章集》治理思想的神性光辉。

四 数形论：至善视域下的世界治理体系之思

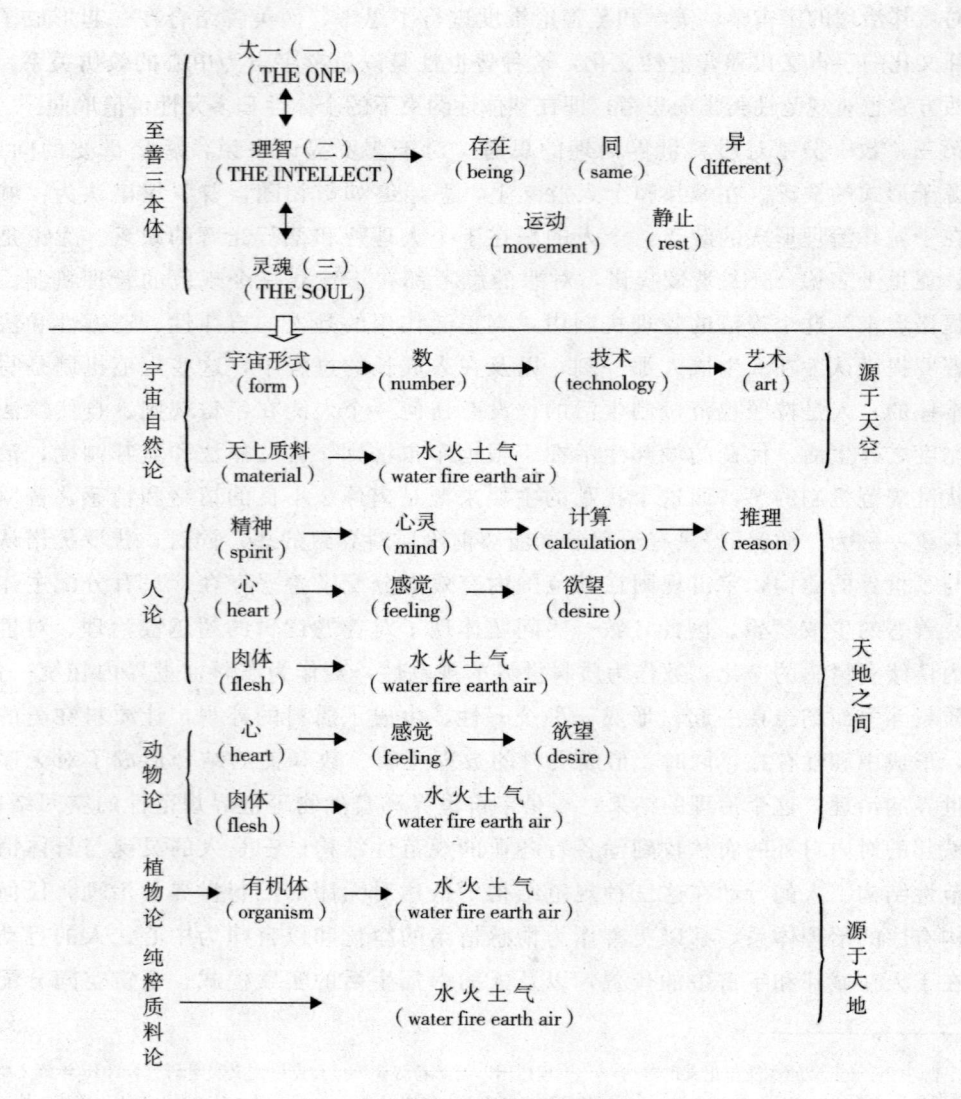

```
            太一（一）
            (THE ONE)
             ↕
至善三本体  理智（二）  →  存在      同        异
            (THE INTELLECT)  (being)  (same)  (different)
             ↕                运动        静止
            灵魂（三）         (movement)  (rest)
            (THE SOUL)

宇宙     宇宙形式  →  数        →  技术         →  艺术      ⎫ 源
自然     (form)      (number)     (technology)    (art)      ⎬ 于
论       天上质料  →  水火土气                                ⎭ 天
         (material)  (water fire earth air)                    空

         精神      →  心灵     →  计算          →  推理      ⎫
         (spirit)    (mind)      (calculation)    (reason)   ⎪
人论     心        →  感觉     →  欲望                       ⎪ 天
         (heart)     (feeling)   (desire)                    ⎬ 地
         肉体      →  水火土气                                ⎪ 之
         (flesh)     (water fire earth air)                  ⎭ 间

         心        →  感觉     →  欲望
动物论   (heart)     (feeling)   (desire)
         肉体      →  水火土气
         (flesh)     (water fire earth air)

植物论   有机体    →  水火土气                                ⎫ 源
         (organism)  (water fire earth air)                   ⎬ 于
纯粹                                                          ⎪ 大
质料论              →  水火土气                               ⎭ 地
                       (water fire earth air)
```

普罗提诺的思想体系演化

普罗提诺的至善论，生成了普罗提诺的形而上"太一—理智—灵魂"与形而下"宇宙—自然—生命"思想体系，体现为形而上与形而下的本体与呈现，形式与质料的斗争性和生成性关系。数被区分为理智的数、实体的数与量的数。在形而上本体世界，数、范畴和存在之间相互生成，形成了世界本体的几何空间和结构性存在，产生了万事万物种的范畴。在形而下世界里，这种演化关系，以灵魂与身体、形式和质料的方式产生作用。灵魂和形式是形而上本体在形而下现象界的实现，灵魂和形式通过身体与质料，将身体和质料转化为是其所是，呈现为可见的现实世界。现实世界的治理体现为宇宙治理、自然治理和城邦治理，以数和美作为治理的核心，探讨现实世界的人性化和神性化生成。在宇宙—自然的意义上，治理体现为宇宙形式通过数、技术和艺术的方式呈现为宇宙—自然的所是；在人的意义上，人通过心灵认识到宇宙自然的运行规律，将其应用到城邦管理和城邦文化建设，同时为动植物提供栖居的家园，改变现实世界的恶。人的治理是宇宙治理、城邦治理、自然治理和质料治理的核心，体现为人对本体界、宇宙论、自然论和质料论的整体性把握。

尼采的面具与柏拉图主义
——论《扎拉图斯特拉如是说》中的修辞

梁心怡[*]

(中国社会科学院文学研究所 北京 100732)

摘 要：尼采在其代表作《扎拉图斯特拉如是说》中大量地使用了修辞。罗森认为尼采借助修辞构造了一种"高贵的谎言"，其目的在于掩盖他真实的虚无主义教诲。但吴增定则批评这种解读仍然没有摆脱尼采所反对的"柏拉图主义"思路。两位学者的分歧集中在对尼采"永恒复返"学说的理解之上：罗森将"永恒复返"视为尼采最深层的危险真理，与"超人"和"权力意志"学说存在巨大的张力；而吴增定则将"永恒复返"看作尼采的"未来宗教"，仍然是权力意志的创造。相比之下，罗森的解读更能抵达尼采思想的内在矛盾，尼采一方面强调要肯定永恒复返的自然秩序，另一方面又高扬创造的意志，这两者始终无法实现调和。

关键词：尼采；柏拉图主义；修辞；历史主义

恐怕没人能够否认，尼采是一位极为擅用修辞的思想家。《扎拉图斯特拉如是说》这部作品尤其体现了尼采的修辞特质，尼采使用了令人眼花缭乱的意象和隐喻，将自己的真实想法隐藏在扎拉图斯特拉的身份与言辞背后。正如这部作品的副标题所表明的，这是"一本为所有人又不为任何人所写之书"。显然，尼采并不认为他的所有读者都能领会他的思想，他的真实想法只有少数人，甚至没有人能够理解——即便是扎拉图斯特拉的门徒们也最终令他大失所望。修辞的模糊性在相当程度上导致了人们对尼采思想的曲解，似乎无论是海德格尔，还是后现代主义者，如德勒兹、德里达等人，都仅仅选取尼采思想的一个面大力发挥。而经过他们解读的尼采之面目，尽管在某一面上显得格外明晰鲜明，却也无可避免地失去了整体的形象，落入偏颇之境。更严重的后果是，尼采的一些遭到曲解的想法得到了纳粹的赏识，与在20世纪造成巨大灾难的法西斯主义联系在了一起，这使尼采被贴上了一张沉重的污名化标签。尼采并不是

---

[*] 作者简介：梁心怡（1991— ），安徽合肥人，中国社会科学院文学研究所博士后，中国人民大学文艺学博士，主要研究方向为西方文论、美国文论与文学批评，中国社会科学院博士后创新项目阶段性成果。

没有预见到这一点,他早就知道在人间会产生打着他的旗号,却败坏他的思想的"扎拉图斯特拉之猴"。①

所以我们不得不提出一个问题:为什么尼采一定要在他的写作中如此依赖修辞?为什么他不能像他那个时代的其他哲学家一样写作尽管深奥,但至少逻辑缜密且意思明晰的论文来,而非要刻意使用种种让人难以捉摸的诗化语言呢?这个问题的重要性在于,假如我们不理解尼采使用修辞的意图,我们就也有像前人一样在尼采思想的迷宫中迷路的危险。

在斯坦利·罗森(Stanly Rosen)对尼采的解读中,他对于以上问题提出了一种解释。罗森继承了其师施特劳斯(Leo Strauss)关于"显白"与"隐微"的学说,以此来解读尼采的《扎拉图斯特拉如是说》。从他著作的标题"启蒙的面具"就能看出来,他认为尼采和柏拉图一样都是擅用显白和隐微双重教诲的"柏拉图式政治哲人"。扎拉图斯特拉关于创造,关于"超人"与"权力意志"的激进言辞只是他的一副面具,一种显白的教诲,一种"高贵的谎言"。而在这副面具之下隐藏的是"所有创造在本质上的无意义和无目的"这样一个事实,② 亦即"永恒复返"的学说。③ 为了隐藏这一个致命的真理,尼采不得不使用诗化的修辞将其覆盖在启蒙的面具之下。

显然,罗森没有犯将尼采的思想简单化的错误,而是充分注意到了尼采思想内部的张力,并且认为,这种张力,或者在一些人看来是极度的矛盾冲突,但却是理解尼采思想的关键。在尼采看来,艺术比真理更有价值,更加能够刺激人生。④ 因此,假如尼采想教导人们在摧毁之后再进行创造,就必须让他们学会狄俄尼索斯式的"遗忘",通过遗忘那个致命的真理,那个"深渊般的思想",从而投身到"创造"的过程当中去。这也很好地解释了尼采要使用修辞的原因:他恰恰不希望所有人都能理解他,因为这个致命的真理并不是任何心灵都能承受的。

但罗森的观点遭到了我国学者吴增定的反驳。吴增定认为,倘若认为在尼采那里也有"高贵的谎言",那么我们就忽视了一个基本的重要事实,那就是柏拉图乃是尼采面临的最大的敌人。在尼采眼中,近代西方深重的精神危机说到底就是"柏拉图主义"的一个变体,甚至自柏拉图以后整个西方思想的历史,就是一个"柏拉图主义"的历史。尼采作为一个革命者,一个新时代的预言家,如果要对西方文明进行最彻底地反思,就必须在源头处诊治西方精神的病症——柏拉图主义。尽管施特劳斯学派为了从

---

① [德]尼采:《扎拉图斯特拉如是说——一本为所有人又不为任何人所写之书》,黄明嘉、娄林译,华东师范大学出版社 2009 年版,第 293 页。
② 刘小枫、倪为国编:《尼采在西方》,上海三联书店 2002 年版,第 137 页;另见罗森《启蒙的面具——尼采的〈查拉图斯特拉如是说〉》,吴松江、陈卫斌译,辽宁教育出版社 2003 年版,第 12 页。
③ [美]罗森:《启蒙的面具——尼采的〈查拉图斯特拉如是说〉》,吴松江、陈卫斌译,辽宁教育出版社 2003 年版,第 12—13 页。
④ [美]罗森:《启蒙的面具——尼采的〈查拉图斯特拉如是说〉》,吴松江、陈卫斌译,辽宁教育出版社 2003 年版,第 12 页。

尼采那里挽回柏拉图的名声，区分了"柏拉图主义"和"柏拉图式的政治哲学"（platonic political philosophy），但吴增定指出，这仍然不足以说明尼采会在任何程度上认可柏拉图主义。柏拉图的"高贵的谎言"乃是《理想国》中最佳政制的根据，但是，在尼采看来，这一谎言恰恰是一套"民众偏见"的产物。柏拉图的谎言之所以不"高贵"，正是因为他放弃了哲学的高位，转而去俯就迎合民众的口味和偏见，并炮制了一套"灵魂不朽"以及"善有善报、恶有恶报"之类的神话。在柏拉图之后，基督教以及后来的启蒙哲人，将他进一步变成了一种"民众的柏拉图主义"，摧毁了柏拉图旨在维护的等级秩序，从而导致了现代虚无主义的危机以及"末人"时代的到来。[①] 所以，假如尼采要彻底清除柏拉图导致的"恶果"，就必须摈弃所谓"高贵的谎言"，而坚持"理智的诚实"。"显白"和"隐微"的区分并非谎言和真理的区分，而是智慧的高低之别。作为拥有最高智慧者的哲人必须站在高处为民众立法，而不能迁就、迎合民众的偏见。由此，吴增定把罗森那里"显白"和"隐微"的关系颠倒了过来，"权力意志"的思想构成了尼采的未来哲学，而"永恒复返"的思想则构成了他的未来宗教。[②]

可是，难道罗森不知道尼采反柏拉图吗？毕竟这对于任何一个尼采的阅读者来说，都是最为基本的常识，何况罗森还是对尼采有着如此深入研究的思考者。看来我们不能简单地认为罗森忽视了尼采和柏拉图主义之间的关系，恰恰相反，罗森十分重视这一问题，甚至写了专文来探讨。要想辨清中外两位学者之间的分歧，我们首先要处理的就是关于"柏拉图主义"的问题：尼采和柏拉图究竟是什么关系？

一　尼采是一个"柏拉图主义者"吗？

罗森文章的标题是"尼采的'柏拉图主义'"，意思就一定指的是尼采是一个"柏拉图主义者"么？如果像海德格尔那样来理解"柏拉图主义"的话，尼采和柏拉图其实都不是柏拉图主义者。如何理解柏拉图自己也不是一个"柏拉图主义者"呢？罗森认为，无论是尼采还是柏拉图都没有倡导关于"存在者之存在"的"本体论"和"形而上学"。柏拉图是用"对话"的方式进行写作的，在对话的形式中，保留了哲学和诗之间的张力。在柏拉图那里看似属于"形而上学"的表达乃是诗化的修辞，通过这种方式他巧妙地遮蔽了自己哲学思想无法清晰言说的根基。在尼采那里就更是如此，尼采完全倒向了诗，使艺术高于真理。尼采并没有说存在"是什么"，如果能够对它说些什么的话，也只能说它什么都不是，是纯粹的"混沌"。不存在"文本"和"解释"的区分，一切都是"解释"，都是一种透视法。通过这种描述，尼采将对西方古老的精神秩序进行彻底的摧毁，并不存在柏拉图所谓的"理念世界"，也不存在基督教所许诺的天国，也没有启蒙哲人宣扬的历史终结。这一切都是解释的产物，是那些"最智慧的

---

①　吴增定：《尼采与柏拉图主义》，上海人民出版社2005年版，第16—17页。
②　吴增定：《尼采与柏拉图主义》，上海人民出版社2005年版，第28页。

人"的权力意志为混沌所赋予的秩序,为那些缺乏权力意志的普通人提供了生活的视野:"你们将自己的意志和价值置于变化的河流之上;凡是民众信以为善或恶的,在我看来,无不显示出一种古老的权力意志。"①

在尼采那里,历史上有过的所有价值都不过是权力意志的产物。但是,基督教的价值发展到尼采的时代,已经造就出一个平庸的、了无生机的末人时代——尽管上帝死了。因此这样的一个时代,以及支撑这个时代的所有价值都必须在尼采的锤子的敲打下被摧毁。摧毁是为了创造,尼采呼唤能够创造新价值,建立新秩序的"超人"。可在这时候尼采(以及他笔下的扎拉图斯特拉)面临着一个严峻的问题:假如世间所有价值都来自混沌,都是权力意志的产物,那么如何认为一种权力意志比另一种权力意志高贵,如何选择跟随某一种更高的权力意志去建立一个新的等级秩序?假如一切都没有意义也没有目的,但不可避免地复返,虚无而没有终结,那么就不存在"创造",而创造的行动本身也就失去了意义。

面对这样一个致命的真理,"万事皆空,一切相同,一切俱往",这个来自卜卦者的预言曾经彻底地击垮了扎拉图斯特拉,让他变得与卜卦者所说的那类人没有两样了。② 但是,虽然卜卦者所说的是事实,真正关键的问题在于如何面对它。罗森认为,这时候尼采开始求助于狄俄尼索斯:"首先是清醒地意识到混沌、无意义、无目的。其次,这种意识导致狄俄尼索斯式的沉醉于确认:混沌首先是创造的可能前提。进而,狄俄尼索斯以沉醉遗忘(或压抑)了阿波罗维度,得以创造(或解释)。"③ 罗森笔下的尼采,包括写作《扎拉图斯特拉如是说》时的尼采,仍然接续着写作《悲剧的诞生》时的思路:生命的无意义必须通过酒神的迷狂来加以遗忘,否则生活和创造就无法进行。所以罗森说,尼采与柏拉图的类似仅在于他们的修辞,他们把"清醒的、清晰的因而也是颓废的真理——无真理"隐藏在"高贵的谎言"这副面具之下。尼采的面具是激进的启蒙修辞,是关于创造和"超人"的言辞,而事实则是"到头来,是什么样的还是什么样——已经是的那样:崇高的还是崇高,深奥的依然深奥,微妙的和令人战栗的仍属于高雅者,统而言之,简而言之,珍贵的仍属于珍贵者"。④

关于尼采与柏拉图之间的关系,吴增定则提出了针锋相对的看法。他通过梳理尼采思想的发展轨迹,得出结论:写作《扎拉图斯特拉如是说》时的尼采彻底修正了自己在《悲剧的诞生》以及《历史的用途与滥用》当中所表达的观点,亦即"生活需要谎言而不是真理,因为真理恰恰危害生活"。⑤ 的确,尼采在早期抱有这样的想法,认为生活需要谎言的保护,艺术比真理更加重要。在写作《悲剧的诞生》时,尼采对苏

---

① [德]尼采:《扎拉图斯特拉如是说》,黄明嘉、娄林译,华东师范大学出版社2009年版,第198—199页。
② [德]尼采:《扎拉图斯特拉如是说》,黄明嘉、娄林译,华东师范大学出版社2009年版,第232—237页。
③ 刘小枫、倪为国编:《尼采在西方》,上海三联书店2002年版,第140页。
④ 刘小枫、倪为国编:《尼采在西方》,上海三联书店2002年版,第140页。
⑤ 吴增定:《尼采与柏拉图主义》,上海人民出版社2005年版,第29页。

格拉底的指控在于他摧毁了民众的偏见,他在"求真意志"的驱使下"不顾一切地说出真理",从而最终摧毁了希腊悲剧的精神。同样在《历史的用途与滥用》当中,尼采也表达了类似的观点。他在某种意义上把苏格拉底主义和现代科学等量齐观:他们的共同错误就是一种不加限制的知识欲。吴增定认为此时是尼采最接近柏拉图主义的阶段,具体表现形式就是所谓的艺术形而上学。[①] 但是,尼采很快认识到自己的问题,并对过去的想法进行了深刻的反思,从而以"理智的诚实"取代了"高贵的谎言"。他之所以要放弃柏拉图主义的谎言,是因为他看到:谎言虽然一开始能够保护生命,但最终却更加彻底地摧毁生命。因为现代科学已经使"高贵的谎言"无法继续维持下去,因此必须直面真理,用要求生命永恒复返的意志来肯定生命。假如依然要维持谎言,那么就必然是对末人品味的迎合,又会陷入"柏拉图主义"的深渊当中。[②]

为什么罗森和吴增定解读的尼采与柏拉图的关系会有如此之大的反差?为什么罗森认为关于"永恒复返"的真理必须被隐藏和遗忘,而吴增定却相信尼采能用永恒复返的思想来肯定生命?我们认为,根本的分歧存在于他们对"永恒复返"这一教诲的理解。

二 何为"永恒复返"?

"永恒复返"的教诲中究竟隐藏着怎样的秘密?我们先来看看罗森是怎么说的。在罗森看来,"永恒复返"首先是一种有关"救赎"的学说,它救赎的对象乃是人的"复仇精神"。柏拉图主义阴影笼罩下的欧洲一直以来都沉沦在复仇精神当中,过去的思想家不满足于大地上的生活,厌弃生命有生有死的现实,因而把现实生活贬斥为虚幻的、暂时的,而虚构出一个永恒"理念世界"或"天国"来。尼采认为这就是人类对大地复仇的体现,于是他呼唤超人去摧毁这些旧价值,创造新价值。但是他同时又发现,"我们的主人是历史而不是自然"。在《论救赎》一章中,扎拉图斯特拉发现当今世上充满了各种各样残缺的人,而那些所谓的"伟人",也都只不过是"反向的残疾人","某些东西过盛,余则太缺"。因此扎拉图斯特拉说:"我在人群之中漫游,就如同在人的断肢残体里行走!"[③] 这些断肢碎片是历史与偶然造成的,它们是欧洲的历史,也是欧洲的现状,甚至扎拉图斯特拉也坦承自己是一个残疾人。假如超人想要进行摧毁与创造,那岂不是也要对过去的历史进行否定,从而陷入对无法改变的过去的"复仇"?

---

① 吴增定指出,在《悲剧的诞生》中,苏格拉底的形象更多的是一位科学家和辩证法家,而不是哲学家。说到底,苏格拉底的"科学"也不过是一种谎言,它的使命在于使生存显得可以理解。但这是一种低贱的谎言,是对生命的损害或毁灭。而尼采既然要区分高贵与卑贱,自然就要肯定某种作为正义标准的真理,因此他把自己看作追求真理的哲学家,真正的哲学家应当是前苏格拉底时代的"悲剧哲学家",因此不能简单地把《悲剧的诞生》中尼采的思想理解成艺术形而上学。参见吴增定《尼采与柏拉图主义》,上海人民出版社 2005 年版,第 40—45 页。
② 参见吴增定《尼采与柏拉图主义》,上海人民出版社 2005 年版,第 47—48 页。
③ [德] 尼采:《扎拉图斯特拉如是说》,黄明嘉、娄林译,华东师范大学出版社 2009 年版,第 239 页。

意志痛恨时间，因为它无力改变过往，而过往限制了意志的创造。

如何面对破碎的过去，如何将自己从对过去的复仇当中解救出来，成为尼采必须面对的问题。于是扎拉图斯特拉说："拯救过往，把一切'过去如此'改造成'我要它如此！'——我以为这才叫拯救。"① 在第三部分的《论面貌和谜》一章中，尼采对这一点加以深化："勇气是最佳的杀人短棍，勇气发起攻击：它还杀死死亡，因为它说：'这就是人生么？好吧！再来一次！'"② 尼采于是提出了"永恒复返"的学说，意味着用意志肯定自己的过去，希望它再来一次，永恒复返。罗森评论道："这里查拉图斯特拉提到永恒轮回学说，他没有将其看成形而上学或本体论的学说而是视为通过意志行为的个人救赎表达。查拉图斯特拉的自我拯救依靠的是他将现代生活的碎片转换成未来远见的能力。但是他必须自由地这么做，不以无名怨愤的精神或对过去的复仇来进行，要不然他会因这种扭曲的情感而让自己变成跛子。"③

罗森并没有把这一点轻易放过，他认为这里恰好体现了尼采思想内在的紧张。假如"一切事物中能够发生的事"，都"发生过、完成过，并且消失了"，或者说没有办法，也不应该试图摈弃过去而进行创造，那么超人的"创造新价值"就成为不可能，因为孩子的"生成之清白"是进行创造的前提。"在生成之清白和同一的永恒轮回之间有着矛盾。清白和自由或奴隶制和谐共存；但永恒轮回却与奴隶制同义，这点尼采将之隐藏在命运之爱的面具之下。"④ "超越"被"命运之爱"这样一种斯宾诺莎式的柏拉图主义取代。的确，意志的创造导致对过去的复仇，为了克服复仇精神，尼采引入了"永恒复返"的教诲，但对"永恒复返"的命运之爱又使创造不再可能。这时候，永恒复返的学说变成了一条黑色的大蛇，咬住了牧人的喉咙，罗森认为这正意味着永恒复返学说之中蕴藏着虚无主义危险。而牧人必须咬去蛇头，穿过时刻之门，遗忘掉永恒复返的学说，根据罗森的解释，那就是遗忘掉宇宙论的时间，进入历史的时间中去。⑤这意味着，要成为超人，既要用意志肯定永恒复返的学说，同时又要否定掉其中具有毁灭性的部分。

吴增定也像罗森一样认识到在尼采那里，"永恒复返"的学说存在着虚无主义的危险。但他不像罗森那样认为摆脱这种虚无主义后果的办法是"遗忘"，或者用"高贵的谎言"来进行掩饰。吴增定强调，永恒复返的学说之所以对尼采或扎拉图斯特拉造成巨大的恐惧，问题不出在学说本身，而在于扎拉图斯特拉的"心魔"，这个"心魔"就

---

① [德] 尼采：《扎拉图斯特拉如是说》，黄明嘉、娄林译，华东师范大学出版社2009年版，第241页。
② [德] 尼采：《扎拉图斯特拉如是说》，黄明嘉、娄林译，华东师范大学出版社2009年版，第265页。
③ [美] 罗森：《启蒙的面具——尼采的〈查拉图斯特拉如是说〉》，吴松江、陈卫斌译，辽宁教育出版社2003年版，第193页。
④ [美] 罗森：《启蒙的面具——尼采的〈查拉图斯特拉如是说〉》，吴松江、陈卫斌译，辽宁教育出版社2003年版，第193—194页。
⑤ [美] 罗森：《启蒙的面具——尼采的〈查拉图斯特拉如是说〉》，吴松江、陈卫斌译，辽宁教育出版社2003年版，第210页。

是柏拉图主义。倘若以柏拉图主义为尺度，那么"永恒复返"的确意味着"虚无主义"，因为它否定生命拥有某种超越自身的超验意义，并把生命看成一个永恒地创造和毁灭的无意义过程。① 而尼采所要求的，正是抛弃掉柏拉图主义的"沉重精神"，抛弃掉所有超越于生活的意义，去肯定充满着生死与偶然的生活本身，将大地从复仇精神当中解救出来。永恒复返意味着对生活、对大地的热爱，所以吴增定说永恒复返的学说成为尼采的"未来宗教"，这种"宗教"不像基督教那样让人憎恨生命，也没有像"自由精神"所担心的那样"把恶性循环变成了上帝"。相反，它鼓励人们"热爱命运""顺应和容忍一切曾在和现在"，而且"希望如其曾在和现在地拥有一切曾在和现在"。它不仅意味着对自己生命的肯定，同时也是对作为"整个剧本和戏剧"的生命政体或万物的肯定。在这基础上重建欧洲社会的政治秩序，则正是未来哲人的政治使命。吴增定指出，尼采之所以能做到这一点，乃是因为他是一个追求真理的哲人，他认识到了"生命就是权力意志"这样一个真理，能够勇敢地直面虚无，把对悲观主义的思考贯彻到底，否定了一切超越尘世的彼岸世界或虚假的生命"意义"。正因为如此，他才能真正克服叔本华的悲观主义，并最终看到相反的理想，亦即无限地肯定"一切曾在与现在"、祝福生命万物的"永恒轮回"。

但是，吴增定又指出，"永恒复返"的学说毕竟是"宗教"，换言之，"永恒复返"并不属于哲学的范围。"对尼采而言，倘若生命就是权力意志的不断创造和毁灭，那么我们就必须直接承认和肯定这个生命，'相信'（glaube）它是美好的（gut），并且想要（will）它'再来一次'。"② "永恒复返"不是本体论层面的学说，而是一种意愿的表达，是最富"权力意志"和"求真意志"的哲人对世界的"解释"。它从而成了新的人类民族的价值标牌，成了"未来宗教"。它作为一种新的神话，取代了柏拉图主义和基督教，重新确立了人类社会的等级秩序，为人类提供了一个新的理想，使人类能够在这个新的视域中健康地生活。而"永恒复返"的未来宗教必须有作为"权力意志"的隐微教诲的支撑，假如哲人失去了"生命就是权力意志"这样一个最根本的真理，那么永恒复返的教诲本身就会变成斯多亚派的一种本体论学说，变成了对生命的否定——因为说到底，"永恒复返"也不过是"权力意志"的一种创造。

三 柏拉图的，太柏拉图的？

我们发现，罗森之所以认为尼采要把"永恒复返"的教导必须作为"隐微"的教诲而隐藏起来，是为了保护"超人"进行创造的激情。换言之，假如永恒复返变成了显白的教诲，假如人们真的认为世间万物都会，且应当永恒地复归，假如"创造"只能在"命运"的界限之内进行，那么超人的创造新价值就无从谈起。在罗森看来，正

---

① 吴增定：《尼采与柏拉图主义》，上海人民出版社 2005 年版，第 94 页。
② 吴增定：《尼采与柏拉图主义》，上海人民出版社 2005 年版，第 141 页。

是因为尼采既强调超人的创造，同时又坚持永恒复返的教诲，才会出现这样的困难——永恒复返和自由意志在根本上是不相容的。同样的，在权力意志学说中也存在这样的矛盾："那种用以表示创造的冲动从而构成高尚与卑贱之间的区别，其实不能证明这一区别。高尚是权力的象征，但是权力本身却被人高尚地或卑贱地利用。如果我们为了高尚的创造而保留权力的正面意义，并将高尚解释为权力，那我们就犯了循环论证法的逻辑错误，正如永恒轮回的一次轮回一样，这一循环论证是破坏人类自由的一个恶性循环。"① 而尼采为了保护他关于创造，关于自由意志，关于"超人"的教诲，不得不把关于永恒复返的教诲隐藏起来，要求人们将其遗忘。从罗森的解读中我们可以看到，尼采思想内部的这种张力正暴露出尼采的问题所在。因为，如果世间万物只是任由权力意志加以解释与创造的"混沌"，那么就无法判别高贵与卑贱，无法理解什么是"如其所是"。而假如认为历史只是有限类型的永恒轮回，那么"创造"也就成了幻觉与假想。尼采最终还是选择了"超人"的教诲，要求人们将永恒复返遗忘。或许在罗森眼中，尼采对柏拉图的背叛还是太过彻底了，他对超人和创造的热衷使他陷于这样的困境当中无法解脱——"积极的虚无主义"仍不免最终走向"消极的虚无主义"，尼采仍有成为叔本华的危险。

罗森认为正是因为尼采坚持超人学说，才导致他无法彻底摆脱虚无主义的困难。但吴增定的解释则与之迥异。如果罗森觉得尼采超人学说的问题是离柏拉图太远，那么吴增定则得出了相反的结论：超人学说的问题恰恰是离柏拉图太近了，毋宁说是"柏拉图的，太柏拉图的"。根据吴增定的解读，在《扎拉图斯特拉如是说》中，主人公扎拉图斯特拉经历过一次思想的转变，这次转变使他认识到，超人学说本身也只不过是"一个权力意志创造出来的谎言，一种与柏拉图主义类似的谎言，尽管这是一种'颠倒的柏拉图主义'"。② 因为认识到超人本身也是创造的产物，于是"权力意志"的学说取代超人学说成了尼采的"未来哲学"。吴增定解读的尼采形象是对柏拉图更为彻底的叛逆者。但是，是否这样就让尼采摆脱了其思想内部的冲突呢？吴增定将"权力意志"学说抬升至尼采思想体系的顶端，认为它就是尼采的未来哲学。若果真如此，那么尼采仍然无法摆脱罗森的诘问：他所希望的新等级秩序的建立如何可能？对高尚与卑贱、"好"与"坏"的判别如何实现？

正如罗森所说："如果我们为了高尚的创造而保留权力的正面意义，并将高尚解释为权力，那我们就犯了循环论证法的逻辑错误。"③ 换句话说，如若像吴增定所说的那样，未来哲学家通过"对自然的僭政"来实现等级秩序的确立，④ 那么"对自然的僭

---

① [美]罗森：《启蒙的面具——尼采的〈查拉图斯特拉如是说〉》，吴松江、陈卫斌译，辽宁教育出版社2003年版，第280页。
② 吴增定：《尼采与柏拉图主义》，上海人民出版社2005年版，第70页。
③ [美]罗森：《启蒙的面具——尼采的〈查拉图斯特拉如是说〉》，吴松江、陈卫斌译，辽宁教育出版社2003年版，第280页。
④ 吴增定：《尼采与柏拉图主义》，上海人民出版社2005年版，第153页。

政"如何保证"使自然如其所是"呢？假如后者才是判断高贵与卑贱秩序的标准，那么"认识"就比"创造"更为重要，而"权力意志"也不再是最根本的真理了。另一位尼采研究者朗佩特（Laurence Lampert）的理解可能更加有助于为尼采辩护。朗佩特认为，尽管"永恒复返"产生于"权力意志"，[①] 尽管扎拉图斯特拉的最高行为总是呈现为命令行为，但是，这一统治的意志却祝福一切存在如其本身之所是。也就是说，扎拉图斯特拉作为一个自然的存在，他的命令就是服从："在服从自然时，在服从他自己的自然时，最高级的存在向一切自然存在指明了永恒复返。"[②]

从某种意义上来说，施特劳斯对尼采的评论是精当的，亦即在尼采那里，"自然"变成了一个问题，但是他不能没有自然。[③] 或许在施特劳斯看来，虽然据说尼采是一个最为彻底的"敌基督者"，但是他思想的根基仍然是基督教的，而非希腊的。那就是对"意志"的高扬，而非对"理性"和"自然"的赞颂。也正是这种与基督教传统暧昧不清的关系导致尼采在彻底地批判现代性的同时，将现代性向前又推进了一步，成为现代性浪潮中最重要的一股力量。

---

① ［美］朗佩特：《尼采的教诲：〈扎拉图斯特拉如是说〉解释一种》，娄林译，华东师范大学出版社2013年版，第254页。
② ［美］朗佩特：《尼采的教诲：〈扎拉图斯特拉如是说〉解释一种》，娄林译，华东师范大学出版社2013年版，第384、388页。
③ 刘小枫、倪为国编：《尼采在西方》，上海三联书店2002年版，第39、48—49页。

技术起源考辨与记忆装置的时间性结构
——斯蒂格勒技术哲学研究

吴诗琪*

(复旦大学中文系 上海 200433)

【内容摘要】 斯蒂格勒考察了技术在神话学语境中是由爱比米修斯和普罗米修斯的双重过失铸成,并以西蒙栋、勒鲁瓦-古兰、布兰特·吉尔、卢梭、海德格尔和德里达的理论综合考察了技术起源的问题,思索了技术与人之关系的时间性结构。不论是作为技术趋势的时间性,抑或是时间物体的时间性,它们不仅关涉着主体与外在器物之间的耦合关系,还表征着当下在不断消逝的持留与前摄的结构中,计算、确证着不确证性的未来。在数字资本主义的境况下,作为时间物体的第三记忆已然遍布人们的生存空间,"无未来的一代"不仅面临历史短路之感,还失却了古往的时间性结构。

【关键词】 斯蒂格勒;技术起源;时间性;时间物体;记忆工业化

贝尔纳·斯蒂格勒(Bernard Stiegler)是20世纪后半叶法国著名的哲学家,曾担任法国国立研究院副院长、巴黎蓬皮杜艺术和文化中心文化发展部主任。斯蒂格勒一生著述丰厚,涉及技术哲学、经济学、文化理论、大众传媒和电影等重要议题,自1994年《技术与时间》三卷本问世以来,斯蒂格勒又相继出版了《政治经济学的新批判》《工业民主的衰落》《二十一世纪的愚蠢与知识:学院的药学》等,反思了时下知识无产阶级化现象。斯蒂格勒的技术哲学对于学界影响重大,他认为技术源自普罗米修斯盗火和爱比米修斯的原初缺陷,将技术延展至无所不包的概念层次,并认为技术演绎着人类生存的时间性结构(structure of temporality),技术学从本质而言即是死亡学,它具有雅努斯的双重面孔。那么,如何思考技术,也就是如何考察人的本质,同时也是在探寻有关时间的命题,对此,斯蒂格勒通过对技术起源、技术进化的考察,提出代具性(prostheticity)即时间性(temporality)的见地,并有力论证了人类"向

---

* 作者简介:吴诗琪,湖北武汉人,复旦大学中文系博士研究生,研究方向为文艺理论。
基金项目:本文系国家社会科学基金重大项目"新马克思主义文论与空间理论重要文献翻译与研究"(项目编号:15ZDB084)阶段性成果。

死而在"的存在结构。

一 雅努斯的双重悖论：技术起源的神话意涵和技术进化考察

柏拉图曾在《普罗泰戈拉篇》中，谈论过普罗米修斯和爱比米修斯的故事。该神话讲述了万物起源之前，众神为了让世间万物能各就其位地生存下去，便委托普罗米修斯和爱比米修斯二神为众物分配一定的生存技能，每个物种都适其所需地被众神分配到一些技能。但爱比米修斯忘记给人类分配技能，于是人类便赤条无依地在世。这时，普罗米修斯检视爱比米修斯的分配结果时，发现人没有任何技能傍身，于是普罗米修斯就从赫菲斯托斯和雅典娜那里盗取了技术与火，赠予人类。

斯蒂格勒正是在柏拉图的神话当中找到了技术起源的灵感，认为爱比米修斯和普罗米修斯原始缺陷的双重过失塑造了人类的生存史，这种双重过失指代的是普罗米修斯的盗火过失和爱比米修斯的遗忘过失，它把人类推向超前谋虑与遗忘的境地当中。普罗米修斯的盗火象征着超前和谋略；爱比米修斯则意涵着健忘与过失、在事后醒觉等特点。它们共同构成人类的生存结构：人通过技术来谋划未来的同时，又会面临遗忘的困境，因而就需要技术作为身体的延异，来获得事后醒觉的智慧。此外，在斯蒂格勒的语境当中，技术实际上就意涵着死亡的本质，技术与死亡是一体两面的关系，这种关系使得人类处于一种"向死而在"的生命形态，因而，斯蒂格勒才会说，一部生命史就是一部死亡史（history of mortality）。

在斯蒂格勒看来，人的生存史实际上是由技术塑造，技术是外在于自然生命和神祇世界的第三物体，它夹叠在永生与死亡之间，故而，人要生存就要求助于技术，而正是因为拥有了这种夹叠在永生与死亡之间的技术，人才具备了动物所不具备的死亡意识。在斯蒂格勒看来，技术铸就了人类的偏离，也即偏离了对于死亡一无所知的动物状态。故此，人的本质就是向死而在的生存结构，只有拥有技术，人才能把握时间，如美国学者米歇尔·列维斯（Michael Lewis）所言，"人只有在操练技术中才关联着时间"。[1] 在斯蒂格勒看来，爱比米修斯不仅代表遗忘过失，它还象征着真理或知识。因为知识总是要经过事后醒觉、遗忘和不断实践才能被掌握。同时，斯蒂格勒认为，海德格尔忽视了爱比米修斯所象征的知识，即技术外在化现象，但实际上正是通过技术，才能够把握此在的时间性。

继而，神话中人类的起源学，在斯蒂格勒看来，就是盗火与遗忘的双重过失铸就的死亡学。普罗米修斯两次惹怒宙斯，宙斯出于报复，就把女人分配到人间。在斯蒂格勒看来，女人铸就了性别差异，这种差异铸就了世间一切不平等现象，同时把人类

---

[1] Michael Lewis, Of a Mythical Philosophical Anthropology: The Transcendental and the Empirical in *Technics and Time*, See *Stiegler and Technics* edited by Howells Christina, London: Edinburgh University, 2013, p. 53.

推向外在于自身的存在论构境中。他以潘多拉的魔盒为证,潘多拉是女人的象征,魔盒是对神秘的、不确定性事物的期待,其英文词是 elpis,意即超前和时间。斯蒂格勒从 elpis 一词中认识到人的时间性特征,即在不确定性的超前中期待。elpis 的原义为等待、推测、假定和预见,同潘多拉的魔盒一样,elpis 也意味着预见的反面,即恐惧的意思。斯蒂格勒认为,elpis 一词就是普罗米修斯和爱比米修斯构成的张力结构,elpis 既具有普罗米修斯的先见之明,又牵涉着爱比米修斯事后醒觉的反省:"elpis 是一个根本不确定性的层次;无论 elpis 是指对恶或善的等待,它从来不是指一种常常伴随轻信的度测,它摇摆于自高自大的幻想和谨小慎微的畏惧之间。"①

在斯蒂格勒看来,elpis 具有时间的特征,是一种对不确定性未来、伴随着期待与恐惧的超前意识。斯蒂格勒认为埃斯库罗斯的戏剧《被缚的普罗米修斯》很好地表现了人对死亡一无所知的"盲目希望",这种盲目的希望使得人对死亡永远地不明所以。也正是提坦神对人类的解救行为造成人类对于灾难的不确定性状态,故此,elpis 不光意味着人对于死亡的不确证性,还诠释了人类存在结构的时间特点,在《技术与时间》第一卷中他如此说道:"elpis 因而就成为(和)不确定性(的关系),也就是(对)未来(的超前)。"② 也就是说,人在对死亡有不确定性的状态下,谋划着自己的未来。

在斯蒂格勒的理论中,技术是一个相对广义的概念,技术是外在于人、偏离于纯粹动物界、以人类行为为准的一切事物。一般而言,狭义的技术意指机器发明,是少数人精通的东西。但斯蒂格勒的技术涵盖人类行为的所有构成,故而他从普罗米修斯的盗火来思考技术本质,提出"人类行为即是技术"的设想,显然,这种技术是包罗万象的。斯蒂格勒从贝特兰·吉尔(Bertrand Gille)、安德烈·勒鲁瓦-古兰(Andre Leroi-Gourhan)、吉尔伯特·西蒙栋(Gilbert Simondon)等人的思想,考察了技术进化现象,并在三人思想的基础上,指出技术体系会以"有机化的无机物"形式不断强化,且技术最终会如同动物那样,在具体化完善自身系统的同时也与自然两相适应。

首先,贝特兰·吉尔的技术体系思想给斯蒂格勒提供了有力的理论背景,一般而言,技术被认作专业的技术范畴,因而要避免局限于孤立、专业化的技术史研究,同时,还要找到技术体系与其他体系的缝合点。在吉尔看来,技术体系是由不同等级的技术层组成,这些不同的技术层级相互影响,依循着一定的程式规律,形成了宏观层面的技术体系。并且,"每一个层次都被一个更高的层次所包含,同时,每一个高层次也依赖它自身所包含的低层次"。③ 技术体系不断更迭,新的技术会替代旧的技术,从而形成稳定的动态平衡。吉尔表明,技术体系的发展是有限度的,一些客观因素如技术的效率、费用和体积等会阻碍技术的发展。

吉尔指出技术发展是偶然的,依循着无法预见的机遇性,并提出"松弛决定论"

---

① [法]贝尔纳·斯蒂格勒:《技术与时间:爱比米修斯的过失》,裴程译,译林出版社 2012 年版,第 213 页。
② [法]贝尔纳·斯蒂格勒:《技术与时间:爱比米修斯的过失》,裴程译,译林出版社 2012 年版,第 214 页。
③ [法]贝尔纳·斯蒂格勒:《技术与时间:爱比米修斯的过失》,裴程译,译林出版社 2012 年版,第 33 页。

概念。斯蒂格勒认为，吉尔的技术进化论围绕着技术与社会环境体系之间的动态关系进行考察，对于思考人与技术、社会之间的关系大有裨益。技术进化不仅遵循着技术体系的内在动力，还要与其他体系之间进行协调。但吉尔未曾指出技术逻辑的普遍性，对此，斯蒂格勒从安德烈·勒鲁瓦-古兰的技术理论中寻觅技术普遍化趋势的理论痕迹。

安德烈·勒鲁瓦-古兰在《人与物质》（*L'homme et la matière*）和《环境与技术》（*Milieu et techniques*）等著作中从民族学的角度，提出技术趋势（technical tendency）具有普遍性的观点。勒鲁瓦-古兰指出，我们需要从动物学的角度来分析技术与人类之关系，提出技术进化是人（生物）与物（无机物）之间耦合的产物，以及技术是有机化的无机物。勒鲁瓦-古兰认为，地理和环境条件对技术发展有制约作用，如刀柄就要考虑木材等物质构成。此外，不同种族的技术多样化现象则是由"趋势和不同种族的交往引起的"。[①] 这种技术趋势在斯蒂格勒看来，不依赖任何人的意志，是自然生成的。古兰的技术趋势体现了人和自然间的交往关系。在斯蒂格勒看来，人在本质上是作为技术性存在。只有通过外在化的代具，人才能生存，那么人的进化就可以类比为技术进化。

其次，在吉尔伯特·西蒙栋的《技术物体的存在形式》（*Du mode d'existence des objets techniques*）一书中，西蒙栋认为，技术物体具有高度自治性，它实现着自我增值。技术动力优越于其他社会因素的动力，对于人类发展具有决定性影响。与勒鲁瓦-古兰所认为的人与自然耦合而成的技术趋势的看法不同，西蒙栋认为，技术动力并不能以人的意志概括，西蒙栋的技术进化论摒弃了勒鲁瓦-古兰式的人类学模式，他把技术进化的过程视为一个独立先验的范畴，技术进化依循着自身的规律形态不断向前发展，有着一套完整的程式系统，技术进化的动力挣脱了人为控制的范畴，成为海德格尔意义上的技术座驾，在不断完善的进化中实现负熵的增值，从而反噬人类。

斯蒂格勒在思考技术话语时，从卢梭先验性的民族学角度来考察技术与人的沉沦之间的关联。卢梭的理论考察了自然与文化的关系问题，以及文明人从自然人演化过程时所发生的偏离现象。在卢梭看来，最初，世界只有一个纯粹的起源，而在起源之后，则出现了沉沦、偏离和差异的问题。在卢梭看来，要找到原始人与起源之间的链接，就需要构建一个先验性的自然之声。在某种程度上，卢梭的自然之声有点像中国道家思想的道，它先于理性与逻辑。卢梭指出，现代人丧失了对自然之声的倾听，这是由于现代人处于遗忘和沉沦之中，并且现代人越是有文化，就越是更深刻地沉沦，也就越难听到自然之声。此外，卢梭认为，自然人需要耕种劳作才能生存，但自然人就和动物一样可以在"自己饱餐的树下就寝"。最后，卢梭认为原始人没有死亡意识，因而就不需要技术。

斯蒂格勒认为卢梭的思想陷入形而上学的渊薮，那么就需要切实的经验建树来思

---

① ［法］贝尔纳·斯蒂格勒：《技术与时间：爱比米修斯的过失》，裴程译，译林出版社2012年版，第53页。

考技术起源问题，他再次回到勒鲁瓦-古兰的考古学，勒鲁瓦-古兰认为，既然卢梭构建了自然人和文明人之间的先验沟壑，自然人虽和现代人身体结构一样，也是"双脚行走，两手做事"，但这种原始人的生活落入了形而上学的圈套，于现实而言毫无裨益。他指出，卢梭忽视了变化的作用，原始人的生活是一蹴而就的，卢梭没有考虑时间性的作用，以及人在历史进程中的生理结构变化。对此，勒鲁瓦-古兰从东非人向新人这一过渡中来考察人类大脑皮层的形成，也即考察人类意识是如何生成的，古兰发现，正是因为东非人在用燧石点火的实践经验中，才有了意识的觉醒，那么燧石相对于大脑皮层，就是自我意识的镜子，英国学者克里斯托弗·约翰逊（Christopher Johnson）指出，"技术的镜子也是记忆，这种人工制品是作为一种踪迹、一种外在于人类的产物而持存"。① 显然，古兰的考古学观点有效地联系了人与器物之关系。

对此，斯蒂格勒表明，从东非人向新人过渡这一时期就铸就了一次历史的背景解体（decontextualization），它宣告人从原始人向智人时代的转变。东非人向新人转变的阶段中，实现了皮层与岩层、生物和无机物的耦合，技术体现了人的外在化本质，通过后种系生成（epiphylogenesis）来记载人的内在记忆，燧石见证了人类自主意识的进化，也如列维斯所说，已经在此（already there）的器物"就是反思的条件，也是'谁'（who）在'什么'（what）当中的镜像（mirroring）"。② 故此，斯蒂格勒认为，人的本质就是外在化的技术行为，正是通过技术，人在超前的时间中获得了固定当即时刻的确证性，代具性就是时间性，技术关联着时间，所有的技术行为都是超前意识所铸成的，那么，思考技术也就是在思考时间。

二 延异的自然："谁"与"什么"之关联的时间性内涵

在斯蒂格勒看来，技术构建了文码学的历史，从古希腊以来，哲学界盛行"人—逻各斯中心论"的观念，这对于思考技术作为人的本质显然毫无裨益。故此，斯蒂格勒认为德里达的延异（differ）有助于探寻人与技术耦合的问题，正是通过延异，才能更直观得体现技术延异的空间性与时间性。英国剑桥大学学者伊恩·詹姆斯（Ian James）认为，斯蒂格勒的智人实际上是伴随着延异而展开的断裂（rupture）。他认为，斯蒂格勒的技术史论是想构建"与时间有关的技术论断，另一方面，他想展开对于技术史的哲学思考，即人的出现是作为一种技术动物，这种技术动物不仅展开生命的延异过程，同时通过延异，还铸就了一种新的机制"。③ 也就是说，人的存在离不开技术，

---

① Christopher Johnson, "The Prehistory of Technology: On the Contribution of Leroi-Gourhan", See *Stiegler and Technics*, edited by Howells Christina, London: Edinburgh University, 2013, p. 38.

② Michael Lewis, Of a Mythical Philosophical Anthropology: The Transcendental and the Empirical in *Technics and Time*, See *Stiegler and Technics* edited by Howells Christina, London: Edinburgh University, 2013, p. 53.

③ Ian James, "Bernard Stiegler and the Time of Technics", *Cultural Politics*, Vol. 6, 2010, p. 210.

技术铸就了人的生存，同时技术的展开是人的延异机制所铸成的。延异的法文词是différer，本义指"延迟的踪迹"，德里达创立延异思想是为了解构逻各斯中心主义，延异不仅体现了时间的延迟，还显示出空间上的差异：

> 从这个意义上说，différer 就是延迟，即有意或无意地借助于一个时间上的延期和迂回，以此悬置"欲望"的满足和实现。这个延迟同样也是时间化（temporalization）和空间化：成为空间的时间和成为时间的空间。différer 的另一个意思则要通俗得多，也更容易确定：它是指不相同、其他、可区别等。差异可以指不相同、差别，也可以指分歧、不和，然而不论是对于哪一种含义来说，差异都必须在不停的重复中积极而能动地产生一种间隔、距离，也就是产生空间性的差异。①

在斯蒂格勒看来，一段生命的历史就是延异的历史，人类生命的外在表现就是纹迹。也就是说，人必须透过外在化的代具作为其生命的延伸，在与外在化的技术代具接触时，生命发生了原初自然状态的断裂，这种断裂铸就了人与代具的耦合，这种耦合确定了向死而在的生命经验中的不确定性："一般性的生命的组织作为随断裂的发生而出现的生命的组织，就是死亡：在断裂之后，生命就意味着组织的死亡。"② 正是通过外在于生命体的延异，人类文化才得以形成，这种文化是根植于技术而形成的法律习俗、社会机构、意识形态与文明传统等。斯蒂格勒把断裂后的文化自然称为"延异的自然"。延异不仅塑造了空间化的时间性，还构建了时间化的空间性。由于发生断裂之后的生命"向死而在"，此在处于不确定性的死亡之中，人在不确定性的未来当中谋划生存，与代具耦合，获得时间性。他如此提及，"生命印记在非生命之中，生命的空间化、时间化、延迟、差异都通过并依赖非生命而实现，即在死亡中实现"。③ 同时，在这个过程当中，人的生命实际上延异到了外在于自身的非物质生命上，延异构建了地理空间上的个体差异，故而延异产生了时间化的空间性。

通过勒鲁瓦-古兰对东非人鹅卵石碎片的研究，斯蒂格勒认为技术意识本自俱来，超前就是技术意识，所有的代具创制行为都是超前的呈现，一切外在于自身的延异也是以超前来实现的。斯蒂格勒表示，人的延异行为实际上关乎着时间的思考，普罗米修斯的盗火预设了人类向死而在的生存结构，而超前就是此在向死而在的时间性意识。在外在于自身的技术创制过程中，人实现了内在化与外在化的生命耦合，人实际上就是内与外交合而成的复合体。斯蒂格勒认为这种复合体结构就是爱比米修斯复合，在此复合体中，内与外构成了不可分割的莫比乌斯带。另外，斯蒂格勒认为，技术意识就是超前所具有的时间性意涵，唯有通过超前的预设，事件才得以发生。同时，超前

---

① ［法］贝尔纳·斯蒂格勒：《技术与时间：爱比米修斯的过失》，裴程译，译林出版社 2012 年版，第 150 页。
② ［法］贝尔纳·斯蒂格勒：《技术与时间：爱比米修斯的过失》，裴程译，译林出版社 2012 年版，第 151 页。
③ ［法］贝尔纳·斯蒂格勒：《技术与时间：爱比米修斯的过失》，裴程译，译林出版社 2012 年版，第 151 页。

和外在化行为，即技术意识与技术行动是相互影响的，若没有技术行动，人就不可能具有时间性的超前，反之亦然。在斯蒂格勒看来，代具体现了超前的时间表现，它不仅彰显着延异的空间差异，还构想着在不确定性的时间当中谋求确定性的未来。斯蒂格勒所认为的代具，体现了人类生存的时间性结构，即是说，人与物质的耦合不仅回溯着已经在此的世界历史，还将人类引向超前未来中。

斯蒂格勒在批判海德格尔《技术语言和传统语言》时，认为需要从语言入手来思考此在的时间性问题。他认为，要理解"谁"（人）的时间性就需要通过知识，也即爱比米修斯原则来搭建技术与人之间的桥梁。斯蒂格勒指出，爱比米修斯原则和普罗米修斯原则的共同词根为 métheia，该词源于古希腊语 manthano，含义为"学习、研究、了解、觉察、理解、注意"[①] 等。métheia 的名词是 methésis，具有"理念"之义，海德格尔认为，理念是一切知识的先决条件。斯蒂格勒认为，通过知识，或者说"延异的知识"，也即爱比米修斯和普罗米修斯复合体的知识，才能领会此在的时间性结构。在斯蒂格勒看来，知识总是事后反省的智慧经验，可以由爱比米修斯来指代知识的意义构成。"爱比米修斯原则也同样是指传统，它来自一个已经在此的过失：技术性（technicity）本身。"也就是说，知识总是已经在此的，它与普罗米修斯的超前相对，意涵着延迟的智慧与事后醒觉。但知识在某种程度上而言，总是具有"已经在此"的历史性结构，故此，"什么"（技术）相对于"谁"（人）总是具有历史性含义。一方面，此在未曾参与那些知识的过去。另一方面，这些已经在此的知识又对此在产生了深远的影响，作为与此在关联的生存结构面向未来。

在斯蒂格勒看来，此在具备程序性，这种程序即是传统，也就是已经在此的技术文迹或知识符码。由于向死而在的此在确切无疑有一个终结或死亡在等待着它，但是此在对于死亡所发生的形式及时刻一无所知，那么此在在向死而在的过程中，就永远具有一种不确实性。而正是这种不确实性，又是此在必将面对的。那么此在就必须通过一些在手之物，也即外在于自身的代具来求得生存。这就产生了这样一种结果，即此在在当下的持存性当中，必须要把握自己的不确定性，而其把握的方式，恰恰是通过代具的方式进行，也正是通过技术性或者说代具性，此在从而编织了自己的存在形态。斯蒂格勒以"程序存在"来指代此在的实际生活，这种生活与海德格尔的本真性存在背道而驰，它意味着"在世界之中存在"（being-in-the-world），也即沉沦于俗世当中，通过日常繁忙、操虑而沉沦于世。

斯蒂格勒认为，正是死亡的不确定性确保了"谁"的生存，这种生存是在不确定性当中把握"无知识的知识"（未完成的知识）来实现的，也即是说，此在在时间不确定性的持续当中，构筑了已经在此的知识，通过这些知识，人们得以把握未来。同时，作为传统的知识还彰显出古人向自然延伸的痕迹，故此，知识指代着时间的"延异"。

---

① ［法］贝尔纳·斯蒂格勒：《技术与时间：爱比米修斯的过失》，裴程译，译林出版社2012年版，第224页。

在斯蒂格勒看来，普罗米修斯的礼物构建了人的死亡属性，而作为技术的知识恰恰表明着人向死而在的历史遗迹。斯蒂格勒表明，"这种知识没有完结，它本身就是一种延续，或者说它是一种必然性：一种作为时间的知识本身：超前——'时间的本质现象就是未来'"。[①] 也就是说，此在通过代具，把握到未来的不确定性，或者说，时间性。通过延异的知识来实现，此在把握到存在的时间性结构，延异即是技术性的体现，涵盖着过去与超前的结构。此在通过技术延异，或者说在超前的技术行为当中，死亡被此在手中的代具，或者说被技术遮蔽起来。同时，此在也构建了作为世界历史的知识。正是这种已经在此的世界历史，使得此在与他人共在，同时也勾连着此在走向未来。

斯蒂格勒认为，海德格尔的时钟，就是一种已经在此的技术知识，时钟的存在为思考此在的时间性提供有益的证据。在斯蒂格勒看来，时钟通过度量时间，把当下固定。它把那些充满不确定性的未来固定下来，在某种程度上，意涵着技术影响着人们对于时间的体认模式，技术构造着此在对于当即乃至未来的感知。同时，时钟对于当即的固定，也显示着技术的超前意识，时钟通过持续性的流逝，把即将来临的未来一个个地固定在当下，同时通过固定和计算，时钟把握了未来或者说时间的不确证性。此外，时钟也是人类技术行为的一套系统机制，它是人为的对于时间的计算、度量和确证，是技术程序系统中的一套知识体系。它对于人类的此在具有构造性，而这种构造性，即是人通过时钟，通过一种外在化的器物，来指引着人类走向未来，或者说走向人的超前，而这种超前也使得技术代具本身具有时间性含义。

不论是斯蒂格勒的时钟，抑或是外在于人本身的技术代具，它们都昭示着人作为此在与环境耦合的时间性特点，而这种时间性恰恰是由出离于此在本身的代具化经验构筑而成。在《技术与时间：迷失方向》中，斯蒂格勒就如此谈论时间性的看法，"时间性是生物体与非生物体的原初耦合"。[②] 显然，斯蒂格勒的时间性就具有代具性的意味，在斯蒂格勒看来，作为此在的"谁"不仅关涉着一种外在于自身的后种系生成的生命经验，还涵盖着时间性的生存结构。在斯蒂格勒看来，技术发轫于普罗米修斯和爱比米修斯的超前和滞留，是超前和滞留构筑了人类的生存经验史，同时人类的生存史是在普罗米修斯和爱比米修斯双重原则之中的循环往复，一方面，人类在超前，也即 elpis 的期待之中，向不确定性的未来迈进，同时，通过代具化的技术来计量、确定这种不确定性，如钟表和文字都是这种技术程序的典型模式，钟表度量当即的时间，文字记载当下的思想，都是将那些超前中的不确定性通过代具文迹记载并确定下来。另一方面，爱比米修斯作为一种事后反省的知识经验，即在延迟的知识中，让人类在已经在此的过去经验中获得智慧。

故此，对于斯蒂格勒而言，超前实际上就是人类存在的时间性经验，同时这种时间性的经验必须通过代具化才得以实现，若没有代具化，或者说没有后种系生成，那

---

① ［法］贝尔纳·斯蒂格勒：《技术与时间：爱比米修斯的过失》，裴程译，译林出版社2012年版，第236页。
② ［法］贝尔纳·斯蒂格勒：《技术与时间：迷失方向》，赵和平译，译林出版社2010年版，第217页。

么就遑论时间性本身。在斯蒂格勒看来,此在的生存结构永远是代具化的,代具化就是此在的时间性本身,如若没有这种代具化,那么此在就不再有时间。首先,只有通过外在于自身的现实器物,人类才能得以生存下去。其次,此在若要通达先于此在的历史,那么也需要借助已经在此的代具器物,才能进入此在未曾参与过的历史当中,在某种程度上来说,已经在此的后种系生成对作为人类("谁")的此在具有构成性含义,这是因为那些已经在此的技术文码塑造了此在的历史性结构及生命感知,这些此在未曾参与的历史不仅深刻影响此在的当下体验,还牢牢把握了此在面向未来的发展动力。最后,由于未来总是不确定的时间,同时,时间的本质现象就是未来,那么,只有通过代具性,也即通过计算、度量等方式才能确定未来的不确定性,才能把时间记录下来,或者说,固定时间的相关差异,那么陷入超前谋虑中的此在,只有通过代具性的计算、度量等方式才能将时间的不确定性确定下来。这个过程实际上不仅反映了此在本身所具备的代具性特点,还昭示着此在在超前的不确定性中所实现的时间性运动。故此,我们从这里的分析可以看出,斯蒂格勒所说的时间观念实际上是一种在技术中编织确定性文迹,而与死亡或终结相关的特殊关系,同时,斯蒂格勒的技术观点实际上是和时间性不可分割的,恰恰是透过对于超前的计算,也即对相关差异的固定,不确定性透过代具才被固定下来,那么斯蒂格勒的时间性实际上就是一种代具性,通过代具的创制生成,主体将不确定性固定下来,并把时间铭写在作为记忆载体的代具之上。同时,作为代具化的时间性也是一切相关差异之固定的动力所在。

三 作为第三记忆的记忆装置:时间物体的时间性分析

在勒鲁瓦-古兰的《记忆与节律》中,斯蒂格勒找到了考察记忆与技术之关系的启示,勒鲁瓦-古兰分析了记忆结构的类型,提出特定层次记忆、社会种族层次和个体层次等方面的记忆,并指出了一种不同于原来类型的记忆结构,也即专门指代机器记忆的第四记忆。斯蒂格勒认为,第四记忆的出现不仅意涵着后种系生成的断裂,还昭示着人类已步入时代新纪元,技术趋势已然走过简单的节律现象,也即不再产生那些关联着特定层次、种族层次和个体层次的技术节律,人们即将面临新的时代偏差,在这种新的时代偏差中,"谁"(人)受到"什么"(技术)的摆置,机器记忆以一种霸权式姿态消解人本主义,逐渐占领人的地位。

然而,为什么会出现新的时代偏差以及技术趋势已然完成的现象呢?在斯蒂格勒看来,这是因为时间性主导着人类技术趋势的发展,所谓的时间性,就是代具性,它属意着人们的超前谋虑,也主导着技术趋势的发展,同时彰显出人与自然耦合的历史关系。如若没有时间性,那么便没有代具性,技术趋势就无法实现。然而古兰所说的第四记忆只是单纯的机器记忆,虽然这种机器记忆铸就了后种系生成的断裂(第一次断裂出现在东非人向尼安德特人转变的时刻,这两轮断裂都相继改变了人与环境的关系），造成了时代"背景解体"现象。但问题是，脱离了人的第四记忆是否具有构成记忆自给自足之条件？斯蒂格勒认为，这种论断是不成立的，在《技术与时间》第二卷中，斯蒂格勒如此定义第四记忆："第四记忆不是特定的、不是种族的，亦不是个体的，而是不折不扣的机器记忆。"[①] 这种记忆是编程机器的自动化记忆，也就是说，第四记忆摒弃了人的主动参与，它自成一体、独立存在，且能够自动化地生成和发展、演化着人类的技术趋势。然而，真的有这种自在自为、和人类毫无干系的独立记忆吗？显然是不可能的。对此，斯蒂格勒表明，脱离于人的记忆只是空谈，虽然在某种程度上，第四记忆昭示着技术趋势的完成，也意涵着人类历史迈向新纪元，但终归到底，记忆是人的产物，需要人的参与才能延续下去，记忆作为技术性的表征，它记载着人类长久以来的历史。

然而，与第四记忆有所差别的便是第三记忆，也即图像意识，它主要指代影像、电子音乐、大众传媒等。如果说第一记忆和第二记忆是由人的内在意识参与而实现的产物，那么第三记忆（tertiary memory）和第四记忆明显与第一、第二记忆有所不同，它们是显著的外在客体。第一记忆是用感知抓住已然过去的当下，具有显现的（presentative）功能，它是一种对物体的当即性知觉（perception of immediacy），也即原初印象。第二记忆则是重新记忆，也即回忆，具有再现的（representative）功能。斯蒂格勒延续胡塞尔对第三记忆，也即图像意识（image consciousness）的分析。在胡塞尔那里，图像意识是油画或者半身塑像，也即后种系生成，这种记忆是外在于主体的客观"遗物"，它独立于人的内在意识而存在，第三记忆也被认作第二记忆的再现，也即再现的再现（representation of the representation）。斯蒂格勒如此定义第三记忆："图像意识并非意识里的某种记忆，而是一种对意识没有感知或对体验过的事物的人为记忆。"也就是说，这种记忆是一种外在化的器物，是由人所创造或发明出来的、用于生命体验的文化遗迹，同时第三记忆也可以是已经在此的历史文迹。例如，梵·高的绘画就是第三记忆，但作为已经在此的文化遗迹，这些画作只是人们不曾参与过的画家本人当初的记忆，但作为第三记忆的绘画也记录着相应的历史记忆，以供后人交流品鉴。

那么第三记忆和第四记忆之间有何区别呢？在斯蒂格勒的语境中，第三记忆是自东非人向尼安德特人转变后阶段的技术代具，也即后种系生成，斯蒂格勒认为，"所有的'什么'都可能属于后种系生成"。[②] 后种系生成不仅展示了"谁"的时间，还显现着人的历史记忆，詹姆斯就指出："技术物体应被视为时间的构成。"[③] 一切知识离不开代具的保存记载，如文字的发明就是用来保存记忆，"知识的积累正是已过去的此在的

[①] [法]贝尔纳·斯蒂格勒：《技术与时间：迷失方向》，赵和平译，译林出版社2010年版，第83页。
[②] [法]贝尔纳·斯蒂格勒：《技术与时间：迷失方向》，赵和平译，译林出版社2010年版，第79页。
[③] Ian James, "Bernard Stiegler and the Time of Technics", *Cultural Politics*, Vol. 6, 2010, p. 211.

纹迹"。① 那么显然，作为外在化器物的第三记忆意涵着人与自然环境之间的耦合现象，表明了人主动将自然作为身体的延伸，投入自然发明和创造中，从而产生了作为文化符码的第三记忆。故此，从历史阶段的角度而言，第三记忆和第四记忆所处的历史时序不同，第三记忆的出现标志着东非人向尼安德特人，也即智人的转变。而第四记忆则意涵着技术趋势已然至穷途末路，从而产生了新的历史背景解体，而这种背景解体则孕生了机器自动化霸权地位的温床，推动了人与非人边界消解、机器取代人类等现象的未来可能。继而，从人文主义的角度而言，第三记忆是人类记忆的外在化代具，在某种程度上，第三记忆蕴含着人对自然的主动投入和创造性现象，也表征着人向自然环境外延过程中的文化记忆，具有浓厚的人文主义色彩。斯蒂格勒从考古学视角考察了东非人向尼安德特人转变的过程，发现尼安德特人的四肢在向外攫取的过程中逐渐发达，同样的，在两种历史阶段的对比下，斯蒂格勒又指出，在由记忆工业化所开启的自动化机器的新纪元中，人的双手逐渐萎缩，不似以往那般健硕强壮，这实际上反映了机器正逐步取代人的地位，也象征着第四记忆作为机器记忆已然解构了人与自然之间的耦合作用，同时也属意着人类存在的失落，人与大地间的亲缘性不复以往，人从曾经的勤劳耕种，逐渐沉沦于机器的摆置中。

然而，究竟是哪种记忆构筑了斯蒂格勒所说的时间物体（temporal object）呢？在斯蒂格勒看来，时间物体当由作为文化符码的第三记忆铸就而成。为什么是第三记忆而不是第四记忆构筑了时间物体呢？这是因为，第三记忆是需要人主动投入、参与和创造才能实现的文化记忆，这种文化记忆不仅牵涉到个体层次的经验意识，还勾连了人类命运共同体固有的文化实践，第三记忆不是故步自封、自在自为的记忆，也不是机器编程自动化创造的数字符码，而是活灵活现的人文遗产。然而第四记忆只是后种系生成断裂之后的机器记忆，它是一种被动综合（passive synthesis），摒弃了人为的积极创建，而被设想为自成一体的记忆结构，而时间物体若要实现其时间流的效用，必须要与人的内时间意识流相耦合，但斯蒂格勒指出，第四记忆作为机器记忆恰恰摒弃了这种或人为层次或种族层次或特定层次的耦合现象。故此，时间物体只能由第三记忆构筑而成。

所谓的时间物体，是斯蒂格勒从胡塞尔理论中挪用过来的概念。胡塞尔于1928年出版的《内时间意识现象学》完整阐述了时间物体这一概念，在胡塞尔看来，实际上一段音乐旋律就是一个时间物体，时间物体所铸就的就是一段时间的流逝，在胡塞尔看来，音乐之所以能被称作时间物体，是因为音乐旋律只有在时间的持续性当中，也即在音乐的绵延当中才能被展现。故此，斯蒂格勒进一步延展了胡塞尔的时间物体概念，他指出：

> 真正的时间物体不仅简单地存在于时间之中，还必须在时间中自我构成，在

---

① [法]贝尔纳·斯蒂格勒：《技术与时间：迷失方向》，赵和平译，译林出版社2010年版，第79页。

时间的流动中进行自我组织，例如：在行进的过程中显现的事物、一面呈现一面消失的事物、在产生的过程中消逝的"流"（flux）。为了分析意识流的时间质料，时间客体是一个很好的对象，因为它的时间的"流"完全与以之为对象的意识的"流"相重合。分析了时间客体流的构成，也就分析了以之为对象的意识流。①

显然，在斯蒂格勒看来，构成时间物体的首要条件有两个：第一，它必须以"流"的形式呈现，也就是要彰显出一段时间的持存性；第二，时间物体产生的时间流要与主体的意识流相重叠，也即是说主体的内时间意识要与对象的机械流发生交叠。如此，主体的内时间意识才能主动参与到时间物体构筑的时间流中，也才能让主体的第一记忆、第二记忆发挥作用。但对于非时间物体，人们只是"主观地感觉到时间的接替性"。故此，一段音乐，一节诗歌，或是一段视频都能被称为时间物体，这是因为它们以"流"的形式，在持续性的时间流中，把握住了意识与时间的生成，"此刻的音符把位于它之前的所有音符都保持住，它既是'此刻之物'，同时也保持了客体的在场"。②概言之，时间物体通过持续性的音乐旋律或视频影像，抓住存在的在场，同时赋予这个在场以统一性。实际上，对于斯蒂格勒而言，他的时间物体概念完整诠释了他的时间理念，时间在斯蒂格勒看来，就是由滞留（retention）和前摄（protention）的结构组成，正是滞留和前摄的结构构成了时间持续性流逝的经验，詹姆斯就如此谈论："这种论断根植于胡塞尔关于当下的现象学阐释，基于此，时间的篇章就是由滞留和前摄的结构组成，通过此结构，即刻消逝的过去踪迹得以保留，未来也得以期许。"③

而与时间物体相反的是，一张照片或一记声响都不能被称为时间物体，虽然它们作为后种系生成也是人们第三记忆的文码化表现，但这种第三记忆并未表现出时间持续性传递的"流"形式，也就是说，这种单一的文码符号并未维持时间的在场及其延续性，对于一张摄影图片而言，其存在只是与已经在此的过去有关，它是通过数码技术的曝光将此在未曾参与的那个过去记录下来，但作为第三记忆，它并未表现时间流与意识流相交叠的情况，那么便不能将这种第三记忆称为时间物体。此外，在斯蒂格勒看来，胡塞尔忽视的第三记忆在人们对于时间物体的感知过程中起到了关键作用，实际上，第一记忆、第二记忆要发挥作用，必然脱离不了第三记忆。正是由于第三记忆记录了人类的文化记忆，才能让第一、第二记忆成为可能。

海德格尔认为技术和本真性生存是对立的，但斯蒂格勒认为海德格尔忽视了人的实际生存经验，于是就从胡塞尔的现象学中寻找技术与时间之联系的出路。胡塞尔的

---

① ［法］贝尔纳·斯蒂格勒：《技术与时间：电影的时间与存在之痛的问题》，方尔平译，译林出版社 2012 年版，第 16 页。
② ［法］贝尔纳·斯蒂格勒：《技术与时间：电影的时间与存在之痛的问题》，方尔平译，译林出版社 2012 年版，第 17 页。
③ Ian James, "Bernard Stiegler and the Time of Technics", *Cultural Politics*, Vol. 6, 2010, p. 210.

现象学是根植于当下的时间性来思考的，在胡塞尔看来，所有的意识都是对于某个对象的意识，内感知只能是基于主体的感知，它具有个性化与明证性，而胡塞尔现象学的时间性结构恰恰是根植于主体的"大当即"，也即是说，过去、现在和未来这三者是基于大当即而连贯在一起的时间流，这种时间性体验是根植于主体的内时间意识来实现的。对于当下的时间体验一并伴随着对于滞留和前摄，也即原初印象的回忆以及对于未来的统一，当即无法脱离过去和未来而存在，一方面，当即伴随着过去的回忆的遗存，同时也保留着向未来方向的延伸。这是胡塞尔思考内时间意识的思路，但是在斯蒂格勒的语境下，胡塞尔关于内时间意识的思考恰恰忽略了滞留有限性，以及实在内容与观念内容的不相应性等问题，这种不相应性实际上就是时间性，它关乎一段内时间意识流的充实问题。

对于斯蒂格勒而言，每一个时间物体所释放的持续性流程都构成了一种统一性体验，这种统一性体验牵涉着原初印象、第二滞留和第三滞留，它们在重复的持续性当中相互影响、更替，甚至改变。这种统一的持续性流程不仅意涵着当下的时间构成，即滞留和前摄的结构，还将当下置于德里达所言的"延异"状态，当下与时间物体的交织，就是一种时间性运动，它不仅交涉着时间和空间，还关联着差异与延迟，詹姆斯如此谈及斯蒂格勒当下结构："当下的结构，与外在化的已经在此的技术代具相联系，它总是一种牵涉到技术改变的结构，它就是差异性、空间性、延迟性和当即性，这种当下是斯蒂格勒从德里达'延异'概念的增补、踪迹和差异的逻辑得来，我们可以将其称作源始技术性的原始合成。"[①] 也就是说，当下的结构实际上就是技术起源的时间性组成。

虽然赫尔曼·布伦塔诺（Hermann Brentano）曾将想象与感知对立起来，并认为想象对内时间意识流有着重要作用。但在斯蒂格勒看来，这种将想象与感知对立起来的做法，破坏了内时间意识流体验的统一性，故此，我们在体验时间物体的持续性当中，发挥作用的不是自我意识也不是想象，而是感知。为什么是感知呢？在斯蒂格勒看来，如果要维护体验过程的统一性，就不能带有以自我为中心的主观色彩，也不能让想象凌驾于感知，而只能将感知置放在时间物体完整统一的持续性当中，如此才能感受到时间物体所塑造的统一体验流程，而这种统一性体验不仅关涉着原初印象的滞留，还牵扯到第二滞留（secondary retention）、第三滞留等回旋往复的节奏符号，使滞留和前摄的结构统一。

然而，在这统一性的体验流程当中，是否存在于持续性当中的所有节奏符号都满足体验的明证性呢？在斯蒂格勒看来，虽然体验具有明证性，但并非所有的体验都是明证性的体验。斯蒂格勒首先通过一个体验流程的公式来表明其观点，他指出，在时间物体的体验流程当中，总是会发生体验的不相应性以及体验的明证性等现象，这种

---

① Ian James, "Bernard Stiegler and the Time of Technics", *Cultural Politics*, Vol. 6, 2010, p. 212.

不相应性是指"内在的感知与追求体验内部的观念性之间的不相应性"。[①] 要理解这个论断首先就需要理解关于体验流程统一性的公式：[流程/（实在内容-观念内容）]-流程的观念统一体，实际上，斯蒂格勒利用这个公式是想表达体验流程统一性是如何成为可能的。公式的左边"[流程/（实在内容-观念内容）]"传达的是主体和客体之间的关系，也就是作为对于时间物体持续性的机械流的感知体验与主体的内在意识流之间的关系，比方说，一首音乐在持续性过程中，音乐的符号是如何作用于主体的内时间意识流的，也正是在对于音乐持续性流程的体验内容，以及主体的内时间意识流的交叠过程中，产生了斯蒂格勒所说的流程观念统一体，这种观念统一体恰恰指的就是主体的内在体验感知与主体所追求的感知内容之间的张力，这里所说的主体的内在经验实际上就是时间物体传达给主体的实在内容，也即是主体对于时间物体的体验内容。然而在时间物体持续性的流程当中，总是会发生一些不相应性的现象，不相应性与相应性两者的关系构筑了主体内在的时间性。斯蒂格勒以读书为例引证，他认为，读者在阅读的过程当中，实际上读者所读的并非作家所写的东西，而是读者个人经验滤镜之下的作家所写的作品，是读者自己意识流的产物，也就是说，读者读的东西具有他自己的认知观念，同时，若读者对作家所写的某个思想深表赞同，认为这个思想就是自己想表达的，那就意味着这种体验是一种明证性的体验，因为读者和作家之间观念达成了一致，这种一致就意味着观念（读者期待的）与感知（读者体验到的实在内容）之间的相应性。对于斯蒂格勒而言，不相应性和相应性两者之间的关系构筑了主体内在的时间性，也正是个体内在的时间性差异铸成了认知的千差万别，俗话说，一千个读者有一千个哈姆雷特，这是因为实在内容（对客体的内在体验）和观念内容（主体期待的观念）之间的张力，也正是这种张力铸就了群体差异的感知体认。

此外，斯蒂格勒认为，第一记忆和第二记忆之间并非如胡塞尔所言，是一种相互对立的关系，它们实际上是相互交叠、相互影响以及相互依赖的关系。同理，第三记忆也是如此。在斯蒂格勒看来，第三记忆永远对第一、第二记忆产生影响，如果没有第三记忆，即代具，那么当我们忘记一段旋律或一句名诗时，便无法深入回忆。同理，作为原初印象的第一记忆也就无法开启。也就是说，第三记忆起到的是替补作用，"第二滞留性一旦终结，第三滞留性便来填补它，因为这个有限性已经寓于初级记忆之中，否则就不会需要第三记忆来辅助第二记忆，而只会有同一事物的单纯重复"。[②] 而第二记忆和第一记忆之间的关系也同样如此，感知和想象之间并非对立的关系，而是彼此成全的关系，如果我们没有第一印象的感知，那么想象从何而谈呢？想象必然奠定在感知的基础上，也就是说，第二记忆孕生于第一记忆，与此同时，第二记忆又会反过来以助产术的方式作用于第一记忆，即想象会反作用于感知。在斯蒂格勒看来，我们

---

① ［法］贝尔纳·斯蒂格勒：《技术与时间：迷失方向》，赵和平译，译林出版社2010年版，第223页。
② ［法］贝尔纳·斯蒂格勒：《技术与时间：迷失方向》，赵和平译，译林出版社2010年版，第260页。

每一次对于新事物的体验实际上都掺杂着过去经验的回忆,正是回忆改变着我们对于当下事物的感知。以诗歌为例,在读诗的过程中,第一句诗的滞留渐行渐远,处于时间前景的深远之处,当即产生第二滞留,这个滞留立刻变成先于当即的过去,当即永远向不确定性的未来延伸,滞留成为消逝的过去。在此过程中,不论是原初印象的滞留,抑或是第二滞留,它们都在遥远的时间前景中以回返的形式作用于这个当即,这种持续性的内时间感知构成了我们体认诗歌的时间性,也正是我们对于前一部分诗句的感知印象,建构了我们对当下诗句的体认模式,使得我们对于这个当即有一种新鲜的认识体验。也就是说,已经在此的过去影响了我们对于当即的感知。每一首诗都是在第一滞留、第二滞留和第三滞留循环往复的交叠和影响作用下进行,也正是在这种交叠、回返、重复的过程当中,诗句的新鲜感油然而生。故此,诗歌整体在滞留的持续性消逝过程中,不仅构建着我们常读常新的认知体验,还铸就了第一、第二记忆与第三记忆相互交叠、相互依赖的时间复合体。

此外,在斯蒂格勒看来,不同时期体验同一个时间物体,也会产生不同的感觉效果。如我们第一次听一首古典音乐时,会感到无比新奇,但第二、第三次听的时候,音乐带来的感觉产生了变化,但音乐本身并没有变。这是因为听众每一次聆听时,意识都会对滞留进行遴选,以往听音乐的印象改变了笔者此次聆听的感觉,之后的聆听基于之前聆听进行感觉的遴选,这种遴选使得持留之物发生变形,故此,每一次聆听音乐都会有不一样的感觉体验。

在上文中,我们曾谈及时间性即是代具性,实际上,时间物体的持续性流程同样构筑了时间性,如一首歌的时间性便是其音乐性,而这种时间物体的时间性也如此在向死而在的时间性那般,作为已经在此或滞留的过去影响并制约着此在的当下认知,并以一种超前的时间意识向不确定性延展。不论是作为技术趋势的时间性,抑或是时间物体的时间性,它们不仅关涉着主体与外在器物之间的耦合,还显著地体现出时间性即代具性的底色,时间性不仅关乎此在的历史感知,还通过代具来确定那些不确定的未来。

四 数字资本中的时间物体:记忆工业化和"无未来的一代"

我们知道,时间物体只有以"流"形式出现,并与他者的内时间意识流产生交叠作用才能被称为时间物体。故此,并非所有的第三记忆都能被称为时间物体,尽管第三记忆作为一种文化符码实实在在记录着人类的历史文迹及相应的生命经验。对于斯蒂格勒而言,我们这个时代最显著的特点便是时间物体的恣肆扩张,时间物体已然遍布人们的生存空间,并一再改变着当下生活的实践经验乃至时代背景。斯蒂格勒表明,人类在机器自动化的时代新纪元中,再一次面临着程序中断(programmatic epokhē)的问题,每个时代都会有与之相应的社会习俗,这种惯有的社会习俗便被称作程序的演绎。然而,当社会以时间性的动力向前进步时,总会面临反习俗、反惯例,也即既有程序中断、新程序告示的背景解体阶段。这种背景解体就是一次历史的断裂，如后种系生成铸就的是知识的历史，它构筑了智人时代已经在此的世界历史（world-history），从东非人向尼安德特人的转变就是一次背景解体，这种背景解体铸就了人作为代具化存在的时代背景，那么同样的，斯蒂格勒通过背景解体和程序中断的观点进而指出，我们当代人也将面临新一轮的背景解体，在此境况下，新的程序将被提上日程，而这种所谓的新程序即是由机器自动化主导局势的后人类状况。

如果说后种系生成铸就了人类外延状态的极大发挥，如果说这种生命存在能被称作"扩张"的话，那么机器自动化的时代新纪元中，人的生存境况只能被称作"挤压""收缩"，或者说"衰退"，也就是说，人的生存空间不断皱缩，这是由于资本主义的霸权式资源侵占而铸成的一次背景解体现象，而这种背景解体从人的生存境况中可一探究竟。在斯蒂格勒看来，这次背景解体不仅告示着机器自动化时代的降临，还表明人思索的外延境况已至穷途末路，在《技术与时间：迷失方向》中，他如此提及这次背景解体："人类外延似乎已进入尾声，也就是说当代的技术中断已登峰造极，是人类经历的最大的断裂，它冲击了人类看似最稳固的组成部分，由于把各种程序操作交给机器代管而使以群体统一性构成的种族面临灭绝的威胁。"① 也就是说，作为代具化的时间性已然发挥了最大效用，以至于时间性已走到穷途末路，以至于我们现代人被斯蒂格勒称为"无未来的一代"。在后种系生成时代，人还可以依据在手之物作为身体的外延，而到了机器自动化的时代，这个机器能代替主体劳动，那么"我"的外延又凭何可依？"我"的未来或超前将指向何处？这个问题对于"无未来的一代"至关重要。然而为什么斯蒂格勒认为这次背景解体铸就了"无未来的一代"呢？这显然需要继续从"谁"（人）和"什么"（技术）之间的辩证关系进行考察。

首先，需从"谁"和"什么"之关系的转变来思考这种程序断裂铸就的背景解体现象。如果说，后种系生成时代，在技术趋势，也即时间性的动力推进下，东非人向尼安德特人转渡过程中，四肢逐渐变得矫健有力，大脑也日益发达，其背景解体的鲜明标志是智人的身体机能发生改变，那么在后种系生成断裂时代的技术新纪元中，其背景解体的显著特征仍然是身体机能的改变，但这种改变已然是人从曾经的孔武有力变得萎靡不振，其体现是"手的退缩"（regression of the hand），在《技术与时间》第二卷中斯蒂格勒如此论及："不用十指也能思考就等于缺少了正常的、种系生成的人类思维的一部分。于是，从此产生了手的退缩之问题。"② 也就是说，人们面临的新一轮时代背景解体是由机器铸就而成的局面，这实际上也反映了"谁"（人）与"什么"（技术）的辩证关系。在后种系生成的背景下，是（"谁"）通过时间性的动力将自身外延至器物，这种传统背景显示的是"谁"对于"什么"的主导作用。然而在后种系生成断裂的背景中，"谁"与"什么"之间的关系发生了彻底的扭转，局势是由"什么"

---

① ［法］贝尔纳·斯蒂格勒：《技术与时间：迷失方向》，赵和平译，译林出版社2010年版，第86页。
② ［法］贝尔纳·斯蒂格勒：《技术与时间：迷失方向》，赵和平译，译林出版社2010年版，第88页。

（技术）主导，"谁"已然被"什么"消解，人开始臣服于技术的摆置之下，其生存空间也被逐步异化。在斯蒂格勒看来，这种异化的表现主要有两种：一方面，机器开始逐步取代人的地位，代替人类劳作，那么就自然导致人的社会参与度降低，也就是说，人们不似以往那般频繁地参与一些实践活动或创制过程，这些活动都由机器代管，这就铸就了"手的退缩"现象，同时也产生了非共同体化的问题，而非共同体化问题的出现，恰恰是由于人们不再一同共事劳作，自动化机器加剧了人们群体从属感的危机意识，此外，这种危机还可以从文字的拼写时代（alphabetical epoch）向时间物体的机器时代的转渡中得知；另一方面，自动化机器所铸就的异化现象依旧可以从身体机能的变化上体现出来，斯蒂格勒认为，在后种系生成断裂的时代，人的外延甚至将自身作为目标，也就是说，将自身机体作为技术研发的对象，而这种技术的具体表现即是，将有机物和无机物、人与动物，或人与机器构筑成一种"三元复合体"，这种三元复合体实际上也如保罗·维利里奥（Paul Virilio）理论中的"义肢性身体"（body of prothesis），它不仅意涵着外延行为的穷途末路，还给"无未来的一代"抛出了显著的存在难题。

其次，在无未来的一代所处的数字资本主义环境中，作为时间物体的第三记忆已然遍布人们的生存空间，记忆或者信息成为资本家们趋之若鹜的商品存在。在斯蒂格勒看来，由数字资本主导的新纪元中，记忆已不似以往那样作为人的外在化延伸，勾连人与自然环境间的耦合，而是实实在在地变作交织着权力与金钱的资本软实力，是资本主义商品生产的诸多一种，记忆已然受工业化生产模式主导。故而，斯蒂格勒认为，时间物体已然充斥着人们日常生活，这里斯蒂格勒所指的时间物体指的是那些新闻直播、大众媒体和广播影像等，这些时间物体永不停息地制造着视觉奇观，通过光速时间构建着"实时"（real time）同在的时间意识，消解了传统时间的历史性维度，使普罗米修斯的"超前"时间意识变得不再可能，人们也就在这种"实时"的非时间化和无外延的非领土化的条件下，领会到"历史短路"（short-circuited）所带来的迷惘之感："正因为'我们这个时代的当下'已成为'历史'，它也许就不再具有真正的历史意义了，因为时间的效应被遮蔽、混杂或短路了。"[①] 此外，知识已然不再是所谓的知识，根据爱比米修斯的事后反省原则，知识总是在忘却和记忆的交替过程中才得以获得，但是在后种系生成断裂的时代中，虽然时间物体大量制造出来，构筑了海量的信息文码，然而，这种批量化的记忆工业不过是受加速主义影响，是一种把握时间价值的商品资本。斯蒂格勒认为，时间物体播放的信息并不能算作知识，而只能是由多米尼克·弗莱斯诺（Dominique Fresneau）实验中的"蚁穴"信息模组构成，这些蚂蚁各自分工，受到外部的条件刺激它们会形成新的平衡，但在它们之间并未产生个体或集体的经验传播问题，因而在斯蒂格勒看来，蚁穴实验只是一种受外部环境刺激，而与环境产生耦合的现象，蚁穴就类同于这种由时间物体构筑的世界中的我们，只是单

---

① ［法］贝尔纳·斯蒂格勒：《技术与时间：迷失方向》，赵和平译，译林出版社2010年版，第138页。

纯受环境的刺激接收外部信息，但没有经过重复记忆来学习知识。

最后，数字资本主义中恣肆扩张的时间物体改变了此在的时间感知结构。在前文中，我们分析得出，时间性是代具性，也即作为技术趋势的动力构筑着人们的生活图景，这种时间性不仅指向明证性和确实性的未来方向，还可以从已经在此的世界历史中获得智慧修养，也就是说，此在的时间性记载着此在的历史。但在后种系生成断裂的时代里，历史感已然土崩瓦解，同时，对于超前，此在也难寻真迹，时间的维度已然变作"实时"的时间结构，这种实时效应的时间结构是由新闻工业按照信息价值编排出来的工业化程序，这就导致真实事件的失序状态。如果说在传统社会中，事件是经由历史学家事后的分析研究产生，从而对我们的当下造成影响，那么这种延迟的历史感在当代社会荡然无存，它成为新闻媒介轰动一时的群体狂欢，也变作人们感知时间的崭新模式。在这种语境下，时间的叙事、传播，以及群体的接收都是同步进行的，人们所感知到的是一种实时时间，这造就了历史感的短路。斯蒂格勒表示，在时间物体构筑的帝国当中，作为实时的时间已然挤压了传统的空间维度，具有去领土化（de-territorilization）的特点，地理空间面临消失的风险，也就是说，地理空间逐渐被电子信息屏幕占领，铸就了城市空间的虚拟化现象，那些新闻媒介充斥着城市空间，形成了维利里奥所说的"后城邦"（meta-cite）之维，斯蒂格勒认为，这种实时时间不仅导致真实时间的衰退，还构筑了"非领土化"的、消失的地理，人在家园根基屡屡消逝的境况下难寻出路，无未来的一代不仅失却了"我从何处来"的历史意识，还被剥夺了有关时间性、有关地理想象和超前未来的一切可能。

五 结语

斯蒂格勒通过勒鲁瓦-古兰的生物考古学、海德格尔的存在论结构、德里达的延异理论和胡塞尔的时间现象学考察了此在的生命本质和技术起源等问题，提出时间性即为代具性的思想论断，如伊恩·詹姆斯所指认的那样，"时间布署了技术装置，同时也被技术装置所布署"。[①] 故此，斯蒂格勒以后种系生成的技术装置为线索，深入阐发了此在与技术装置之间的时间性问题，这种时间性不仅是此在在世之中"向死而在"的超前动力，还是时间物体产生音乐性和诗意张力的重要线索，斯蒂格勒的时间性完美诠释了"谁"（人）与"什么"（技术）相互耦合、渗透和影响的交替过程，这种过程既具有历史意义，也涵盖着主体的内在感知。它表现出生命是作为一种外在化的技术动力，不断在持留的当即确定那些不确定的时间。同时，斯蒂格勒的时间性实际上是从德里达"延异"思想引申而来的，恰恰是人作为延异的动物，构筑了世界历史的断裂，"延异"不仅体现了此在的代具性底色，还关联着此在有关时间性和空间性的生命

---

① Ian James, "Bernard Stiegler and the Time of Technics", *Cultural Politics*, Vol. 6, 2010, p. 211.

经验。斯蒂格勒的时间性即代具性的表现,它回应了爱比米修斯和普罗米修斯双重过失铸就的技术起源内涵。总的来说,技术和时间性有着重要关系,它也是死亡学的具体表现,斯蒂格勒曾表明,技术学实际上就是死亡学,也就是说,人的技术创制活动,实际上都是源于人对于死亡和时间的不确定性,于是就要在超前当中,通过技术来确证此在的时间,由于人的"向死而在"的生存结构,为了确证那些不确定性的未来,此在在超前中谋求自我生存,这种外在于自身的代具化行为,实际上也属意于此在的时间性存在结构。

论德勒兹拟像理论的问题场域

李方明*

(南京师范大学文学院　江苏南京　210097)

摘　要：本文结合德勒兹的思想谱系，讨论了德勒兹拟像理论的问题场域与后期流变。德勒兹的拟像理论发源于他对尼采和柏格森的解读，随后正式提出于《差异与重复》一书中，而后又在《意义的逻辑》中有所应用。由拟像走向艺术是其理论的发展路径，"感性之存在"最终以万取一收的方式对拟像理论进行了总结。本文首先从先验经验论视域出发，对德勒兹拟像的问题场域进行了简要探析。其次，结合诸文本梳理了艺术与先验经验论的内在关联，并简要探讨了艺术与时间的关系问题。最后，本文反驳了巴迪欧对德勒兹的误读，并基于"繁复体"概念对拟像理论在什么意义上是"表现主义"（expressionism）这一问题作出了回答。

关键词：拟像；潜能；差异；强度

德勒兹的思想谱系大致可分为三个阶段：哲学史评述时期、差异哲学时期以及"非哲学"时期。之所以将第三个时期命名为"非哲学"时期，是因为德勒兹在这一时期内创作了大量表面上"非哲学"的文本，其讨论范围涉及绘画、音乐、电影、精神分析、文学等诸多方面。在阅读德勒兹的论著时，读者不难发现其概念之间存在微妙的联系，不同理论体系中的概念可能回应着同一问题。这也是德勒兹本人的思想特质，通过不断地创造全新概念来避免思想沦为简单的观念。假如对德勒兹的"拟像"（simulacre）理论进行一个梳理，我们会发现"拟像"理论在不同阶段呈现出的形态各不相同。在哲学史评述时期，拟像表现为尼采对黑格尔的批判以及柏格森的"生命冲动"；在差异哲学时期，拟像被正式提出并作为内强系统与"表象"思维分庭抗礼；到了"非哲学"时期，德勒兹则以"运动—影像"替换"教条影像"，以"时间—影像"代替拟像。当然，电影本身并不是吸引他的关键，电影和哲学之间的隐秘联系才是他真正所关注的。"电影—哲学的关系，就是影像与概念的关系。"[①] 换言之，电影在"非哲

---

* 作者简介：李方明（1996—　），山东潍坊人，南京师范大学硕士研究生，研究方向为文艺美学。
① [法] 吉尔·德勒兹：《在哲学与艺术之间——德勒兹访谈录》，刘汉全译，上海人民出版社2020年版，第85页。

学"阶段成为德勒兹反思形而上学的新载体,"教条影像""主观预设"等老对手始终是萦绕在德勒兹心头之大患。创造需要"代言者",哲学和概念同样需要"代言者"。在《什么是哲学?》一书中,德勒兹终于找到了哲学的代言者——艺术和科学。"科学的真正目的是创造功能,艺术的真正目的是创造可感觉集群,而哲学的真正目的是创造概念。"① 德勒兹虽然在文本中使用了大量的科学术语,但大多数运用是不合原意及创造性的。较之科学,艺术在"非哲学"阶段占据着更加重要的地位,艺术扮演了一个哲学的"他者",回应着德勒兹从外部向思想发问的前进路径。综上所述,本文在细读德勒兹诸多文本的基础上,对"拟像"在德勒兹思想中的三次流变进行了简单梳理,最后以巴迪欧对德勒兹的批评为引子,在反驳其观点的同时基于"繁复体"概念重新审视德勒兹拟像理论的问题场域。

一　拟像问题场域之缘起

德勒兹对拟像的思考始于 1962 年出版的《尼采与哲学》。在书中,他将尼采与黑格尔直接对立:以"力"(force) 和"永恒回归"为代表的肯定伦理学与作为"反动力"的否定辩证法相抗衡。对他而言,黑格尔的否定辩证法将概念视为对事物之共相的呈现,它以抽象概念的方式将意义集结于一个超验世界,这种做法剥夺了现实世界的价值。而尼采的"权力意志"则不表达任何本质和事物,"力"是纯粹的摆脱了固有解释系统之外的偶然性,肯定伦理学就是以一种"力"与"力"之间的差异关系恢复生命之价值。否定辩证法对应了尼采口中的"奴隶道德",奴隶习惯对外部世界、异己的东西说"不",这是一种趋于反动的能动力,一种被分离并削弱自身的力。"这种力否定一切它者,并且把否定作为自己的本质和原则"②,而肯定伦理学则意味着对自身的肯定,事物的意义与现象总是根据其内部的力而发生变化。换言之,事物的意义就是各种力在内部的相互斗争,而事物之价值就是在事物中表现出各种力的等级关系——支配力与被支配力、支配意志与服从意志之间的关系。所以,德勒兹认为尼采对意义的理解与黑格尔存在着根本性的差异:在尼采那里,客体和现象本身不是力的某种表象 (representation),而是力的初次,亦是仅有的一次表现 (exprimer)。在哲学史评述时期,由于"拟像""差异"等概念尚未被德勒兹提出,所以他通过对尼采文本二次阐释来推进自己的思考和创造。将已有的哲学概念重新阐发出新含义是德勒兹哲学写作的标志性风格,"力"的背后实际暗含着他对"差异"和"拟像"的摸索、实验。最直接的证据就是有关尼采的论述在《差异与重复》中仍未退场,"力""永恒回归"等源于尼采的哲学概念通过德勒兹的创造性解读再次大放异彩。总而言之,通过

---

① [法]吉尔·德勒兹、菲利克斯·迦塔利:《什么是哲学?》,张祖建译,湖南文艺出版社 2007 年版,第 167 页。
② [法]吉尔·德勒兹:《尼采与哲学》,周颖、刘玉宇译,社会科学文献出版社 2001 年版,第 13 页。

对尼采和黑格尔的详细探讨,德勒兹敏锐地捕捉到了传统形而上学的核心问题——"表象"思维。

在德勒兹看来,"表象"思维试图以一种外在且超越于差异之上的规定(即"四重幻象")来同化差异。因而,同一性成了"表象"思维所要实现的真正目的。"绝对精神"的自我运动正是"表象"思维的典型体现,经过不断的自我扬弃,"自我"从物质上升为精神,走向了一种"前哲学"的"主观性预设"。这种"主观性预设"意味着终极存在并没有作为一种哲学问题来对待,而是以"表象"为中介,进而将差异抛入"再现"模式,最终以普遍的抽象概念来完成对"差异"的同一。"表象"思维最基本的特征就是超越性,那些理念、抽象概念试图将"绵延"运动切断,截取出的抽象存在构成了形而上学中一切表象之始基。因此,在柏拉图对话集中理念问题总是被"什么是……?"决定,这种形式预先将理念规定为本质的单一性。"什么是……?"将一个主要问题与在意见中存在的次要问题相对立,使前者作为本质问题在苏格拉底口中反复言说,而后者则作为混乱的意见被老人、孩童、智术师所运用。① 为了克服这些前哲学的"主观性预设",德勒兹借道柏格森对哲学问题的提出进行了深刻的反思。

在柏格森那里,重要的从不是分辨答案的真或假,而是"检验问题本身的真和假,揭露假的问题,在问题的层次上,协调真实和创造"。② 思考就是实验,就是使其问题化。所以,自由在哲学中就是拥有提出问题的能力,这种能力的获得往往伴随着假问题的消失以及真问题之涌现。"真实在于发现问题并随之提出问题,而不在于解决问题。"③ 真正的答案就在于重新发现问题,真正的哲学问题只有在被解决之后才能提出。因为发现针对的是已经存在的事物,而形而上学惯用的发明总是指向原本不存在的事物,乃至于形而上学家错误地将问题的提出与解决画上等号。假问题在探求真理之前混入了价值判断,它们中断了"绵延"的运动,一切与"至善"相违背的观点都被抹杀了。因此,德勒兹断定柏格森哲学的基本主题就是:超越表象思维并将哲学问题根植于生命冲动之中。虽然理智是提出问题的重要依据,但直觉/生命冲动是决定所提出的问题真假之关键因素,唯有提出真问题才能实现真正的"思"。柏格森哲学的真正贡献就是将哲学问题"内在化",生命本身既是问题之提出,亦是问题之解决。"生命从根本上说是在跨越障碍、提出问题和解决问题的活动中形成的。"④

通过对柏格森哲学的吸收,德勒兹希望构建起一种不寻求任何确定始基的"内在性哲学"。颠覆柏拉图主义并不意味着将感性存在者视为真正的实在,因为颠倒影像与理念的做法依旧没有摆脱同一性,唯有破除二者之间的对立,差异才有可能取代同一

---

① [法] 吉尔·德勒兹:《戏剧化方法》,[法] 大卫·拉普雅德编《〈荒岛〉及其他文本》,董树宝、胡新宇、曹伟嘉译,南京大学出版社 2018 年版,第 138 页。
② [法] 吉尔·德勒兹:《康德与伯格森解读》,张宇凌、关群德译,社会科学文献出版社 2002 年版,第 101 页。
③ [法] 吉尔·德勒兹:《康德与伯格森解读》,张宇凌、关群德译,社会科学文献出版社 2002 年版,第 101 页。
④ [法] 吉尔·德勒兹:《康德与伯格森解读》,张宇凌、关群德译,社会科学文献出版社 2002 年版,第 102 页。

的位置并成为实在的本源。因此,颠覆柏拉图主义就是要绝弃本质和同一性,转而以奇异性和事件取代之。拟像由其自身所定义,它既不模仿亦非相似(ressemblance),因而是一种真正的自在差异。拟象理论的提出标志着德勒兹开启了一个全新的思想平面,意味着一种不谋求超越、等级、绝对第一性的哲学开端终于出现了。

二 拟像的提出:强度差异与感性之存在

"教条影像"(image of thought)是哲学文本中隐含的一种倾向,这些倾向会诱导思考者以特定的预设方式来描述思想,因而被德勒兹视为哲学思考前必须扫除的障碍。柏拉图在《理想国》中曾区分出两类事物:存在于理性思考之外的事物以及迫使我们去思考的事物。对于柏拉图而言,迫使我们进行思考的始终是给予感官以相反刺激的事物,即识别对象身上的那些具有对立的性质(轻与重、大与小)。换言之,柏拉图希望从经验上追寻先验,这种做法直接导致先验的真实结构(我们所遭遇的对象)被贬斥为经验之物。正是在这个意义上,德勒兹判定柏拉图混淆了纯粹质量性的存在与感性本身,误解了真正遭遇的对象——强度差异(difference of intensity)。因此,他寄希望于思想的批判形象——拟像,希望以一种不涉及经验的方式来描述先验的真实结构。"颠覆柏拉图主义"(to reserve platonism)并不意味着简单地倒置本质与现象之间的次序,而是借助拟像之强力以消解柏拉图的主观预设,以此来确保我们所遭遇的对象没有被误读。从这个角度看,我们不难理解为什么德勒兹语境中的"simulacre"并不属于"表象"体系。"摹本是具有相似性的影像,而拟像则是不具备相似性的影像。"① 正如《德勒兹词典》中关于"simulacre"的定义:拟像并不是世界背后或之外的任何事物,而是构成了真实世界的存在本身。② 拟像是超越表征逻辑的存在,它并不是对"原本"的模仿或分有,而是与"异质性"及"不相似性"发生关联。

拟像在《差异与重复》中被定义为一个由各种不同之物通过差异的方式关联彼此的内强系统,各种无限生成的内强量通过自身之差异产生交流、建立起拟像系统。内强量源于《纯粹理性批判》中有关感性的论述,康德认为直观中的外延量是一样的,但是物体中还包含了一种内部差异:内强量。"现在,每一感觉都有一种程度或者大小,它凭借这种程度或者大小就能够就一个对象的同一个表象而言或多或少地充实一个时间,即内感官,直到这感觉在无中停止。"③ 但是,康德的失误在于将广延的属性偷换为纯粹直觉,这种做法预设了主体进行感知的那一刻,时间和空间成了表象。然

---

① Gilles Deleuze, *The Logic of Sense*, trans. Mark Lester & Charles Stivale, New York: Columbia University Press, 1990, p. 257.
② Jonathan Roffe, *Simularum*, *The Deleuze Dictionary*, edited by Adrain Parr, Edinburgh University Press, 2005, p. 250.
③ [德]康德:《纯粹理性批判》,李秋零译,中国人民大学出版社2004年版,第131页。

而，真正使感性物显现的条件却不是时间与空间，而是强度差异，是在强度差异中被包含和规定的"龃龉"（disparation）。

所以，德勒兹断定康德试图驻足表象来解决"思"与"在"的统一性问题，辩证法成了其批判哲学造成的直接后果。在康德那里，先天认识形式将感性杂多之表象统觉为一个客体，进而保证了认识之可能。理性依据不同的"职能"而被划归为不同的体系，"职能"产生了"表象"，产生了一种他者的再现，每一种职能都意味着表象与他者的关系。换句话说，内强量在康德那里通过一瞬间的感觉、通过向否定性等于零即没有外延量、缺乏经验直观的方式靠近了表象。所以，批判哲学思考的只是事物之间的关系构造、知识的普遍与必然问题，而非将意义从表象中解放、创造新的事物以及真正的问题。德勒兹与康德最大的差异就在于：先验经验论并不像认识主体那样对感性施加规定性的外部形式，而是将感性之存在的先验原理理解为内在性的条件。不同于康德的先天认识形式，先验经验论是内在于具体事物的，"概念就是事物本身"。外部的规定性形式不过是内在先验原理外展（expliquer）之结果，真正的先验哲学应当完全内在于感性之存在。一切存在都是差异之存在，存在就是不断生成、变化着的差异本身。差异就是所有事物的基底，差异之外别无他物。

先验经验论（Transcendental Empiricism）意味着不存在任何超越于经验的给予物。康德既是德勒兹批判的表象哲学的传统的代表人物，又是可以利用的重要理论资源。"在某种意义上说，康德的哲学为德勒兹展开其生成性的反表象哲学提供了理论支点。"[①] 表象/再现预先包含着对经验的理解与经验的给予之间的一致性，而我们所理解的与经验给予我们的之间存在着非一致性关系。德勒兹在康德的文本中发现了内强量，并以此作为反思"表象"传统的基石，构建出一个足以反转原本—摹本、本质—现象的混沌领域——拟像。唯有超越表象、超越同一性、超越主观预设，才能获得差异性的真正元素——作为强度性的感觉。而思想的真正开端，就是从这种强度性的感觉出发。强度性的感觉不是一种质量，而是一种符号，我们凭借其本身即可建构出一种感觉的内在性理念。

在《差异与重复》里，德勒兹创造性地使用了大量的数学公式，他认为数学中的每一个公式都建立在一种本质的不等性之上。他以分数和无理数为例对内强量进行了解释，以此来说明内强量如何在自身中包含着不等性。"分数在自身中集聚了将两个数量的比等同于一个整数的不可能性，而无理数本身则表现了'为两个数量规定一个共同的整除部分，从而将它们的比等同于一个分数的不可能性'。"[②] 任何一个数都是"悖论"式存在，它既是内强的、向量的，又是外延的、标量的。它既在自身中内含（envelopper）着一种无法取消的量的差异，又在另一个平面上被外展、取消了这种差异。例如，自然数首先是序数，然后基数从中产生并呈现为序数的外展（expliquer），每次

---

① ［法］吉尔·德勒兹：《康德的批判哲学》，夏莹等译，西北大学出版社 2018 年版，第 247 页。
② ［法］吉尔·德勒兹：《差异与重复》，安靖、张子岳译，华东师范大学出版社 2019 年版，第 392 页。

到达下一个序数,该单位就相应地被"基数化"。强度差异证明了内强量是可分的,但这种分割之发生必须建立于其本性改变的基础上。没有任何内强量先存于分割,亦没有任何内强量在被分割后还保留着同原来一样的本性。"强度是作为感性物之理由的差异形式。一切强度都是微分,都是自在的差异。"① 这里的差异并不是杂多或现象,而是使杂多得以被给予的关键条件。强度差异"内含"着许多不同系列的异质项,它只能被理解为形成杂多的源始条件"X":它就是所与。

强度差异是个体化的,内强量则是实现这种个体化差异的元素。个体化差异应当在一个内强场域中被思考,它和内强量一样,只有在改变本性的时刻才能被分割。"个体化在原则上先于分化,一切分化都假定了在先的个体化内强场域。"② 值得注意的是,"自我"和个体的含义完全不同,前者在良知和常识的干涉下取消了差异,而后者则形成了现实化的"繁复体"(multiplicity)。个体与"自我"之间的区别,就是内强秩序与外延、质的秩序之间的区别。正如强度差异只表现微分比一样,个体化场域只预设"理念"。个体化场域将我们引向了一个拟像的领域,在其中"我"与"自我"不再存在,以文学和艺术为代表的混沌统治悄然登场。个体化场域中的文学和艺术从不模仿生活经验,它们直接与由强度组成的感性物相通,并通过内强量摆脱了模仿,成了真实经验中的一员。

三 拟像的流变:作为先验经验论的艺术

"先验经验论"是德勒兹思考哲学问题的独特方法。他认为每一个问题的提出都意味着差异的重新开启,"只有差异才制造问题",思想运动中只存在差异(经验)与促成差异的条件(先验)。德勒兹在著作中经常使用一种悖论式修辞,对他而言,句子的吊诡和矛盾并不会取消文本意义,文本反而会因为这种另类的表达而生出崭新的意义,促使"思"朝着"未思之物"不断开放。这也是他在《意义的逻辑》中极力推崇的非人的、前个体的"先验场域",在那里思想与事件总是非逻辑地"突如其来",既不可预测又毫无踪迹可寻。哲学思考就是在经验与先验之间不停地重复、往返,而一切经验都只是为了激发概念,每个概念都对应着特定的问题场域。因此,一切经验都只是先验条件的实在化。德勒兹认为,康德将先验定义为使经验成为可能条件的做法,致使其未能真正将先验同经验进行区分。对德勒兹来说,经验的作用仅在于激发思想,先验经验论中的经验绝非日常生活中的一般经验,而是差异内部的强度量。概念仅能由"强度差异"激发,生活经验过于常规和琐碎只会削弱强度。相同的经验内容完全会激发出不同的差异效果,激发出运用于不同问题场域的先验概念。例如,电影所激发的并不是电影术语,而是时间外展出的问题场域——"运动—影像""时间—影像",

---

① [法]吉尔·德勒兹:《差异与重复》,安靖、张子岳译,华东师范大学出版社2019年版,第375页。
② [法]吉尔·德勒兹:《差异与重复》,安靖、张子岳译,华东师范大学出版社2019年版,第417页。

文学激发的亦不是文学批评，而是由生成所呈现的问题场域——"生成—动物""生成—女人"。正如台湾学者杨凯麟在《分裂分析德勒兹》中认为的那样，德勒兹的两册电影著作讨论的并不是影视批评，而是被哲学概念定义的严肃问题。德勒兹的电影研究不是再现出一般性的概念，而是在电影中寻找差异，是使电影差异于其他艺术并使其"自我差异化"与"再差异化"的作品。"它并不是电影的概念，而是关于时间的先验场域，而且是思想运动的独特转折所具体决定。"[①] 先验经验主义不是关于经验何以成为可能的解释，而是通过差异中的强度激发概念的"潜在化"。经验是差异的，而先验则是差异得以重复的条件，使差异以差异的方式联结差异。先验经验论并不试图在经验中寻求同一性，因为现实总是以事件的方式存在。现实离不开偶然与意外，而决定经验的现实化条件就是使差异不断地差异化，使其以差异的方式联结差异，这就是差异的"自为重复"。现实（真实经验）被德勒兹分为两个部分：实在与潜能。"实际的现实就是一切可感经验，而虚拟的现实则是使前者不断差异化的潜能"[②]。现实就是由潜能差异化为各种实在差异的过程，而经验则是现实中已实在不再潜在的部分。艺术就是潜能差异化为各种实在差异的过程，一个创作者通过身体捕获潜能进入现实所形成的"生成—他者"（becoming-other），进而在作品中呈现出来的过程。

在《什么是哲学？》里，德勒兹和加塔利认为艺术具有自我保存的能力，这种能力使艺术品独立于创作者，成为"感觉"（sensations）的自在存在。任何"感觉"都像中国国画中的"留白"笔法，利用"空白"而且保存"空白"，以"静"衬"动"、以"无"胜"有"。"在自我保存的同时保存于空白中。"[③] 艺术品所保存的东西就是"感觉的聚块"：一个由感知物（perception）和情动（affect）构成的组合体，而艺术家的创作过程则是提取"感觉的聚块"的过程（从"客体的各种知觉"和"主体的各种状态"中提取"感知物"，从主体的两个状态过渡时的情感中提取"情动"）。值得注意的是，感知物不等于主体的知觉，情动亦不能等同于人类的情感。"所谓感知物，就是先于人存在的景物，人不在场时的景物。"[④] 而情动则意味着一种非人的渐变过程，是卡夫卡变成自己笔下的大甲虫，是麦尔维尔化身为小说中的白鲸。情动就是"生成—动物"，就是潜能进入现实所形成的"生成—他者"。塞尚笔下的风景画很好地说明了这一点，人在画中缺席，却又出现在画中的每一处。当创造者捕捉到"生成—他者"时，他就会进入艺术作品内部，就能在作品中的任何一处呈现"感觉"。所有思想都必须从"感觉"开始，从"感觉"捕获的"生成—他者"中开始。"感觉"首先需要从艺术家身体的知觉和情感中抽取，然后它经由艺术家之创造进而在艺术品中呈现，接着由观众参

---

① 杨凯麟：《分裂分析德勒兹》，河南大学出版社2017年版，第13页。
② 杨凯麟：《分裂分析德勒兹》，河南大学出版社2017年版，第19页。
③ ［法］吉尔·德勒兹、菲利克斯·迦塔利：《什么是哲学？》，张祖建译，湖南文艺出版社2007年版，第437页。
④ ［法］吉尔·德勒兹、菲利克斯·迦塔利：《什么是哲学？》，张祖建译，湖南文艺出版社2007年版，第442—443页。

与到艺术品中,最后扩展至无限的力场。艺术的唯一使命就是不断与混沌进行对抗,构建平面,"把一个平面掷向混沌"。

艺术与混沌进行抗衡,并借助混沌之力来克服自身之定见,它不等同于混沌,而是属于某种混沌的"组合"。艺术家从混沌中带出"品种"和"可能",并运用它们建构起"组合性平面"。"组合属于美学,没有组合就没有艺术作品。"① "组合"被分为两种:技术组合和美学组合。技术组合为美学组合提供了物质基础,"感觉"的持存与构成艺术品材料的寿命密切相关。但是,艺术只有一个平面,那就是美学组合的平面,而技术组合则因其物质性注定被覆盖。唯有材料进入感觉,"感觉的组合体"才能实现。唯有在美学组合的平面上,艺术的使命才能实现。所以,艺术就是从材料上升至感觉,从知觉上升至感知物,从情感上升至情动。这一上升同时回应了《普鲁斯特与符号》里的那个观点:"只有在艺术的层次上,本质才能被揭示。"② 艺术在此时呈现为生活的终极目的,而这一目的是生活凭自身所无法达到的。因此,是生活在艺术之中找到了其自身的精神等价物。作为先验经验论的艺术是一种与哲学概念相对立的思想意象,它使我们发现了躲在本质之内的原初时间。"这种时间诞生于被包含于本质之中的世界,它等同于永恒。"③ 将时间问题化是德勒兹哲学的又一个显著特征,《差异与重复》中的三种"时间综合"、《意义的逻辑》中的"历时时间"与"艾甬时间"、《时间—影像》中的"时间—影像"都属于时间"外展"出的问题场域。有多少个问题场域,时间就存在多少种意义。因本文篇幅有限,故仅对《时间—影像》中的问题场域作出简要的分析。

在《时间—影像》中,德勒兹区分了两种电影叙事:传统叙事和虚构叙事。传统叙事影片总是需要一个特定的动作或环境(感知—运动),比如"一个揭示它的动作"或者"引发某种适合它或改变它的反应"。而虚构叙事影片的情境总是先有视觉和听觉的,然后动作才在其中形成。"纯视听情境"拥有两个极点(主观/客观、真实/想象、身体/心理),而视听符号则使这两个极点不断地进行交流,最终"使时间与思维成为感觉的"。与此同时,"影像的第一特征不再是空间和运动,而是时空关系和时间"。④ 在这个意义上,德勒兹断定"纯视听情境"中的影像,属于"完整的和没有隐喻的影像",它直接将意义纳入时间与思维的直接关系之中。因此,任何日常意义的、物质的、有机体的影像都属于"运动—影像",即一种间接性的存在,而非有机、晶状体且潜在的"时间—影像"则属于思想本身,它是表现"纯粹时间"的直接符号。

因而,作为艺术的电影之最高使命就是要摒弃日常生活经验所制造的定见,打破

---

① [法] 吉尔·德勒兹、菲利克斯·迦塔利:《什么是哲学?》,张祖建译,湖南文艺出版社2007年版,第481页。
② [法] 吉尔·德勒兹:《普鲁斯特与符号》,姜宇辉译,上海译文出版社2008年版,第39页。
③ [法] 吉尔·德勒兹:《普鲁斯特与符号》,姜宇辉译,上海译文出版社2008年版,第47页。
④ [法] 吉尔·德勒兹:《时间—影像》,谢强、蔡若明、马月译,湖南美术出版社2004年版,第198页。

物质的、有机的"运动—影像",回归"非有机""晶状体"的"时间—影像"。因为前者是理性的剪辑与联系,其自身以一个真理模型为目的,而后者却是以重新连接为手段的非理性剪接,它以一种不断生成的力量取代了真理模型。在前者中求真的思维压制了"拟像"自身生成的可能性,这种思维是"树状"的,即一种由主干向四周拓展的等级秩序,而后者却构建起一个开放的生产性空间,一种专属于"根茎"的空间,"拟像"在其中不停地创造着新的联系。由此可见,无论是电影、艺术还是哲学,一切都是生成,都是一种解域或逃逸的方式,一种向着潜能的过程。最终,生成使我们回归混沌宇宙,回到生命本身。

四 拒绝"大写的一":作为"表现主义"的拟像

巴迪欧写过一本关于德勒兹的小册子——《德勒兹:存在的喧嚣》。从表面上看这本书是一部讨论德勒兹的哲学著作,实际上却是完全笼罩在巴迪欧本人的思想运动之下。巴迪欧认为,德勒兹异质性的差异背后存在一种"大写的一",这种做法无异于承认"一"先于"多"而存在。因而,巴迪欧断言:德勒兹的差异无非"一之多",而拟像则以中性化的方式回避了一切主动性。需要"大写的一"支撑的偶然仍然属于同一而非差异,尼采和德勒兹信奉的生命意志依旧源于一种主体的操作,是一种"没有偶然的偶然"。而真正存在之总体应该被视为一个永远的空无,唯有不需要任何支撑的偶然才能表达偶然性。"偶然是复数的,排除掷骰子的单一性之物。"[①]"掷骰子"游戏并不是完全的偶然,"永恒回归"的思想仅仅是对存在者的均等化肯定,真正的差异总是建立在排除单义性(univocity)的基础之上。

然而,拟像在德勒兹那里并不是一种概念性的差异,而是一种抛弃了概念一般的、真正开放的生产性空间。另外,差异哲学所面对的也并不是"一"与"多",而是"自在之差异"与"自为之重复"之间的关系问题。倘若误解了"永恒回归"与"掷骰子"游戏,那就绝无理解德勒兹差异思想之可能。早在《差异与重复》中的导论部分,德勒兹就提醒读者:重复与一般性之间存在着根本的差异。一般性的意图是发明一种由等号支配的"科学语言",其中的每一项都可以被另一项取代;而重复之意图则是创造一种"诗的语言",诗的每一个词只能被重复,无法被取代。因而,重复是一种绝对无概念的差异。"象征、拟像是重复本身的秘密。"[②] 在尼采那里,永恒回归中的重复反对一切的一般性形式,一切合乎同一、相似性或相等性的存在都处于其对立面。永恒回归不是大写的一、相同或必然,而是肯定一切不同与不似、复多与偶然的强力。为了理解尼采的永恒回归,德勒兹区分了两种"掷骰子"游戏:马拉美的和尼采的。

在马拉美那里,唯有取消偶然,游戏/必然才能成功,因而掷骰子的后一个时刻必

---

① [法]阿兰·巴迪欧:《德勒兹:存在的喧嚣》,杨凯麟译,南京大学出版社2018年版,第99页。
② [法]吉尔·德勒兹:《差异与重复》,安靖、张子岳译,华东师范大学出版社2019年版,第37页。

须否定前一时刻,而前一时刻也只能抑制第二个时刻。而尼采所理解的"掷骰子"是对"多"的肯定,一切都是偶然的,一切都完成于瞬间,它是肯定偶然和多样性的唯一方式。在这个意义上,德勒兹断定马拉美尚未摆脱形而上学。对马拉美来说,偶然是必须被否定的,而必然才是绝对理念或永恒本质的固有特征,"掷骰子"的真实目的在于在一个更高、更真实的世界获得救赎。这种宣扬二元对立的观点彻底败坏了"掷骰子"游戏,它与尼采所痛斥的否定生命、排斥偶然性的"虚无主义"如出一辙。而尼采的"掷骰子"分别发生在大地和天空两个场所,"大地是骰子的掷出之地,而天空是骰子落回之地"。[①] 因为掷骰子游戏最后显示的组合数目是有限的,而这有限的组合数目又必然会导致掷骰子结果的重复。所以,掷出行为是对偶然性的肯定,而它最终显示的结果则是对必然性的肯定。在这个意义上,尼采将偶然理解为肯定,并且这里的偶然直接等同于多样性。至此,不再是投掷次数对骰子回落显示之结果起着决定性作用,而是"注定的数的性质决定投掷的重复"。所谓的永恒轮回就是骰子落地显示结果之时刻,它既是投掷行为之重复,又是对偶然性的再生与肯定。尼采以偶然/必然、偶然/命运的对应关系完全取代了原因/结果、可能性/结果的对应关系。

由此可知,巴迪欧对德勒兹所作出的批评是不公的,他完全无视了隐藏在德勒兹不同著作中的不同问题场域。换言之,德勒兹只是一个"概念性人物",巴迪欧才是构建这一哲学剧场的创始人。从某种意义上讲,巴迪欧故意将德勒兹的差异思想简化为一种与"大写的一"有关的本体论,以便于其将德勒兹与黑格尔、柏拉图混为一谈。

另外,在本文的写作过程中,笔者发现了国内现有论文存在的一个问题。许多学者都认为拟像是"表现主义"的,但对于拟像为什么是"表现主义"的这一观点并未作出论证。为了解决这一问题,本文将基于"繁复体"概念对拟像在什么意义上成了"表现主义"进行简要分析。

在德勒兹看来,表现(exprimer)是斯宾诺莎为超越笛卡尔"身心二元论"而作出的尝试。相比笛卡尔,斯宾诺莎并未将知识视为心灵运用于外在对象之结果,而是将知识理解为外在对象在心灵内部的表现。《伦理学》的第六界说曾曰:"神(Deus),我理解为绝对无限的存在,亦即具有无限'多'属性的实体,其中每一属性各表现永恒无限的本质。"[②] 这句话的意思是每一属性都表现了实体之无限及必然,属性因带有实体之本质,因而成了表现自己永恒的存在。因而,德勒兹认为表现概念对理解斯宾诺莎的哲学体系非常重要。表现概念的两个方面就是"外展"和"包含"。表现既包含着一,又能将被表现者外展,将一呈现于多之中。用斯宾诺莎的术语来讲,那就是:一方面,实体在其诸属性中现身,诸属性亦在其诸样式中呈现;而另一方面,诸属性与诸样式通过表现涉入(imvolvere)了实体,并成了永恒本质之一部分。需要注意的是,表现在斯宾诺莎那里既非对象亦非界说,更不是存有。在《伦理学》中实体、属性、

---

① [法]吉尔·德勒兹:《尼采与哲学》,周颖、刘玉宇译,社会科学文献出版社2001年版,第38页。
② [荷]斯宾诺莎:《伦理学》,贺麟译,商务印书馆1983年版,第1—2页。

上帝皆不涉及表现,那么表现又是在何种意义上与实体、属性相关联的呢?为了回应这一难题,德勒兹选择将界说六视为斯宾诺莎真正的定义,而界说三、四仅仅是名义上的定义。按此观点,应该是先有实体之绝对无限且属性亦无限,然后才有实体表现其自身于诸属性。当然,属性的样式分割并不是真实的分割,而是以非真实/经验或带有本质区别的方式所进行的分割。而有限样式之本质则是一个"纯粹的物理实体",样式本质之存在与本质之样式存在是两个截然不同的概念。换言之,样式的存在理由并不在样式的存在之中。因而,我们可以断定:属性的分割条件与内强量既可分割又不可分割的特性如出一辙,而有限样式之实存则完全是差异因外延而变为程度差异,其理由不再存在于自身之中的翻版论述。因此,这两点足以证明《斯宾诺莎与表现问题》中的属性就是《差异与重复》中的内强量,而有限样式的实存则对应着《差异与重复》中的程度差异。由此可知,为什么德勒兹的拟像是通过"表现主义"来超越表征逻辑的。"表现主义"证明了巴迪欧对德勒兹的理解是偏颇的,而这一点就体现在他将德勒兹视为柏拉图的同类。正是在"繁复体"概念的基础上,《斯宾诺莎与表现问题》同《差异与重复》实现了真实的联结。内强、外延的繁复体并非呈现为实体与属性之关联,而是呈现为属性的样式分割以及有限样式的实存。正如国内学者安靖的观点:先验经验论所探讨的两种繁复体实际上对应着《斯宾诺莎与表现问题》中的三种繁复体。[①] 换言之,在《斯宾诺莎与表现问题》中,理念的繁复体对应着绝对无限的繁复体,而"感性之存在"则被细分为另外两种繁复体:内强的繁复体和外延的繁复体,前者对应于属性,而后者则对应于有限样式的实存。

"繁复体"源自数学家黎曼的几何概念,它在德勒兹语境中被解释为一种专属于"多"本身且不需要统一性就能形成系统的组织。繁复体是一个悖论式的存在,它同时超越了"一"和"多",在取消二者对立的同时肯定了这两个方向。换言之,繁复体既是原始、无限的"一",又是差异、分化的"多"。从表面上看,德勒兹的确借助繁复体构建了一个先验经验论的形而上学。然而,这种"单义性"命题又是反形而上的,它拒绝了一切中介、一切相似,它是对多元和差异的真正肯定。"单义性的存在并不意味着只有同一存在;与之相反,存在是多元且差异的,它们总是通过析取综合产生,其本身是分离且脱节的。"[②] 在对康德先验观念论的批判中,德勒兹逐渐厘清了先验经验论的两项基本原则:作为强度的差异以及作为潜能的差异。"在先验和经验之间不存在任何相似性关系,先验也不能通过对具体经验进行抽象而得到。"[③] 在德勒兹看来,强度与潜能、内强量与微分的"亲合性"建立在两种差异关系的对峙之上,即理念之

[①] 安靖:《作为纯粹繁复体哲学的先验经验论——简论德勒兹早期哲学的斯宾诺莎主义基础》,《现代哲学》2013 年第 3 期。

[②] Gilles Deleuze, *The Logic of Sense*, trans. Mark Lester & Charles Stivale, New York: Columbia University Press, 1990, p. 179.

[③] 安靖:《作为纯粹繁复体哲学的先验经验论——简论德勒兹早期哲学的斯宾诺莎主义基础》,《现代哲学》2013 年第 3 期。

相互综合中的微分比与感性物之不对称综合中的强度比之间的对峙。"理念是潜在的、成问题的或'交错的'繁复体，它们是由微分元素间的关系构成。强度是被内含的繁复体或'复杂体'，是由不对称元素之间的关系构成，它们从事的活动是指引理念的现实化过程并确定问题的解决实例。"[①] 因而，强度和潜能就是先验的两种形态，分别代表着两种由不同元素关系构成的"繁复体"——感性之存在和理念。

通过本文的第二小节，我们已得知拟像是一个由各种不同之物通过差异的方式关联彼此的内强系统，强度是个体化的，内强量则是实现这种个体化的元素。所以，拟像理论所思考的问题场域，就是"感性之存在"所思考的问题场域。思考拟像，就是对"感性之存在"进行思考。在德勒兹的语境中，"感性之存在"并不是一个在经验层面被广延或质所圈定的认识对象，而是不可感却又只能被感觉到的遭遇对象。思想所遭遇的对象对经验层面上的职能和识别来说是不可感的，但是对先验层面上不相似、不和谐的强度而言是可感的。换言之，是无法被知觉的强度差异真正构成了感性之存在，它作为先验性运用是感性的真正界限。

因此，在《差异与重复》中，"永恒回归"始终是纯粹内强的拟像领域，而"掷骰子"游戏则作为对思考的偶然发问成了理念之起源。换句话说，"永恒回归"对应着强度的、被内含的繁复体，而"掷骰子"则对应于潜能的、成问题的繁复体，前者作为"感觉之存在"是理念的现实化过程，而后者则直接隶属于理念的潜能领域。综上所述，笔者认为巴迪欧之所以误读德勒兹差异哲学的原因，就在于他并没有真正理解德勒兹的"先验经验论"，尤其是《差异与重复》中的两个"繁复体"（强度和潜能或感性之存在和理念）。

[①] ［法］吉尔·德勒兹：《差异与重复》，安靖、张子岳译，华东师范大学出版社2019年版，第412页。

新媒介理论与批评

在场性文学批评：
文学沙龙对在线批评的启示

刘亚斌[*]

（浙江外国语学院中国语言文化学院　浙江杭州　310023）

摘　要：随着网络文艺的兴盛，在线批评受到学术界的广泛关注。就文学批评话语而言，作为自发批评的第四种类型，与文学沙龙同属于在场性批评。前者是书写互动的艺术，后者是言谈交流的艺术。从文学沙龙到在线批评，可以看出文化下移的历史趋势，越来越具有民粹化的倾向；在媒介技术的支撑下，文学和艺术的融合走向不同媒介艺术的跨界创作与批评，甚至人工智能、写作程序和编辑软件的参与，都让在线批评面临着巨大的挑战；文学沙龙的礼仪和规范，作者、批评家和社会名流的共同在场，典范优雅的语言追求，宽容、自由、敏锐和富有智慧的批评氛围，以及新批评文体的产生，都对在线批评具有某种启示意义。

关键词：在场性；文学批评；文学沙龙；在线批评

法国批评家蒂博代（Albert Thibaudet）在《六说文学批评》中将口头（谈话）批评、文学沙龙和报纸的批评作为自发批评的三种带有时间性轨迹的类型[①]，但三者共存于媒介文化的时代里。蒂博代没有对文学沙龙作过多阐述。文学沙龙虽源于意大利，却在法国开启其鼎盛王朝，不仅影响了法兰西民族的语言、文学与文化精神，还对周边欧洲国家产生了巨大的辐射力。在蒂博代所说的自发批评中，口头批评和文学沙龙无疑是在场性批评，可前者却是口头媒介时代的产物，只能在遗留书写记录中隐约见其昔日的光彩，特别是柏拉图对话录，虽早已成为批评的哲学盛宴，但依然难脱离柏拉图的虚构想象及其妙笔生花的华章书写。就此而言，作为在场性文学批评的重要范式，文学沙龙是迄今所能见到的、影响深远的、最接近本真存在的谈话批评。媒介时代来临，报纸、杂志等媒体逐渐取代文学沙龙的批评地位，文学沙龙被边缘化，咖啡

---

[*] 作者简介：刘亚斌（1976—　），江西安福人，文艺学博士，浙江外国语学院中国语言文化学院副教授。

基金项目：本文为浙江省哲学社会科学规划项目"界面阅读的发展及其审美政治性"（项目编号：19NDJC27OYB）阶段性成果。

[①] ［法］蒂博代：《六说文学批评》，赵坚译，生活·读书·新知三联书店1989年版，第31页。

馆聊天、学术会议和多样化的讨论会,包括腾讯软件的在线探讨等依稀可见其影子,体现出在场性批评的当代性。在当代文化场域中,由新媒介文化所孕育的在线批评异军突起,冲击着既有的批评话语,成为文学批评界关注的焦点,可列为自发批评的第四种类型,适当地回溯文学沙龙及其性质、原则和成就,对包括在线批评于内的界面批评会有启示意义,本文试图对此作些思考以抛砖引玉。

一 批评的在场性

在现代哲学发展史上,海德格尔揭示出艺术、真理和在场性的关系,从惯常事物和观念符号是无法看到真理的,只有当作品进入运动和发生中,即其"作为存在者之无蔽的生产的创作中发生的",在场的开启、敞开、呈现就是真理的生成和产生,其"诗意创造的本质,艺术就在存在者中间打开了一方敞开之地,在此敞开之地的敞开性中,一切存在遂有迥然不同之仪态"①。在文学批评领域,存在着"回到现场"、"事件还原"和"历史语境"等说法,都是在不同程度上试图呈现文学书写的在场性,让艺术真理敞开,甚至寻求与作家及其作品进行直接对话、共同到场,进入无蔽状态以曝光文学创作的秘密。即便后世对沙龙的研究都会说让"我们都将在场"②,来达到其在场与生成的呈现,从而完成文学批评对艺术本质的澄明,展现不同的艺术创作及其存在状态。

非常可惜的是沙龙批评的在场性只能依托于成员事后的回忆录,多数未出版的、历史遗留的记录手稿以及书信的交往,重要的还有著作里提到的有关沙龙的一切,但也只是某种程度的还原,并非真正的在场。当然,沙龙女主人撰写的小说亦在还原之列,她们多数将叙事场景放在虚构之地,描述其社会人事、政治冲突和情爱纠葛,实际上却是沙龙情况的变相书写,甚至在文本里各有其对应的沙龙人物,德·丝鸠德里小姐(Mlle. De Secudery)在其所撰写的、长达十卷的《大居鲁士》(Grand Cyrus)里对德·朗布依埃夫人(Mme. De Rambouillet)的"蓝色沙龙"(Salon Bleu)的细枝末节作了翔实的描述,充满浪漫化色彩,而她的小说作品《克雷莉娅》(Clelie)则批评当时沙龙造作自大的宫廷作风,折射出自己的沙龙观念和贵族立场,书中诸多人物形象几乎可与沙龙成员对号入座。德·克鲁德内夫人的浪漫小说《瓦莱丽》和德·丝达埃夫人的《高丽娜》就以沙龙女主人瑞米卡耶夫人的舞姿为描写原型,其中"一些舞蹈的片断,都是她的写照",德·吉恩丽夫人的小说《阿蒂内》更是以其为理想的化身,塑造女主人公阿蒂内的形象,背景"其实就是科陪,影射了科陪的大部分社交生活"③。某种程度上说,这类为数不多

---

① [德]海德格尔:《林中路》,孙周兴译,上海译文出版社2004年版,第59页。
② [德]托尔尼乌斯:《沙龙的兴衰:500年欧洲社会风情追忆》,何兆武译,世界知识出版社2003年版,第8页。
③ [美]艾米丽亚·基尔·梅森:《法国沙龙女人》,郭小言译,中国社会科学出版社2003年版,第313—315页。

的作品对批评现场而言，更有利于还原其本真性。相较于对新媒介技术，尤其是网络性界面载体的运用，在线批评只要不删除，任其存储和保留现场，以备随时链接返回。在线批评是以文字符号作为交流手段，非文学沙龙以语音言谈为主，前者是书写的在场性，后者是言语的在场性，但是当时技术无法直录和保存，自然难以还原，事后相关的各种书写容易遮蔽，甚至丧失在场的真理性。当然，对于现在技术手段来说，即便是沙龙言谈，亦有现场直录、存储和播放技术能使其更接近批评的现场。

文学沙龙的批评在场性可分为三方面来阐述：沙龙的参与者，批评言谈的对象和过程，以及所产生的效应。站在网络时代在线批评角度而言，文学沙龙并非广大用户都能参与，主要是由贵族阶层的人士、宫廷和政府要员、知识群体、有社会名望和各种才艺的人组成，尤其是作家、诗人和评论家等。参与朗布依埃夫人沙龙的都是当时杰出的人物，这也是她挑选成员的标准。有兼具语言和批评才华的巴尔扎克、莫里哀无疑是沙龙的贵客；布瓦洛常与人争辩，但亦因某位贵族退让过；伏尔泰一贯以辛辣尖刻的批评著称；高乃依在沙龙里朗诵首部古典主义名作《熙德》；瓦图贺（Voiture，1597 – 1648）和本生拉德（Benserade，1612 – 1691）就诗歌和缪斯女神的著名论争；年轻诗人普列希（Armand du Plessis）朗读其爱情新作；年方十七的波舒哀（Jacques-Bénigne Bossuet）作过即席演讲；亲王大孔代（Grand Condé）也热爱文学；制作精美、装帧华丽的牧歌作品《朱丽的花环》（Guirlande de Julie）是德·蒙杜西耶侯爵（Duc de Montausier）献给朗布依埃夫人之女的礼物，两人最终收获爱情；当然还有各种政界人物、显赫贵族和社会名流。拉封丹喜欢将沙龙成员作为其作品的首批读者；众多诗人将其诗作献给女主人；孟德斯鸠《论法的精神》得益于沙龙的讨论，并在各种场合中朗诵，确定后才定稿出版；普鲁斯特15岁在沙龙女主人身旁作侍从，在其意识流小说《追忆逝水年华》里将其作为盖尔芒特夫人的原型；伏尔泰与沙龙女主人夏特雷夫人（Marquise du Chatelet）发生恋情，常伴其左右。也就是说，当时几乎所有的名人，只要其拥有社会地位和各种才华都参加过文学沙龙，参与其言谈、朗诵、演讲、聆听、扮演和游戏等活动，与文艺相关的活动有作诗献殷勤、用词取悦赞颂、即兴创作、吟唱歌剧、音乐演奏、辩论评析、戏剧表演、讲述故事、编写箴言警句和各种猜诗谜、文学接龙等行为。

即便像乔芙林夫人（Mme. Geoffrin）那样本无资格位列其中，最后却成为沙龙女主人，也多少与贵族社会有关，其父原本是勃艮第家族公爵夫人的管家。不过，沙龙参与者的总体趋势还是体现出从宫廷、贵族、社会名流扩展到资产阶级，其后期有更多资产阶级成员加入，如罗兰夫人（Mme. Roland）的沙龙，女主人就出身于巴黎雕刻匠的家庭。随着社会阶层的重构和教育普及的深入，沙龙参与者的阶层下移是历史发展的必然结果。萨拉·凯（Sarah Kay）等人所著的《法国文学简史》认为，文学沙龙的传播属于"半公众性的消费形式"[1]，因其圈子有限，所涉基本为在场沙龙成员及其

---

[1] Sarah Kay, Terence Cave, Malcolm Bowie, *A Short History of French Literature*, New York: Oxford University Press, 2003, p.166.

事后关注者，但却引发各种文学潮流，甚至社会风尚。19世纪末期，沙龙基本衰落，无法抵挡报纸、杂志等媒体的兴起和出版业的发展，以往沙龙对文学生产、裁断、流通和批评标准的主导性，左右民众舆论和时尚，此时亦无法适应社会需要，书籍、报刊和咖啡馆等成为精神生活的需求对象。今天，新媒介技术的产生和革新，将自我表达、交流和书写权利赋予更多的人员，文化接受和型构层级进一步下移，甚至不需要接受高级教育。只要会说话，有各种影像拍摄、上传和即时留言的功能，以及键盘打字的拼音法运用，便足够参与在线文学批评，它越来越表现出批评的民粹倾向，将更多的普通民众卷入其中。

通行的观念认为，文学批评的对象是文学作品，可其具体情况则有虽细微的但是重要的差别。批评家面对的是已完成的作品，还是正处在创作过程中的半成品，抑或是还没动笔的创作意念，甚至是此前连创作念想都缺乏，然而灵感一来，作品就脱口而出，即所谓即兴创作，这些都是可辨析的对象。即便是已完成的作品，也分已定稿的、无法改变的（如出版发行的或已故作者的作品，包括遗作和手稿），还是说作者可再修改的成品。然而，种种情况都会出现在沙龙批评里，促进文学创作与批评的相互增益和提升。换句话说，文学沙龙集合了作家、批评者和普通读者，打通了创作、阅读和批评的环节和壁垒，即时的互动体现了集体的文学智慧。圣皮埃尔（Saint-Pierre）的《保尔与薇吉妮》（Paul et Virginie）经沙龙朗诵和辩论才得以成型和扬名；狄德罗与爱尔维修等都是在沙龙里合作完成《百科全书》的。网络时代文学创作和批评的在线性要求任何创作念想和批评交流都必须以文字书写进行，作品随写随评，以连载片段形式出现。面对创作批评的复杂情况，同样具有灵活性和共通性，但其本身具有在场性而无须还原，艺术真理通过语言去存在和敞开，"语言并非仅仅是把或明或暗如此这般的意思转运到词语和句子中去，而不如说，唯语言才使存在者作为存在者进入敞开领域之中"[①]，文学沙龙同样是艺术真理敞开的凭借，但其言语、声音当时无法保存与还原。因此，理应抓住并筹划在线批评的时机，让创作和批评的隐蔽、艺术的真理澄明。

依现在的眼光，文学沙龙圈子有其限制，其半公众性只是因其时代所致，实际上却是某种公共领域，培养和塑造了参与成员的理性思辨和批判意识，即具有公共性。韦勒克说，批评从文法和修辞中解放出来，显然与逐渐兴起的一种普遍精神及其传播有关，它包含了不断"增长的怀疑主义，对权威和陈规的不信任；稍后，还与一种对趣味、情操、情感以及 je ne sais quoi（意为'只可意会，不可言传'）等的诉求有关"[②]，沙龙便是其精神的体现场所，在其历史进程中扮演重要角色。沙龙帮助许多作家作品扬名流芳，兼具文学生产、加工、改造及流通传播，其产生的创作语言、风格特色、审美原则和批评观念等经常风行业界，甚至带动社会精神风尚、民族气质品格的塑造和转型，孕育出文学史上的古典主义、巴洛克和洛可可风格，以及随后的浪漫

---

① ［德］马丁·海德格尔：《林中路》，孙周兴译，上海译文出版社2004年版，第61页。
② ［美］勒内·韦勒克：《批评的诸种概念》，丁泓等译，四川文艺出版社1988年版，第33页。

和感伤派等时代潮流。这是文艺、语言及其审美成长的结果,也是文艺发挥其巨大社会效应的体现。

说起巴洛克和洛可可风格,更多地表现在绘画和雕塑等艺术作品中,或者说在这些艺术类型里更加常见、更加熟悉。实际上,沙龙不仅是文学写作的聚集场所,也是各种艺术的交会地,那些文雅的士人可以享受和赏析音乐、舞蹈、歌剧和戏剧表演,画家亦参与其中,而沙龙本身叛逃于宫廷作风,其装饰风格自然由庄严、宏伟和高贵转向轻松、愉悦和优雅。古典之风、巴洛克和洛可可各显其能,顺势变化。特别是沙龙的贵族女性的风采,常被以画像艺术形式留存,著名的有布歇(Francois Boucher)、拉图尔(Maurice-Quentin de la Tour)所绘制的蓬帕杜夫人(Mme. de Pompadour)的画像。多样因素所致,沙龙的含义被衍伸到绘画领域,拥有画展和画评的意思,沙龙展览成为欧洲美术史的重要事件,延续至今。美学家狄德罗和诗人波德莱尔等都评判过当时的沙龙绘画,拥有指向文艺批评的蕴意。也就是说,沙龙本来就是文学和艺术、创作和批评的在场互动,并形成其语言、审美之精神风格。画家华托(Antoine Watteau)的图形性画作与文本写作的关联,形塑一种小文学体裁[1],不同文艺类型之间相互促进,打开新的发展空间。文学沙龙的在场性让多元性因素集合起来去展现新的存在样式,新媒介时代的网络界面同样如此,形成了生产、接受、改造和传播等整体发展链条,以及媒介文艺互动创造。当然,网络文学及其批评有其更浓厚的商业化气息和其他艺术媒介的改编,在经济利益和社会效应的推动下,各种媒介方式的融合,文学、艺术和技术的联姻,是功利追求和多媒体技术时代的产物。

二 沙龙言谈的艺术与规范

托尔尼乌斯描绘过意大利威尼斯安哲拉·查斐塔(Zafetta)沙龙里的布置:"有王室般的富贵气象——佛兰芒和土耳其的地毯、锦缎和皮幕幔、雕刻的家具、镶金边的天鹅绒幕幔、绘画、器皿和装订精美的书籍。有几间屋里有壁画,出自威尼斯最有名的画家之手"。这位沙龙女主人还对动物、鸟类和猴子有极大兴趣,人们"被邀请到查斐塔的沙龙里来,是很不容易的,只有最有地位的绅士或教士或学者名流才被邀请,并且即使是他们也必须在前厅等候,就好像是在王家的客人群中那样,要等到女主人喜欢出现的时候"[2]。沙龙聚会的场所并非大众化的生活空间,也非社会性的交往场合,而是特殊之所,多为贵妇之家,私人性场所走向公共性,其家居设计具有贵族阶层的文化气息和艺术品味,其内部装饰为巴洛克或洛可可风格,彰显其严谨完备的礼仪和

---

[1] [英]诺曼·布列逊:《词语与图像:旧王朝时期的法国绘画》,王之光译,浙江摄影出版社2001年版,第102页。
[2] [德]托尔尼乌斯:《沙龙的兴衰:500年欧洲社会风情追忆》,何兆武译,世界知识出版社2003年版,第105—106页。

规范。置身其中就会感受到高雅和精美，女主人的发型服饰、待人接物和言谈举止等都是贵族文化和精神的完美体现。

沙龙女主人的尊崇地位可追溯至中世纪的骑士制度及其精神征候。天主教会在教导妇女臣服丈夫的同时，也要求对方尊重妇女，温文尔雅地对待。借助宗教的影响力，妇女地位确实得到了改善与提高。作为封建制度的组成部分，骑士精神的土壤里长出骑士爱情（courtly love）的观念，结合男性的信仰、武力和风度。具体地说，骑士爱情要求骑士效忠献身于某位贵妇，对其爱护仰慕备至，既是某种信仰原则，也会拥有风度声誉，而贵妇则对骑士的精神品质和完美形象有最后的发言权，表现出女性的影响力。在塞万提斯的反骑士小说《堂·吉诃德》中，男主人公将泼辣、强壮、嗓门大的村妇杜尔西内亚视为钟情的公主或贵妇，是基于骑士爱情基础上讽刺手法的运用。在文学沙龙里，女主人不仅是成员的召集人、规则的制定者，也是言谈辩论的调停者和仲裁人。

也就是说，受欢迎的沙龙，或者说沙龙能够建立起来并扩大影响，女主人至少在下列条件里居其一：一是以知识和才艺著称；二是有悟性和机智的特长；三是具有高尚的修养和品性。首先，她们相互学习、接续传承，沙龙甚至在某种程度上被当成职业看待，女主人才性的表现形式则主要集中在言谈的艺术性方面。沙龙女性首先要避免遭遇冲突，如无法实现且不得不去调停或仲裁冲突时，其言辞态度不能激化双方矛盾、训导教化或自我炫耀，要心平气和、保持风度地平衡和调和双方言谈所带来的裂缝，使其不至于恶化关系，伤害、侮辱和打击对方，引发社会政治层面的拉帮结派和钩心斗角，从而极大地破坏沙龙的稳定运行。其次，不计较无关紧要的琐事，不随便质疑、批评、嘲讽别人，不自以为是，不让别人尴尬、自愧不如、受尽侮辱，更不能使其人生困顿、精神萎靡，或者不断抗拒报复，甚至诉诸武力。为此，待客要热忱，善于倾听和交谈，多欣赏别人，关心他人和他们做的事情，多给人以掌声，多提供帮助，有手段和方法取悦并吸引别人，既满足别人的心意，也能让自己得到微妙的快乐。总之，倡导理性、礼仪和规范，组织娱乐和文艺活动，公正、优雅、机智和富有同情心地对待问题。当然，重要的是在沙龙里，要激发他人的创作和思想的灵感，提升智性愉悦和精神品格，帮助别人走出文艺创作和批评的困境。

毫无疑问，口头批评必然存在某种社交性，寒暄客套的话语、繁文缛节的礼仪、脚踩西瓜皮式的漫谈和毫无批评理由的情感支持等成为面对面对话批评的组成部分，它是需要的氛围，可起心理调节作用，化解直面的尴尬，为批评的开展余留了回旋的空间和亲近的环节。但当进入书写还原时，社交批评的影响被降到最低，保留了某些口头批评"坦率"和"新鲜"的痕迹。在线批评的书写互动性同样需要规则和礼仪、娱乐要素、表达喜好与取悦他人，如灌水批评、标题党、点赞和聚集人气的行为等，都是为互动批评建立社交性基础。在线批评并非依赖个人沉思和创造的书写批评，而是以社交性礼仪与规范为基础，做到理性的交往、宽容的对待、锐利的眼光和机敏的表达，体现其在场性批评的优雅和智慧，否则很容易成为恶搞、亵渎、谩骂、泄愤甚至污秽下流的场所。道德虚无，恣意妄为，或者沦为经济商业的侵害对象，如有偿灌水和刷帖、无良链接、广告植入与宣传等，水军泛滥，利益至上。不少文学批评始于文学或学术交流，终于粉丝和水军的混乱骂战而不了了之。

实质上，规则和礼仪的维护除了参与者自觉，还端赖于版主、编辑等网络管理者。他们类似于沙龙女主人，只是在网络虚拟世界中，难以见其真人的品格和魅力。当然，文学沙龙亦非理想化的产物，也有社会现实所带来的困境、规则意识的固化以及沙龙女性选择和担当的问题。沙龙发展到后期，更强势的贵族女性则可能成为规则的化身，由其发号施令，成为名副其实的专制者，对话、言谈的艺术变成滔滔不绝的、不能抗拒和一言堂，而亲近的沙龙成员并非侍从骑士那样服从于其爱情原则，"他对他女主人的行事并不是出自高尚情趣自发的礼貌，而是有种种僵硬无趣的规矩要遵守"[①]，成员是女主人的拉线木偶，甚至坐上数个小时等其化妆，用各种幽默段子和小道消息来哄其开心。托尔尼乌斯所要表达的是变质的沙龙，即本末倒置的做法和意识。确实，在文学沙龙里存在着取悦他人的常见做法，主客之间讨好对方，以至于要真正懂得礼仪，就要有这种"悦人"艺术。但博取青睐、悦人悦己，在言语艺术上下工夫是为了"想在其他人眼里显示自己的高贵身份与修养"[②]，也表现自己的敏感、睿智与创造，是一种言谈的艺术。换句话说，沙龙的规则和秩序是用于提升自我的能力、文化和修养，并通过种种言谈和表达形式展现出来，而非禁锢自我创造的牢笼，甚至愚蠢地成为"压死"自己的那根稻草，更不是违心地谄媚、一味地曲从和无边地阿谀。

通常而言，现代社会的言谈要么是劳累压力下的聊天放松，要么是传递信息，出于职业陈述或功利目的，要么是日常交往的形式，相互熟悉与攀比的手段。法国沙龙的美籍研究者梅森感慨现代社会奔波忙碌，没有闲暇时间去追求言谈的艺术。即便有闲阶级的存在，言谈也非自己所隶属的盎格鲁-撒克逊民族的特长，没有生长的土壤和环境获得足够的生命力，自然就无法代表其"最优秀的精神生活"。而源于意大利文艺复兴的法国沙龙，却能结合其民族特性，逐步建构成讲究言谈的艺术，是出于"满足内心的需要"[③]，体现出文化的精神与气质、礼仪规范、自然多彩、知识创新、理性智慧、深情雅致以及对文学艺术及其批评的崇尚，斯达尔夫人说到法兰西民族的社会文化特性在于"典雅"与"良好的趣味"[④]，兼具欢乐精神，可谓欧洲之最，属于民族性格的体现，与政治和社会制度密切相关，文学沙龙是整个法国社会生活特征的表现形式。就其启示而言，在线批评作为在场性批评形式亦有其深厚的文化传统和语言体系，

---

① [德]托尔尼乌斯：《沙龙的兴衰：500年欧洲社会风情追忆》，何兆武译，世界知识出版社2003年版，第121页。
② 罗芃：《法国文化史》，北京大学出版社1997年版，第60页。
③ [美]艾米丽亚·基尔·梅森：《法国沙龙女人》，郭小言译，中国社会科学出版社2003年版，第151—152页。
④ [法]斯达尔夫人：《论文学》，徐继曾译，人民文学出版社1986年版，第214页。

有其民族品格和社会制度的符号化表现，在自由、开放和个性化展示的技术平台上，与其他各种文化互动交流，富有成效地借鉴，让更多智识士人积极参与，立足于新媒介文化和网络文学现场，促进传统文艺及其批评的现代化，改善网络与自媒体语言，提升在场性的表达和书写，形构文学批评的当代品格，发挥其社会效应。

方维规在考察欧洲沙龙发展史中提到过法国文化史上所谓的"préciosité"或形容为"précieux"的风格，其意有"高贵"、"典雅"和"精致"，亦有"做作""故作姿态"之义①，相关的词语还有"le précieuses"（沙龙女主人）、"précieuses"（沙龙里有才华、品味和教养的女性）等，涵盖行为举止、谈吐情调以及衍伸出来的生活方式，从文化史扩展到社会史和生活史，影响整个国家的历史。一方面，这种风格可称为优雅精致、礼节规范和智慧细腻，体现出贵族阶层的文化风尚和精神气质。另一方面，其极端化表现则是矫揉造作、拿腔作势和附庸风雅，也是贵族阶层内心空虚、追求形式，甚至腐化堕落的表现。

由上可知，围绕关键言辞作文章，构建其文艺表达及风格体现，丰富语言的内涵，但也存在辩证的陷阱。沙龙由"préciosité"或"précieux"所展现的言语艺术在当时就有两种不同的观点：一种是将其视为法语现代化和规范化的重要阶段，发挥统一的作用，法语以其为标准而建立简洁、明晰、规范和优雅，甚至带点华丽色彩，充分体现出"有教养的欧洲人使用的语言"②。早期法国流行凯尔特语，罗马帝国统治后推行拉丁文，随着民族迁徙进入的法兰克人，他们讲日耳曼语，于是日耳曼语和拉丁语融合成罗曼语。直到 17 世纪前后，法语不断变化，语音、拼写、词汇和语法等无法固定，混乱不堪。黎塞留主教（Cardinal de Richelieu）建立法兰西学院（L'Institut de France），编撰语法和词典以统一法语，以宫廷和沙龙用语为范本，具有浓郁的古典主义气息。另一种看法则具有批判性，批判沙龙语言矫揉造作、浮夸列绣、脱离生活、不直称事物。法国著名戏剧家莫里哀的讽刺剧《可笑的女才子》对资产阶级的附庸风雅进行了辛辣的嘲讽，那些资产阶级子女模仿贵族沙龙女性使用"典雅的语言"，列出表示尊重的九种形式和十二种哀愁形式，甚至名字都要改口叫"波利采娜"和"亚德曼"才符合贵族阶层的高雅品味，后者是德·丝鸠德里夫人作品《克雷莉娅》中的人物。莫里哀不留情面，具有作家天生的敏感性和批判力，在巴黎创作的首个剧本就与宫廷和沙龙的礼仪、用语针锋相对。郑克鲁引用 1659 年索梅兹（Somaize）编撰的《矫饰者词典》（Dictionnaire des précieuses）中的例子来说明沙龙语言的矫饰，诸如椅子说成"谈话的舒适"、手是"活动的美人"、眼睛是"心灵的镜子"，而镜子则被唤作"妩媚的顾问"等，"挖空心思寻找委婉说法"③，清新已为陈腐，优雅变为造作，精致转为烦琐，灵动活泼转向古板僵硬，成为一种形式感十足的空洞艺术。

---

① 方维规：《欧洲"沙龙"小史》，《中国图书评论》2016 年第 3 期。
② ［法］拉布吕耶尔：《品格论》，梁守锵译，花城出版社 2013 年版，第 188 页。
③ 郑克鲁：《法国文学史》，上海外语教育出版社 2016 年版，第 116—117 页。

随着国际互联网的建立及国内外接轨,网络语言得到迅速发展,并逐渐影响社会现实。诸如"神马都是浮云""火钳刘明""放大招""有内味了"等既是网络流行语,也是日常生活的口头禅,背后自有其社会文化内蕴的变迁,是时代精神、深层意识的写照与折射,而处于新媒介文化语境的在线批评也有自身的语言特色。网络社会是虚拟世界,用户匿名进入,抛开社会角色和定位的禁忌、规范与功利羁绊,实现其自由性和自主性,开始品评各种在线书写和文艺作品,不用顾虑杂志编辑的审查和约束,不用因出版社的商业纠葛焦虑,在线批评更不用思考人情和面子。他们心直口快,面对作品勇揭其弊、言辞犀利、短小精悍,用语生活化、口语化;在修辞手法上,常用幽默、反语、讽刺、夸张、调侃和巧妙的设喻。尤其是互联网初期,论坛、用户都需要人气和名声,文学场域各逞其才,追求新奇、夸张和灵动的书写,当然也出现各种肉欲性、夸饰性和粗俗性的语言,甚至展开骂战,使得道德失范,语言失美,批评失真,让在线批评变得毫无意义且败坏其审美、德行和智慧的意蕴。

三 批评文体的产生

沙龙活动丰富多彩,涉及各个文艺领域,包含即兴创作优美的诗句、斟酌的箴言和警句、戏剧角色扮演、吟唱歌剧和朗诵诗歌、赏析绘画、聆听音乐、探讨言谈与批评技巧等。文学沙龙也促进文学类型及其批评的发展,如应景作品、应酬之作、题献颂诗等,使文学批评语言规范、优雅。就批评文体而言,主要有三类:①文字肖像②箴言体③书信体。它们既是文学作品又具批评性质,让批评具有诗情画意,又内蕴哲理判断,互为包容,相得益彰,16—19世纪的沙龙对后世文学批评贡献极大、影响深远。

肖像画是由当时法国沙龙发展出来的文体形式,包括对他者画像和自我画像的描述,要求真实、准确地刻画人物外形、性格、精神和品质特征。肖像画的自我刻画和反思、对他人的评价,助力现代主体及其社会化建构。梅森在论述沙龙女性时有阐述和研究,现概括如下。

文字肖像画源于德·丝鸠德里夫人的浪漫小说,《大居鲁士》是蓝色沙龙的浪漫化写照,沙龙成员被化身为各种东方人,却很容易辨别其原型,可见其敏锐的捕捉能力和娴熟的素描技巧,由此便在文学界风行起来。沙龙女主人大郡主(Grande Mademoiselle)有浪漫小说、书信和回忆录等传世,其本名是路易斯·德·奥尔良(Louise d'Orleans),后来成为女公爵,其肖像画独树一帜。在沙龙里,她曾强烈建议参与成员用文字自我画像,还身体力行。整体上说,其肖像书写真实、可信、宜人,深受法国社会的欢迎。拉罗什福科(La Rochefoucauld)受其灵感激发,怀着坦诚之心、全面深入地刻画、剖析自己。其喜好脾性、情感态度和精神矛盾等都现于笔端,他的自画像篇幅较长,是垂范后世的自画像。诗人塞雷格(Segrais)常来大郡主的沙龙,私下收集沙龙圈子内的文学肖像画，将其汇集成册，以《肖像集》（*Divers Portraits*）为名印刷出版。肖像画是在拉布吕耶尔（La Bruyere）手里推向文学高峰的，职是之故，作为文体已然成熟，代表作便是《品格论》（*Les Caracteres*）。投石党运动领袖德·莱兹红衣主教（Cardinal De Retz）的《回忆录》（*Mémoires*）里人物画像生动美妙、文笔简练，早已是法国文学的经典。博学多才的圣伯夫（Sainte-Beuve）更是将其引入批评领域，建立传记批评，推动作者维度的批评和研究，作品有《文学肖像》（*Literary Portraits*）、《当代肖像》（*Contemporary Portraits*）等，表现出分析透辟、细致的特质，其目光锐利，善于揣摩人物心理。法国大作家巴尔扎克、雨果和都德等都是其传人，他们取长补短，各具特色，完善文学肖像的写作体系，"就这种三言两语刻画人物特征的技巧而言，法国人的本领是无可匹敌的，这也是法国小说和回忆录的魅力所在。"[①] 从而建构出精准透彻、洗练简洁、灵动敏锐、饱含情感和富有生命力的批评语言及形式，其丰厚土壤孕育出传记批评的新生并使其壮大。

　　箴言体是一种将生活阅历、人生经验和思想体悟等浓缩为简短有力的箴言或警句的文体形式。言其与文学界的关联，自然会忆起拉罗什福科和帕斯卡两位典范作家，他们经常出没于沙龙之中，其作品自然有沙龙品格的烙印。沙龙女主人德·莎伯勒夫人（Mme. De Sable）喜好沉思，性情温和，由于早年包办婚姻，丈夫寻花问柳，家道中落后，只能忍受冷漠与不幸，移居乡间保养自己孱弱的身躯，养成了阅读和思考的习惯。随后儿子阵亡更让其慨叹人生的痛苦与空虚，于是接受冉森派教义，晚年过着安宁的信仰生活。其修道院的沙龙以严肃崇高的话题著称，涉及宗教、文学与社会等领域，富有思想性。她与帕斯卡、拉罗什福科有私交情谊，其沙龙里还有法国法理学家多玛（Jean Domat），他也写过道德箴言。她本人的箴言则涉及日常生活形式、心理剖白、礼仪规则和情感追求等诸多方面。

　　帕斯卡留下了著名的《思想录》，拉罗什福科传世之作则有《道德箴言录》和《回忆录》。帕斯卡在归隐苦修前经常光顾沙龙，亦属冉森派成员，隐修后两年开始完善其作品，此前很多篇什都在沙龙记录里保存，显然沙龙的讨论无疑给帕斯卡以灵感启发。冉森派深受笛卡尔理性主义的影响，用两极对立的角度阐发人性、宗教和社会等重大话题，主张真理以矛盾的形式呈现，诉诸读者自己的体悟、理解和抉择，这使文本充满了复调之声，透露出一种审慎的、缠绵的、痛苦的思索和悲观主义，且有不可知论的基调。拉罗什福科《道德箴言录》不以先知式的口吻宣讲真理和教义，与站在道德制高点上发布命令相反，其箴言并非规则、训条、范导和教化的集合，而是采用分析的方式，揭示道德行为的心理、动机及其和实际的差别。梅森将莎伯勒夫人沙龙里这两位著名人士进行了比较，两人思辨都清晰睿智，但却是生命的不同阶段，前者走向波尔·罗亚尔修道院，后者将宫廷的自私腐败暴露无遗，而帕斯卡"严谨的柏拉图主

---

① ［美］艾米丽亚·基尔·梅森：《法国沙龙女人》，郭小言译，中国社会科学出版社2003年版，第67页。

义和讲求精确的灵性和拉罗什福科冷酷的犬儒主义恰好互为补充"[1]。法国沙龙不仅哺育出近代文学的箴言体,成为文学批评史上的华彩乐章,让精神和思想拥有浪漫化、细腻的文学书写,体现其谦卑、宽容、优雅、睿智和自由的思考,更重要的还在于"女性原则"及其模仿机制的建立,是现代文学及其批评的内在动力。"复调、多元叙述角度、赋格曲、音乐的对位原则等现代主义的形式革命一再出现在文本中",艺术家不再戴上冠冕主宰一切,而是"一再后退",组织和驾驭复杂的因素,构成有机的文学生命。也就是说,文学沙龙与现代主义文本具有相似性,沙龙女性即现代文本作者。因此,对沙龙所呈现的"'女性原则'的模仿是促使文学形式发生重大变革的原因之一"[2],补足文学的另面书写,形成双面的亚努斯,其世界对位交织、复杂多变。

  书信体也是沙龙的文学贡献。语言学家巴尔扎克的书信集深刻影响法国散文作品,是书信体文学的奠基人。布伏莱侯爵夫人(Marquise de Boufflers)与卢梭通信长达十六年之久。德·格拉菲尼夫人(Mme. De Graffigny)是位具有文学才华的女主人,写过剧本上演,凭借其作品《一个秘鲁女子的信件》(Lettres d'une Péruvienne)一举成名,该作"采用斜体符合了孟德斯鸠的启发式风格",以强调需要突出的内容[3]。而孟德斯鸠的作品《波斯人信札》于书信体小说而言最为后世称道,160余封书信中涉及东西方文化态度,更揭露和批判了法国专制统治,为启蒙运动鸣锣开道,启迪法国人民的革命精神。德·塞维涅夫人(Mme. De Sevigne)传世1500余封书信,与沙龙成员、名人密友、贵族夫人和爱慕者通信,还写信给自己的孩子,所涉内容多为自己人生的经历、多面的性格、社会与生活事件以及相识者的外形、性情、爱恋和精神气质的描写,当然还有那些做过的愚蠢行为。其文笔自然流畅,脱口而出,宛如沙龙言谈,却能简约思辨、机智细腻、情感丰富,对人事态度客观公允。能做到口头表达与文字书写契合为一,实属不易,亦能充分说明沙龙言谈所能达到的艺术高度。这些书信是"书简文学的精华",具有"划时代典范"的意义[4]。回到历史现场来看,书信体涉及文学沙龙前后成员间的交谈、诉说和评论,以事件安排和回忆、情感表达以及对社会生活交换看法为主要内容,由于印刷技术和出版规范的限制,报纸、杂志等媒体还未起步成势,使得这一体裁形式在当时非常盛行,私人领域进入公共空间,整个时代的社会生活通过书信得以具体、直接和生动地展现在世人面前。

  由于沙龙女性的地位,女性特有的言说和书写才能得以在近代凸显出来,以细腻、敏感和情感的缠绵闻名,善于讲故事和心理刻画,有贵族生活和理想化背景,富于浪漫和伤感的色彩,历史小说、浪漫故事、田园作品和心理描写等题材内容都是沙龙女性书写的拿手好戏,这些文学样式得到进一步的发展。德·丝鸠德里夫人的《大居鲁

---

[1] [美]艾米丽亚·基尔·梅森:《法国沙龙女人》,郭小言译,中国社会科学出版社2003年版,第82页。
[2] 欧翔英:《沙龙女主人与"作者之心"》,《中国比较文学》2005年第1期。
[3] [法]弗雷德里克·卡拉:《书信体小说》,李俊仙译,天津人民出版社2013年版,第85页。
[4] 张泽乾:《法国文明史》,武汉大学出版社1997年版,第342页。

士》叙述东方历史故事，却有贵族沙龙和生活的反映，书中古希腊著名的行吟诗人萨福（Sappho）就是她本人，作品富于浪漫的感伤气息，是浪漫和感伤文学的先声。田园骑士风小说以杜尔菲（Honore d'Urfe）的著作而闻名，他出身贵族，却在乡间成长，有骑士经历，作品《阿丝特蕾》（L'Astree）便是结合自身经历，讲述了牧童塞拉东和恋人阿丝特蕾几经曲折终获爱情的故事，乡间淳朴的田园爱情对生长于钟鸣鼎食之家的贵族女性产生强烈的吸引力。该作是朗布依埃夫人沙龙的常演节目和评析对象。德·拉法耶特夫人（Mme. De La Fayette）富于同情心，容易流泪，文笔细腻，颇有生动的想象力和感受力，被誉为同时代最具才华的女性，其作品《克莱芙王妃》（La Princesse de Clèves）以宫廷生活为背景，表现王妃的坚贞名节和声色逸乐世界的心理冲突，此后退隐修道院，并在那里长眠。小说既有对宫廷腐化的描述，也有德行代价的牺牲，某种程度上折射出当时贵族女性的现状，其中对人物心理细致入微的揣摩被誉为"近代心理现实主义小说的开端"[1]。

  这些文学作品都与沙龙密切相关，言谈中灵感激荡，作品产生。在场性文学批评的优势就在于其文艺共同体的性质，各种文艺人才共同到场，创作和批评的互融互促，文学与艺术相约共创，开拓新文学类型及其批评空间。肖像画、箴言体和书信体等既有客观分析和批评的眼光，又有情节与事件的叙述，情感诉求和心理刻画以及各种场景的描写，体现出高贵优雅的语言风格。换句话说，批评有文学性，创作有批评性。文学批评在近代兴起，于20世纪初作为独立学科而建立，沙龙无疑是其诞生的母体，并预示着批评观念的社会化、生活化和媒介化的趋势，使批评成为整个现代社会的关键词。而其文艺创作和批评的集体方式，多人合作型文本，造成同故事多版本叙述，如以孔代公主（Princesse de Conti）主导的文学创作，就有三个不同版本，分别由不同的作者参与：宫廷小说（Romant royal）；波斯宫廷历险记（Advantures de la cour de Perse）和大阿尔坎德的爱情（Histoire des amours du grand Alcandre），第三版本至今仍在出版销售[2]，等等；这些在场性表现方式都是在线批评的前奏，在界面技术支持下的接龙文学、同人作品、穿越和玄幻创作、《凡人凡语精选书评专辑》和《风中玫瑰》等新兴文学及其批评样式都是其后续的状况，并体现出自身在场性的时代特质，值得深入的批评和研究。

结　语

  对话性、谈话式批评有其礼节程序，包括相互问好、客套寒暄、开场恭维甚至点

---

[1]　［法］拉法耶特夫人：《克莱芙王妃》，李玉民译，北京燕山出版社2000年版，第1页。
[2]　Joan Dejean, *Tender Geographies*：*Women and the Origins of the Novel in France*，New York：Columbia University Press，1991，p. 74. 法文翻译得到同事孟玉秋老师的帮助，她还专门查阅了该书目前的出版销售状况，在此深表谢意！

头致意、微笑对待等。其话语姿态与文学批评无甚关联,但却是必要的,目的在于相见相识、了解对方和积攒人气,获取礼仪的名声。显然,沙龙的文化价值并非仅展现在高贵威严的贵族礼仪和风雅生活,更在于其所带来的语言规范与优雅的追求,文学创作和批评的在场性范式,以及由此产生的新文体形式。由于新媒介的兴起,在社会生活上增加虚拟世界,在线批评社交性和人气聚合同样需要,但也体现出社会时代的差异性及其在场性批评的特质与趋势。从现代思想的发展史而言,现代社会的主体化、个人权利和品格、民主化和自由运动打破了宫廷专制、贵族化等级制度以及他们对文学艺术的垄断地位。文艺走向大众与民间的个体化创造,由市场进行抉择,计算机和网络技术构建出虚拟界面,用户由此进入数字化赛博空间,网络文学及其批评在场性交互语言由口语转为书写,文艺由文学、绘画和音乐扩容到影视动漫、网剧和游戏,实现了由文、艺结合到文、艺、技术的跨界融合,包含各种人工智能、软件程序和大数据的使用,所有这些都将是在线批评面临的巨大挑战。文学沙龙形塑的文字肖像、箴言体和书信体,以及其所产生的新写作风格,其情感细腻、优雅风格、心理剖析和审美理想的文学性和客观、透彻、直击和富有哲理韵味的批评性相互融合。而界面文学的同人、接龙、随机等创作模式的区别,玄幻、穿越等文学题材和类型的差异,及其书写语言肉身粗俗化和直言、搞怪、嘲讽、巧喻、爽白、戏仿等网络化特色,还有沙龙女主人与网络文学论坛的版主和管理者,沙龙里的名人和在线批评的学者,民族文化及其语言的提炼与现代化,都存在着可联可思的空间。沙龙就像个学校,德·唐辛夫人(Mme. de Tencin)的示范,乔芙林夫人的传承和德·莱斯比纳斯小姐(Mlle. de Lespinasse)的再学习,"推动着思想的自由,也同时促进了自身的修养"[①],以及在场性文学及其批评的创造,那么虚拟世界的在线批评呢?要让学者、批评家和作家进入网络批评现场,在传统文化及其语言现代发展的基础上,规范在线性的礼节与管理秩序,利用技术条件增强多元主体的自由互动与不同媒介艺术的融合创造,提升网络语言的水平,打造其品格特色,构建网络文学及其批评的新文体、新类型和新气派,敞开艺术的存在,收获艺术的真理。

---

① [法]斐莲娜·封·德·海登-林许:《沙龙:失落的文化摇篮》,张志成译,台北:左岸文化2003年版,第92页。

审美认同与孙悟空视觉形象的海外流布

王依婷*

(兰州大学 甘肃省兰州市 730000)

摘 要：全球范围内流通的孙悟空视觉形象，集中体现了以孙悟空形象为代表的中国审美符号的多元融通和共生性特征。多种类型的图像文本所构筑的孙悟空形象已然成为表征文化认同和建构审美共同体的审美符号。图像建构了孙悟空这个中国文化的意指符号，但其所指并没有完全地固定下来，而是充满了开放性，其在海外不同民族和国家中的变异变形，实际上是特定社会、历史和文化语境中具体生产关系的反映。通过对海外孙悟空视觉形象的流布及其文化意义进行考察，可以分析地方性经验与全球性经验之间的互动模式与全球化语境下审美认同的形构。

关键词：审美认同；海外孙悟空视觉形象；文化认同；情感认同

孙悟空随《西游记》跨地域跨媒介传播400余年，横跨了多个国家和地区，不同民族与文化都展开了各自的西游想象，孙悟空作为其中的主角，在多元的西游图谱中成为最多变的形象，也是世界范围内共享的超级文化资源，以孙悟空为中心的动漫、影视、戏剧、广告等图像类型构成了一个巨大的互文本，不同文化和社会背景下所塑造的孙悟空视觉形象互为借鉴、相互激活，在全球范围内形成了一个专属的视觉形象系统的传播网络，并产生了不同程度的文化影响。孙悟空作为中国文化的重要表征符号，成了海外民族与国家对话中国文化的重要载体。

从孙悟空海外形象的生产历史来看，其价值产生并非全部来自文化与资本，也存在"作为信仰空间的生产场"，孙悟空视觉形象成为布尔迪厄所说的"有价值的象征物"[1]，在历史和文化交流过程中被广泛传播，并且获得官方的认可，成为中华民族的重要文化表征符号，极大地提高了中国文化的影响力，也是彰显民族文化特征、构建文化认同的审美手段。孙悟空艺术形象经由多次变异，由中华文化符号转而成为全球流通的文化再生产的重要

---

* 作者简介：王依婷（1998— ），湖南浏阳人，兰州大学文学院硕士研究生，主要研究方向为审美人类学。

基金项目：本文为国家社会科学基金一般项目"孙悟空视觉形象与中国视觉经验的表达机制研究"（项目编号：16BZW022）阶段性研究成果。

[1] [法]布尔迪厄：《艺术的法则：文学场的生成和结构》，刘晖译，中央编译出版社2001年版，第276页。

力量。本土文化与他者文化的相互融合与渗透在孙悟空视觉形象的生产中得以充分展现。

一 全球流通的中国文化符号

孙悟空视觉形象作为一种视觉艺术有其创作的具体语境,构成孙悟空视觉形象的各种元素以具象的形式对社会历史事件进行了独特的记述。孙悟空视觉形象生产的背后隐藏了多种力量,它不仅是纯粹的艺术形式,也是不同文化与资本争夺的场域。孙悟空作为一个流动变异的视觉符号,在不同的文化语境中被生产出来,而后进入特定语境中的交流和传播场域,被特定的接受者解码。孙悟空形象在编码过程中,从一个虚构的文学人物转换成概念再物化为符号,同是孙悟空,在不同的编码路径中呈现出完全不同的视觉符号形态,其间涉及众多文化政治问题、社会变迁、日常生活的情感想象等。"编码是一个复杂的意识形态植入程序,编码者所属的文化、历史、政治和价值观会隐蔽地或显著地植入形象。"[1] 从孙悟空视觉形象的生产到视觉符号的表征,其间充满了偏离和变异,"正是这些偏离和变异为形象生产带来无限的可能性,为植入不同的意识形态和价值观提供了广阔空间"[2]。在不同时期和不同国家地区,孙悟空视觉形象呈现出不同的特征,经历了从妖性到猴性到神性,再到人性的变化趋势,最为直观的变化体现在造型与面相上,这与当时社会的文化政治、审美习俗、经济交往密切相关。从视觉形象来说,海外孙悟空视觉形象是多种文化的复合体,是特定历史时期文化审美交流与经济来往的具体表达,反映出各国文化交流与融通的状况。在这个全球化的孙悟空视觉形象系统中,日韩、欧美、东南亚各国塑造的孙悟空形象异常丰富、各具特色,无论是日韩的创意改编,还是欧美国家的文化政治编码,抑或是东南亚华人群体的信仰寄托,地方性经验与全球化的普遍经验都参与其中,并成为形象生产的重要制约力量。

孙悟空作为一个虚构的艺术形象,从产生到被熟知再到海外传播,其路径和具体场景已无法再还原。学界对此多有研究,也产生了多种具有代表性的研究观点。其中可以肯定的一点是,孙悟空形象随《西游记》在东方的传播远早于西方。由于与中国处于同一个文化圈,地理位置上也相隔不远,孙悟空形象在日韩与东南亚各国较早获得传播,明清时期即有大量的《西游记》版本传入日本并不断被改写。日本最早在1926 年对《西游记》进行了剧场版动画改编,而后着力在漫画、动漫、影视剧和游戏等多元图像类型中建构孙悟空视觉形象。据统计,日本国内相关作品数量之多在全球西游作品谱系中名列前茅,塑造了极为多元化的孙悟空视觉形象,成为社会和学界共同关注的重点对象。在"键工房纺喜堂"[3] 的个人网站中,分类整理了《西游记》经由改编后的大众文化产品,有影像、漫画、小说等,成为当下具有重要参考价值的文献资料。

---

[1] 周宪:《当代中国的视觉文化研究》,译林出版社 2017 年版,第 26 页。
[2] 周宪:《当代中国的视觉文化研究》,译林出版社 2017 年版,第 26 页。
[3] http://www.ne.jp/asahi/kagiya/tsumugidou/key.index.htm.

图 1　日本，电影《孙悟空》，由三木纪平扮演孙悟空，1959 年①

图 2　日本，电影《孙悟空》，榎本健一扮演孙悟空，1940 年②

图 3　日本，电影《西游记》，香取慎吾扮演孙悟空，2007 年③

图 4　日本，游戏《FINAL FANTASY XIV：A REALM REBORN》/《最终幻想 14：重生之境》（原版名称：ファイナルファンタジー XIV：新生エオルゼア），2014 年④

---

① 图 1 来源：豆瓣电影，https：//movie.douban.com/subject/2302598/。
② 图 2 来源：豆瓣电影，https：//movie.douban.com/subject/2302599/? from＝tag_all。
③ 图 3 来源：https：//baike.baidu.com/item/%E8%A5%BF%E6%B8%B8%E8%AE%B0/15870549? fr＝aladdin。
④ 图 4 来源：https：//ff14.huijiwiki.com/wiki/%E9%BD%90%E5%A4%A9%E5%A4%A7%E5%9C%A3。
由日本游戏开发史克威尔艾尼克斯（Square Enix）开发的 3D 大型多人在线角色扮演游戏，于 2014 年 4 月 23 日开启首测，于 2014 年 8 月 27 日在中国大陆正式公测，是最终幻想系列的第十四部游戏作品。在全球最大的 MMO 媒体 MMOsite 上，《最终幻想 14》获得了"最佳新作 MMO 游戏奖""最受欢迎 MMORPG 奖""最佳画面奖""最佳音效奖"殊荣，以及在 M！Games Magazine 上获得了"必玩游戏"奖项。

韩国也是东亚极具文化生产力的国家,相关文献记载《西游记》于高丽末期开始传入韩国。20世纪80年代以来,韩国经济和文化崛起,产生了与《西游记》相关的诸多文化产品并受到韩国大众的欢迎,呈现出以儿童文学为主的改编、反映韩国本土文化、现代化全球化的发展趋向和幻想性不断增加的特征。① 以儿童文学《幻想西游记》在韩国的逐渐走红为例,孙悟空脚踩滑轮,头戴头盔,金箍棒变成了双节棍,形象天真可爱,充满童真,极大地满足了少年儿童的游戏心理,并带动了相关的漫画、动画片、游戏、戏剧等儿童大众文化产品的蓬勃发展。影视领域对《西游记》的相关改编也收获了众多关注。由真人扮演的孙悟空,或是年轻俊朗的现代男性,如2014年由演员李昇基主演,根据原著改编的电视剧《花游记》;或是身着劣质机甲风服装、搞笑猥琐的中年男子,如2011年由申东晔导演的喜剧电影《西游记归来》。

图5 韩国,动画片《幻想西游记》,1986年②    图6 韩国,电影《西游记归来》,2011年③    图7 韩国,电视剧《花游记》,2014年④

美国的孙悟空形象自成体系,得益于美国自身强大的动漫产业、影视行业和游戏产业基础,其在形象创造中熔铸了多种创新元素,具有鲜明的文化特色和强大的文化影响力。在美国的孙悟空视觉形象系统中,儿童化、超人化、机甲化和猛兽化是形象生产的主导倾向。从20世纪40年代至今出版的图书中,以儿童为目标阅读群体的相关漫画改编和插图丛书有几十种,其所创作的孙悟空视觉形象具有幼稚化、萌化、保留较多动物性的特点。而在影视和游戏的生产中,出现在各种动画、游戏视频中的孙悟空,或被塑造成凶猛的远古巨兽,或被赋予美国英雄——钢铁侠和汽车人的形象特

---

① [韩]宋贞和:《韩国大众文化中的〈西游记〉》,《明清小说研究》2008年第4期。
② 图5来源:https://baijihao.baidu.com/s? id=1710890457896170039。
③ 图6来源:https://baike.baidu.com/item/%E8%A5%BF%E6%B8%B8%E8%AE%B0%E5%BD%92%E6%9D%A5/3958893? fr=aladdin。
④ 图7来源:https://baike.baidu.com/item/%E8%8A%B1%E6%B8%B8%E8%AE%B0/20862127? fr=aladdin。

质,浑身盔甲,装备精良,或是成为机动灵活的机械人,等等。

图 8　美国,漫画《超时空猴王》①

图 9　美国,《Spiderman VS SunWukong》动画视频②

《西游记》故事在成书以前就已经跟随移民以戏曲等艺术形式和民间信仰的形式传播到了东南亚各国,传播主体主要是出于生存、战争、经商等原因下海的中国沿海地区人民,由此在东南亚地区发展出了独特的齐天大圣文化。《西游记》成书之后,文本成为主要传播形式,并被当地文化资源利用改编,以电影、连环画等多种艺术形式出现在东南亚当地人民的视野中。在印尼广泛传播的"西游戏"剧种中,布袋戏塑造了经典多样的孙悟空形象。潮剧则是《西游记》在泰国流传广泛的途径之一。除此之外,

---

① 图 8 来源:https://www.bilibili.com/read/cv546212?from=category_2。
② 图 9 来源:https://haokan.baidu.com/v?pd=wisenatural&vid=7105520524219360301。

图 10 美国，游戏《Warframe 星际战甲》，2013 年

资料来源：https：//www.ali213.net/news/html/2015-9/182301_3.html。

孙悟空也在 18 世纪末随《西游记》由崇拜信仰途径被华人移民带到泰国。[①] 在泰国，祭拜孙悟空或信仰所谓"大圣爷""大圣佛祖""猴面神"的风俗有很长的历史，多数地区都有把孙悟空作为神仙敬仰的传统。分布在东南亚各国、由移民的华人群体兴建的大圣佛祖庙成为大圣信仰"实体化"的主要表现。在这些庙宇中，孙悟空形象被极大地圣像化了。依据泰国学者谢玉冰的调查，泰国全国 40 余座庙宇，所建的 50—60 尊大圣塑像，大都是取自文学作品中所描绘出来的形象，即猴脸孙悟空，头上戴着嵌金花帽，手持如意金箍棒，或者如意、鞭子、桃子、串珠等。有的穿着孙悟空西天取经路上的虎皮衣，有的身穿齐天大圣袍服。但在整体的形态上，孙悟空与其他人物的圣像塑造方式保持一致，多以雕塑坐像的形式呈现，姿态端庄，面部表情凝重。猴首人身，面红，头戴金箍圈，头顶凤翅紫金冠，两眼圆凸，向上或向前瞪视，嘴角由两端往下沉。人身则穿齐天大圣的正式袍服，有些手持金箍棒作棒打式样，有些手握拳，都是威风凛凛，气势十足。虽然取自文学作品中的形象描绘，但为适应寺庙供奉的场合，创作者极大地剔除了原著孙悟空形象的顽皮猴性特征，着力于彰显孙悟空身上的神性和佛性特征。

---

① ［泰］谢玉冰：《〈西游记〉在泰国的传播、再现与衍生》，《国际汉学》2018 年第 2 期。

图 11　泰国曼谷大圣佛祖庙"齐天大圣"塑像[①]

图 12　齐天大圣灵符[②]

[①] [泰]谢玉冰:《神猴:印度"哈奴曼"和中国"孙悟空"的故事在泰国的传播》,社会科学文献出版社 2017 年版,第 71 页。

[②] [泰]谢玉冰:《神猴:印度"哈奴曼"和中国"孙悟空"的故事在泰国的传播》,社会科学文献出版社 2017 年版,第 84 页。

二 文化认同：视觉感知的双向互动

孙悟空形象诞生后，作为西游文化中塑造的个性最为鲜明、人物内涵丰富的角色，随着《西游记》的传播不断被经典化和符号化，其独特的形象文化特质使其不仅成为中国文化的审美表征符号，也是全球流通的文化符号，地方性和普遍性在孙悟空身上得到完美的融合。跨地域传播数百年的孙悟空视觉形象，无论是整体形象还是金箍棒、筋斗云等附属元素，都经历了多重变异，承载了多层文化意旨，其符号所指也在不断变迁当中，由此衍生出多层文化意涵和情感指向。无论如何变迁，构成孙悟空视觉形象的基本符码仍然在场，既是原生语境的地方性审美经验的延续，也成为海外不同民族文化对中国文化产生认同的基础。而海外民族国家对孙悟空形象的这种文化认同正是对其进行再造的基础。孙悟空视觉形象的海外变异以原生形象为本，渗入了本民族的独特情感，借助技术和传播手段在全球语境中被不断改写，建立在地方性经验基础上的中国形象在新时代成为全球文化交流的媒介。

在吉尔兹看来，一个人的情感经验是富于变异性的、与其文化息息相关的，植根于他所经历和所从影响的社会，而这种情感经验"往往会变异性地指定他的视觉经验"。[①] 早就从中国引入了《西游记》的日本，与中国同属一个文化圈，无论是在孙悟空形象内核还是特征塑造等方面，两国之间都具有强大的文化认同基础。孙悟空形象在日本从接受到改编历时一个多世纪，在原有形象的基础上，受到日本传统的武士道精神和"物哀"美学思想的影响，崇尚武力、意志坚强、侠肝义胆等精神都被赋予在日本孙悟空形象的塑造中。典型代表如影响了一代中国人的鸟山明笔下的《龙珠》，其所塑造的孙悟空形象身着蓝紫色武道服、白腰带与黑色练功鞋，凸显出了孙悟空对于武道的追求以及他对自身强大的渴望。而手冢治虫的动画《我的孙悟空》则用一种漫画的方式表现了孙悟空纯真善良的孩童品质与细腻的情感。特殊历史时期的文化社会现实也会反映在视觉形象的塑造上。以日本1940年由东宝映画出品的战时电影《榎本健一的孙悟空》为例，这部电影在制作阶段就被有意渗入了"时局"色彩，主动迎合所谓"东亚共荣"的日本"国策"。孙悟空为了战胜妖怪变成了日本国民英雄桃太郎、新选组等形象，孙悟空的武器也由金箍棒变成了战斗机、机关枪等现代化武器，这种变异的英雄形象迎合了民众渴望战争胜利的心理需求，在战时背景下收获了不少关注。

由文化艺术传统和社会历史导致的形象生产的地方性差异，实际上与情感认同息息相关。"文化差异植根于情感之中，也植根于不同民族对个人和社会关系本质的思考之中。"[②]

[①] ［美］克利福德·吉尔兹：《地方性知识：阐释人类学论文集》，王海龙、张家瑄译，中央编译出版社2000年版，第133页。

[②] ［美］马尔库斯、费彻尔：《作为文化批评的人类学：一个人文学科的实验时代》，王铭铭等译，生活·读书·新知三联书店1998年版，第72页。

图 13　日本，电影《孙悟空》①，1940 年②

不同的文化对于情感的表达不尽相同，以视觉形象作为情感认同的载体，鲜明地反映出不同民族和地区对个人和社会关系的不同思考。中国沿海地区由民间发展起来的齐天大圣信仰，由于地区文化背景的差异，采取了不同的孙悟空形象的表征方式。早先在中国文化语境中塑造的孙悟空审美形象，由于地域环境等原因，其地方性色彩非常强烈。而后在海外传播过程中，孙悟空形象呈现出多种地方文化的融合特点，既具有民间早期猿猴信仰的特征，又受到西游故事文本塑造的"齐天大圣"艺术形象的熏陶。因此，在齐天大圣神像的表征上，既呈现出早期猿猴信仰的动物性特征，又受到文本形象描写的影响而增添了神性。祭拜仪式成为信仰的具体表征，能够使得个体对深刻烙印在他们内心的文化象征产生归属感，并缓解移民的焦虑心理。③ 在东南亚多国，齐天大圣信仰传播广泛，由华人社区扩展到当地族群中，并不断被实体化，大圣佛祖庙也因此成为地区的标志性建筑。正如贾克·玛奎所说，男女形象在一个文化中的呈现方式蕴涵了文化价值观，使我们也能够触及该文化群体中成员生活里的想象世界，"他们怎么想象神与灵，他们如何感受神灵的影响，以及他们希望借什么方式与神灵产生关系。……从其他文化来的形象都有其政治、经济的背景。这些被接受文化统合的方式，反映了两个不同文化间的关系。"④ 由于生存困境而出海谋生的闽粤两省人民，在各种灾祸的威胁下，祈求于能治疗百病消除灾祸的神祇——孙悟空，期望它能保佑自己渡过艰难险阻，在得偿所愿后他们以修建庙宇供奉神像的方式来表达自己对神的敬意。

除了大圣佛祖像的护佑作用，通过戏剧表演传播的孙悟空形象更多作为思念故乡的寄托和文化认同展现的工具而存在。戏剧表演在一定的公共空间中展开，势必需要考虑到视觉的公共维度，"一个人有意识地参与到更大的集体中，能更强有力也更有效

---

① 导演山本嘉次郎，东宝公司投拍，本片的特摄是圆谷英二负责。编剧是山形雄策（原作）/山本嘉次郎。主演：榎本健一/岸井明/金井俊夫/柳田贞一/北村武夫。轻歌剧电影。该影片不仅在上映后迅速占领票房榜首位，单日观众人数更创下日剧剧场开馆以来的最高纪录，并且 2003 年该影片又被复刻出版发行，被研究者称为日本西游记题材电影史上"最有影响力"的一部。该片又名《榎健的孙悟空》，其前身是舞台轻歌剧《榎健的西游记》。

② 图 13 来源：豆瓣电影，https://movie.douban.com/subject/2302599/all_photos。

③ [美] 马尔库斯、费彻尔：《作为文化批评的人类学：一个人文学科的实验时代》，王铭铭等译，生活·读书·新知三联书店 1998 年版，第 93 页。

④ [美] 贾克·玛奎：《美感经验：一位人类学者眼中的视觉艺术》，武珊珊等译，台北：雄狮图书股份有限公司 2003 年版，第 117 页。

地形塑其认同"。① 对于因各种原因移居东南亚的华人群体来说，西游戏剧表演、大圣佛祖庙的祭奠仪式等公共空间提供了一个可供观看和分享经验的地方，不仅有华人群体，还吸引了东南亚当地民众的参与。"无论自觉与否，他们都参与到一种散漫的集体认同的生产之中。"② 在这种公共性的视觉文化中，华人移民群体甚至当地族群人民共同、同时参与这种传统/现代艺术娱乐形式，对于华人群体的想象共同体的建构和主体民族身份的彰显都是至关重要的，而孙悟空视觉形象成为这一认同构建的重要媒介。孙悟空视觉形象在此作为一种"象征符号"出场，传递出特定的形象特质和文化特质的意义。不同于其他符号，象征符号是它们所代表之物的一部分，因此，当观者参与这种经验，超越知识而了解象征符号之时，也是观者与符号意旨相连之时。③ 无论华人群体在何处落地生根，对齐天大圣的信仰及对其形象的深刻文化记忆和强烈的认同感时刻伴随，并在群体中不断传承，祭拜仪式作为一种共有的参与式经验，超越了时空的限制，孙悟空形象于此重获生机。

近现代以来，技术的飞速发展使之成为视觉形象在全球生产与传播的重要引领因素，技术创新让地方性经验得以快速而又深刻地被普遍化。随着文化传播媒介与传播方式的快速发展，孙悟空视觉形象经历了多重机制的审美变形，生产出了不同的审美幻象。同时，在技术的参与下，孙悟空视觉形象的生产与流通的新方式层出不穷，在全球化秩序中建构了多种人与形象之间的互动模式，随之带来了不同的认同方式。以全球互联网为基础形成的数字虚拟空间成为集体经验的重要场所和大众生存的语境，在其中，新的感知模式以及新的社会主体不断地被重塑。技术所构成的"艺术总是在改变我们的接受官能和接受形式"。④ 技术在建构人们的感觉系统、审美经验和感性生活方面有着重要的能动性和生产性，在从文化认同走向情感共同体的过程中发挥着越来越重要的作用。

数字时代以来，计算机技术的发展在视觉形象的制作与呈现方面产生了巨大影响，3D 数码技术、电脑生成图像技术（CGI）、数字特技技术（CG）等技术手段大大丰富了孙悟空视觉形象的表现方式。奇妙的视觉效果结合形象的文化内涵，生产出了与原著和原生语境极大不同的视觉形象及内涵，表征的是全球技术浪潮下的对地方文化的偏重和对奇观效果的追求，极大地拓展了视觉形象呈现的可能性。技术也使得孙悟空视觉形象的塑造空间变大，在视觉表达上的可塑性也更强，银幕和游戏中人物形象的立体化和动作特效的技术化，可供重塑的视觉形象细节增多，人物装备及形象塑造更为多元，迎合不同观者的心理需求，科技感和未来感增强的同时，也会添加一系列彰显地方性文化的因素，使得人物形象更加饱满和丰富。以日本和美国动漫与游戏产业

---

① 彭丽君：《哈哈镜：中国视觉现代性》，上海书店出版社 2013 年版，第 152 页。
② 彭丽君：《哈哈镜：中国视觉现代性》，上海书店出版社 2013 年版，第 185 页。
③ ［美］贾克·玛奎：《美感经验：一位人类学者眼中的视觉艺术》，武珊珊等译，台北：雄狮图书股份有限公司 2003 年版，第 155 页。
④ ［德］沃尔夫冈·韦尔施：《重构美学》，陆扬、张岩冰译，上海译文出版社 2002 年版，第 228 页。

为例，其兴盛离不开强大的数字技术的加持。在形象生产方面，依托强大而细微的毛发处理技术、角色造型设计和场景设计，描绘出具有科技感和力量感的孙悟空视觉形象，极大提升了视觉形象的表现力，展现出震撼与逼真的效果。同时，数字技术作为一种辅助方式，与形象、动作、场景、音乐等因素密切结合，更能引发受众的情感认同，达到技术与情感表达的完美融合。技术使得地方性特征能够以另一种方式表现得更加显著，也在潜移默化中形塑了不同的集体认同。

无论是齐天大圣神像还是其他文化艺术产品，猴脸、金箍、如意棒、战甲等元素由这些艺术形象所共享，被涵括在同一个"视觉秩序"中，成为指认孙悟空形象的重要视觉符号。孙悟空作为共同的视觉符号，指向了不同群体的共同审美认同。这种认同首先是群体对民族身份的认同，通过孙悟空这样一个被想象出来的视觉形象符号，以及赋予到孙悟空身上的民族身份、民间信仰力量、艺术形象魅力，民族情感得以表达。然而在中华民族以外的、由多个国家地区构成的视觉共同体中，孙悟空已经不仅仅是一个民族认同的符号，基于技术的助力与传播，孙悟空作为一个审美符号，能够跨越国家、阶级、语言、信仰，消除个体之间的差异，最终使之走向审美的认同。以孙悟空为中心的审美文化，加强了不同民族与国家之间的交流，促进了文化之间的融合创新和再生产。借由构建于民间信仰、经济贸易、艺术交流等基础上的文化认同，齐天大圣—孙悟空不仅成为海外民族与国家共同的文化和审美符号，还对海外地域文化的发展与转变过程产生了潜移默化的影响。孙悟空域外形象及其信仰价值、对经济文化生产的助推力，在促进不同国家民族情感联系与价值认同机制的建立，并获得不同国家民众的认同与支持方面具有不可替代的积极影响。

三 审美认同：情感共同体的视觉表达

孙悟空是典型的中国文化符号，作为文化交流的产物穿梭在世界各国。各个国家和民族以其独特的地方性经验为依托，对孙悟空形象进行改造。但不论怎样流通，小说描写的孙悟空原型是孙悟空海外形象变形的根源性所在，同时也是审美认同、文化认同发生的一个确定的源点所在。由于这个地方性经验的存在，不论是具象、抽象还是美化、丑化的孙悟空视觉形象，都能在观者心目中投射出共同的文化元素，个体与民族的信念与价值、全球文化的多样性与独特性都在孙悟空视觉形象的变形中得到表征。

霍尔认为同一文化中的成员必须共享文化信码，这种文化信码使他们能以大致相似的方法去思考、感受和解释世界。① 在中国文化语境中，经典动画《大闹天宫》和六小龄童塑造的形象大获成功，已经成为孙悟空以及中国文化的典型代表。《大闹天宫》和六小龄童就是这种"文化信码"，通过他们的塑造，孙悟空形象获得了更加具象化和

---

① ［英］斯图尔特·霍尔：《表征：文化表象与意指实践》，徐亮、陆兴华译，商务印书馆2003年版，第4页。

人性化的审美表达。同时，电影和电视剧的叙事语言衍生出了一套独特的文化表征系统，"我们的概念、形象和情感就在这系统中，代表和表征着那些在世上的或也许'在世外'的事物"。[①] 孙悟空视觉形象在海外的不断再生产，说明其成为表征民族文化认同、构建形象流通领域中人们审美共同感的关键信码。孙悟空形象被符号化的过程也说明了其艺术形象具有产生文化价值的巨大潜能。

情感认同、文化认同以及民族认同就产生于表征系统的双向建构中，这种编码意味着独特意义的生产，经过流通而后在不同国家和民族那里采用了不同的解码方式，提供了多种文化对话和文化交流的机会。作为一种同时具有物质与精神、空间与时间、视觉与听觉双重特征的审美形象，孙悟空形象的多种文化内涵在海外的审美变形中被激活，与其他文本共同构成一个互文本，并在互文本中获得了一种特殊表达，蕴涵了独特的内涵，并建立起了个体与民族国家、单个民族国家与整个世界之间的深层联系，物质性的材料转变为能够表征现实关系的文化形象和审美形象。

这种情感、文化与审美的认同，正是孙悟空视觉形象得以在文化创意产业不断被再生产的重要前提条件。在日常生活审美化的创意经济时代，"文化产业的出现直接转向了对大众审美欲望的满足与开发"。[②] 消费产品不仅止于满足消费者的物质需要，还需要具有审美价值。孙悟空形象在文化创意产业中是重要的审美生产符号，全球流通的孙悟空视觉形象文化产品同时满足了审美需要的物质性和文化性两个维度。根据不同地区的审美需要和审美习惯，孙悟空被不同的地方性文化塑造，与当地文化社会产生深层次的勾连，甚至成为当地重要的文化标志物。而对消费者个体来说，审美产品"并非仅仅承载欲望和信仰，而是在个人身上烙下集体感官的共同印记"[③]。在消费文化创意产品的同时，消费者收获的不仅是一个物质或精神实体，更是这一形象所承载的文化记忆和审美内涵，这种审美消费更能加深消费者的文化认同感。这种审美认同感以文化消费的方式彰显出来，成为孙悟空视觉形象在当代的重要生产机制之一。

自1926年首次将《西游记》改编成剧场动画以来，日本生产了大量相关的大众文化商品。吸收了西欧近代科学技术的日本，在经济飞速发展的基础上大力支持国民文化事业，积极引进《西游记》相关文学作品，将其改编为适合本土传播的内容，不断创造出新的文化商品。例如峰仓和也创作的漫画《最游记》在超过20年的连载过程中，派生出了包括广播剧、角色歌、OVA、电视动画、剧场版动画、小说和游戏等大量衍生作品，2019年以其为蓝本进行改编的本土化音乐剧《最游记歌坛传》在日本东京上演，演员椎名鲷造饰演孙悟空，其造型以漫画中的形象为基础，身着红色背心、

---

① [英] 斯图尔特·霍尔：《表征：文化表象与意指实践》，徐亮、陆兴华译，商务印书馆2003年版，第4页。
② [法] 奥利维耶·阿苏利：《审美资本主义：品味的工业化》，黄琰译，华东师范大学出版社2013年版，第165页。
③ [法] 奥利维耶·阿苏利：《审美资本主义：品味的工业化》，黄琰译，华东师范大学出版社2013年版，第72页。

黄色披肩、牛仔裤和运动鞋,棕色头发和金色发带,手持红色金箍棒,是典型的日本青少年形象。美国著名的国际性在线艺术社区 devaintART[①],作为一个大型国际性社群网站,为专业创作者及业余爱好者提供发表数字化艺术作品和讨论交流的线上平台。在网站中输入"悟空""孙悟空""美猴王""monkey king""wukong""goko"等关键词进行搜索,可以发现上万件相关的艺术作品。全球各地的不同创作者,根据自己的理解,运用数字化技术创作出不同类型和风格的孙悟空视觉形象,萌系动画风格、暗黑游戏风格、野性动物风格和俊秀少年形象风格充斥其中,成为一个巨大的艺术宝库。创作者还可以通过平台对其作品进行销售,在全球具有极大文化影响力的孙悟空形象成为文化生产的重要艺术资源。

图 14　日本,舞台音乐剧《最游记歌剧传》,续作《最游记歌剧传—Oasis》,2019 年[②]

音乐剧是 20 世纪在西方发展起来的一门集歌、舞、剧于一体的综合舞台艺术,经过百余年的锤炼,形成了一套成熟的市场运作体系,在高科技的舞美技术支持下能够实现视听效果的完美结合。受其文化传统的影响,音乐剧是欧美国家人民重要的文化消费项目。《西游记》传播至西方国家后,采用音乐剧形式对其进行改编上演,成为欧美剧院上座率极高的热门节目。由华裔导演陈士争导演的杂技音乐剧《美猴王:西游记》,融合了西方流行元素和中国古典文化,在欧美各大著名剧院中进行巡演,获得了多个戏剧大奖。由演员王璐扮演的孙悟空,头戴金箍,白色桃心脸上以红色突出眉、眼、鼻,身着黄色运动服,身后拖着一条松垮垮的尾巴,散发着难以驯服的动物野性。这部音乐剧还采用电子流行音乐作为背景音乐,在华丽的视觉呈现中孙悟空在舞台上飞舞打斗。2001 年由美国 Alison Chase Performance[③] 剧院导演的杂技表演《Monkey and the White Bone Demon》(《猴子与白骨恶魔》),改编自《西游记》中的《孙悟空三打白骨精》情节,由黑人杂技演员扮演的孙悟空踩着高跷、身穿贴身棕色甲衣、手持金箍棒,在棍棒飞舞间与白骨精打斗,上演了一出精彩的杂技表演。2013 年由百老汇

---

① https://www.deviantart.com.
② 图 14 来源:https://www.moejam.com/news/29642.html。
③ http://alisonchase.org/.

团队担纲制作的音乐剧《大梦神猴》(Monkey King: A Browdway-Style Musical),将美国百老汇和迪士尼的文化表现形式与中国传统文化元素结合,以《西游记》中的"大闹天宫"为蓝本和素材,围绕神猴的一段梦幻经历展开,由美国知名黑人演员阿波罗·莱维恩(Apollo Levine)扮演,身着时装、操着一口流利的美式英语、在音乐中炫酷亮相的"黑人猴王",以全新的视角和演绎方式,展现了一个充满国际范儿的中国"超级神猴"英雄形象。

图 15　杂技音乐剧《美猴王:西游记》,演员王璐扮演孙悟空[①]

图 16　美国,杂技表演《Monkey and the White Bone Demon》(《猴子与白骨恶魔》),2001 年[②]

在东南亚地区的文化经济生产中,被重新塑造的、符合当地审美品位与文化信仰要求的孙悟空视觉形象成为重要宣传卖点。孙悟空作为文化商品中的审美因素,扩展了商品的文化价值和艺术含量,介入了商品附加值的生产。例如随着泰国旅游业的发展和中国游客增加的浪潮,以大圣佛祖信仰为背景的大圣佛牌开始盛行,坐像的、站像的、绘画样式的孙悟空佛牌遍布市场。在这个过程中,孙悟空视觉符号被改写,在泰国寺庙传播的过程中被打下了本土化的烙印,与当地文化高度融合,在迎合泰国民众的生活和审美习惯的同时,在文化经济产品上生成了新的融合中外审美的"审美附加值",也增加了文化产品上的"经济附加值",实现了审美文化的互通和经济的融通发展。

---

① 图 15 来源:http://news.sohu.com/20130625/n379764820.shtml。
② 图 16 来源:http://alisonchase.org/monkey。

图 17　音乐剧《大梦神猴》①

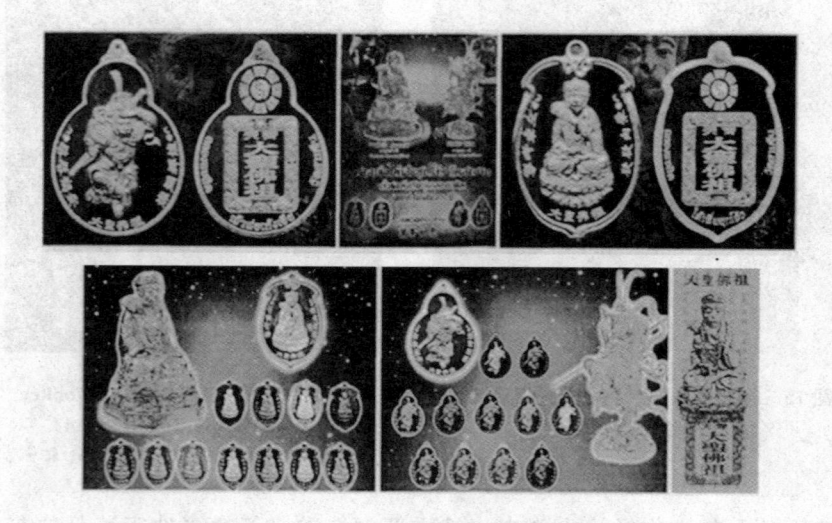

图 18　佛牌名称：大圣佛祖（曼谷大圣佛祖庙中的海报）②

　　孙悟空视觉形象在全球社会，既有信仰和艺术的形式，又有商品的形式，这些工业产品和文化产品，促成了不同地区群体中的全新的同时性观念的生成，也是让这一文化认同和情感认同延续下去的一个重要条件。孙悟空视觉形象的展示瞬间，蕴涵了一种同时性的经验，创造了和谐一致的场合，也提供了使这一由民族文化符号建构起来的想象共同体在视觉形象展示之中获得展演的机会。各种影视改编、西游戏曲、文化产品，共同确立了一个大的互文性的框架，不同视觉形象之间相互指涉，在不同群体中逐渐成型的新的文化认同和审美认同，很大一部分是由这些文化产品所灌注的。

---

①　图 17 来源：https://www.chinanews.com.cn/cul/2013/11-26/5548950.shtml。
②　张充：《泰国大众文化下的〈西游记〉》，博士学位论文，天津师范大学，2014 年，第 141 页。

这些文化产品和文化活动通过不断再现、重塑和上演,接续性地把族群的注意力召唤到日常的生产与生活中,强化了群体的审美认同。技术革新下建构的视觉奇观,齐天大圣信仰在海外群体中的不断传播,旅游业的发展等等有利因素,一步步促进了孙悟空形象及文化内涵的传播。通过审美消费、宗教仪式等公共文化行为,参与者更加确信其所想象的共同体就根植于他们的日常生活中,是清晰可见的、具身性的、能触摸和切身体验到的。孙悟空视觉形象在社会中根深蒂固,在情感上将我们联系在一起,不因为距离和社群而有所分割。跨越了几个世纪的孙悟空视觉形象,在当代跨越了同质的、空洞的时间,也超越了地理上原本无法跨越的空间,具有一种同时性,也披上了一种神圣的色彩,成为"中国性/民族性"的代表。

结　语

在海外传播过程中,无论孙悟空视觉形象如何改变,如何被异文化同化,仍然具有它的符号象征体系,在将其自身敞开于观者的眼前时,仍能够唤醒原初的共同经验和地方性文化记忆。但是,不可否认的是,在技术发展、信仰转变、社会变迁的背景下,我们面对的是一个充满视听体验的想象的世界,视觉形象在这个世界不断地扩展和再生产。依托孙悟空视觉形象建立起来的审美共同体,需要经由多个特殊事物,如动漫影视、游戏、塑像、佛牌、广告等,展现出独特的地方性特征,在当地社会形成关于孙悟空形象的普遍性的形式,进而扩展至全球范围内。与此同时,在全球技术革新进步、齐天大圣信仰扩散、文化工业发展、旅游业繁荣的当下,人们理解世界的方式正在发生根本的变化,对孙悟空视觉形象的理解也日新月异。多种形态的孙悟空视觉形象,彰显了不同区域的群体原初的地方性文化记忆和地方性审美经验,同时也体现了时代和异文化对形象的塑造特点。尤其是21世纪以来,借由多种力量,孙悟空视觉形象通过不同的渠道和途径被生产和传播,对其形象的新的理解在不同阶层和不同民族当中不断扩展。在全球化趋势下,这种新形象、新理解也经由各种渠道返还到其原初的生产语境——中国大陆,并产生了较大的反响。这种传播也使得孙悟空视觉形象不断与当地文化融合,逐渐具有了当地的文化特征和表现风格,在内涵和表现形式方面都逐渐贴近当地人的日常生活,产生了与原初语境不同的奇妙特质。原本拥有不同文化背景的人聚集在同一个文化情境和视觉维度中,地方性审美经验与全球化、普遍化的审美经验同时集中在一个视觉形象上,审美认同和文化认同的神圣意义得到更深层次的解读。

从"地方"到"中国":
当代中国情感结构的听觉表征
——以华阴老腔为考察中心

田欣瑶[*]

(复旦大学中国语言文学系 上海 200433)

摘 要:华阴老腔作为携带中国传统文化内核的听觉艺术,成为建构当代多元文化价值与意义内涵不可或缺的地方性因素。"华阴老腔"的跨媒介演历是文化与政治、技术与资本、地方化与全球化等多重因素共同作用的结果。通过对不同时空结构中华阴老腔听觉表征的考察,从"地方"到"中国"社会文化的总体性变迁中探寻时代经验和价值观念,实现文化肌理的多重表达与听觉经验的意义生成。华阴老腔作为沉淀于多元文化交融的地方性声音景观,呈现当代中国复杂而又深沉的"情感结构"。

关键词:华阴老腔;情感结构;听觉表征;地方;中国

从传统地方的"老腔皮影戏"到当代主流文化舞台的艺术展演,华阴老腔从氏族—权力的象征,乡村生活的投影,甚至参与到现代审美文化的生产和再生产中,与电影、话剧、流行乐等多元文化艺术结合。老腔作为中国文化特有的听觉文本,从传统到当下时间的遥远以及乡土到城市空间的偏远中,触摸整个时代不断流动生成的"情感结构"。作为地方性的声音景观,老腔以其特有的听觉表征方式,细致深刻地呈现一个时代总体性生活方式的文化肌理与情感体验。在"地方"到"中国"时代文化语境的变迁中,通过华阴老腔的听觉表征,获得听觉经验与价值观念的意义生成,实现文化认同、身份建构与情感流转的多元统一。

一 传统与当下的相互叠合:时间结构的听觉表征

"当下"作为本真性的时间场域,每个存在于"当下"的大众都携带过去的记忆。

---

[*] 作者简介:田欣瑶(1997—),浙江宁波人,复旦大学中国语言文学系博士研究生,主要研究方向为文艺美学。
基金项目:国家社会科学基金一般项目"孙悟空视觉形象与中国视觉经验的表达机制研究"(项目编号:16BZW022)阶段性研究成果。

过去的经验通过回忆被当下占有,并参与当下感知经验与情感体悟的生成。华阴老腔作为一种古老的、地方的声音艺术,对其听觉表征的考察从可被直观感知、过去时间的"滞留"中,找寻老腔与当代审美经验与情感记忆的联结点,建构传统与当下相互叠合的独特时间经验。

华阴老腔作为老腔群体共享的声音信码,通过对声音符号的表征获得意义的生产,成为其建构听觉经验的自我表征方式。随着社会、文化、经济、思想等时代语境的变迁,在时间的传承流转中老腔作为一个不断被改写重塑并延续至今的听觉文本,具有艺术的审美维度。受到封建氏族文化的制约,作为氏族家戏的传统老腔以"老腔皮影戏"的幕后帮腔方式呈现,氏族强烈的封闭性限制老腔对于外部世界的认知,并以世袭制的形式,恪守口传心授的传承方式,代代沿袭发展,在班社成员与剧目设置等方面均严格规定,演出程序往往以神戏开场,剧目多以《三打白骨精》《隋唐演义》《封神榜》等神话历史题材为主,具有祈福禳灾的神性寓意。老腔的听觉表征在氏族文化与宇宙神性的声音联结中具有祭祀秩序构建、仪式精神娱乐的双重特性。传统氏族社会老腔对于时间结构的表征,将时间熔铸于生命周期的绵延,并非丧失对线性时间流的精确感受,而是在与神性精神的通达和仪式信仰的接续中"再次重返和重过先人的生活方式"[①]。作为"绵延"在氏族内部,联结神性与信仰的独特"生命时间",经由老腔实现对生命周期的"复活"与"回溯"。

如同"时间化石"的封存,"老腔皮影戏"与外在社会的自我断裂直至20世纪50年代才发生转变。随着社会政治语境的变革与皮影戏的日渐衰微,老腔逐渐摆脱戏曲银幕的限制从幕后走向台前进行审美表达机制的革新。老腔的听觉表征打破家族戏的禁锢,从封闭时间的限制中脱身而出与自然社会相连,在田间垄上吼起的一曲老腔成为民众结束繁忙农事后,自然原生情感的疏泄。乡土文化社会中老腔群体以"日出而作、日落而息"的农业生产时间进行劳作,其时间结构"与深度的、宇宙的、生命节奏相连"[②],是宏观的自然时间。无论是在封建氏族社会,通过声音文本表征族群"生命周期"的时间体悟,还是在乡土社会的华阴,建构自然生产的"生命节奏",老腔的时间结构并非线性流俗的时间领会,而是混融在群体生命周期与自然生产中,与生命节奏和生命过程相连,并在听觉经验的建构中获得生命感知的永恒留存。电影《老腔》通过对老腔艺人白毛的人生书写,呈现老腔皮影"传子传内"的氏族袭承方式,50年代后以听觉表征的审美变革将老腔带回人与自然的生产生活中,直至千禧时代多元文化浪潮让古老的听觉艺术在当下重获新生。华阴老腔的生命节奏与时代变革随时间结构的流转紧密交织,在过去到当下的时间跨度中老腔从人生中提取情趣,将"生活本

---

① [英] 安东尼·吉斯登:《现代性与自我认同:现代晚期的自我与社会》,赵旭东、方文、王铭铭译,生活·读书·新知三联书店1998年版,第174页。
② [法] 亨利·列斐伏尔:《日常生活批判》(第2卷),齐茂、倪晓晖译,社会科学文献出版社2017年版,第231页。

身建构为艺术品"[1]，一曲老腔成为寻唤生命意蕴的方式。

声音作为真实世界的隐喻，其强大的渗透力与文化生活的转变紧密相连，具有浓厚的社会性与时代感。改革开放后，社会主义市场经济的发展推动文化艺术产业的变革，各个文化之维声音的解放与凸显促使众声喧哗成为新的时代现实，在现代审美文化"多声部"的"合奏"与"共振"中，老腔迎接新的发展机遇。1993年电影《活着》虽依旧采用皮影戏的幕后帮腔形式，却是由传统单一听觉呈现向现代视听双重表征方式的初次尝试，推动华阴老腔审美艺术的现代变革。"奴和潘郎宵宿久，象牙床上任你游"唱出作为福贵少爷的惬意。"文仲心中好惨伤，可恨老贼姜飞雄"展现其走街卖艺生活处境与心理境遇的悲惨。随着皮影被置入阳光下，福贵被共产党拯救重新唱起"广成子拾起翻天印，宝印起处疼煞人"。大炼钢铁时"赤精子使起阴阳镜，宝镜照得月难唤，吩咐一声莫怠慢"唱出斗志昂扬的饱满精神。音乐作为"未来时代的预示者"，其"是先知性的，而社会体制则与之应和"。[2]老腔《封神榜》的四次吼唱暗指福贵身份命运的几番沉浮并预示社会的转变，其作为时代发展的"先声"，将人物命运与时代背景紧密勾连，成为建构中国时代语境转变的听觉表征。1995年电影《桃花满天红》中老腔《人面桃花》的三次出现推动影片的情节叙事。在姚府和庙会上的两次演唱，拉开满天红与桃花爱情悲剧序幕，而影片结尾处在对民间婚丧奇观场面的视觉塑造及老腔粗犷原生的听觉呈现中，从皮影戏子到霸山匪徒的满天红与众多走州过县的班社成员，用婉转悲切的"苦音"齐声吼唱"去年今日此门中，人面桃花相映红；人面不知何处去，桃花依旧笑春风"，完成"人面桃花"的悲剧落幕。华阴老腔在参与现代时间"蒙太奇"的审美艺术表征中，实现对时间结构的重塑。

不同于历史建筑、博物馆艺术，甚至于绘画作品中的场景人物，声音的脆弱本质使其常常还未保存就已消失，现代技术媒介促使古老独特的老腔之声在参与当代多元文化的审美再生产进程中得以留存。声音的可复制性改变大众的聆听习惯，录音技术的出现实现对声音"本真性"的固定，成为一个可被感知经受的独立文本。老腔的听觉表征以可被无限复制、凝固留存、快速传递的感知经验表达，实现"固定或分解时间，或'重启'一次穿越时间的运动"[3]。作为现代、前现代和后现代多元叠合的"当下"时间场域，经由不断"外绽"感知世界的"技术义肢"[4]，实现对身体难以触及时间之流的拓展，使得原本割裂历史与期待的听觉艺术在传统向当下的重返中实现时间边界的触碰。华阴老腔的听觉表征未被标准、同质的当代时间结构湮没，作为对同一文化的疏离地带，以建构多元杂糅的时间流动，体现出异质、复杂的多维面向。2015

---

[1] [美] 理查德·舒斯特曼：《生活即审美：审美经验与生活艺术》，彭锋译，北京大学出版社2007年版，第49页。

[2] [法] 贾克·阿达利：《噪音：音乐的政治经济学》，宋素凤、翁桂堂译，上海人民出版社2000年版，第2—4页。

[3] [法] 米希尔·希翁：《声音》，张艾弓译，北京大学出版社2013年版，第198页。

[4] [法] 保罗·维利里奥：《消失的美学》，杨凯麟译，河南大学出版社2018年版，第134页。

年谭维维以质朴的传统老腔与现代流行摇滚结合的独特方式演唱《给你一点颜色》,歌曲在两种听觉艺术的接续相融中将老腔绵延、自然的"生命节奏"与摇滚粗糙、即刻的时间经验联结,实现两组异质时间流在"当下"的并置。传统与现代共存、融贯成为群体在当下时间中的生命记忆与情感体验,在两种声音艺术表征的区分与共融中带来审美想象边界的拓展,建构多元、异质的时间流动,实现传统与当下在时间维度的叠合,以此表征极富当代感的听觉经验与独特化的时间结构。

现代流行乐《给你一点颜色》继承老腔一唱众喝的演唱模式及"拉坡调"的板腔形式,并在摇滚乐中融入《太阳圆月亮弯都在天上》和《关中古歌》两首经典老腔。歌曲在领唱张喜民喊唱"伙计哎,操家伙"中开场,其余四人用地道的关中方言,以近乎念白式的口吻激昂吼唱:"他大舅他二舅都是他舅,高桌子低板凳都是木头。太阳圆月亮弯都在天上。"谭维维紧接着用独特的黑头戏曲唱法,边击铜镲边演唱"女娲娘娘补了天,剩下块石头是华山"。音乐伴随着月琴、板胡、惊木等传统民族打击乐器,与摇滚乐队中吉他、贝司、键盘等现代电子乐器交叠。在谭维维与老腔艺人一唱一和的互动中古老自然的传统之声被带入当下审美艺术之维,实现传统质朴与现代狂野的激情碰撞。歌词的前四句是:"女娲娘娘补了天,剩下块石头是华山。鸟儿背着太阳飞,东边飞到西那边。"音乐在对原始神话的描述中实现对过往时间的追忆,暗示上天赐予我们土地,应该倍加珍惜。然而现实生活环境的惨淡使其发出对自然人性的诘问:"为什么天空变成灰色?为什么大地没有绿色?为什么人心不是红色?为什么雪山成了黑色?"歌词在过去与当下时间对照中呈现出对原始自然的情感追忆,时而婉转悲切、时而慷慨激昂的情感将音乐所要表达敬天畏地、保护生态的时代主题蕴涵其中。老腔艺人在现代舞台的展演中均没有如常一板一眼、正襟危坐,而是随意走动、席地而蹴,尤其在高潮部分张四全老人冲上台前,挥动惊木在舞台中央奋力敲打条凳,展现原始生命力量的勃发。老腔艺人毫无雕饰、野性自然的身体展演与摇滚夸张的自由宣泄相得益彰,在自然和自由的交织、融贯与重叠中建构一个充满张力的和谐声音世界,将古朴自然的"生命节奏"带入现代流行乐的情感舒张中,实现华阴老腔从传统到当下多元叠合、融通的时间经受。

过去作为个体生命时间的重要组成部分,"每一个个体的心灵背后都拖着一长串记忆"。① 过往记忆与情感延续在当下时间的敞开中,《给你一点颜色》作为重返过去并与当下时间叠合的声音艺术,通过声音信码凝结群体,在想象、记忆与时间的交叠下成为渗透个人情感记忆、包涵内在精神指向、逃脱时间侵蚀的听觉表征。老腔与摇滚的声音交融消解传统到当下的时间距离,声音建构的时间"蒙太奇"将时间切分并重组,带来我们时间体验的延长。在传统与当下互动、渗透与共融中老腔内部本己的、最为真切的审美经验与情感体悟被带入当下时间之流,"消失的声音"在当下得以被重新固

---

① [法] 莫里斯·哈布瓦赫:《论集体记忆》,毕然、郭金华译,上海人民出版社 2002 年版,第 70 页。

定，实现现代先锋音乐与古老声音艺术的对话。"只有增加对历史的深度透视，才能发掘出隐涵的，但却仍在当代生活中起作用的东西。"① 过去通过记忆被表征在当下，当下通过再回忆获得意义的延续，成为一个活的时间。老腔的时间结构在对过往的回溯与当下的融贯中将我们身处的时代与时代的史前史并置为一个时间的"星丛"，俘获并穿透"遗失真实瞬间和时间绵延"② 的当下时间经验。华阴老腔的听觉表征停顿于传统到当下多维时间结构的缝隙中，获得当代中国的审美经验与情感体悟，建构一个新的审美文化空间。

二 乡村与城市的流动性：空间结构的听觉表征

"地方"作为传统文化的精神内核和民族血脉的根源肇始，熔铸于我们情感心灵深处。华阴老腔作为表征"乡土中国"地方文化的声音符码，其深厚的凝聚力在乡村到城市的空间流转中穿透地缘与人群的界限，成为意义不断流动、生成的声音空间媒介。在对华阴老腔听觉表征与情感想象的接续中，凝结群体的情感记忆与精神归属，建构"乡土中国"的社会空间结构和文化价值内涵。

相较于现代城市空间，华阴泉店村具有相对独立的地方空间特质。以氏族村落为生存单位且以地方命名的老腔剧种，这一特殊的地缘环境决定其极强的封闭性，以此保持其地方文化及地方性审美经验的独立完整。初期作为家戏上演的老腔皮影以族群亲缘文化与神性信仰为依托，建构氏族社会的声音景观。当政治、经济等因素均处于相对稳定的时段，氏族的情感联结和身份认同依靠相同的血缘关系和共同的文化传承，以"血缘—宗法"为统领建构权力运作边界。老腔皮影戏在婚丧嫁娶、祭祀庙会等特定仪式场景内凝聚并巩固以血缘为基础的宗亲社会，演出剧目③随空间的转场发生改变，实现对老腔仪式化"音声"④ 空间的听觉表征。电影《老腔》力图通过影像呈现氏族文化、封建思想与权力制度的紧密交织，在祠堂村庙、婚丧嫁娶等仪式场景的空间隐喻中，作为象征符号的老腔之声成为建构氏族权力等级秩序、稳定族群情感心理的听觉表征。封闭的地域环境、古老的氏族观念、传统的文化亲缘思想、严格的班社规定以及族群的质朴淳厚成为皮影老腔地方性听觉经验独立完整的重要前提。老腔的听觉表征经由仪式化的音声空间，穿透族群内部的生命肌理，成为编织地方文化、表征氏族权力、建构宗族身份、获得情感认同的意义之网。

---

① ［加拿大］查尔斯·泰勒:《自我的根源:现代认同的形成》，韩震译，译林出版社2001年版，第784页。
② ［德］卢茨·科普尼克:《慢下来:走向当代美学》，石甜、王大桥译，东方出版社2020年版，第43页。
③ 据《中国戏曲音乐集成·陕西卷·老腔分卷》记载:"老腔皮影戏"在丧事中上演《刘备大报仇》等行孝片段；在喜事中上演《罗通扫北》等男女恋爱故事；在拜寿时演出《八仙庆寿》等片段；在庙会中演绎《封神演艺》等神话历史题材。
④ "音声"是学者曹本冶在对仪式音乐的研究中，为了突破以往以"音乐—非音乐"和"仪式音乐—非仪式音乐"两类对立观念的思维定势所提出的概念。仪式与音声在物质、意识、关系的空间叠合中，获得音声表述。

传统老腔与一种对现代发展不敏感、注重自给自足，而非资本积累的前现代农耕文明紧密相连。随着表征宗族"权力—仪式"音声空间的被打破，社群成员的空间流动引发氏族内部的分裂与分离，以血缘亲疏为基础的氏族文化被共通的地缘文化替代。老腔的听觉表征在地方文化空间与自然生产空间的整一中，建构存在于田间垄上、户外戏台，农业生产劳作等物质化的声音空间地图。《古韵乡趣》呈现存在于"乡土中国"空间中的老腔艺术，在村民充满日常生活气息、质朴自然的演唱中建构乡土文化的空间图景。"一个人对于生活的感知表现在生活的各个方面，不仅表现在艺术上，还表现在人们的宗教观、道德观、商业观、技术观、政治观，甚至还表现在他们任何安排日常生活现实存在的方式上。"[①] 老腔作为群体成员共享的声音信码，在自然生产空间的听觉漫步中将地缘文化下的个体凝结为整一群体，继而在情感维度否认社会空间的"分离"，获得地方文化的共通感。作为"乡村中国"的听觉表征，一曲老腔在对群体听觉经验与审美情感的塑造中，成为"一种知识观念和认知世界的角度"[②]，实现对地方文化想象、建构身份认同、凝结乡村亲密社会的空间投影。

随着社会现代化、市场化进程的加深，日益紧密的城乡联系推动老腔从乡野田间融入城市文化。老腔物质化的声音空间，穿行于城乡地理空间的"分离"，并在情感的深处将两者纽结与缝合，实现从"乡土中国"到"城市中国"空间结构的转向。步入转型期的20世纪90年代，传统与现代、东方与西方多元文化的碰撞与交融推动听觉艺术进入可被复制、生产的消费时代。在独一复多的声音交织中，可捕捉、留存、复制的地方声音逐渐参与现代审美文化的再生产活动，物质化的声音空间被"声音空间的错位"和"重新空间化"[③] 取代。乡土空间的老腔表征立足言语声音的口耳相传，与"仪式—权力"的工具化建构和自然生产生活的情感表达直接相关。技术媒介参与下的城市空间为老腔艺术提供"幻想"的动力，真实地缘空间的消解带来听觉表征场域的拓展，作为地方之声的华阴老腔在"技术—文化"的叠合场域进行现代审美文化的再生产。技术影像时代的来临对视觉感受力的凸显，打破中国传统听觉文化的本源地位，当声音沦为画面的附庸，必将带来听觉经验的弱化，损坏听觉意义的建构。作为主体存在的华阴老腔在多元艺术的媒介空间中被视觉影像侵袭、湮没直至缺失，这种缺失不仅是老腔艺术主体性的缺位，更是作为"此在"主体在当代文化空间的不在场。诸如20世纪90年代电影《活着》与《桃花满天红》，老腔艺人的倾情配唱只是以视觉影像的附庸形式，作为声音元素被符号化表征为丧失质感的切面，成为"他者"目光下的古老之声。

---

① [美]克利福德·吉尔兹：《地方性知识：阐释人类学论文集》，王海龙、张家瑄译，中央编译出版社2000年版，第124页。

② [英]大卫·哈维：《后现代状况：对文化变迁之缘起的探究》，阎嘉译，商务印书馆2003年版，第93—94页。

③ [美]乔治·E.马尔库斯、弗雷德·R.迈尔斯：《文化交流：重塑艺术和人类学》，阿嘎佐诗、梁永佳译，广西师范大学出版社2010年版，第115页。

当代媒介技术的参与不仅丢失老腔作为"原件"的本真性，并且在地缘空间的分离与现代仪式场景的缺乏中，群体的文化认同、情感共鸣与身份建构面对时代文化的突转和多元文化空间的"杂糅"难以实现，独立完整的地方性审美经验被迫撕裂。这种撕裂在经验层面上是一种深度的文化创伤，造成群体的认同危机，然而这种撕裂也可能成为改造、发展地方文化的推动力量。① 声音来源与再生产的分离改写既往的听觉经验，老腔的当代展演实现群体心理空间与地缘空间的再度重叠，在听觉的再度表征中获得审美情感的填补与地方性审美经验的深度弥合。2006年话剧《白鹿原》的上演推动老腔作为地方文化的现代飞跃，话剧为突出乡土的自然野性，演员台词一改往日的京腔京韵，采用关中方言，穿插演唱的老腔将舞台在心理层面划分为现代展演空间与白鹿原乡土空间。一群穿着黑蓝土布粗衣，各执乐器的老汉在舞台尽情挥洒激情，"将令一声震山川，人披衣甲马上鞍，大小儿郎齐呐喊，催动人马到阵前"，粗犷狂放的声音响彻殿堂，在惊木的敲击中将铁马奔腾、拔剑挥舞的视觉画面用声音呈现，实现两个空间的心理联结。作为乡土空间的听觉表征，老腔与话剧的结合成为一种良好的开端，为古老地方的老腔之声找寻与现代对接的时代方法②，进行听觉表征空间结构的多重拓展。

老腔与现代多元审美表征的对接实现空间结构的流动扩展，作为想象性生成的地方空间意义内涵不再空洞，在现代展演实践中构筑文化留存的最后堡垒。技术革命的强烈冲击将一切纳入信息流，地理空间的传统概念被重组纳入数字化信息的范式中，以电子化、非历史性"流动空间"③的生成替代传统分离、区隔的"地方空间"。"流动空间"在对"变幻不定的空间地点"④呈现中将时间转为虚拟文本，以"无时间的时间"⑤展现生命周期的模糊，同时在与现实场景的交织中实现对心理空间记忆碎片的重新建构。记忆凝固为对过往生活场景的印记，"被追忆的时间始终都不是流动的，而是对体验过的场所和空间的记忆"。⑥ 老腔作为表征"乡土中国"的记忆之声，记忆的"疆界化"功能⑦将那些储藏于地方文化的痕迹碎片凝结为空间的知觉，并在当下数字空间

---

① 王杰：《现代审美问题：人类学的反思》，北京大学出版社2013年版，第113页。
② 2003年老腔进行大胆革新，在《古韵乡趣》中首次将皮影与音乐剥离，实现老腔在现代从幕后"失语"转向台前展演。2006年老腔被列入首批国家级非物质文化遗产名录。2007年登上中央电视台"千秋华宴—春节戏曲晚会"舞台，同年受邀参加中国文联于人民大会堂举办的"百花迎春"春节联欢晚会演出。在国家大剧院的舞台演出中逐渐受到国外观众的关注，并走出国门去美国和意大利演出。2008年华阴老腔与西班牙吉他大师在"放歌世博·上海世界音乐周"举行演出，优雅奔放与粗犷狂放的两种艺术在音乐厅实现声音的联结。2009年华阴老腔参加全国"女娲杯"文艺会演，并赴上海、深圳、香港等地进行演出。2010年应邀先后到日本、德国、美国演出。参加2013年西安草莓音乐节、2013年长江迷笛音乐节、2014年太原自然醒音乐节等。
③ [美]曼纽尔·卡斯特尔：《网络社会的崛起》，夏铸九、王志弘译，社会科学文献出版社2001年版，第524页。
④ [英]安东尼·吉登斯：《现代性与自我认同：现代晚期的自我与社会》，赵旭东、方文、王铭铭译，生活·读书·新知三联书店1998年版，第274页。
⑤ [英]雷蒙德·威廉斯：《漫长的革命》，倪伟译，上海人民出版社2003年版，第564页。
⑥ [英]大卫·哈维：《后现代状况：对文化变迁之缘起的探究》，阎嘉译，商务印书馆2003年版，第273页。
⑦ [美]乔纳森·克拉里：《知觉的悬置：注意力、景观与现代文化》，沈语冰、贺玉高译，江苏凤凰美术出版社2017年版，第268页。

的流转中实现对乡土空间的再度表征与地方性审美经验的现代建构。

华阴老腔进入国家大剧院与现代音乐厅,在听觉表征"高雅化"空间提升中使其成为具有社会区隔的声音符码。跨文化的异地展演在对地缘性声音空间的突破中,实现地方文化向大众文化空间的靠近。参加各类文艺比赛并参与现代审美艺术的再度表征完成流动性空间结构的多维跳跃。老腔与摇滚结合的《华阴老腔一声喊》并非建构传统以视觉为主导的声像联结,而是在老腔听觉表征中将感知有意识地集中于对声音景观的塑造,在视听和谐的张力空间内将可视知觉投射为听觉感受,进而成功促成老腔迈进春晚——国内顶级主流文化的展演空间。《华阴老腔一生喊》凭借老腔艺人毫无雕饰的"满堂吼",喊出老腔坚毅的情感内涵与刚烈的经验特质,经由声音实现对"乡土中国"的寻唤,建构以情感为中心的"声音共同体"。为彰显作为地方文化的老腔之声在当代多元文化空间的独特性,谭维维在演唱中结合关中方言特点呈现老腔原始乡野的声音特质,诸如"喊得那巨灵劈华山"中以"山"字的拐音唱法及"巨灵""劈"字的滑音唱法勾起城市大众的乡土情怀。在舞台空间的呈现方面,将演员纯朴的服饰装扮、席地而坐的自然行为,砸板凳、大海碗、旱烟袋等视觉符码与原始唱腔、乐器、伴奏所建构的听觉符码结合,在对老腔"本真性"的现代探索实践中实现对"乡土中国"空间原始纯然的震撼以及自然朴素美感的听觉表征。

作为传统地方小戏的华阴老腔在现代审美艺术的再生产实践中,其质朴原生的音乐特质成为当代多元文化空间中一种稀缺的文化资源。华阴老腔的地方特质在与精英文化、主流文化、大众文化等多元文化空间的流动中,并没有褪去遥远、模糊的暗淡存在,而是在"本真性"声音的现代留存中建构地方文化空间的情感记忆。并在听觉表征场域的无限敞开中融入当代审美艺术的多元文化空间,与高雅艺术、通俗艺术、流行艺术、先锋艺术等同台展演,实现基于差异性的平等对话,重获生命自由舒展的张力。作为声音空间结构的塑造者,老腔见证并参与中国当代文化的听觉表征与社会时代语境的空间流转,实现声音地图的空间漫步。从氏族社会仪式场景的音声空间、乡间地头自然化的生产生活空间、数字化技术的声像空间、娱乐化的大众消费空间、国家演播厅的主流文化空间……老腔的听觉表征在流动性的空间结构中形塑当代多元异质的文化样态。华阴老腔不再是封闭、乡野的地方文化之声,而是参与当下审美艺术的再生产,建构当代中国的听觉经验与审美表达机制。老腔在从边缘地方到主流中心、从"乡土中国"到"城市中国"的听觉表征实践中,实现从乡野之声到庙堂之乐的空间飞跃。

三 地方性声音景观:当代中国情感结构的一种听觉表达

声音以幽微的姿态附身于文化、观念、情感等形态中形塑关于生活世界的声音景观,经由听觉文化在技术、资本、政治、审美等诸多因素中实现对当代中国情感结构的表征。雷蒙德·威廉斯认为文化具有时空特性，而"情感结构"作为一个时代文化的重要表征被"视为溶解流动中的社会经验"①，是特定时空下群体共享的文化经验，是"所有因素带来的特殊的、现存的结果"。②华阴老腔作为地方文化的声音景观，存在于大众日常生活、生产过程、家庭结构和社会组织等现实文化中，并与主体鲜活、微妙、变动的情感体验相关联，成为一个时代"总体性生活方式"的听觉经验呈现。

传统氏族文化的强力封闭特质促使老腔皮影戏在生命绵延的时间经受和仪式场景的空间体悟中实现声音景观的塑造。作为时代情感结构的听觉表达，老腔的听觉经验在对氏族社会的文化认同与情感依附中实现稳定等级秩序、建构权力制度，形塑族群对权威的崇拜与依赖。老腔皮影戏作为情感的仪式表达和族群的共同信仰，建构群体精神内涵与文化价值内核最为稳固、深沉的情感结构。封建氏族文化随着20世纪50年代社会结构的巨大转型逐渐消亡，步入前现代农耕文明的老腔在时代语境的转变中不断自我革新。改革后的新老腔在演员阵容、音乐唱腔、角色分置、乐器伴奏、演出剧目等方面均发生变革③，并与时代文化价值观念紧密结合。老腔现代戏《深翻地》中将农民对土地原生情感的依附嵌入"乡土中国"声音景观中，实现对整个时代听觉习性的塑造。在文化认知与情感领域经由老腔将个人的听觉经受与时代的听觉经验联结，成为建构农民身份认同、表征社会变革思潮的"声音共同体"。

华阴老腔的现代自我革新冲破氏族文化的封建枷锁与地缘限制，在"乡土中国"向"城市中国"时代文化的巨大转型中，对作为声音信码的老腔表征"通向不间断的意义'游戏'或滑动，通向新意义和新解释的生产"。④20世纪90年代数字技术产生知觉感受力的拓展带来观看、聆听、触碰等多重知觉模式，实现对当代多元感知经验的建构。老腔在与电影、话剧、广告等现代审美艺术的多重交叠中，其地方文化的边界成为可渗透的薄膜，实现对其多元感知经受的声音景观塑造。面对内化于技术媒介的知觉分裂，主体心理的情感投入与多元技术感知的节奏不可分割，感受力的转换不可避免。我们"分心的知觉"⑤面对声音的嘈杂纷乱与视觉文化的强力冲击，引发听觉感受力的钝化与惰性倾向。2006年话剧《白鹿原》的首演在老腔《太阳圆月亮弯都在天上》的开场曲中获得满堂彩，将老腔推至台前打开与戏曲、民歌甚至交响乐的合作。

---

① [英]雷蒙德·威廉斯：《马克思主义与文学》，王尔勃、周莉译，河南大学出版社2008年版，第141页。
② [英]雷蒙德·威廉斯：《漫长的革命》，倪伟译，上海人民出版社2003年版，第57页。
③ 20世纪中叶华阴老腔仍沿用皮影形式呈现。1949年张泉生成立老腔皮影革新社，扩大演员阵容，以皮影、木偶两种形式演出，从组织机构、人员构成、演出剧种方面突破家族戏范围，并上演《穷人恨》《深翻地》等老腔现代戏。1958年老腔现代戏《深翻地》舞台首演，改变传统皮影幕后形式以真人扮演模式呈现。1959年以传统剧《借赵云》为蓝本，对音乐唱腔改革，配备文武场面，增加二胡、笛子等乐器，采用秦腔发声技巧，着重对板腔模式进行改造，并糅进秦腔和眉户的锣拨经，使唱腔更加高昂浑厚。60年代后，老腔吸收其他剧种的演出程序不断革新，如由"五人忙"到"多人忙"的舞台表演呈现，对晦涩难懂的唱腔唱词与古老原生曲调进行突破。
④ [英]斯图亚特·霍尔：《表征：文化表象与意指实践》，徐亮、陆兴华译，商务印书馆2003年版，第23页。
⑤ [美]乔纳森·克拉里：《知觉的悬置：注意力、景观与现代文化》，沈语冰、贺玉高译，江苏凤凰美术出版社2017年版，第38页。

多元艺术的融合催生老腔在现代"复活"的同时,诸多艺术表征借用老腔的声音元素,破坏听觉经验的整一与审美情感的连续。2013年老腔与现代歌舞结合的话剧《白鹿原》伤害老腔的文化底蕴。2016年音乐《我的祖国》中,老腔与古典乐团以缺乏意义内涵的声音拼贴将我们连贯性的听觉经验打破。声音从未像今天这样充盈饱满,但又缺乏真正内涵,而影像对声音中心地位的解构引发对老腔深度的文化伤害,电影、记录影像的老腔呈现方式使声音沦为画面的附庸,在视觉化的表层感知中产生大量难以进入深层意识的经验碎片。面对图像的驳杂与声音的过载,真实的老腔在当代难以抵御时代的侵蚀,在各个文化意义之维的表象解放中,大众感知经验贫乏的真实困境被掩盖。知觉感知的过剩与现代神经餍足引发经验的堕落与贬值,将我们塑造为"微不足道的衰弱群体"[①]。

技术加速带来社会运转速率的提升与生活节奏的加快,快速飞逝的现代社会带来速度化的经受模式并对经验领域进行瓦解。技术对感受力的统摄使得老腔连贯整一的听觉经验被打破,在快速强力的瞬时"震惊"中变得断裂、易逝与碎片化,引发大众"情感收支和感觉结构"[②]的转变。"技术高歌猛进、传统信念贬值"[③],老腔在当下被数字技术消耗,逐渐趋向于娱乐化、快感式的听觉表征。然而技术加速带来时间经验的贫乏与体验的紧缩同时,更引发稠密、多样化的经验方式,为传统老腔的现代表征探寻新出路。作为传统、边缘的华阴老腔,从地方文化脱身而出参与审美经验与情感结构的塑造,在当代文化语境中建构自身存在的意义。多元化的审美表征实现对古老之声的现代幻想,老腔建构的声音景观成为时代文化的避难所,通过将过去的时间带回当下,将地方遥远的空间拉近,在充满张力的情感结构中实现对心理距离的消解及内在亲密性的唤起,获得"历史天使"的审美情感救赎。2012年电影《白鹿原》对众割麦者在辛劳结束后吼起老腔《将令》进行视听呈现,在锣鼓敲响与胡琴嘶鸣的背景伴奏中以"将令一声震山川"激昂开场,将粗犷刚烈的老腔与秦地的剽悍桀骜结合,固定机位的采用力求全景展示老腔的自然原生,同时影片结尾用质朴的声音唱出"风花雪月平凡事,笑看奇闻说炎凉,悲欢离合观世相,百态人生话沧桑",老腔的冷僻苍然与通黄的麦田相映照。在视听艺术双向呈现中引发感受力的审美惊奇与情感震颤,经由老腔实现对自然人性的讴歌,完成对古老地方的记忆指认与文化想象。老腔的经验感受在当下作为一种特殊的情感体验,在对自身本源的无限回溯中,对隐匿于整个时代文化语境下细腻丰富的情感结构进行改写和重塑。

作为听觉符码的华阴老腔在对当代文化语境的嵌入中建构其潜在内涵和意义价值。现代音乐《给你一点颜色》与《华阴老腔一声喊》将老腔与摇滚两种声音文本交叠共

---

① [德]瓦尔特·本雅明:《经验与贫乏》,王炳钧、杨劲译,百花文艺出版社1999年版,第253页。
② [德]哈尔特穆特·罗萨:《加速:现代社会中时间结构的转变》,董璐译,北京大学出版社2015年版,第67页。
③ [美]尼尔·波斯曼:《技术垄断:文化向技术投降》,何道宽译,北京大学出版社2007年版,第32页。

融，成为建构当代中国听觉经验与情感结构的多元表征探索。由劳动号子演变的老腔，其刚劲高亢的声音特质和乐器伴奏与现代摇滚厚重低沉的音域实现完整性互补，建构极富张力的声音景观。在东方与西方、传统与现代、乡村与城市、戏曲与摇滚、弦乐与电声、古老与先锋、民间老艺人与摇滚女歌手的"互补性分化"[①]中实现两种听觉艺术的亲密依赖。谭维维的出现将老腔带回当下，在与主流文化的靠近中通过与现代摇滚乐的结合，塑造大众多元化的感知"习性"，建构地方性声音景观的时代意义。经由老腔实现对当代中国细腻丰富的听觉经验与审美的情感诉求进行表征，在当代情感结构的建构中获得对"乡土中国"的情感追忆、对人与自然的审美理解，对自我情感的感性发现以及对现代工具理性与科技神话引发时代生存危机的反思批判。

回归本土之声，找寻地方性的声音景观，让"听觉的风景"体现出文化价值与意义内涵成为时代的使命。当稳固深沉的情感在当下破裂，面对逐渐易逝的经验感受，在速度操控下的现代大众丧失存在的家园，难以建构自我身份的清晰与完满，成为游走的无根灵魂。声音激活大众的情感记忆与文化想象，在对过去经验的重返中为当代中国的情感结构找寻文化生存的根基，弥合传统与当下、乡村与城市分离所导致情感结构的撕裂。华阴老腔的本真性富有使人返璞归真的能力，正是凭借其原生自然、毫无雕饰、来自农民的激情演唱，勾起听众对古老自然的情感记忆以及对乡村地方的审美依恋，在对传统文化精神与真实人格理想的呼唤中找寻情感的寄托之所，捕获"过去和正在流逝的、明显慢下来的当下图景"[②]，获得生命力量的声音"共鸣"。经由留存于情感心灵深处的老腔之声实现对时空缝隙的填补，弥合不同时代、地域、阶层间的文化差异，在内在情感的接续中参与当代中国的社会生活范式。

华阴老腔以差异性的独特样态参与多元文化的时代进程获得对普遍化的共通。"独特的才是普遍的，正是因为有差异才使得我们彼此相像。"[③] 老腔并非以隔绝、强硬的姿态参与审美艺术的再生产活动，而是将其地方文化的特殊性与主流文化的普遍性融合，实现地方声音"本真性"的当代留存。一味强调多元与差异的对立只会造成文化与时代分离，最终导致文化的死亡，文化的发展正是在主流、新兴、剩余文化的不断博弈中实现动态演进。作为与主流文化保持一定距离的地方文化，老腔并非以剩余文化的样态被当代多元文化抛弃，而是以积极的姿态参与时代的社会转型，经由主流文化的吸收实现两者的和谐共融。自《古韵乡趣》将皮影与声音剥离进行老腔的现代改革，直到与现代摇滚的结合引发时代文化热潮，老腔被纳入当代多元文化的审美表征空间成为受世人关注的大众文化，并在对唱词的重新编排中参与国内顶级文化舞台的

---

① ［美］乔治·E. 马尔库斯、弗雷德·R. 迈尔斯：《文化交流：重塑艺术和人类学》，阿嘎佐诗、梁永佳译，广西师范大学出版社 2010 年版，第 121 页。

② ［美］克利福德·吉尔兹：《地方性知识：阐释人类学论文集》，王海龙、张家瑄译，中央编译出版社 2000 年版，第 22 页。

③ ［英］齐格蒙特·鲍曼：《现代性与矛盾性》，邵迎生译，商务印书馆 2003 年版，第 355 页。

演出，恰恰反映老腔积极融入时代文化，被主流文化接纳与吸收的过程。春晚舞台展演的《华阴老腔一声喊》在原版"周秦汉几千年，圪梁梁土塬塬"后，第二版中加入"不怕汗珠子摔八瓣，老百姓盼的是日子甜，盼盼盼甜甜甜"，唱词将新时代通过劳动获得幸福生活的主流价值观念蕴涵其中。依托数字技术，舞台背景随着时代语境的流转而不断变化，以契合观众的文化记忆和情感期待，建构一场视听盛宴。老腔以地方文化的特殊姿态，参与到当代听觉文化的表征实践中实现从特殊到普遍，从地方"乡音"向主流中心的靠近，建构当代中国不断"流动""溶解"的情感结构。

当代中国情感结构的形成受到文化、政治、技术、资本等多重时代因素的影响，经由听觉表征改写并重塑既往的感知经验，建构多元化的声音景观。当代文化语境中流动生发的情感结构无法脱离地方经验、乡村经验及过去经验，"乡土中国"作为一种凝聚、整一的深层情感，一个可以被无尽阐释的强力表征文本，成为整个时代文化深处情感结构的内核。老腔作为表征"乡土中国"的听觉文本，在声音的回旋及声像技术的时空流转中，成为联结民众经验、时代文化与思想情感的"声音共同体"，实现对社会生活的情感激活与意义建构，成为现代化进程中的精神依托。在过去与现代、古老与当下、边缘到主流、地方到中心、乡土中国到城市中国等声音的交织中，老腔战胜时间的飞逝与空间的破坏，成为可以容纳更多意旨、凝聚不同感知经验，建构当代中国多元情感结构的声音载体。

余 论

人们在不断感伤逐渐消失的声音景观的同时，古老的地方之声也在奋力争取，掌握表征其文化身份的想象性方式。近年来传统与现代结合的听觉表征模式在当代艺术场已屡见不鲜：王菲《但愿人长久》中采用古典诗词《水调歌头》；周华健《刀剑如梦》中融入扬琴伴奏；陶喆《苏三说》将京剧《女起解》融入现代说唱；老腔与黑撒乐队的《山丹丹花开红艳艳》将皮影带入进行老腔与摇滚的再度表征。在时代语境的转变中，经由文化的听觉表征再度获得精神内涵与意义价值。当下我们用于聆听的耳朵越发包容，可以容纳更加多元、异质的差异，以此实现对时代文化的整一认同。但文化的整一并非强调同质、消除个性与差异、将多元化的感知经验拉平，这会造成文化的均质与空洞，导致文化的死亡。文化的多元与整一是将处于边缘、地方、少数族群的文化带入当下，进行基于差异的平等对话，成为一个包容异质与差异的文化融合场。

面对现代化、全球化的时代浪潮，华阴老腔在"一声喊"后，边缘、小众的地方文化能否摆脱生存窘境实现身份的转变？在向当代文艺场的靠近中，是该保持传统质朴的乡野之声还是契合现代审美的不断创新？老腔的主流之路是否普遍？在文化竞技场中，古老原生的听觉文化在当代越发具有审美价值，以老腔为范本在传统与当下的时间叠合、乡村与城市的空间流动中，找寻情感结构中的"凝固"内核与"流动"生成。在现代多元听觉经验的塑造中,"乡土中国"成为情感结构最稳固的经验留存,当代中国的情感结构需要更多地方、乡村、过去的表征载体,在时代文化流转中缄默失语的人和事,成为熔铸在影像、音乐、文学、舞蹈等表达中不断溶解生成的情感结构。"民族的就是世界的"命题在当下越发具有现实效力,我们越发期许新的活态文本的融入,建构当代中国意义无限敞开的表征世界。

《红楼梦》与传统文化
("新红学"百年纪念专栏)

专栏按语

自胡适《红楼梦考证》至今，以严谨的现代学术方法研究《红楼梦》的新红学已经走过了百年历程，站在新的起跑线上。俞平伯、周汝昌、冯其庸、成穷等前辈学者都曾关注《红楼梦》与中国文化的相关研究议题。这一方面说明了《红楼梦》独特而持久的艺术魅力，另一方面也启示后学：《红楼梦》与它生长的那个时代文化密不可分，而这方面的探究依然空间广阔。面向未来的红学研究，理应有一个方向着力探究中国文化的知识、思想与信仰是如何在《红楼梦》这部名著中生根、成长并与之发生化合反应的。换言之，《红楼梦》的文化背景如何塑造了小说的艺术表达。这不仅是古代小说研究的重要课题，也是帮助我们认识、理解中国文化气韵生动的命脉与精髓的有益尝试。基于此，本栏目特约中央民族大学叶楚炎教授的《贾府中的"王家"：〈红楼梦〉的姻亲及其叙事作用》和北京大学医学人文学院李远达老师的《"私自的情理"：明清祭祀文化视域中的〈红楼梦〉私祭书写》两篇论文。前者从贾府中王家角度切入，探讨姻亲关系对小说叙事、人物塑造之影响，透露出传统婚姻文化对小说艺术构思的深刻影响。后者则试图从明清祭祀文化角度，串联起黛玉葬花、撮土焚香、假凤泣虚凰和宝玉诔晴雯等小说中经典私祭场景。然而，我们深知中国文化与《红楼梦》皆堪称博大精深，囿于学养与知识结构，本组文章只能是尝试之作，持以盖酱，就教于方家。

（李远达）

贾府中的"王家"：
《红楼梦》中的姻亲及其叙事作用

叶楚炎[*]

（中央民族大学文学院　北京　100081）

内容提要："王家"在《红楼梦》中发挥了极为重要的叙事作用。从情节构架上说，以姻亲王家为引线，小说开始进入贾府正文部分的叙述，而王家也成为与贾家、甄家相互缠绕、虚实相生的一条重要叙事线索。就人物形象而言，王熙凤性格中的大胆果决与刻毒等，都与其来自王家的家世背景，以及由这一背景所决定的其在贾府中的现实处境密切相关，而从这一角度着眼，邢夫人"尴尬人"的特质也得到了进一步的彰显。更为重要的是，围绕王家与贾家的婚姻关系，蕴涵并促生了诸多贾府内部的矛盾，这其中既有邢夫人与王熙凤之间的婆媳纠葛，也有邢夫人与王夫人之间蓄势待发的妯娌嫌隙，而陪房奴仆与贾府旧仆之间的利益对立，以及邢、王两夫人陪房之间的冲突更加剧了贾府内部错综复杂的局势并使之具有了一触即发的巨大潜能。

关键词：《红楼梦》；王家；姻亲；叙事作用

在《红楼梦》叙及的贾、王、史、薛四大家族中，贾氏家族的兴衰无疑是叙事的主线，其他几个家族的命运则被编织到这一叙事主线里。就编织而言，婚姻关系起到了至关重要的作用，几个家族彼此之间互相联姻，这也便是小说中所说的"这四家皆连络有亲"[①]：贾代善娶的是"金陵世勋史侯家的小姐"，即史太君；贾代善之次子贾政与王家结亲，贾政之妻便是宝玉之母王夫人；此后贾代善长子贾赦之子贾琏"亲上作亲，娶的就是政老爹夫人王氏之内侄女"，即王熙凤；王夫人的妹妹则嫁到薛家，便是薛宝钗之母薛姨妈；而王家与史家也是姻亲，在第七十回写道："王子腾之女许与保宁侯之子为妻"。这些婚姻关系不仅将四个家族连为一体，更勾连了小说中的诸多主要人物。梳理这些婚姻关系可以看到，在四个家族中，王氏家族是这些婚姻关系的核心：

---

　　[*] 作者简介：叶楚炎（1976—　），安徽黄山人，中央民族大学文学院教授，主要研究方向为中国古代小说及明清文学等。

　　[①] 曹雪芹著，无名氏续，程伟元、高鹗整理，中国艺术研究院红楼梦研究所校注：《红楼梦》，人民文学出版社2008年版，以下所引《红楼梦》正文除特别标注外，均出自本书，不再另注。

其与贾氏、薛氏、史氏都是姻亲，与贾氏更有两重姻缘，而小说的几个主要人物：贾宝玉、薛宝钗、王熙凤、王夫人、薛姨妈、贾政、贾琏等，也莫不与王家相关。事实上，王氏家族在贾府中的地位颇为特殊而重要，并且贾府中与王家有关联的人还不仅于此，本文便从王家与贾家的婚姻关系入手，探讨贾府中的"王家"对于小说叙事的影响。

一 简写与细摹：书写"王家"的两副笔墨

作为"钟鸣鼎食之家"，贾氏一族与诸多王公勋贵交往密切，以秦可卿之死以及贾母的生日等事件为契机，小说集中展现了与贾府有交往的这些王公勋贵，其中既有东平、南安、西宁、北静四王，也有当日与荣宁二家并称"八公"的镇国公、理国公等，但值得注意的是，贾氏家族却并未与这些王公联姻。在小说所叙及的贾府姻亲中，其祖分别位居保龄侯尚书令的史氏以及都太尉统制县伯的王氏都颇为显赫。除祖上的显贵之外，就现实的地位而言，又以王氏家族更为鼎盛，王夫人与薛姨妈的兄长王子腾任京营节度使，此后更是升任九省统制以及九省都检点。因此，也可以说，除了元春的婚姻，在前八十回中，与王氏家族缔结的姻缘是贾府最为高端且重要的婚姻关系。

从小说中写及的交往来看，贾、王两府日常往来颇为密切：在第六回，贾蓉向王熙凤借一架玻璃炕屏，而此物应是王子腾夫人送给王熙凤的；在第二十五回，先是王子腾夫人的寿诞，"薛姨妈同凤姐儿并贾家几个姊妹、宝钗、宝玉一齐都去了，至晚方回"；还是在此回，王子腾的夫人来到荣国府，恰逢宝玉和凤姐因魇魔法而疯癫，"王子腾夫人告辞去后，次日王子腾也来瞧问"；在第三十九回，王熙凤命人将菱粉糕和鸡油卷儿拿给李纨等人吃，而这也是"舅太太"即王子腾夫人处送来的；第五十四回，在新年正月中，"连宝玉只除王子腾家去了，余者亦皆不会"；第六十二回宝玉的生日，"王子腾那边，仍是一套衣服，一双鞋袜，一百寿桃，一百束上用银丝挂面"；在第七十回，黛玉等人正商议重建桃花社之事，"人回：'舅太太来了。姑娘出去请安。'因此大家都往前头来见王子腾的夫人，陪着说话。吃饭毕，又陪入园中来，各处游玩一遍。至晚饭后掌灯方去"；同在这一回：

> 这日王子腾的夫人又来接凤姐儿，一并请众甥男甥女闲乐一日。贾母和王夫人命宝玉、探春、林黛玉、宝钗四人同凤姐去。众人不敢违拗，只得回房去另妆饰了起来。五人作辞，去了一日，掌灯方回。

由以上列举可见，虽然这些叙述多湮没在小说的相关情节中，并不显眼，但在小说的前八十回里，贾家与王家保持着颇为密切的日常交往，并且这些日常交往由前至后以较为均匀的状态分布于前八十回中，成为小说主体叙事之下贯穿始终的一条隐线。

而同样值得关注的是，尽管作者绵密而细致地叙述了王家与贾家的这些交往，但所有的这些交往在具体的叙述中却都被一笔带过，从未铺叙开来。在相关的叙述中，我们非但无法知晓王子腾及其夫人的年貌怎样、性情如何，对于第七十回王子腾夫人在大观园中游历的经过以及宝玉、黛玉、宝钗等人在王家一日"闲乐"时究竟发生了怎样的情节也一无所知，这与对于刘姥姥游览大观园以及贾府众人外出在清虚观打醮等情节的详叙形成了鲜明的比对。

从最基本的层面来说，这可能与《红楼梦》的叙述惯例有关，例如第二十五回"王子腾夫人告辞去后，次日王子腾也来瞧问。接着小史侯家、邢夫人弟兄辈并各亲戚眷属都来瞧看"之处的甲戌本脂评所云："写外戚，亦避正文之繁"[①]，不仅是王家，在叙及史家、邢家等外戚的时候，作者也多用了这样的简笔。但从另一方面来看，虽然同为姻亲，但无论是地位之显赫重要还是与书中诸多主要人物的关系，其他外戚都不能与王家相提并论，因此，以对待其他外戚相同的简略笔法来处理与王家有关这些情节还是多少让人觉得有些奇怪。

需要指出的是，借由婚姻关系而形成的这些外戚不只是通过彼此之间的勾连呈现出贾府最为基本且重要的社会关系网络，从而为在小说中虚拟的贾府增添了现实世情的真实感，其也与小说的叙事息息相关。在小说的第二回"贾夫人仙逝扬州城，冷子兴演说荣国府"中，甲戌本有一段脂评：

> 未写荣府正人，先写外戚，是由远及近，由小至大也。若是先叙出荣府，然后一一叙及外戚，又一一至朋友、至奴仆，其死板拮据之笔，岂作十二钗人手中之物也？今先写外戚者，正是写荣国一府也。[②]

由此可见，贾府的外戚其实承担了引入小说正文的重要叙事功能，而在这一方面同样发挥了极为关键作用的，正是王氏家族。从小说叙事的层面看，刘姥姥是颇为重要的人物，正是通过刘姥姥一进荣国府，荣国府正文的叙述才正式展开。在刘姥姥出场之前，小说中有如下之语：

> 按荣府中一宅人合算起来，人口虽不多，从上至下也有三四百丁；虽事不多，一天也有一二十件，竟如乱麻一般，并无个头绪可作纲领。正寻思从那一件事自那一个人写起方妙，恰好忽从千里之外，芥豆之微，小小一个人家，因与荣府略有些瓜葛，这日正往荣府中来，因此便就此一家说来，倒还是头绪。

从这段话中我们可以领略作者设置刘姥姥这一人物及其相关情节的创作动机以及

---

① 曹雪芹：《脂砚斋重评石头记：甲戌本》，人民文学出版社2010年影印本，第379页。
② 曹雪芹：《脂砚斋重评石头记：甲戌本》，人民文学出版社2010年影印本，第40页。

过程，而这段话中所说的"与荣府略有些瓜葛"其实并非源于荣国府，而是来自王家："方才所说的这小小之家，乃本地人氏，姓王，祖上曾作过小小的一个京官，昔年与凤姐之祖王夫人之父认识。因贪王家的势利，便连了宗认作侄儿"，正是通过女婿狗儿与王氏家族这一层颇为疏远的关系，刘姥姥才能进入荣国府，小说也得以借此"千里之外，芥豆之微"的另一个王家开始递入正文。因此，小说不仅是以外戚作为正文的先声，更以外戚"连宗之族"的远亲作为引发正文的直接引线，与其说是刘姥姥正式开启了正文部分的叙述，不如说是"王家"引领了以后贾府正文部分的所有叙事更为恰切。

除了刘姥姥，贾雨村同样是担负了重要叙事功能的小说人物，贾雨村既是第一回便出场的小说起始人物之一，同时更以其一己之荣辱浮沉衬显并影响了荣、宁两府的兴衰变迁。而与狗儿祖父"便连了宗认作侄儿"相同，贾雨村在初会贾政时便"拿着宗侄的名帖，至荣府的门前投了"，也因此在第六回叙及狗儿祖父与王家连宗时，甲戌本脂评便有"与贾雨村遥遥相对"[①]之语。贾雨村的发迹亦与王家密切相关，在应天府任上，贾雨村胡乱断了葫芦案之后，便"急忙作书信二封，与贾政并京营节度使王子腾"。此后由于"王子腾累上保本"，贾雨村得以"候补京缺"。而与"王子腾升了九省都检点"同时，贾雨村也"补授了大司马，协理军机参赞朝政"。可以说，贾雨村的发迹既依赖于王子腾，也与王子腾的腾达相一致。

从叙事功能上说，贾雨村在第一回的出场引出了同样作为贾府外戚的林如海，并由此渐渐递入荣、宁二府，其作用与刘姥姥颇为类似。而从另一方面看，第一回的贾、甄两姓也伏案并揭示了此后小说意旨层面的主脉，而这一主脉不仅通过第一回的贾雨村与甄士隐显现出来，更蜿蜒起伏于小说后面的部分：贾氏家族与江南甄氏家族的虚实相生、宠辱与共同样是小说叙事与意旨的大关节。因此，对贾府的工笔描摹与对甄府的虚化处理也都是基于这一小说创作的需要。就此而言，前面所论在写及王府时的简笔也有与之类似的用意。

在第十六回有这样一段文字：

> 赵嬷嬷道："那是谁不知道的？如今还有个口号儿呢，说'东海少了白玉床，龙王来请江南王'，这说的就是奶奶府上了。还有如今现在江南的甄家，嗳哟哟，好势派！独他家接驾四次，若不是我们亲眼看见，告诉谁谁也不信的。别讲银子成了土泥，凭是世上所有的，没有不是堆山塞海的，'罪过可惜'四个字竟顾不得了。"

对于这段文字，甲戌本脂评有"甄家正是大关键、大节目，勿作泛泛口头语看"[②]之语，庚辰本脂评亦曰："点正题正文"[③]，从中都可看出甄家在小说中的重要性，而同

[①] 曹雪芹：《脂砚斋重评石头记：甲戌本》，人民文学出版社 2010 年影印本，第 164 页。
[②] 曹雪芹：《脂砚斋重评石头记：甲戌本》，人民文学出版社 2010 年影印本，第 341 页。
[③] 曹雪芹：《脂砚斋重评石头记：庚辰本》，人民文学出版社 2010 年影印本，第 334 页。

样关键的还有出现在这段话中的王家。在第六回刘姥姥说及与王氏家族的交往时,还有"想当初我和女儿还去过一遭。他们家的二小姐着实响快,会待人,倒不拿大。如今现是荣国府贾二老爷的夫人"之语,刘姥姥此前去王家的经历堪称其一进荣国府的序幕,而这句补叙也可与凤姐在第五十四回所说的"外头的只有一位珍大爷。我们还是论哥哥妹妹,从小儿一处淘气了这么大"合观,共同构成了《红楼梦》的前史。在这部以王家为主的前史中,无论是刘姥姥领略到的豪门景象,还是与哥哥妹妹在一处淘气的小儿女态都让我们觉得似曾相识,而这也成为荣国府以及大观园相关情节的另一重倒影。如果说甄家是贾家一个虚化的镜像,那么就某种程度而言王家就是从镜像中翻转而出的另一个现实的贾家:其与贾家千丝万缕的联系以及与之盛衰相随的命运都指向了这一点。因此,小说不仅是借甄家写出了与贾府平行的一条虚线,更是构筑了王家这一与贾家相互映照同时又缠绕始终却被简化的另一条实线,而经由这种平行与缠绕、虚化与简写的不同手法的交织,贾府的多重意蕴和意义指向才在小说中持续生成并不断呈现出来。

需要提及的是,虽然与其他外戚相同,在涉及王家时多用简笔,但这并不是书写王家的全部笔法,更为确切地说,王家并非只是独立于贾府之外的另一个家族,而是通过婚姻进入荣国府内部,成为贾府以及小说叙事中地位极为关键的一个存在。并且相对于表面的简化,深入荣国府内部的王家却得到了极为丰富而细腻的描摹与刻画,而在这一层次上的实写和详写才彰显出"王家"在《红楼梦》中的真正价值。

就进入贾府的王家人而言,首屈一指的无疑是王夫人和王熙凤,她们也是史太君之后前后两任荣国府的掌管家政之人。但值得注意的是,无论是王夫人还是王熙凤,她们获取荣国府的理家之权都多少有些奇怪。

首先是王夫人。王夫人是贾政之妻,而贾政只是贾代善与史太君的次子,他们的长子则是贾赦,并且在贾代善去世之后"袭着官"的也是贾赦,这也就意味着荣国府应属于贾赦,而荣国府的理家之权则应在贾赦之妻邢夫人手中。但从小说叙述的状况看,荣国府及其理家之权却似乎都在贾政、王夫人一房,贾赦与邢夫人只是居住在从"荣府中花园隔断过来的"别院。这一反常的现象也得到了此前论者的关注,而度其缘由,立足于小说文本,第四十六回以及第七十五回借薛姨妈和贾赦的笑话两次提及的贾母对于次子贾政的"偏心"或许是其中的关键原因。而从另一方面来看,贾母将荣国府交于贾政以及王夫人而非邢夫人,或也与两个媳妇的不同出身相关。从邢岫烟、邢大舅等一众亲戚可知,邢夫人的家世绝难与王夫人匹敌,在择亲方面的这一门第差异既再次说明贾母对于次子贾政的偏爱,也使从出身上说,相对于邢夫人,与史太君一样出身"钟鸣鼎食之家"的王夫人显然是更合适的理家职权的接掌者。

同样令人诧异的还有王熙凤。作为贾琏之妻,凤姐是贾赦与邢夫人的儿媳,所以理当在贾赦一房中掌管家务,但在小说的前八十回,凤姐却始终在贾政与王夫人一房中理家。在第十三回贾珍想请王熙凤协理宁国府,对于这一请求,王熙凤的婆婆邢夫人笑道："原来为这个。你大妹妹现在你二婶子家，只和你二婶子说就是了"，正体现了这一点。对于王夫人来说，凤姐具有侄媳妇与内侄女的双重身份，而在其中，内侄女这一身份无疑又最为重要：正是由于王熙凤是自己的内侄女，王夫人才会将其以侄媳妇的身份借调到自己这一房中理事。

由此可见，按照常理分析，王夫人和王熙凤先后掌管荣国府都显得较为反常，在其背后，尽管原因有所不同，两人皆来自王家都发挥了关键的作用。从表面看来，这也形成了一种负负得正的效果：荣国府本就应该属于贾赦，而最终由贾赦的媳妇凤姐来接掌，似乎也迂曲地又回归了这一常理。但事实上，虽然名分上说凤姐是贾赦与邢夫人的儿媳，但从血缘以及情感上说她却显然与王夫人更为亲近密切。因而小说中这样两番有违常理的设置不仅没有形成负负得正的迂曲效果，反而在其中营造出了诸多矛盾。

二　婆媳与妯娌："王家"引发的嫌隙

在侄媳妇与内侄女这一双重身份中，对于在王夫人处理家的王熙凤来说，更为重要的是后者，同为王家人，是王夫人和王熙凤形成联盟的基石。而对于自己是"王家"人，王熙凤则表现出了充分的自得和自诩。在第六回，贾珍遣贾蓉向凤姐借玻璃炕屏，凤姐便说道："也没见你们，王家的东西都是好的不成？"在第十六回，当赵嬷嬷谈及甄家接驾之事时，"凤姐忙接道：'我们王府也预备过一次。那时候我爷爷单管各国进贡朝贺的事，凡有的外国人来，都是我们家养活。粤、闽、滇、浙所有的洋船货物都是我们家的。'"在第七十二回，贾琏与凤姐、平儿商议借当之事时凤姐也发怒道："我们王家可那里来的钱，都是你们贾家赚的。别叫我恶心了。你们看着你家什么石崇邓通。把我王家的地缝子扫一扫，就够你们过一辈子呢。说出来的话也不怕臊！现有对证：把太太和我的嫁妆细看看，比一比你们的，那一样是配不上你们的。"同在这一回，在商议来旺之子向彩霞求婚之事时，凤姐也道："我们王家的人，连我还不中你们的意，何况奴才呢。"在这些对话中，凤姐充分彰显出强烈的"王家人"的自我意识，并以此居高临下地俯视贾蓉、贾琏等贾家人。

更为重要的是，这种凤姐对于"王家"的自豪感也不只体现在其言谈中，更深切地影响了凤姐的处事之道。在凤姐对付尤二姐的事件中，遣人唆使曾与尤二姐指腹为婚的张华去察院告状无疑是其中颇为关键的一步。而在张华告状之后，拿了银子去察院私第打点的应是来自王家的王信，此后也正是由于"都察院又素与王子腾相好"，因此完全按照凤姐的嘱托行事。在这一事件中，王熙凤之所以能算无遗策并以周密的筹划将尤二姐置于死地，完全有赖于"王家"所给予的强大支持。

不仅是凤姐在张华一案中充分运用了王家的资源，在贾府遇到相类官司的时候也会依赖于王家。在鲍二家的吊死之后，"贾琏生恐有变，又命人去和王子腾说"，最终安然消弭了此事。如果再算上薛蟠打死冯渊之后，作为薛蟠母舅的王子腾也在其中回护，并"遣他家内的人来告诉这边，意欲唤取进京之意"。官职最为显赫且握有实权的王子腾堪称贾府及其亲眷最重要的靠山，这既巩固和抬高了身为王家人的凤姐在贾府的地位，由此积累起来的心理优势更成为凤姐日常行事杀伐决断异常大胆而果决的重要原因，也正是由于凤姐的这份"心机胆量"，其才会被评点者称为"乱世之奸雄"[①]。

从婚姻关系的角度看，成婚之后，女性在家庭中的位置不仅受到女方家庭现实社会地位的影响，这些在男性家庭中的女性也都有维护女方家族利益的义务，这一点，在元春的婚姻上体现得至为明显：若不是因为巩固和延展贾府的利益使然，贾府也不会将元春送到"那不得见人的去处"。而由于元春是贾政与王夫人的女儿，从这桩政治婚姻中得益的不只是被凤姐戏称为"国舅老爷"的贾琏等贾府诸人，同样也有以元春的舅父王子腾为代表的王府。同理，就王家与贾家的联姻而言，王夫人和王熙凤的联手也不仅是为了维护王夫人一房在荣国府中的利益，也是为了维护王家在贾府的利益。在第二十五回，赵姨娘在和马道婆议论凤姐时有"明儿这一分家私要不都叫他搬送到娘家去，我也不是个人"之语，这句话从赵姨娘的口中说出，当然不足深信，但"娘家"成为赵姨娘指责以及厚诬王熙凤的口实，也足可看出"娘家"对于王熙凤的重要以及平日凤姐对于王家的维护，而贾府内部产生的一系列矛盾也都与"王家"有密切的关联。

矛盾首先产生于邢夫人与王熙凤之间。从小说前数十回来看，对于王熙凤在王夫人处理家，邢夫人看似并无怨言，但这可能只是作者并未将这一矛盾揭示出来，而到了第八十回的后半部分，邢夫人与王熙凤之间的矛盾渐趋彰显。在第六十五回曾借兴儿之口道："如今连他正经婆婆大太太都嫌了他，说他'雀儿拣着旺处飞，黑母鸡一窝儿，自家的事不管，倒替人家去瞎张罗'。若不是老太太在头里，早叫过他去了"。第七十一回明确叙及邢夫人"近日因此着实恶绝凤姐"，且以"我听见昨儿晚上二奶奶生气，打发周管家的娘子捆了两个老婆子，可也不知犯了什么罪。论理我不该讨情，我想老太太好日子，发狠的还舍钱舍米，周贫济老，咱们家先倒折磨起人家来了。不看我的脸，权且看老太太，竟放了他们罢"之语当众给凤姐难堪。而在第七十三回，邢夫人对迎春道："总是你那好哥哥好嫂子，一对儿赫赫扬扬，琏二爷凤奶奶，两口子遮天盖日，百事周到，竟通共这一个妹子，全不在意"。当王熙凤得知邢夫人在迎春处，也赶到紫菱洲时，邢夫人只"冷笑两声，命人出去说：'请他自去养病，我这里不用他伺候'"。从这些叙述中我们可以明显看到邢夫人与王熙凤之间越来越恶劣的婆媳关系。

事实上，尽管小说的前数十回没有明确叙及邢夫人和王熙凤之间的嫌隙，但从诸多情节和叙述的"缺失"中我们还是可以看到很多端倪。小说中从未叙及王熙凤去邢夫人处晨昏定省的情景，而作为儿媳，这本当是王熙凤每日应尽的义务。可以与之对

---

① 曹雪芹：《脂砚斋重评石头记：甲戌本》，人民文学出版社2010年影印本，第324页。

读的是，在强纳鸳鸯不成之后，贾赦"且不敢见贾母，只打发邢夫人及贾琏每日过去请安"。身为儿媳，王熙凤在小说的叙述中也从不曾侍奉邢夫人吃饭，而凤姐在贾母以及王夫人跟前侍奉用餐的场景在小说中则比比皆是。微妙的是，在第五十二回，贾母于众人面前夸凤姐："都是经过妯娌姑嫂的，还有他这样想的到的没有？"此时，"薛姨妈、李婶、尤氏等齐笑说：'真个少有。别人不过是礼上面子情儿，实在他是真疼小叔子小姑子。就是老太太跟前，也是真孝顺。'"。对于贾母的夸赞，当时在座的邢夫人和王夫人都没有表态，王夫人对于凤姐的喜爱并不下于贾母，她的不表态只是由于不便当众附和对于自己内侄女的夸奖。而对于邢夫人来说，则情形正相反，她的沉默或许正是因为对于"孝顺"二字不能苟同。

值得探究的还有第四十三回的这处情节，贾母召集众人商议凑份子给凤姐过生日，凤姐提议把迎春、探春的份子钱交给邢夫人和王夫人，一人多出一份。对此，赖大的母亲笑道："这可反了！我替二位太太生气。在那边是儿子媳妇，在这边是内侄女儿，倒不向着婆婆、姑娘，倒向着别人。这儿媳妇成了陌路人，内侄女儿竟成了个外侄女儿了。"这句话引得众人大笑，而结合其他叙述，这句玩笑却也并非尽是虚言：内侄女儿竟成了个外侄女儿固然只是说笑而已，"这儿媳妇成了陌路人"则正中实情。

对于王熙凤来说，在王夫人处而非邢夫人处理家，原本是有百利而无一害的事情①。而对于邢夫人来说，也不会过分着意于此。根据小说的叙述我们可以知道，邢夫人"只知承顺贾赦以自保，次则婪取财货为自得"，且"凡出入银钱事务，一经他手，便克啬异常，以贾赦浪费为名，'须得我就中俭省，方可偿补'，儿女奴仆，一人不靠，一言不听的"。因此，王熙凤在王夫人处，也就意味着邢夫人在家中银钱事务等方面能够独断专行，而无须被精明能干的凤姐掣肘，邢夫人对此自然不会有太多的怨言。此外，由于凤姐受到贾母的宠爱，邢夫人也一定会期待通过凤姐在贾母面前讨好，这同样也是邢夫人会情愿凤姐被借调到王夫人处的重要原因。但问题在于，虽然凤姐是邢夫人的儿媳，可由于同出王家以及"内侄女"身份的存在，在贾母面前，凤姐首先要帮衬的是王夫人，首先考虑的也是王夫人的利益，而邢夫人则被放到了完全被忽略的尴尬位置上，第四十六回的回目将邢夫人称为"尴尬人"，从这一角度上看亦正当其实。而邢夫人对于王熙凤的怨恨也正根源于此，其对迎春所说的"一对儿赫赫扬扬，琏二爷凤奶奶，两口子遮天盖日，百事周到，竟通共这一个妹子，全不在意"，其实正是在借迎春之事发泄自己被凤姐置于"全不在意"境地的不满。

就此而言，在邢夫人与王熙凤的矛盾线索中，第四十六回"尴尬人难免尴尬事，鸳鸯女誓绝鸳鸯偶"是具有关键意味的一回。在这一回中，邢夫人找凤姐过来，不仅是要商议贾赦纳鸳鸯为妾之事，更是希望凤姐能从中帮忙。而凤姐非但劝阻邢夫人在先，此后更是用诸般办法躲到一旁，任由邢夫人去触怒贾母。此事件的结果是邢夫人

---

① 参见叶楚炎《七出：婚姻视域中王熙凤的形象塑造及其叙事意义》，《红楼梦学刊》2020年第5期。

在贾母面前颜面尽失,且此后"贾母越发冷淡了他",而原本是邢夫人儿媳的凤姐由于躲避得法则毫发未损,甚至通过上面所举第五十二回贾母的夸奖可以看到,凤姐在贾母面前反而更为受宠,即邢夫人所体会到的在贾母面前"凤姐的体面反胜自己"。尽管由于凤姐的乖巧,邢夫人在这一事件中挑不到她的任何错处,可事定之后,饶是邢夫人禀性愚鏊,也能回味出其中的奥妙与原委,而这也成为此后其对于凤姐的态度急转直下的直接原因。

需要指出的是,非但邢夫人有希望通过凤姐以邀贾母之宠的意思,王夫人让凤姐帮自己理家或许也有相同的用意。在第三十五回,贾母曾对宝钗道:"我如今老了,那里还巧什么。当日我象凤哥儿这么大年纪,比他还来得呢。他如今虽说不如我们,也就算好了,比你姨娘强远了。你姨娘可怜见的,不大说话,和木头似的,在公婆跟前就不大显好。凤儿嘴乖,怎么怨得人疼他。"从这句话可以看到,虽然贾母也说"不大说话的又有不大说话的可疼之处,嘴乖的也有一宗可嫌的,倒不如不说话的好",但就性格偏好而言,贾母无疑更喜欢凤姐似的"嘴乖"之人,而不喜木头似的不大说话之人。话不甚多的王夫人在贾母面前"不大显好",对此,王夫人自然心知肚明。因此,王夫人将凤姐调用过来,不仅是要依仗凤姐的精明能干让其做自己的"膀臂",更是要借内侄女凤姐的"嘴乖"弥补自己不大说话,在贾母面前难以显好的缺失。而由此形成的效果是,王熙凤的伶牙俐齿赢得了贾母的喜爱,而王夫人非但可以就此藏拙,在凤姐的衬显下,可以与之互补的王夫人的老实也成为贾母眼中的可贵特质,这也便是贾母所说的"可怜见的"。

因此,就门第而言,邢夫人要远逊于出身王家的王夫人和王熙凤,再加上贾赦的不受宠,已经使邢夫人在贾母面前落尽下风。而由以上分析可以看到,通过对于王熙凤的调用,所有的利益都尽归王夫人一边,借出儿媳的邢夫人非但一无所得甚至还因此受损。在这一调用中,王夫人与王熙凤形成了一个基于血缘与亲情的强大联盟,而邢夫人一边则势单力孤,也难以与之匹敌。由于王夫人与王熙凤之间的密切往来和亲厚关系,甚至会让读者形成王熙凤是王夫人的儿媳、邢夫人则并无儿媳的错觉。这种反差同样会被邢夫人所感知,而在邢夫人与王熙凤的婆媳龃龉之外也便引申出邢夫人与王夫人妯娌之间有无矛盾的疑问。与小说前数十回并未明确揭示邢夫人与王熙凤之间的矛盾相同,邢夫人与王夫人之间的嫌隙也没有被呈现出来:贾赦尚且借笑话暗指贾母偏心,可我们却看不到邢夫人对于掌管荣国府的权力被授予王夫人的不满。但依据邢大舅对于邢夫人把持邢家的家私等情节,一向"克啬异常"且"婪取财货"的邢夫人不可能对于荣国府的家产财物旁落于贾政、王夫人一房没有任何意见,因此,小说前数十回完全没有叙及也相当于设置了一个颇具张力的情节埋伏:依据邢夫人的性格以及她所感受到的这种反差,这一矛盾迟早会显露甚至爆发,而问题只在于作者会选择在怎样的时机将之挑明。

在纳鸳鸯为妾事件之后,邢夫人感受到贾母对她的冷淡,同时对于两房待遇的不同也显现出格外的敏感，诸如"贾母又只令探春出来，迎春竟似有如无，自己心内早已怨忿不乐，只是使不出来"正指向这一点。第七十一回曾叙及邢夫人那边有"一干小人在侧"，"他们心内嫉妒挟怨之事不敢施展，便背地里造言生事，挑拨主人"，甚至"后来又告到王夫人，说：'老太太不喜欢太太，都是二太太和琏二奶奶调唆的'"，因此表面上看来只是因为这些"小人"的挑拨和调唆，邢夫人才会"终不免生些嫌隙之心"。但从整个叙事脉络看，这些挑唆只是在迎合久已潜藏于邢夫人心底的埋怨和不满，作者也是以此为契机逐步将这些此前未曾明言的矛盾线索翻转至表面，并使之具备了预备爆发的能量。而在"因此着实恶绝凤姐"的字面之后，矛头所指其实是邢夫人对于王夫人的怨恨，因此，当这一回邢夫人当众羞辱凤姐时，也是在给被凤姐称为"姑娘"的王夫人难堪。

总之，王夫人与凤姐都出自王家，这既使她们先后执掌了荣国府的理家职权，也就此营造与生发出了荣国府内部的诸多矛盾：在贾母与邢夫人之间、邢夫人与王熙凤之间、邢夫人与王夫人之间都是如此[①]，这些婆媳以及妯娌之间的矛盾涉及贾府的三代人，虽然从表面看来贾府之兴衰这样的主干叙事线索更为显眼，但这些潜伏于主干叙事线索之下的龃龉和嫌隙其实起着影响甚至左右全书叙事走向的关键作用。

三　陪房：矛盾的枢纽与先声

需要提及的是，在古代婚姻制度中，进入男性家庭的不仅是婚姻中的女性，还有作为陪嫁跟随女性出嫁的奴仆，即陪房。在贾家和王家的联姻中，这一陪嫁的婚俗同样存在。在王夫人与贾政成婚时陪房的婢女便有"周瑞家的与吴兴家的、郑华家的、来旺家的、来喜家的"，此外还有"皆在南方，各有执事"的若干陪房。在王熙凤嫁入贾府时陪嫁的丫鬟则有四人，这也便是平儿所说的"先时陪了四个丫头，死的死，去的去，只剩下我一个孤鬼了"。这些来自王家的陪房进入贾府后成为贾府的奴婢，但同时，她们又与贾府契买或是"家生"奴婢不同，而这同样也蕴藏了诸多的叙事潜能。

首先，由于这些陪房原先并非贾府人，因此其多没有在贾府中担任比较重要的职司。在王夫人的陪房里，周瑞家的出场频率最高，而据其自己所述："我们男的只管春秋两季地租子，闲时只带着小爷们出门子就完了；我只管跟太太奶奶们出门的事"，在小说相关的叙述中，她也只是承担一些临时性的送物、传话之类的杂务。其余几个陪房，吴兴家的、郑华家的、来喜家的都只出现在第七十四回之"惑奸谗抄检大观园"中，其在贾府中的职司未明，应当也与周瑞家的日常所做的事相类。除此之外，来旺家的出现在第十四回王熙凤协理宁国府时："只见来旺媳妇拿了对牌来领取呈文京榜纸

[①] 也有论者认为贾母与王夫人之间亦有矛盾，即"以贾母之睿智，对贾府的现实当然有清醒的认识。她知道，自己年事已高，所有子弟皆不争气，家族实权悉在王夫人及凤姐手中，这是不可逆转之'大势'，她只能顺势而为。然而，内心微澜，积蓄日久，是难免要爆发的"。（段启明：《论贾母》，《红楼梦学刊》2013年第6辑）

札,票上批着数目",也应只是一般事务性的职司。而与这几个出现名号的陪房相比,其他"皆在南方各有执事"的陪房所负责的事情应该又次一等。

可以与之对读的是原本就属于贾府的奴仆所担任的职司,在第五十二回黛玉曾道赖大家的"是你家的大总管",第七十三回贾母查问聚赌之事时,凤姐"命人速传林之孝家的等总理家事四个媳妇到来",而这种在贾府中职司以及地位的重要也体现在第五十四回请吃年酒的名单中:"十八日便是赖大家,十九日便是宁府赖升家,二十日便是林之孝家,二十一日便是单大良家,二十二日便是吴新登家",请酒的几家都是贾府中的管家,且请酒的顺序也应与其在管家中的位次相一致。除了这些贾府奴仆中最重要的管家,通过第八回的叙述可知:"银库房的总领名唤吴新登""仓上的头目名戴良",此外还有七个"管事的头目",这些奴仆各分管某一方面的事务,在贾府中也都握有实权。另外第六十回出现的钱槐,"他父母现在库上管账",也因此会"有些钱势"。再往下数,有些位次更低的奴仆所担任的职司也颇为重要,例如鸳鸯是贾府的"家生女儿","他哥哥金文翔,现在是老太太那边的买办。他嫂子也是老太太那边浆洗上的头儿"。可以看到,以上所列举的这些担任管家、管事、管账、头儿等职司的奴仆都与陪房无关,因此,贾府由上至下的各种实权其实都掌握在这些贾府旧仆手中,而由于婚姻关系进入贾府的陪房,虽然名义上也是贾府中人,却基本与这些实权绝缘,由此也便带来两个最基本的问题。

其一,是在荣、宁两府中管理家务的都是嫁入贾家的外姓女性:史太君、王夫人、王熙凤、尤氏,但具体的实权却又都掌握在原先的贾府旧仆手中,这也势必会带来这些女性理家的困难并由此渐渐滋生理家的主子与管事奴仆之间的矛盾。由于小说的叙述没有往前追溯,我们难以确知史太君以及王夫人在理家时遇到的种种障碍,但王熙凤、尤氏所面对的诸多问题其实都与此有关。在第十六回凤姐曾对贾琏道:

> 你是知道的,咱们家所有的这些管家奶奶们,那一位是好缠的?错一点儿他们就笑话打趣,偏一点儿他们就指桑骂槐的报怨。"坐山观虎斗","借剑杀人","引风吹火","站干岸儿","推倒油瓶儿不扶",都是全挂子的武艺。况且我年纪轻,头等不压众,怨不得不放我在眼里。

在此处凤姐与贾琏的对话中,凤姐表面上是在诉苦,实际上正如庚辰本脂批所言,是"得意之至"之时以抱怨为名炫耀自己同时管理荣、宁二府的才能以及劳苦功高,其中多有"弄琏兄如弄小儿"[①]的虚言,但唯独对于这段"咱们家所有的这些管家奶奶们,那一位是好缠的?"甲戌本的脂批道:"独这一句不假。"[②]通过王熙凤穷形尽相的形容,我们可以充分看到贾府这些"管家奶奶"们的能耐,而管家的主子与管事的奴

---

① 曹雪芹:《脂砚斋重评石头记:庚辰本》,人民文学出版社 2010 年影印本,第 325 页。
② 曹雪芹:《脂砚斋重评石头记:甲戌本》,人民文学出版社 2010 年影印本,第 330 页。

仆之间的对立也就此彰显出来。

可以与凤姐这段话相佐证的是尤氏治理下的宁国府，王熙凤在协理宁国府之初想到的"家人豪纵，有脸者不服钤束"等宁府中的五件风俗也多与这些管事的奴仆相关，而宁府中人自己所说的"论理，我们里面也须得他来整理整理，都忒不像了"也正呈现出在宁府中尤氏无法有效控制这些管事奴仆的管理乱象。

从作为外姓人的理家主子与贾府旧有管家奴仆之间的对立着眼，我们可以充分理解凤姐"刻毒"性格形成的某些原因。正如凤姐所说，这些管家的奴仆没有一个是好缠的，而凤姐的年轻也确实是难以压服众人的天然劣势，对此，亦可参看凤姐生病后李纨、探春等人暂时理家时的情形：

> 众人先听见李纨独办，各各心中暗喜，以为李纨素日原是个厚道多恩无罚的，自然比凤姐儿好搪塞。便添了一个探春，也都想着不过是个未出闺阁的青年小姐，且素日也最平和恬淡，因此都不在意，比凤姐儿前更懈怠了许多。

倘或凤姐也以"厚道多恩无罚"抑或"平和恬淡"来对待这些管事的，则显然难以在荣国府当家理政，因此，从某种程度上说，除了天性，凤姐行事时往往不择手段、不留余地也是在与这些"全挂子的武艺"的管事奶奶日复一日的对抗中渐渐磨砺而成的。而在这一过程中，得罪的人必定不在少数，这也势必促使凤姐以激烈的手段压制潜在的反噬。因此，凤姐实际上是在这种无休止且不断升级的对抗和磨砺中走到了这一性格的极端，即她自己所反省的"若按私心藏奸上论，我也太行毒了，也该抽头退步。回头看了看，再要穷追苦克，人恨极了，暗地里笑里藏刀"。

其二，在理家主子与管事奴仆之间的矛盾之外，同样值得重视的还有贾府旧仆与陪房奴仆之间的纠葛。相对于贾府旧仆，陪房奴仆处于相对不利的地位。这首先是由于贾府旧仆多有亲眷好友同在府中服役，因而根基牢固，且具有四通八达的人际网络可以利用，而后进入贾府的陪房奴仆则相对缺乏这些优势和便利。因此，这些陪房必须通过其他方式在贾府中立足。以王夫人的陪房中着墨最多的周瑞家的为例，其"心性乖滑，专管各处献勤讨好"，"所以各处房里的主人都喜欢他"。更为重要的是，如前所论，贾府的实权都掌握在那些旧仆手中，而这些陪房则都没有管事之权，这同样使他们在贾府中的现实地位不如那些旧仆。实际上，一方面这是由于贾府的旧仆在陪房进入贾府之前都已占据各种管事的要津，另一方面，这也是由于相对于外来的陪房奴仆，在贾府主子的集体意识中，那些服务日久的旧仆无疑更为可靠可信，因此，管事之权基本都与这些陪房绝缘。

尽管陪房奴仆有这两端缺陷，但他们也有属于自己的优势，这便是与当家理政的女主人之间的特殊关系，女主人会将陪房视为自己的心腹，去处理那些不便由夫家旧仆去做的隐秘事务。在王凤姐弄权铁槛寺的情节中，便是将老尼所托之事交与来旺去处理。虽然来旺应是王夫人而非王熙凤的陪房，但由于同出王家，也便成为王熙凤的得力干将，甚至在第七十二回的叙述里被称为"凤姐儿的陪房"。而在这一事件中，来旺也不负所托："心中俱已明白，急忙进城找着主文的相公，假托贾琏所嘱，修书一封，连夜往长安县来，不过百里路程，两日工夫俱已妥协"。可以说，"自此凤姐胆识愈壮，以后有了这样的事，便恣意的作为起来"，正是倚仗了陪房奴仆之力。在对付尤二姐之时，除了前面提到的王信，凤姐同样也用到了来旺，她担心留下张华会有后患，因此"悄命旺儿遣人寻着了他，或讹他作贼，和他打官司将他治死，或暗中使人算计，务将张华治死，方剪草除根，保住自己的名誉"。

在弄权铁槛寺的事件中，凤姐坐享了三千两银子，而凤姐更重要的银钱收益则是将贾府上下人等的月钱都拿出去放债，每年至少有"上千银子"的收益，这一放债也与来旺夫妇密切相关，第十一、十六、三十九回平儿曾三次说道："没有什么事。就是那三百银子的利银，旺儿媳妇送进来，我收了"；"旺儿嫂子越发连个成算也没了"，"奶奶的那利钱银子，迟不送来，早不送来，这会子二爷在家，他且送这个来了"；"你这一去，带个信儿给旺儿，就说奶奶的话，问着他那剩的利钱。明儿若不交了来，奶奶也不要了，就越性送他使罢"。在第七十二回，凤姐也曾对来旺家的道："说给你男人，外头所有的帐，一概赶今年年底下收了进来，少一个钱我也不依的。我的名声不好，再放一年，都要生吃了我呢。"从平儿和凤姐这些话中可以知道，放债以及收利钱的事情都是交给来旺夫妇负责，从中既可看出相对于贾府旧仆，王熙凤对于来自王家的陪房的信任，也可看出陪房对于凤姐的重要。而来旺的这些效劳也成为第七十二回凤姐大力支持"来旺妇倚势霸成亲"一事的重要缘由。

就此而言，对于凤姐而言，最为重要的陪房还不是来旺夫妇，而是平儿。平儿是王熙凤的陪房，同时也是凤姐成婚以后唯一剩下的陪房丫鬟。与其他陪房一样，平儿在贾府中也没有管事的职权，但从小说的叙述看，平儿在贾府的地位和权威却还要在担任管家的赖大家的、林之孝家的等人之上。第五十九回春燕的娘在怡红院中吵闹：

> 麝月又向婆子及众人道："怨不得这嫂子说我们管不着他们的事，我们虽无知错管了，如今请出一个管得着的人来管一管，嫂子就心服口服，也知道规矩了。"便回头叫小丫头子："去把平儿给我们叫来！平儿不得闲就把林大娘叫了来。"那小丫头应了就走。众媳妇上来笑说："嫂子，快求姑娘们叫回那孩子罢。平姑娘来了，可就不好了。"

平儿是"管得着的人"，而"林大娘"即林之孝家的不过是在平儿不得闲时的替代人选，从这段话中可以清晰地看到平儿的地位和权威，但究其实质，这并非因为平儿据有超乎林之孝家的等诸管家之上的权力，而是因为平儿以陪房的身份担任了凤姐当家理政的私人助手，凤姐通过平儿行使自己的权威，平儿也是以凤姐之威权去慑服众人。因此，众人敬畏的其实不是平儿，而是平儿背后的凤姐。

就此我们也能对平儿在小说中的功能有更为清晰的审视。在贾琏一房中，平儿是妻妾关系中的重要一极，由于平儿只是"通房大丫头"，而并非妾，这就在传统的夫、妻、妾的三角关系之外又进行了细化和扩容，形成了"妻—妾—夫—陪房"的新型架构。而在贾府内部，平儿既是凤姐在贾府中的耳目，通过平儿，凤姐可以知道更多主子阶层可能难以知晓的奴仆阶层的详切内情，例如金钏死后，常有仆人来孝敬凤姐东西，凤姐不明所以，便是平儿点醒了凤姐："我猜他们的女儿都必是太太房里的丫头，如今太太房里有四个大的，一个月一两银子的分例，下剩的都是一个月几百钱。如今金钏儿死了，必定他们要弄这一两银子的巧宗儿呢。"在尤二姐事件中，首先探听到风声并告诉凤姐的同样是平儿。同时平儿亦是凤姐施政的左膀右臂，平儿能够将凤姐的权威落实和延展到贾府的每一个角落，并保证即便在凤姐生病不方便理政时仍然可以继续行使这些权力——上面所举怡红院一段文字便是如此。此外，平儿还是凤姐施政过程中的缓冲器，凤姐的刻毒经由平儿多能以更为舒缓的方式贯彻下去，这也多少消减了凤姐所招致的积怨和阻力。

因此，对于在荣国府理家的凤姐而言，平儿其实是不可或缺的，由此我们也能理解被形容为"醋缸醋瓮"的凤姐对于平儿的容忍以及"邀买"[①]，这不仅是因为如兴儿所言要借平儿拴住贾琏的心，"好不外头走邪的"，更是因为平儿在其理政中的重要作用，在凤姐管理家政的过程中，贾府的旧仆是其对抗和压制的对象，而可以与之言无不尽地商议家事并让其作为帮手辅政的，在贾府中却几乎找不出一人来，这也是为何凤姐在第五十五回会感叹理家时"没个膀臂"，在此境地下，陪伴凤姐一同嫁入贾府的平儿是其可以信赖、倚仗的唯一人选。换言之，没有平儿，也就没有王熙凤在荣国府的呼风唤雨以及营造出的风调雨顺，所有这些，都是借由平儿出自"王家"的陪房身份去实现的。

尽管平儿凭借凤姐陪房的特殊身份获得了超乎管事奴仆之上的职权，但这仍然只是特例，对于其他陪房来说，则无法据有这样的位置。正如小说在叙及周瑞家的时所说的："周瑞家的虽不管事，因他素日仗着是王夫人的陪房，原有些体面"，这些"体面"让这些陪房获得了某些表面的礼遇和尊重，甚至可以向外人炫耀，周瑞家的将刘姥姥引进贾府，便有"显弄自己的体面"之意，可这种浮于表层的"体面"毕竟不能与可以获取实利的"管事"职权相比，而在"体面"幻象的衬托下，这些陪房在贾府中无职无权的尴尬和失落感也会显得更为突出，而这也势必在这些陪房的心中滋生出诸多的不满和对于职权的希冀。

在第七十四回，王夫人与王熙凤商议查访春意香袋之事时，凤姐提议："如今惟有趁着赌钱的因由革了许多的人这空儿，把周瑞媳妇旺儿媳妇等四五个贴近不能走话的

[①] 曹雪芹：《脂砚斋重评石头记：庚辰本》，人民文学出版社 2010 年影印本，第 1306 页。

人安插在园里",这一提议体现的仍然是王熙凤对于周瑞家的、来旺家的等陪房的信任,同时也便是对于贾府旧仆的不信任。对于一直与那些"管家奶奶们"缠斗的王熙凤来说,许多贾府旧仆因为聚赌被革,无疑是其安排自己信赖的陪房奴仆填补这些空缺进而占据管事等要津的良机。因此,从短期看,这一提议只是为了查访春意香袋的来处,而从长远看,这也是王熙凤借机安插来自王家的心腹亲信,以此减少今后当家理政的障碍和阻力。

看到这一良机的不仅是凤姐,还有那些陪房奴仆。在第七十一回贾母过生日时,荣国府的两个婆子对尤氏派去的小丫头出言不逊,此事被周瑞家的告发到凤姐面前,由于"素日因与这几个人不睦",因此特意言明是:"这两个婆子就是管家奶奶,时常我们和他说话,都似狼虫一般。奶奶若不戒饬,大奶奶脸上过不去。"最终,这两个婆子被捆了起来,"交到马圈里派人看守"。通过这一细节,可以看到周瑞家的等"体面"的陪房与这些握有实权因此气势更盛的管家奶奶之间的冲突,而机会也很快就来到这些陪房奴仆的面前。

在此后的搜检大观园中,被王夫人委以重任的都是陪房,即王夫人的陪房周瑞家的、吴兴家的、郑华家的、来旺家的、来喜家的,以及邢夫人的陪房王善保家的。对于这些陪房来说,大观园原本是那些管家奶奶的管辖范围,虽然只是临时被委派搜检的职司,但倘或能够借此机会抓到某些把柄,则不只是能报大观园中那些丫鬟们"不大趋奉"的仇怨,由于贾府旧仆的人际网络盘根错节往往一损俱损,或许也便能就此打击那些管家奶奶的气焰,并可以再革出许多人、清出许多空。因此,这些陪房在搜检以及此后驱逐司棋等人过程中所体现出来的积极和热情,便不只是为了发泄对于那些"副小姐"的积怨,更是为了利用自己手中暂时的职权为以后牟取更重要的职司做准备。通过在这一事件中的努力和功劳,她们可以侵夺甚至攫取原本被贾府旧仆盘踞的管事之权,从而改变自己只有"体面"而无职无权的尴尬。从这一角度看,对于大观园的搜检既是过去时态的这些婢女对于现在时态婢女的一次集体讨伐[①],也是陪房奴仆对于贾府旧仆固有权力结构的一次挑战。

以上所论是将陪房奴仆作为一个整体来对待,但其实,陪房奴仆的利益也并不总是一致的。以搜检大观园之事为例,参与的陪房分为两派,一派是周瑞家的等王夫人的陪房,另一派则是以王善保为代表的邢夫人的陪房。两派陪房之间的矛盾在搜检大观园之前就在小说中呈现出来。在第七十一回由于周瑞家的告发而被捆的那两个婆子,其中一个的女儿给了邢夫人那边"作陪房费大娘的儿子":

> 这费婆子原是邢夫人的陪房,起先也曾兴过时,只因贾母近来不大作兴邢夫人,所以连这边的人也减了威势。凡贾政这边有些体面的人,那边各各皆虎视眈眈。这

---

① 叶楚炎:《副册情史:〈红楼梦〉中婢女的婚姻途径及其婚姻叙事》,《红楼梦学刊》2021年第4期。

费婆子常倚老卖老，仗着邢夫人，常吃些酒，嘴里胡骂乱怨的出气。如今贾母庆寿这样大事，干看着人家逞才卖技办事，呼么喝六弄手脚，心中早已不自在，指鸡骂狗，闲言闲语的乱闹。这边的人也不和他较量。如今听了周瑞家的捆了他亲家，越发火上浇油，仗着酒兴，指着隔断的墙大骂了一阵。

可以看到，在第七十一回的这一情节中，周瑞家的告发不仅呈现了陪房奴仆与贾府"管家奶奶"之间的矛盾，也将王夫人陪房与邢夫人陪房之间的矛盾一并揭示出来。而这一矛盾也延伸到了搜检大观园中。在搜检司棋物品的时候，"王善保家的说：'也没有什么东西。'才要盖箱时，周瑞家的道：'且住，这是什么？'说着，便伸手掣出一双男子的锦带袜并一双缎鞋来"，正是由于周瑞家的这一举动，司棋与潘又安的私情才最终败露在众人面前，又由于"司棋是王善保的外孙女儿"，这一败露的私情又构成了对身为邢夫人陪房的王善保家的沉重打击，而周瑞家的也便就此报了此前被费婆子谩骂的一箭之仇。而此后的情节更是借王夫人众陪房对于王善保家的集体嘲弄将这一复仇的快意淋漓尽致得渲染出来：

周瑞家的四人又都问着他："你老可听见了？明明白白，再没的话说了。如今据你老人家，该怎么样？"这王家的只恨没地缝儿钻进去。凤姐只瞅着他嘻嘻的笑，向周瑞家的笑道："这倒也好。不用你们作老娘的操一点儿心，他鸦雀不闻的给你们弄了一个好女婿来，大家倒省心。"周瑞家的也笑着凑趣儿。王家的气无处泄，便自己回手打着自己的脸，骂道："老不死的娼妇，怎么造下孽了！说嘴打嘴，现世现报在人眼里。"众人见这般，俱笑个不住，又半劝半讽的。

可以说，无论是与贾府旧仆之间的对立，还是两派陪房之间的冲突，来自王家的这些"陪房"都承担了汇集和显现诸多矛盾的枢纽功能。从这一意义上看，倘或再回到前一部分所论邢夫人与王夫人之间的嫌隙，则这些情节所揭示的两派陪房之间的矛盾还有更为婉曲的用意。如前所论，前八十回并没有直接叙及邢夫人对于王夫人的不满，只是借邢夫人身边"一干小人"的谗言"老太太不喜欢太太，都是二太太和琏二奶奶调唆的"来略作点染。由于小说中明确说道："王善保家的是邢夫人的耳目，常调唆着邢夫人生事"，前面所说的这些"一干小人"也必然有王善保家的在内。而王善保家的积极提议"等到晚上园门关了的时节"便"带着人到各处丫头们房里搜寻"，显然也饱含了素日对于王夫人一房的不满，并试图用这样的方式进入王夫人的领地搜寻，而搜寻出的物证也一定会导向对于王夫人以及王熙凤治家不严的指责。这本是王善保家的如意算盘，由此我们也便更能理解周瑞家的等王夫人陪房在司棋私情败露后对于王善保家的肆意嘲讽：她们并非只是出于个人私怨在嘲弄王善保家的"说嘴打嘴"，而是基于王夫人一房的共同利益在反击并欢庆王善保家的失败挑衅。因此，前八十回虽然没有直接正面呈现邢夫人与王夫人之间的对立，但无论是邢夫人当众给王熙凤的难堪，还是在上述这些情节中所显现的两人陪房之间的矛盾，其实都是在将邢夫人与王夫人之间的矛盾逐步铺排出来。周瑞家的不仅将刘姥姥引进荣国府，开始了贾府正文的叙述，还凭借自己的陪房身份，直接开启并引发了王夫人陪房与王善保家的、费婆子等邢夫人陪房之间的冲突，而这一冲突也应当会成为邢夫人与王夫人——以及荣国府内部贾政与贾赦两房之间的矛盾越来越彰显与激烈的铺垫与先声，对于危机四伏的贾府而言，来自萧墙之内的争端或许才是最具颠覆力的隐患。

综上所论，在小说叙述中看似被简写的"王家"在《红楼梦》中其实发挥了极为重要的叙事作用。从情节构架上说，以狗儿家与王家的渊源为引线，借由刘姥姥和周瑞家的牵引，小说开始进入贾府正文部分的叙述，而王家也成为与贾家、甄家相互缠绕、虚实相生的一条重要叙事线索。就人物形象而言，王熙凤性格中的大胆果决与刻毒等，都与其来自王家的家世背景，以及由这一背景所决定的在贾府中的现实处境密切相关，而从这一角度着眼，邢夫人"尴尬人"的特质也得到了进一步的彰显。更为重要的是，围绕王家与贾家的婚姻关系，蕴涵并促生了诸多贾府内部的矛盾，这其中既有邢夫人与王熙凤之间的婆媳纠葛，也有邢夫人与王夫人之间蓄势待发的妯娌嫌隙，而陪房奴仆与贾府旧仆之间的利益对立，以及邢、王两夫人陪房之间的冲突更加剧了贾府内部错综复杂的局势并使之具有了一触即发的巨大潜能。因此，贾府的兴衰无疑是最为主干的叙事脉络，但在这一脉络之下，其实簇居着诸多的叙事线索，这些叙事线索彼此勾连且又互相触发，并形成不可抗拒的合力共同影响和左右着主干脉络的行进，从贾府中的"王家"着眼，我们正可以清晰地看到这一点。

"私自的情理":明清祭祀文化视域中的《红楼梦》私祭书写

李远达[*]

(北京大学医学人文学院,北京 100191)

摘 要:私祭是《红楼梦》中继承并发展的一类与家祭、国祭等公共祭祀行为有明显区别的祭祀场景,叙述者借宝玉之口道出了情感"真"与形式"新"两方面的"私自的情理",即私情的合理化问题。《红楼梦》私祭包括黛玉葬花、瓜果秋祭、宝玉撮土焚香、藕官假凤泣虚凰和宝玉诔晴雯五个著名场景。叙述者在空间安排、时间调度、祭祀者身份设置,以及祭祀用品与仪注之构思等层面,全面超越了前代世情小说,而且在形式上呈现出与清代祭俗迥异的价值追求与艺术呈现,是明清祭祀文化的一个特殊剖面。曹雪芹"别开生面,另立排场"的艺术旨趣不仅对于私祭场景,也与乾嘉时期其他小说架构的祭祀书写形成了文采竞逐。

关键词:私祭时空;祭者身份;祭礼功用;祭祀文化

《红楼梦》中的祭祀场景十分普遍,前八十回中举凡"秦可卿死封龙禁尉"(第十三回至十五回)、"不了情暂撮土为香"(第四十三回)、"宁国府除夕祭宗祠"(第五十三回)、"杏子阴假凤泣虚凰"(第五十八回)、"死金丹独艳理亲丧"(第六十三回)、黛玉七月瓜果祭(第六十四回)、"开夜宴异兆发悲音"(第七十五回)和"痴公子杜撰芙蓉诔"(第七十八回)等,如果将祭与葬的对象拓展到自然界的物象上,那么小说第二十七回的"埋香冢飞燕泣残红"也可以纳入祭祀场景中加以考察。

值得注意的是,《红楼梦》的祭祀书写内容与形式在小说史上都具有创新意义。从篇幅上说,有的祭祀场景如秦可卿与贾敬之祭葬,跨越章回,发展成为承前启后的关键性情节单元。有的则点到为止,成为前后情节的映带与陪衬,起气氛烘托之作用,例如"假凤泣虚凰"和"异兆发悲音"等。

从祭祀形式区分,小说祭祀场景又可作公私之分:有的场景是国祭、家祭,故而形式颇为烦冗浩大,偏重仪式性描摹,透过仪式串联起众多小说人物在场景中的行为

---

[*] 作者简介:李远达,文学博士,北京大学医学人文学院讲师,主要研究方向:中国古代小说与医学叙事。

与活动；有的则显系私祭，甚至是合法性存疑的秘密祭祀，如黛玉"埋香冢"与瓜果祭、"暂撮土为香"、"假凤泣虚凰"和"杜撰芙蓉诔"等。

祭祀场景越私密，越能表现祭祀者的独特生命体验及其与受祭者的情感交流，其间流露出的真情实感是凸显人物风骨气质与呈现小说精神意脉必不可少的侧面。换言之，私祭与私情往往相关，公祭、家祭的对象是父母兄弟，皆在礼法规约之内，而祭金钏儿、茜官、晴雯等，乃至祭美人与祭花，在某种意义上都是不在伦理规范内的"私情"，因此需要"私祭"。这便是"私祭"在小说中存在的合理性，也即宝玉口中的"私自的情理"。

前人关于《红楼梦》祭祀场景的研究，大多着眼于贾府家祭、国祭仪式的满汉之争[①]，以及从文体学角度探讨《芙蓉女儿诔》的生成[②]。事实上，《红楼梦》中的私祭场景在空间之设置、时间之安排调度、祭祀者之设定，以及祭祀仪注与细节之构思等层面，都采用了不同于小说史传统祭祀场景描绘的深细笔墨。结合乾嘉时期"仪礼学"复兴的思想背景来观察小说，曹雪芹生命意识与艺术表达的特殊性，恰是前人研究尚不充分之所在。理应详加梳理与探究。

一 "另立排场"：《红楼》私祭空间的设置与场景的成立

谈到《红楼梦》的私祭场景，空间是区隔私祭与公祭的首要因素。庙堂、家祠之类的场所显然不是私祭发生的场域，大观园中、荒野之外方才是私祭场景成立的合适空间。事实上，除去第四十三回宝玉撮土焚香祭奠金钏儿，小说中的私祭空间完全聚焦于大观园内。这显然与私祭主角《红楼梦》女儿的活动空间有关。因此，私祭空间不仅是私祭行为发生的处所，也影响了参与其中的人物关系与叙事氛围。关于私祭空间设置的合理性，小说第七十八回有一段宝玉私祭晴雯的内心独白，可称最佳注脚：

>如今若学那世俗之奠礼，断然不可；竟也还要别开生面，另立排场，风流奇

---

① 关于《红楼梦》祭祀仪礼的民族属性问题，赵冈的《考红琐记》（台北：《中国时报》1980年12月28日）与邓云乡的《〈宁国府除夕祭宗祠〉诸礼非满洲礼仪辨》（《红楼梦学刊》1982年第1辑）这组论辩文章做了深入细致的辨析。后来邓小飞的《"悬影"不是满人礼仪》（《学术论坛》1982年第6期）和夏桂霞、夏航的《浅析〈红楼梦〉中的萨满文化》[《中央民族大学学报》（哲学社会科学版）2006年第2期]等论文均在此基础上展开讨论。

② 作为《红楼梦》的经典场景，《芙蓉女儿诔》的诞生在红学界历来备受关注。20世纪70年代末，蔡义江先生《红楼梦诗词曲赋评注》对《芙蓉女儿诔》做了深入解析；80年代，张庆善先生在《说芙蓉》（《红楼梦学刊》1984年第4辑）一文中就对曹雪芹将晴雯比拟为水芙蓉还是木芙蓉进行了探讨；林乃初先生的《论〈芙蓉女儿诔〉的稚嫩美》（《红楼梦学刊》1989年第4辑）分析了该文的艺术特色；从文体学角度看，马凤程先生将《芙蓉女儿诔》与《离骚》进行对照（《〈芙蓉女儿诔〉与〈离骚〉》，《红楼梦学刊》1986年第1辑）；新世纪以来，张云先生的《〈芙蓉女儿诔〉的文章学解读》（《红楼梦学刊》2008年第1辑）和王思豪先生的《骚·诔·赋：〈芙蓉女儿诔〉的文体学演进理路》（《红楼梦学刊》2021年第2辑）分别从文章学与文体学的理论维度审视这篇《红楼》"诗赋之冠冕"，尤其是后者认为《芙蓉女儿诔》"打破诔文'正体'礼制规范"的结论对本文之写作大有裨益。本文由此出发，将《芙蓉女儿诔》的写作情境置于私祭之时空中加以考察，以期在前人研究基础上有所推进。

异，于世无涉，方不负我二人之为人。况且古人有云:"潢污行潦，苹蘩蕴藻之贱，可以羞王公，荐鬼神。"原不在物之贵贱，全在心之诚敬而已。①

"世俗之奠礼"与宝玉私人之祭奠显而易见的差别是前者必到"灵前祭吊"，而宝玉却是"猛然见池上芙蓉，想起小丫鬟说晴雯作了芙蓉之神，不觉又喜欢起来，乃看着芙蓉嗟叹了一会"，欲在"芙蓉前一祭"。

宝玉祭晴雯，其要义有二:其一是"原不在物之贵贱，全在心之诚敬"，也即内容方面突出祭祀用心之真诚;其二是"别开生面，另立排场，风流奇异，于世无涉，不负我二人之为人"，也即祭祀形式方面突出标新立异，新颖别致。前者与先秦以降直至明清时代儒家祭祀礼仪之规约相一致，而后者则是《红楼梦》小说所着力凸显之处。可以说，小说中宝玉私祭晴雯，不再是一种纯粹仪式化的对逝者的追怀，而成为了熨帖晴雯品格，见证自己与晴雯关系的一种文化活动。

细致辨析，宝玉判定祭奠好坏的标准是发心是否"诚敬"，场景能否"别致"。从表面上看，他从儒家经典《左传·隐公三年》中找到了依据:心怀虔敬，坑中积水与野生水草也可以奉献王公、献祭鬼神。但实质上，小说中所描绘的宝玉对祭奠形式之追求，已悄然与清代儒者所探究的以经典仪注为主的丧礼产生了些许不同②。换言之，小说叙述者在清代公共祭仪日趋规范化的文化氛围中，特意辟出一片诗意空间，为私祭描写找到了伦理支撑，也为人物情感提供了场域依托。

值得瞩目的是，古典小说中祭祀场景的成立不是一蹴而就的。祭祀场景由公共而私人的切换，既蕴涵着叙事者空间设计的匠心，也显现出世情小说祭祀叙事艺术层累的特质。《金瓶梅词话》描摹了大量的祭祀场景，数量与质量皆不逊色于后来的《红楼梦》，然而在私祭场景的营造方面，后者显然更进一步。《金瓶梅词话》中较为明显的私祭是第六十五回西门庆夜晚追怀李瓶儿的场景:叙述者选择在李瓶儿二七祭仪结束后的晚上，安排西门庆"不忍遽舍，晚夕还来李瓶儿房中要伴灵宿歇"。"长吁短叹"，睹物思人，叙述自然而然地将场景由公祭切换为私祭。西门庆夜半的"大哭不止"与日间的"行如在之礼"，都可以说是发自内心的，使得"丫鬟、养娘都忍不住掩泪而哭"③便是明证。以私祭为视角考察明末清初的世情题材章回小说，会观察到两种有趣现象:其一，以《醒世姻缘传》为代表，在公共祭祀场景中寄寓特定的私人情感，往往具有讽刺效果。例如小说第四十一回"陈哥思妓哭亡师"④场景，然而终无法摆脱公

---

① 曹雪芹撰，无名氏续:《红楼梦》第七十八回，人民文学出版社 2008 年版，第 1106 页。后文引用《红楼梦》原文，不经特殊说明，皆引自此本。

② 张寿安对清代礼学及明清礼学转向有过论断:清代礼学家"力斥宋明礼学的'缘俗'性格"，提倡"以经典为法式"。因此，明清礼学的重要转折是"从'私家仪注'的'家礼学'走向'以经典为法式'的'仪礼学'"。见张寿安《十八世纪礼学考证的思想活力——礼教论争与礼秩重省》，北京大学出版社 2005 年版，第 82 页。

③ 兰陵笑笑生撰，陶慕宁校注:《金瓶梅词话》第六十五回，人民文学出版社 2008 年版，第 829 页。

④ 西周生撰，李国庆校注:《醒世姻缘传》第四十一回，人民文学出版社 2005 年版，第 526—538 页。

共祭祀场景书写框架，是一种具有讽刺意味的滑稽场景，在情感映射方面反不如《金瓶梅词话》；其二，以《林兰香》为代表，在闺阁家常中涉及私祭所需"淡妆素服"等一应礼俗用品，例如第十八回燕梦卿与香儿、彩云等的交谈话语①，但尚未发展出系统性充任情节功能的私祭场景。

相较之下，《红楼梦》丰富和发展了《金瓶梅词话》中的私祭场景，不仅创设出私祭空间，供主人公贾宝玉、林黛玉，乃至小人物藕官表现在公共场合不便呈现的性情与气质，而且在公私场景切换时，也能够体现伏笔照应的映带之致，用戚序本脂砚斋的批评话语表述就是"春云吐岫"②。第五十八回戚序本回前总评曰："用清明烧纸徐徐引入园内烧纸，较之前文用燕窝隔回照应，别有草蛇灰线之趣，令人不觉。前文一接，怪蛇出水；此文一引，春云吐岫。""怪蛇出水""春云吐岫"，皆言伏笔照应之妙。照应存在的逻辑基础是相似性，然而文本功能却是有差异的。隔回照应的"怪蛇出水"看似突兀，实则令读者恍然之间觉察到情节之间的关联性，进而建立起照应关系，其叙事目的在于凸显异中之同。而"春云"与"岫"之间是前者映带出后者，二者间的逻辑关联是时常同步出现的两个性质不同的个体，则是同中显异。因此，清明烧纸与园内烧纸看似同为烧纸，实则因空间迥异，所呈现之人物关系与叙事所指亦皆有不同。若以影视手法相类比，《金瓶梅词话》的表现手法是自然主义的纪实之作，而《红楼梦》则更倾向于表现精心剪辑的艺术时空。

《红楼梦》私祭空间设置在环境方面有着清晰规划安排，大体可以分为园内空间与郊野空间两类，园内空间占绝对多数。林黛玉的"埋香冢"（第二十七回）和瓜果祭（第六十四回）、藕官的"杏子阴假凤泣虚凰"（第五十八回）和"痴公子杜撰芙蓉诔"（第七十八回）故事发生在大观园内，属于前者。而贾宝玉的"不了情暂撮土为香"（第四十三回）属于发生在郊野空间的私祭活动。严格意义上说，私祭空间设置于园内还是园外，主要取决于叙事者对人物关系的调度与安排。大观园中之姐妹难以出园，表达私下情感的处所自然设置在园内较为隐蔽的角落。而贾宝玉是相对的自由身，兼之九月初二这日是凤姐生日，园内人多眼杂，他心里惦记着祭奠金钏儿，叙事者安排在城外水仙庵也是合乎情理的叙事调度。

小说私祭空间的叙述顺序颇费了一番心思，我们不妨以小说第五十八回为例进行分析：首先叙老太妃薨逝，贾府上下有品级的都"入朝随祭"；其次写清明节"贾琏已备下年例祭祀，带领贾环、贾琮、贾兰三人去往铁槛寺祭柩烧纸"；再次才写到"杏子阴假凤泣虚凰"这一情节。可以说，祭祀老太妃渲染了祭祀的氛围，点明清明节令，既为藕官烧纸提供了合乎情理的因由，也制造了贾府中主子们外出，独留养病的宝玉成为触发这一情节的人物。大观园中女儿世界发生的奇情奇事，必须有合适的空间环

---

① 随缘下士编：《林兰香》第十八回，中国戏剧出版社2000年版，第96页。
② 曹雪芹著，脂砚斋评，吴铭恩汇校：《红楼梦脂评汇校本》（下）第五十八回，清华大学出版社2020年版，第748页。

境加以安顿。唯此，方能显藕官之痴情、宝玉之熨帖、夏婆子之狐假虎威，乃至大观园中生态环境之恶化。这其实也为后面十二官与这些老婆子的矛盾进一步爆发，乃至十二官从大观园中被驱逐都埋下伏线。同时，藕官的烧纸祭奠也与宝玉、黛玉等人的私祭构成意旨上的勾连和照应，并形成了人物设置上的某种镜像效果。

不仅如此，如果细读"春云出岫"的私祭场景，我们还会发现空间确立的要素中不仅有照应之处，也需要照应之物。换言之，不仅从清明烧纸到园内烧纸的时空转换颇为紧要，园内因烧纸而惊起的雀儿也是接续故事的重要功能性物象[①]：从宝玉寻思"这雀儿必定是杏花正开时他曾来过，今见无花空有子叶，故也乱啼"到"正胡思间，忽见一股火光从山石那边发出，将雀儿惊飞"。场景的微观过渡十分自然，确乎能吓宝玉一大跳。同样属于前后照应的是宝玉为藕官想出的第二个理由："梦见杏花神和我要一挂白纸钱，不可叫本房人烧，要一个生人替我烧了，我的病就好的快。所以我请了白钱，巴巴儿的和林姑娘烦了他来，替我烧了祝赞。原不许一个人知道的，所以我今日才能起来，偏你看见了。我这会子又不好了，都是你冲了！"自然勾连起之前叙述的宝玉生病情节，以藕官私自烧纸的罪行赋予了给杏花神烧纸、保佑宝玉的公义性质，可见宝玉在女儿们面前长于辞令。

同时，杏花意象也非常重要。民国张笑侠《读红楼梦笔记》评论道："杏花开谢，宝玉见了本自伤感，此时又有鸟啼。似宝玉之为人，又何能不增伤心，此处写宝玉之痴呆，文情曲折，令人读之亦当生无限感想。由此又引出藕官烧纸钱，似宝玉之多情人，如何能不护庇。"[②]《红楼梦》叙事之妙处甚多，其中之一妙在前后映带，左右勾连。环境触发宝玉之呆想，增宝玉之伤心，进而引出护庇藕官，事出突然，却又合乎情理。

另外，私祭场景设置的根源是作为祭祀仪式的烧纸行为，具有明面上的火灾隐患和潜在的死亡恐惧意味。第五十八回宝玉看到的藕官私祭场景是："只见藕官满面泪痕，蹲在那里，手里还拿着火，守着些纸钱灰作悲"。他当下的反应是询问："你与谁烧纸钱？快不要在这里烧。你或是为父母兄弟，你告诉我姓名，外头去叫小厮们打了包袱写上名姓去烧。"说明这个私自祭祀烧纸的场景，在宝玉看来，也并非合情合理之举。烧纸场景是人世间与阴间亡灵沟通的具有典型意义的场景，其阴森恐怖的象征意味至今仍然存在。尤其是私自祭祀，还不敢明言祭祀对象，这在夏婆子等大观园中的保守势力看来，就更有几分巫蛊诅咒的意味，宝玉身体尚未痊愈，藕官行为自然便成了大逆不道之举。然而解铃还须系铃人，最有理由为此事愤怒的宝玉却成了藕官私祭僵局的打破者。这个场景直到结束也没有出现藕官祭祀的对象，她只是将获知真相的线索告知了宝玉，引起读者兴趣。王伯沆评曰："始终不说出，文最有味"[③]。烧纸结束

---

① 李鹏飞：《试论古代小说中的"功能性物象"》，《文学遗产》2011年第5期。
② 吕启祥编：《红楼梦研究稀见资料汇编（增订本）》下册，人民文学出版社2016年版，第261—262页。
③ 张一兵、周宪主编：《王伯沆批校〈红楼梦〉》第2册，南京大学出版社2010年版，第812页。

后，宝玉也明白了几分，便问他："到底是为谁烧纸？我想来若是为父母兄弟，你们皆烦人外头烧过了，这里烧这几张，必有私自的情理。""私自的情理"成为宝玉与藕官共同的秘密，也是后续情节展开的充分叙事动力。如果以空间设置合理性与合法性而论，"私自的情理"是区分祭祀场景公共性还是个人性的突出指标，也是私祭场景在《红楼梦》中赖以成立的标志。

二 "无可奈何之日"：私祭时间调度与情节安排

如果将空间因素作为私祭的首要考察内容，《红楼梦》私祭的时间设置则紧随其后。细味小说，其私祭时间调度可依据叙事功能区分为季节时令与晨昏设定，前者涉及私祭叙事的整体氛围与意境营造，后者则与私祭场景的人物关系和情节安排有关，皆是叙事者精心谋篇布局之得，不可粗粗放过。

我们先来了解一下季节时令与私祭的氛围意境之关系。《红楼梦》前八十回中之私祭恰好都设置在春、秋两季，在情感构思上暗合了中国人"春秋荐其时食"的祭祀传统和伤春悲秋的文学传统。换言之，小说叙述者借助了文学传统中春秋时序容易催动诗人感伤的抒情意象，构思出了黛玉葬花、秋爽瓜果、宝玉焚香、假凤泣虚凰等一系列经典场景。然而，细读之下便会发现，时序之设置也不全然拘泥于抒情传统，更多的是因时感伤，因人设祭，全凭叙述者之安排调度，时与事协，浑然天成。

小说季节时令的"春"与"秋"，还应当具体分析。先看作为私祭叙事背景的春令。例如第二十八回言明黛玉的《葬花吟》作于"饯花之期"，而第五十八回藕官烧纸"可巧这日乃是清明之日"。春季在中国人的情感表达中的内涵是丰富而复杂的。既可以是"春和景明"的自然礼赞，也可以是"清明时节雨纷纷"的哀伤动人，还可以通过饯别花神，表达春景盛极必衰的哀愁，这些情绪在小说第二十八回场景描摹中表现得尤为突出：小说叙林黛玉"正是一腔无明正未发泄，又勾起伤春愁思，因把些残花落瓣去掩埋，由不得感花伤己，哭了几声，便随口念了几句"。关于此段宝黛之间内心与环境之描摹，甲戌本脂砚斋评道："不言炼句炼字，只想景、想情、想事、想理，反复推求，悲伤感慨，乃玉兄一生之天性。真颦儿之知己，则实再有者。"[1] 此处，宝黛两位诗人之心，皆感时因事而生情，脂批的"想"就是设想之意。叙事者笔下的春景，其实与春情、春事融为一体。

黛玉的私自祭葬落花，是她天然的悲楚敏感性情引发的必然举动，然而设置在春时的"饯花之期"，触发自对宝玉不开门的误会之后，才最能爆发出《葬花吟》中喷薄而出的力量，"一年三百六十日，风刀霜剑严相逼"的慨叹也才有了坚实情感着落，不致显得空疏浮泛。可以说，从"饯花"到葬花、祭花，既是小说中顺理成章的情感流

---

[1] 曹雪芹著，脂砚斋评，吴铭恩汇校：《红楼梦脂评汇校本》（中）第二十八回，清华大学出版社2020年版，第380页。

转,也是象征着抒情主人公林黛玉与贾宝玉如春光般短暂的此世情缘。

再谈秋节时令与私祭场景设定之关联。第四十三回点明了"不了情暂撮土焚香"的故事发生在"九月初二日",后一回又用补叙的手法交代了"今日是金钏儿的生日,故一日不乐"。然而此处叙述者对于秋令对人物心境之影响表现得不很突出,只在人物对话和叙事中提及"这是出北门的大道,出去了冷清清没有可顽的""一气跑了七八里路出来,人烟渐渐稀少"等语,似乎没有对于节令的明确表述。当然,还有宝玉揣测黛玉的"七月为瓜果之节,家家都上秋祭的坟"(第六十四回)。

《红楼梦》集中体现秋节风物的是第七十八回的"痴公子杜撰芙蓉诔"。小说还用叙述语言与诔文赋体反复描摹此时此刻的时序:前有"备了四样晴雯所喜之物,于是夜月下,命那小丫头捧至芙蓉花前。先行礼毕,将那诔文即挂于芙蓉枝上"。后有诔文开篇处即点出三个时令:"太平不易之元,蓉桂竞芳之月,无可奈何之日。""蓉桂竞芳"是三者题眼,多事之秋的隐喻将太平不易之年和无可奈何之日串联起来,为二者的"不易"和"无奈"提供了佐证。接着叙述者在诔文中也详尽摹状了"金天属节,白帝司时"的情境:

> 桐阶月暗,芳魂与倩影同销;蓉帐香残,娇喘共细言皆绝。连天衰草,岂独蒹葭;匝地悲声,无非蟋蟀。露苔晚砌,穿帘不度寒砧;雨荔秋垣,隔院希闻怨笛。芳名未泯,檐前鹦鹉犹呼;艳质将亡,槛外海棠预老。

因此,姚燮在评点中将宝玉作诔文的确切时间系年于"甲寅年秋时事"[1]。秋令不仅是木芙蓉花绽放之时,象征晴雯之品格气质,而且也象征肃杀,暗喻着晴雯之死遭受到恶势力的摧残,而作为园中女儿保护神的贾宝玉在"春"时尚且能保护女儿们一时,凛"秋"一至,百花尽凋,唯有"落了片白茫茫大地真干净"这唯一的结局。无论"春"还是"秋"的季节时令,在《红楼梦》中的调度价值与象征意蕴同等重要,可以说《红楼梦》的叙述者继承了王实甫《西厢记》杂剧"春秋代序"的叙事模式[2],并将其扩展发挥到了新的高度。

谈完春秋时序与私祭场景之关系,我们再来看看晨昏设定一类微观时间设置方面《红楼梦》叙述者的别致用心。小说中贾府的日常作息,严格依据传统社会尤其是清代贵族阶层的作息制度,虽然也有例外,但基本上遵循着"早睡早起,饔飧二食,歇午为常例,逢节开夜宴"[3] 的一套整饬规则。即便是贾宝玉这位贵族公子,稍有不遵作息

---

[1] 曹雪芹、高鹗著,护花主人、大某山民、太平闲人评:《红楼梦(三家评本)》第七十八回,上海古籍出版社1988年版,第1307页。

[2] 李简:《〈西厢记〉的"春"与"秋"》,《智慧中国》2020年第2期。

[3] 李远达:《"歇午"与"夜宴":〈红楼梦〉微观时间设置的叙事潜能与文化意蕴》,《红楼梦学刊》2020年第5期。

制度处，便会遭到林之孝家的一类家人仆妇的规训，警示他决不能学那起子"挑脚汉"。这也就可以合理解释，为何在贾府礼制约束的缝隙中生存的私祭场景有的发生在上午，有的发生在午后，还有的发生在夜晚，皆有其不得不如此设置的因由情理。

《红楼梦》前八十回中，第二十七回黛玉葬花和第四十三回宝玉祭金钏儿都发生在上午，两者一内一外，正可对照。在葬花场景之前，叙述者交代黛玉"因夜间失寐，次日起来迟了，闻得众姊妹都在园中作饯花会，恐人笑他痴懒，连忙梳洗了出来"。中间虽然有与宝玉、宝钗等人的会面，但等宝玉想起一时不见黛玉而前去搜寻，因"凤仙石榴等各色落花"而想到花冢，伏在山坡上潜听完黛玉的《葬花吟》，到次回开篇二人方才"只见丫头来请吃饭"。可见故事发生在早间。而第四十三回则更是言明："天亮了，只见宝玉遍体纯素，从角门出来，一语不发跨上马，一弯腰，顺着街就颠下去了。"在水仙庵祭拜完金钏儿，宝玉主仆用了素菜才进城去了。值得注意的是，此处的饭和菜，皆不是我们今天一日三餐意义上的午餐，而是饔飧二食中的饔食，也即在早上九、十点钟吃的早饭。

小说第五十八回叙藕官清明烧纸祭药官，则写明宝玉"饭后发倦"，接受袭人建议，拄杖靸鞋，在园中所见，微观时间设置当在晌午时分。叙事者如此安排，从宝玉方面讲，是交代他因病未能外出随祭，袭人怕他病中"停食"，因此劝他园中逛逛。宝玉的病，既是叙述者描写他不跟随外出，"往铁槛寺祭枢烧纸"的原因，也是描摹他饭后外出的充足叙事动力。小说通过宝玉的限知视角，描述先见园中修竹栽花的众婆子，次与香菱、湘云等玩笑，最后要去看望林黛玉，走过沁芳桥一带，看到"绿叶成阴子满枝"，关注到雀儿在枝头乱啼，进而才留意到藕官烧纸，遭夏婆子斥责的场景。叙述层次井然，毫无凝滞之感。藕官这个平素与宝玉关系并不密切的女孩儿，也因此能够与宝玉建立起坚实可信的情感毗邻关系。另外，从藕官角度说，宝玉的视角由怡红院而沁芳桥，再到杏子阴和山石之后，人烟越来越稀少，也为藕官烧纸私祭创设了合理的时空环境。同时，大观园中饭后正是歇午时间，人烟本就较少，这也是藕官选择这个时间的原因。

如果说白日的私祭是叙述者根据时空约束而创设的情节，那么晚间的私祭则更应该理解为小说家匠心独运的情感氛围。第七十八回宝玉于月夜祭奠芙蓉花神晴雯，是否存在其他时间设置的可能呢？理论上当然存在这种合理性，毕竟小说中前三场私祭都安排在了白日，但叙述者将此处情境设置为月夜。首先是秋月当空，与宝玉心境及《芙蓉女儿诔》文章内容更为贴合。其次是最为贴合情境的时空设置：前文有叙，宝玉追问晴雯死前言语，小丫鬟见"园中池上芙蓉正开"，便随口胡诌说晴雯做了芙蓉花神。加之宝玉在芙蓉前致祭是"回至园中，猛然见池上芙蓉……想毕，便欲行礼"，因此，宝玉祭晴雯之处不仅在园内，周围环境也比黛玉葬花之处更为嘈杂，白天是无法行事的。再次，我们考虑到宝玉默祝和藕官心事都是内心默默表达情愫，黛玉葬花也在空旷无人之花冢附近，宝玉在木芙蓉花下诵念的长篇诔文，公然"焚帛奠茗，犹依依不舍"的动作神态，如果不是暗夜杳然，一定会引起贾府管家阶层的注意，最终会传到王夫人耳朵里，也因此宝玉取消了烧纸环节。最后，更进一步说，叙述者将祭晴雯设置在月夜，正是因为在月夜的朦胧笼罩下，人的视觉变得模糊，听觉反而更为灵敏。因此，祭祀完毕后，黛玉在山石背后说"且请留步"以及小丫鬟将黛玉误作晴雯之魂的情节也才稍显合理。由此可见，《红楼梦》所设置之春秋时序与微观时间，皆因时而运事，更以时而生事，进而由这一无可奈何之时转化为不可或缺之境。

三 代祝与陪祭：私祭者的身份替换与叙事补白

《红楼梦》私祭场景的时空属性为人物的登场设置了一个极佳的舞台。小说中的人物关系与情感侧面，都借此得以铺展与呈现。然而，私祭者在小说祭祀场景中的多重身份是引人瞩目的一个文学现象。作为主祭者，宝玉、黛玉绝对是小说的主人公，私祭的藕官也可以视作宝玉祭奠晴雯（黛玉）的先声。同时，作为代祝者的茗烟、宝玉和作为陪祭者的宝玉、黛玉及丫鬟，成为《红楼梦》私祭场景人物关系最显著的特征之一。代祝与陪祭，看似是一种小说人物临时性的可变身份，实则表征着人物平日不易察觉的心像侧影。

我们首先来分析《红楼梦》祭祀场景中的主祭者。宝玉和黛玉无疑是私祭场景的绝对主角。在小说前八十回所描写的私祭中，他们分别进行了两次私祭：黛玉先葬花，后以瓜果祭美人；宝玉先撮土焚香祭奠金钏儿，后撰《芙蓉女儿诔》致祭晴雯。前后呼应，恰好构成叙事复沓结构。而且四次私祭出现的回次分别在第二十七、第六十四、第四十三、第七十八，恰好贯穿小说中宝黛爱恋这条主线的主要历程。如果加上作为宝黛之恋镜像出现的藕官私祭药官（第五十八回），恰好随着宝黛爱恋越稠密，相知越深，私祭行为反而出现得越密集。假凤泣的是虚凰，那么真凤呢？显然也不可能求得心中唯一的真凰吧？

其次，黛玉与宝玉所祭祀对象，也颇为讲究，黛玉两次私祭，皆非身边人事，暮春之落英与古代之美人，使得私祭行为空寂辽远，不沾染烟火习气。而宝玉所祭祀对象，则两次皆为丫鬟，前金钏儿因他而投井，后晴雯之遭与夭亡，也与宝玉有千丝万缕的联系。因此，可以说，黛玉所祭，皆非俗品；宝玉所祭，无外美人。更进一步讲，宝玉爱美人，所私祭者金钏儿、晴雯，皆美人；黛玉也与之相仿佛，所私祭者落花、五美，皆极美好而短暂之鲜活生命。小说第七十回放风筝，也唯有宝、黛二人手中皆美人，宝玉因有了替美人寂寞之言论。惺惺相惜，在审美，更在价值观。二人之心心相印，也正在于斯。

再次，再来看祭祀仪式中的代祝者形象。严格地讲，小说中描摹了真假一对代祝者，前者是第四十三回代宝玉祝告的仆从茗烟，后者则较少受到关注，第五十八回中宝玉为藕官开脱时所找的理由："替我烧了祝赞"。两相对照，前后呼应，相映成趣：

前者茗烟不请自代，主动"忙爬下磕了几个头，口内祝道"；而后者则本无代祝行为，宝玉急于保全藕官，故意说："我昨夜作了一个梦，梦见杏花神和我要一挂白纸钱，不可叫本房人烧，要一个生人替我烧了，我的病就好的快。所以我请了白钱，巴巴儿的和林姑娘烦了他来，替我烧了祝赞。"夏婆子虽然知道宝玉有意袒护，但宝玉拿老太太要挟她，"说他故意来冲神祇，保佑我早死"。夏婆子也不得不妥协，暂且放过藕官。在宝玉的这番谎话中，最核心的理由就是代祝，而本来自觉理亏的藕官此时却因为宝玉情急之下赋予的新身份而得到庇护，"益发得了主意，反倒拉着婆子要走"。见微知著，宝玉对园中女孩儿的爱护到了何种程度。

耐人寻味的是，作为宝玉贴身小厮的茗烟自觉充当代祝者，宝玉却是一头雾水。此处也是小说塑造茗烟形象以及宝玉—茗烟主仆关系的重要场景。小说第四十三回的"不了情暂撮土为香"场景中，茗烟通过观察宝玉的举止，准确把握了主人的意图：宝玉"一齐来至井台上，将炉放下。茗烟站过一旁。宝玉掏出香来焚上，含泪施了半礼"，庚辰本夹批曰："奇文，只云'施半礼'，终不知为何事也。"姚燮则说得很到位："半礼显然，故焙茗知是姊妹。"[1] 民国学人王伯沆也评点曰："恰好""然非情烈亦不克当"[2]。相较之下，姚燮之评"半礼"，最为切当。所祭对象为姊妹通过茗烟猜出，不仅彰显出宝玉祭礼一丝不乱，有着自己的规范，也显示出茗烟对主人思想与习惯的熟悉。在茗烟代祝之后，庚辰本脂批有一段经典评论：

> 忽插入茗烟一篇流言，粗看则小儿戏语，亦甚无味。细玩则大有深意，试思宝玉之为人岂不应有一极伶俐乖巧之小童哉？此一祝亦如《西厢记》中双文降香，第三祝则不语，红娘则代祝数语，直将双文心事道破。此处若写宝玉一祝，则成何文字？若不祝则成一哑迷，如何散场？故写茗烟一戏直戏入宝玉心中，又发出前文，又可收后文，又写茗烟素日之乖觉可人，且衬出宝玉直似一个守礼代嫁的女儿一般，其素日脂香粉气不待写而全现出矣。今看此回，直欲将宝玉当作一个极清俊羞怯的女儿，看茗烟则极乖觉可人之丫鬟也。[3]

脂批将《红楼梦》笔墨比拟《西厢记》，是有一定创见的，但二者却又不同。王伯沆评论认为："茗烟所祝，语语写得恰好，在不贵不贱不亲不疏之间"，又有评道："隽奴"[4]。隽字下得妥帖，茗烟的祝文不仅在祭祀者身份上新奇，属于代祝，而且在文体上也是文白驳杂，参差互现，非常耐人寻味。在文体功用上更是体现了"不贵不贱不

---

[1] 曹雪芹、高鹗著，护花主人、大某山民、太平闲人评：《红楼梦（三家评本）》第四十三回，上海古籍出版社1988年版，第691页。
[2] 张一兵、周宪主编：《王伯沆批校〈红楼梦〉》第2册，南京大学出版社2010年版，第593页。
[3] 曹雪芹著，脂砚斋评，吴铭恩汇校：《红楼梦脂评汇校本》（中）第四十三回，清华大学出版社2020年版，第565—566页。
[4] 张一兵、周宪主编：《王伯沆批校〈红楼梦〉》第2册，南京大学出版社2010年版，第593页。

亲不疏"这四"不"原则。反观小说及诗文中，如此"代祝"，恐怕《西厢记》杂剧而外，亦不多见。从这个角度看，藕官之代祭虽然是"假凤泣虚凰"，但其所抒发之真情却是与宝玉一般无二的，藕官私祭也是道出了宝玉不可明言的心事。

接下来我们就要分析《红楼梦》私祭仪式中另一类特殊身份——陪祭者。众所周知，私祭场景因其私密性方具有个人化，才方便传递与表达人物内心隐秘的思想情感。试想以黛玉之敏感聪慧和宝玉之心思绵密，绝不肯在大庭广众之下，公然诵读《葬花吟》与《芙蓉女儿诔》。然而越是参与者数量少，叙述者在选择叙述视角之时，越不愿意用全知视角描摹场景，这一视角不仅容易使叙事风格显得单调乏味，更重要的还在于限知性代入视角有助于强化私密性空间的营造。从《金瓶梅词话》创设偷听者潘金莲开始，到《红楼梦》时，甚至形成了宝黛互为偷窥陪祭者的模式，即黛玉葬花、瓜果祭和宝玉祭晴雯等对称的著名场景中，其实都存在一双观察的眼睛，遥遥陪祭，而这双视角恰是彼此心中的含情目。

具体说来，黛玉葬花和宝玉祭晴雯，都是以宝玉视角为主切入的，然而第七十八回所隐含的山石之后"人影从芙蓉花中走出来"，却正是黛玉。黛玉视角隐含在第三人称限知叙事之中，或曰部分起到了限知的观察作用。换言之，如果宝玉私祭晴雯的描写没有沾染上黛玉视角之色彩，不可能出现第七十九回开篇处二人商榷诔文"茜纱窗下，我本无缘；黄土垄中，卿何薄命"这样富含隐喻意味的场景。更为显著的是第六十四回，叙述者从始至终都没有明写黛玉以瓜果祭祀的场景，只是从宝玉的视角出发，先看到到雪雁送瓜果，进而猜想黛玉"春秋荐其时食"，再看到潇湘馆"炉袅残烟，奠余玉醴"，直到黛玉一句回应宝钗的"可欣可羡、可悲可叹"否定了宝玉所有的观察与猜想。自始至终都没有出现黛玉的视角，然而黛玉的言语既是对宝玉细致观察的一种幽微的反馈，也是宝玉含情目的最佳注脚——爱恋中的彼此往往会想多，而误读和曲解只能证明爱恋双方对彼此的观察之深之细。宝黛互为陪祭者的视角，构成了宝黛爱恋关系中营造深情场景的重要维度。

当然，除去宝黛互为陪祭者，小说第七十八回还出现了一位功能性的陪祭者——丫鬟。如果稍加留意，就会发现，宝玉祭奠晴雯场景中，从"于是夜月下，命那小丫头捧至芙蓉花前"，直到宝玉"读毕，遂焚帛奠茗，犹依依不舍。小鬟催至再四，方才回身"。再到丫鬟误以为芙蓉花里走出的是晴雯而大叫，这名陪祭丫鬟的叙事功能才告完成。宝玉祭奠晴雯必须要有一丫鬟陪侍原因有三：其一，四样祭品需要有人捧着侍立，这本是小说家一样笔写两样文字，可以省略的，但因为有了后两点，也不妨为此丫鬟派这项差事；其二，以宝黛对彼此的熟悉程度，宝玉即便于黑夜中也不至于认不清黛玉，叙述者借丫鬟之口喊出："不好，有鬼。晴雯真来显魂了！"坐实了后一回脂批所说："虽诔晴雯而又实诔黛玉也"的结论；其三，宝玉祭拜完晴雯，久久不能从哀伤中回过神来，故而听了黛玉那声"且请留步"后"不免一惊"是真，吓得大叫则不符合宝玉此刻心境，也不符合宝玉素来性格。只有用"丫鬟回头一看"后的大叫，才能"唬得宝玉也忙看"。叙述者如此安排调度，使宝玉与黛玉之关系在宣叙与窃听之间才显得越发浓烈，而丫鬟设置之功用也发挥到了一个崭新的高度。

四 炷香行礼与枫露之茗：《红楼梦》祭祀细节的文化意蕴

除去时间、空间与人物要素，《红楼梦》私祭场景还包含大量礼仪细节，既可以与清代贵族生活日常祭祀用品相对照，以此窥知曹雪芹私祭描写的叙事意图，又能通过丰富的祭祀物象照应前文情节，传递深挚情感。祭祀细节可以分为祭祀用品与祭祀仪轨两类。祭祀用品如第四十三回中宝玉反复纠结的"檀、芸、降"和"两星沉速"，第五十八回藕官"手里还拿着火，守着些纸钱灰作悲"，以及第七十八回《芙蓉女儿诔》开篇所提到的"怡红院浊玉，群花之蕊，冰鲛之縠，沁芳之泉，枫露之茗，四者虽微，聊以达诚申信，乃致祭于白帝宫中抚司秋艳芙蓉女儿之前"。关涉到《红楼梦》祭祀细节的文化意蕴，尤其其中的枫露之茗，已有较为丰富的前人研究成果，从一个侧面反映出小说私祭叙事细节之引人注目。祭祀仪轨则既反映出清代贵族礼俗，又融汇着叙述者对礼俗之深刻而温厚的独到见解。

首先，看祭祀用品。第四十三回所提到的"檀、芸、降"和"两星沉速"是指两类香料，前者是名贵的香料，荒郊野外难以寻觅，宝玉只得退而求其次，在茗烟的提醒下从荷包里拿出平日常备的"两星沉速"散香。颇具意味的是，宝玉对此，"心内欢喜道：'只是不恭些'"。转念一想，这散香是"自己亲身带的，倒比买的又好些"。问题在于，亲身带的比买的究竟好在何处？按照前文提到的宝玉的祭祀理论，"原不在物之贵贱，全在心之诚敬而已"。此处自然是指亲身带的沾染上自己的性格情感，比外面买的显得更为"诚敬"之意。紧接着，宝玉"撮土焚香"面临的又一个难题是香炉和炭火，正如茗烟所抱怨道："这可罢了。荒郊野外那里有？用这些何不早说，带了来岂不便宜。"接着，茗烟出主意说水仙庵中有，因而将宝玉祭金钏儿的活动框定在水仙庵时空范围内。纵观宝玉的"撮土焚香"场景，亲身带的散香与庵中借用的炉炭，加上井台儿上的"干净地方儿"，看似极为随意，实则表现出宝玉对死去金钏儿的一片至诚忏悔。此场景中的两星沉速，也因为亲身带过的情感属性，具备了沟通宝玉与金钏儿，不辜负两人之交谊的特殊使命。

无独有偶，小说第七十八回提到的枫露茶的考证有很多，大体上有三种说法：其一，谐音"逢怒"说；其二，与"千红一窟"遥相呼应说；其三，为枫露点茶之简称说[1]。笔者较为认同第二种说法，《红楼梦》第八回"枫露茶"第一次出现时，脂批曰："与'千红一窟'遥映"[2]。枫叶之红色，斑斑点点，极似血泪，既是宝玉素喜之物，也

---

[1] 原所贤、暴连英：《试考枫露茶》，《红楼梦学刊》2012年第4辑。
[2] 曹雪芹著，脂砚斋评，吴铭恩汇校：《红楼梦脂评汇校本》（上）第八回，清华大学出版社2020年版，第124页。

与晴雯悲惨之命运相仿佛。

其次,谈祭祀仪轨。《红楼梦》祭祀细节还应包括礼仪流程及其所指。回顾"宝玉诔晴雯"场景中所行之礼仪:"先行礼毕,将那诔文即挂于芙蓉枝上",读毕诔文后,"遂焚帛奠茗,犹依依不舍"。看似礼仪谨严,实则其意全在于摹情。如果推而广之,将清代贵族礼俗纳入考察,则小说第六十二回宝玉生日礼俗可相对比:

> 这日宝玉清晨起来,梳洗已毕,冠带出来。至前厅院中,已有李贵等四五个人在那里设下天地香烛,宝玉炷了香。行毕礼,奠茶焚纸后,便至宁府中宗祠祖先堂两处行毕礼,出至月台上,又朝上遥拜过贾母、贾政、王夫人等。一顺到尤氏上房,行过礼,坐了一回,方回荣府。先至薛姨妈处,薛姨妈再三拉着,然后又遇见薛蝌,让一回,方进园来。晴雯麝月二人跟随,小丫头夹着毡子,从李氏起,一一挨着所长的房中到过。复出二门,至李、赵、张、王四个奶妈家让了一回,方进来。虽众人要行礼,也不曾受。回至房中,袭人等只都来说一声就是了。王夫人有言,不令年轻人受礼,恐折了福寿,故皆不磕头。

清代中叶的贵族生日,需要经过"炷香""行礼""奠茶焚纸"和祭拜宗祠、拜谢长辈,最后受晚辈之礼,一丝不错。其礼俗细节与祭祀仪式何其相似。小说尤为精妙之处在于,宝玉生日这天在履行完礼仪要求之后,叙述者安排平儿"打扮的花枝招展的来了",万福与作揖叠相礼毕,方道出宝玉、平儿、宝琴、岫烟皆是当日生辰,于是贵族家庭刻板的生日礼俗转变成"寿怡红群芳开夜宴"的女儿狂欢具备了较为充分的叙事理由,也巧妙地将清代贵族公共性礼俗与私人化情感表露有机地融为一体。

关于此段之礼俗与小说人物之关系方面,评点家之说虽纷然,亦有可观者。一向有过度阐释之习的张新之在"王夫人有言,不令年轻人受礼,恐折了福寿,故皆不磕头"后,认为:"废礼自王,大书特书",紧接着贾环、贾兰来拜寿,亦未行礼,张新之又评点道:"无兄无父,总由王命。"[①] 张新之意在谴责王夫人不令宝玉受礼扰乱礼法,毁坏纲常,道学意味颇浓。相较之下,王伯沆评点则反而拈出宝玉生日这日礼俗的人情一面:"礼缘情生,于义亦允。乳母、保母,律有明文也",他又在平儿来给宝玉拜寿之后评点道:"宝公生日,竟是自尊长以逮平辈兄嫂,都要去行礼。一则因年幼,次亦礼所当有也。至平儿,乃系兄妾,不得作丫头观,故上文亦有'让平儿'之文。"[②] 可见评点者眼中礼俗之兼容性也存在差异。

最后,私祭礼仪场景还有一个值得深思的问题:本文讨论的都是《红楼梦》前八十回的私祭场景,后四十回的叙述者是如何构思私祭,或者说,是如何看待祭祀仪轨

---

① 曹雪芹、高鹗著,护花主人、大某山民、太平闲人评:《红楼梦(三家评本)》第六十二回,上海古籍出版社1988年版,第1007页。
② 张一兵、周宪主编:《王伯沆批校〈红楼梦〉》第3册,南京大学出版社2010年版,第857页。

的。我们能找到的是第一百零四回的一段宝玉和袭人的论祭之文：

> （宝玉道）："晴雯到底是个丫头，也没有什么大好处，他死了，我老实告诉你罢，我还做个祭文去祭他。那时林姑娘还亲眼见的。如今林姑娘死了，莫非倒不如晴雯么，死了连祭都不能祭一祭。林姑娘死了还有知的，他想起来不要更怨我么！"袭人道："你要祭便祭去，要我们做什么？"宝玉道："我自从好了起来，就想要做一道祭文的，不知道我如今一点灵机都没有了。若祭别人，胡乱却使得；若是他断断俗俚不得一点儿的。所以叫紫鹃来问，他姑娘这条心他们打从那样上看出来的。我没病的头里还想得出来，一病以后都不记得。你说林姑娘已经好了，怎么忽然死的？他好的时候我不去，他怎么说？我病时候他不来，他也怎么说？所以有他的东西，我诓了过来，你二奶奶总不叫我动，不知什么意思。"

这段对话看似平淡无奇，实则不仅在叙事上回应了读者对宝玉祭晴雯不祭黛玉的质疑，也用事实回答了续书作者对私祭的态度："我自从好了起来，就想要做一道祭文的，不知道我如今一点灵机都没有了。"王伯沆的评点切中肯綮："躯壳虽存何益？"所谓"一点灵机"，虽是说不清道不明的，但却也体现出宝玉因父亲贾政回家问起黛玉，自己也想问个究竟的彷徨心态。缺了这"一点灵机"，不仅是宝玉能诔晴雯而不能祭黛玉的因由，也成为"候芳魂五儿承错爱"（第一百零九回）的叙事动力。后四十回中的宝玉非情不深，而是已独存躯壳，不能再续私祭情由了。此处后四十回的叙述者似乎在文本层面向读者昭示：祭文等于祭灵，等于宝玉的灵性，也似乎等同于前八十回作者的天分。

第一百零四回回末总评王希廉、姚燮、陈其泰三人也关注此事，亦各抒己见，形成话语竞逐：护花主人王希廉认为："黛玉死后，若宝玉一哭之后，绝不提起，便与生前情意不相关照。然既与宝钗恩爱，又不便时时刻刻哀思黛玉，故借贾政叹伤，触动前情，想起紫鹃。但竟叫紫鹃未必肯来？即来亦不肯细说，宝玉心事，无从倾吐。因借央恳袭人，复以诔祭晴雯相比，方可描出宝玉深情，即文章烘云托月法。"由此可知，王希廉对于本回宝玉欲问紫鹃的描写基本满意。大某山民姚燮则大体认同此说，所谓"死者之心，抱恨无穷，生者之心，不能一白。是以宝玉之叫紫鹃，欲于知死者之心，稍舒郁结。此正万不得已之极思也。而袭人又多方挠阻迟缓之，何哉！黛玉已死，即宝玉日日祭奠，曾复何补于事？乃并求如晴雯之一祭而亦不能，则其心更不安矣。非谓一祭黛玉，其心便可放下也"。

相较而言，陈其泰对后四十回中之私祭则颇多批评："黛玉死后，宝玉欲自言心迹，竟无一人可与言者。即向紫鹃琐琐，亦复赘笔无味。吾意只须于旁敲侧击处，偶一提撮，即已醒豁，不必在正面着笔，为妙。"可知不唯今人，清人亦对续书作者回避私祭场景的描写提出异议。毋庸置疑，后四十回中私祭场景的悬置从一个侧面表征着曹雪芹对私祭的潜心安排与调度绝非俗手可为，恰如贾宝玉所说："若学那世俗之奠礼，断然不可。"

综上所述，私祭是与家祭、国祭等公共祭祀行为有着明显区别的祭祀行为。私祭场景在清中叶世情小说尤其是《红楼梦》中的呈现逻辑与文学表达都与公共性祭祀有着仪轨、构思、叙事功能与文化意蕴上的迥然不同。《红楼梦》中的黛玉葬花、秋祭瓜果，宝玉撮土焚香、诔晴雯，以及假凤泣虚凰等经典场景在空间布局、时间设置、身份调度与细节仪注等方面的艺术成就与匠心远迈前代世情小说。小说家所创设的诗意空间在《金瓶梅词话》中没有出现，《醒世姻缘传》《林兰香》等世情小说都没有突破《金瓶梅词话》的祭祀叙述框架。戏曲《西厢记》《长生殿》等作品中虽有私祭场景，但其文体创新的自觉意识与文本复杂呈现并没有《红楼梦》中这般突出。更进一步说，叙述者还有意营造了重情主敬的祭祀氛围，从而自然而然地与清代仪礼学回归传统祭仪的学术倾向相疏离。作为文化现象的《红楼梦》私祭场景，其成立的根本在于宝玉所说的"全在心之诚敬"。而作为叙事艺术的私祭场景，则真正实现了叙述者借贾宝玉之口提出的"别开生面，另立排场"。

更有趣的是，曹雪芹的私祭艺术实践，在祭祀思想与艺术呈现上与几乎同时而异地的吴敬梓的杰作《儒林外史》形成了文采竞逐。如果将乾隆朝名满天下的纪昀笔记小说《阅微草堂笔记》中众多的"野祭"书写纳入跨文体考察，私祭书写现象会更富有机趣。《儒林外史》《红楼梦》《阅微草堂笔记》虽然文体有别，但都诞生于乾嘉考据学时期小说知识浓度提升的大背景之下，小说家如何调度知识、思想而为艺术呈现服务，私祭场景不失为一个良好的切入角度。当然，明清祭祀文化视域中小说私祭书写的横向比较，那是另一篇文章讨论的范畴了。

南方批评：
生态伦理与文学叙事

专栏按语

中国现当代文学研究中有一种南方批评的声音，它强调从 1840 年鸦片战争后华夏民族在被卷入西方世界所主导的工业文明和城市文明进程中的中国社会生态、政治生态、文化生态及其伦理建构，希望借助文学的表达，发现近现代中国如何从一种被动型的开放，到主动融入世界，更多的中国人走向海外，乃至具备全球视野和面向宇宙星辰的过程。

南方，是近代中国开始其征程的起点。风从南方来，南方之风，乃东方和西方两大文明板块冲撞和震动中所卷起的新型文明形态和精神气象。洋务派谓之三千年未有之变局。如何面对这文明的交会，也就是如何面对乡村文明和宗法文明、工业文明和城市文明融合的问题。中国人曾经安居在有着稳定血缘传统的乡村，现在他们迁徙到了城市，乃至要随着工业文明和人工智能的发展走向太空。这是中国人安居之所不断迁徙和重新选择的过程。

为面对这样一个文明转型，来自南方的四位学者和批评家为本次专栏提供了四篇文章，分别为何光顺《郑小琼诗歌的底层写作及其突围——兼论人类纪时代的慢暴力及其文学书写》、杨汤琛《桐城文家的域外书写与古文的现代性裂变——以薛福成、黎庶昌的域外游记为中心》、李俏梅《叙事的诗意及对存在的诗性领悟——论黎紫书长篇小说〈流俗地〉的诗性叙事结构》、龙其林《中国生态文学批评中的地球话语与行星视野述评》。这组文章从整体上体现出南方批评家群体在面对从南方开始的中国近代文明变革及其文学叙事形态变迁中的敏感、新锐、前沿及其广阔的关注视野，他们在发现问题，在建构现代文学批评的中国话语形态。

南方文学和南方批评，是现代文明生长出的果实，它与古典文学中的诗意江南已经气味迥异，它是近现代中国在黑夜里的摸索，是在泥泞的世纪中的探路。本次专栏的四篇文章就是凸显这样一个中国近现代世纪的旅程，它选择一些视角揭示了自近现代以来工业文明和城市文明迅速发展中所导致的社会问题、中国近代知识分子赴域外学习和求取经验、华人在海外艰难谋生中的遭遇和文化信仰的坚持、中国文学在经历上百年的家国和个人叙事后因着工业文明和城市文明的迅速发展，而开始了面对全球的地球话语建构和面向宇宙星空的行星视野的拓展。这四篇文章跨度极大，但无疑都关涉人与人、人与社会、人与自然的文学永恒主题，它把文学作者及其文本置于迥异于传统中国的一个现代背景之中，呈现出了近现代中国在西方近代文化冲击中的艰难蜕变和涅槃重生，并留意探讨某种新型伦理建构的可能。

  这四篇文章似乎就呈现出一个内在的螺旋式上升结构，何光顺教授将20世纪90年代以来的底层打工诗歌写作置于工业文明和城市文明挤压人之生存的人类纪时代，并让其与白话新诗对旧体诗的变革呼应，指出了从传统中国到现代中国蜕变中仍旧需要面对如何化解各种工业污染所带来的对于底层的伤害；杨汤琛教授上溯到晚清桐城派文人薛福成、黎庶昌赴域外考察借鉴西洋工业文明经验，而带来了文体形式和语言形式的变革，这使其成为此后白话文学的先导；李俏梅副教授从马来西亚华人作家黎紫书对华人俗世生活描写中看见了其所带来的文体结构、语言和诗意叙事的融合；龙其林教授从工业文明的太空化发展所带来的人类文学的改变特别是中国文学开始以太空视角观照地球本身和人类生存，指出这种关注和新的文学方向还未得到充分发展，需要引起进一步重视。

  这样，这四篇文章就构成了对于中国现代文明及其文学书写的整体观照，它所引出的问题和方向，也希望能引起学界同行的更多关注和讨论。这四篇文章所聚焦的南方批评及其生态伦理与文学叙事，也同样希望能得到学界同人的呼应和争鸣。

（蜀山牧人）

郑小琼诗歌的底层写作及其突围
——兼论人类纪时代的慢暴力及其文学书写

何光顺[*]

(四川省委省直机关党校 四川成都 610017)

摘 要：伴随着工业化和城市化的进程，关于城市生活和底层打工者生活的写作，成为当代中国诗歌的重要面向。这个城市化和工业化所造成的各种工业污染广泛而普遍地侵蚀着人的身体和精神的时代，也被学者命名为"人类纪"时代，即它体现出人类既全面主宰世界但又被其制造物的"慢暴力"普遍伤害。改革开放以来，广东珠三角是中国城市化和工业化发展最为充分的地区，这里涌现出的打工诗人，既是这个城市化和工业化进程的边缘者，又是其见证者和书写者。郑小琼是底层打工诗人的杰出代表，她的诗歌以现场直击与意象鲜明的书写揭示了人类纪时代的底层生存者的艰辛，描绘了一个正走在发展进程中的社会的模糊面孔，以具有绸质光泽的诗句在历史的进程中发出熠熠的光辉，指明了现代诗歌源于城市自由者的独立发声的境况，这注定了诗歌是一个城市的灵魂，诗歌的缺失遂导致城市的沉默。在此意义上，郑小琼就是这个时代的少有的现代城市的真正写作者，她的诗歌不仅是底层生存者心声的表达，还是对于底层诉求与诗人良知的揭显。

关键词：郑小琼；人类纪；慢暴力；底层写作；现代诗歌；文学突围

伴随着工业化和城市化的进程，关于城市生活和底层打工者生活的写作，成为当代中国诗歌的重要面向。改革开放以来，广东珠三角是中国城市化和工业化发展最为充分的地区，这里涌现出的打工诗人，既是城市化和工业化进程的边缘者，又是其见证者和书写者。郑小琼作为底层打工诗群的重要代表，就是伴随着珠三角打工诗人群体的崛起脱颖而出的。20世纪90年代，底层打工诗人开始在中国诗坛崭露头角。此

---

[*] 作者简介：何光顺，四川省委省直机关党校哲学社会学教研部教授，主要从事中西诗学、当代新诗批评等领域的研究。
基金项目：本文系国家社会科学基金项目"从物化到物感的中华美学时空思维结构演进研究"（项目编号：18BZX136）的阶段性成果。

后，底层打工诗群正式形成。21世纪以来，以郑小琼等人为代表的底层诗歌写作，又在展现中国城乡二元化结构状态和描写工业化时代底层打工群体的伤痛方面，为中国诗歌史翻开了新的一页。从现代中国文学史发展来看，底层打工诗歌崛起所开启的文学格局，可以看作对20世纪初叶由胡适提倡的白话文学的回应，即都是在从传统农耕文明向现代城市文明蜕变中发生着书写方式的变革。只不过20世纪初叶的白话新诗更多是由传统的士人向现代启蒙知识分子转变中的历史文化的自觉，是知识分子代平民立言。20世纪末至21世纪初的底层打工诗歌，写作者却是一批真正的来自农村乡土的底层农民工诗人。

这批底层农民工或打工诗人，不再是传统小农社会中只能承受残酷剥削和压迫的被动谋生者，而是在工业化进程中谋求改变命运而又承受着苦难的见证者。他们的户口身份还联系着遥远的故乡和泥土，但他们的常住地和谋生地却是沿海的城市。底层打工诗人的这种撕裂性的身份存在，奔波于打工城市和家乡故土的身心二元分裂状况，成为打工诗歌崛起的现实条件和作者基础。在这样一个工业化和城市化的时代，人被各种宰制性结构所奴役，人类的身体也普遍地遭受着工业物的渗透，自然物开始远离人的自然生命，化肥、农药、塑料、各种重金属不间断地侵袭着人的身体，也让人在曾经盲目相信技术时，又反向陷入了无尽的痛苦和生存的绝望挣扎中，而这就是被一些学者称作"人类纪"（Anthropocene）的时代①。

在这样一个人陷于物役的人类纪的时代，对资本暴力和技术暴力所造成的各种伤害加以艺术化地揭露和批判，就构成了底层打工写作的历史意义所在。诗歌想象与底层经验的关系问题也真正突现在关心诗歌的人们面前。这时期的代表性诗人有胡续冬、徐非、罗德远、张守刚、许强、任明友、曾文广、沈岳明、许岚、何真宗、刘大程、汪洋、郑小琼、黄吉文、李明亮、柳冬妩、魏先和、刘洪希、曾春祈、舒雪、蓝紫、郑建伟、刘付云等，他们都集中展开了以打工生活为题材的底层书写。打工诗人的知识结构和写作视角也随着时代急遽变化。而郑小琼就成为这批底层打工诗人的佼佼者，她用自己的诗笔审视全球化视野下的人性、资本、权力、技术、体制的相互纠缠，她为自己也为更多的打工者点燃自我内心的灯火，让他们学会言说和表达诉求，这也让郑小琼的诗歌写作成为底层生活和苦难的见证。

一 人类纪时代慢暴力的展示

在一个全球化的资本和技术力量的控制中，底层打工诗人的写作表达出了其自身所遭受的深刻而恒久的苦难主题，即每个个体都在承受着可见或不可见的痛苦、伤害与磨难。国家之间相互侵害，发达国家将垃圾转移到发展中国家，资源被最具优势的

---

① 孟悦：《生态危机与"人类纪"的文化解读——影像、诗歌和生命不可承受之物》，《清华大学学报》（哲学社会科学版）2016年第3期。

阶级和地区所消耗和浪费,这种表面的一方残害另一方,其最终结果是人类的整体环境终究被污染和损害。大量废料,包括废塑料、电子五金废料和石化原料在全球范围内重新积聚和分布。来自边缘的声音被"非重点化",被转移到"想象的共同体"之外。慢暴力变得不可见,我们遭逢的实际上是"承受的无语"。底层承受的苦难在公共空间里很少有表述,没有文本,想象缺失,各种塑料、废金属、废气所具有的毒性因为不会立刻致死就成为生态和生命必须承受的理由,或者这种承受在得到认识和重视之前就被交换成金钱、数据和冷冰冰的结构性分析,这些承受本身没有一定的范畴和结构、语言,甚至没有事实,因为难以量化而不被言说。

诗人郑小琼就从承受者的角度展示了慢暴力所即将引发的危机。在她笔下,打工者对"贫穷"和"失去"的承受与城市对致命之物的承受是互为映照的。在《人行天桥》的开篇,诗人就展示了各种身份的人所具有的经济利益驱动下的相互欺骗和侵害:

> 广告牌、霓虹灯、巨幅字幕上微笑的明星、乞丐、商贩子、流浪汉一个不合法的走鬼三个证件贩子聚积的人行天桥,难以数清的本田、捷达、宝马、皇冠的轿车装饰着这个繁荣的城市,珠江嘉陵南方摩托车装饰的小商人走过,一辆自行车、八辆公共汽车的小市民手挽着手穿过汊形的街道河流,"我"是被这个城市分流的外乡人挤上了世纪广场的人行天桥。120分贝的汽车鸣叫而过,100分贝的折价叫卖阴魂不散,75分贝的假证贩子象苍蝇一样在耳边嗡嗡,60分贝的是一个个出卖肉体的暗娼在询问:"先生去玩玩吧!"[①]

没有崇高,只有物欲和肉欲充斥,广告屏幕上明星的微笑、人行天桥上的乞丐、商贩子、流浪汉、三个证件贩子、难以数得清的桥下的各色轿车所装载的人们、小商人、小市民、出卖肉体的暗娼,都是为着一个目的,那就是如何挣得金钱、如果获取更大优势。"一阵从汽车和空调排出的热浪和工业的废气像一支军队一样直冲进我的肠胃肝胆脾",汽车和空调所排出的热浪和工业的废气,冲击着诗人的肠、胃、肝、胆、脾,其实也侵害着我们每个人,而在随后的章节中,诗人更展示了这种侵害的无处不在:

> 那些假证贩子妓女们躲进了行色匆匆的人群中,一个贩卖水果河南老妇人来不及闪,她的摊子被掀翻,苹果满地。治安队员将其压在地上,我听见她的嚎叫比金斯堡更为动人。我祈求着扒手们千万不要光顾我还有二十三块的口袋……[②]

每个人都在食物链上的各个环节被追逐,人们看不见这个食物链的最高端和最低端,只有无处不在的逃生的恐惧在裹挟着每个虚弱的个体,人们没有敬畏和信仰,然

---

① 郑小琼:《人行天桥》,台北:唐山出版社2009年版,第49页。
② 郑小琼:《人行天桥》,台北:唐山出版社2009年版,第49页。

而，反讽的是，"在这个不祈求上帝的年代，教堂如雨后春笋一样拔地而起"，不祈求上帝，典型地体现了人类纪时代的物欲化特征，"啊祈求的钟声象飘柔香水一样雾气缭绕，它们清洗着我的背，它们在清洗着我的嘴。我信仰的诗集让一个时髦小姐撕了三页走进了公共厕所。官商们共建的楼群在不断的繁荣着腐败虫与贪污鸟"。这祈求的钟声不是指向上苍和诸神的，而不过是欲望化的，是赤裸裸的权力与资本的共谋表达，它造成了每个人都进入伤害和被伤害的没有尽头的循环。最后就连非人类的植物也受到这个充满毒素世界的侵害：

噢你开始倾听植物们的交谈，它们绿色的语言重金属的垃圾，一棵棕榈医生对病态的忍青冬说着铅与镉的毒素，变异的黄是硫与锶90的杰作。玻璃的光源致使交通意外136次死亡138人，用钚代替钙生产的口服液，柔软的银白色的锡在空中浮荡，它们冲进你的肺叶与血管，砷在吞食着你们的性欲，汞杀死了河中的水藻与鱼类，硒使河道发出腥臭，浮在水面的塑料泡沫连同钢筋水泥110分贝生活环境扼杀了你所有的想象力。剩下是一位香港明星在半空中贩卖着化妆品与速冻食品，据统计每年新出生的婴儿中有100000个左右是缺陷儿。①

在人成为虚妄主宰的人类纪的时代，人类的整个灵魂被掏空，他们的身体变成了各种化学物质和重金属的实验场，毒素被他们的身体吸收又被排进了这个物质的世界，植物、水藻与鱼类、肺叶和血管都承受了这个人类纪的特殊的伤害，成为资本和工业的产品，并清晰地展示出，作为个体生命的人类和作为生态环境的植物和世界，都在承受着这无尽的苦难，不再有活物的河流和不再能饮用的地下水，只有工人、他/她的身体以及周围的生命网络构成了地球共同的生态危机发生的场所，他们的手上和脸上的伤痕、肿胀的关节、变色的皮肤、无名的病痛和被扼杀的想象力是后工业时代的被延宕、被移置的慢伤害的结果，他们承受着病痛的身体是整个时代灾难的缩影，他们承受着不可言说的极限、承受着生命不可承受的伤害。对生命不可承受之物的认识正是拒绝慢伤害的起点。

这种对于人类和个体所承受的物的灾难性书写，让郑小琼不再仅是底层写作、打工诗人、农民工的代言人②，而是更深刻地展示了现代性世界的震惊体验、破碎化状态、多视角参照和某种现场化的痛感体验。残酷的现实和冷凝的哲思使她既不同于那些无法超出底层狭窄视野和苦难倾诉的单纯底层作家，也使她不同于纯艺术追求的某种先锋性诗人，亦或者说，这两者她又都具备，而这就构成了郑小琼诗歌特有的张力维度和超越特色。这正如学者张清华所指出的："她将一般的'底层'、'现实'、'生活'这样的主题与情境，非常自然地便升华到了'存在'、'生命'、'世界'等更高的

---

① 郑小琼：《人行天桥》，台北：唐山出版社2009年版，第52页。
② 王立：《被碾压着的底层之痛——郑小琼打工诗歌论》，《当代文坛》2015年第2期。

哲学和形而上境地,当我们体味到她所描写的生活的时候,不会只局限于对'底层'特殊生存状况的理解,而是会提升为对于人类普遍的生存本质的认识。"[1] 郑小琼的诗歌的主题和诗歌的语言已经成为这个人类纪时代的一个标记。"她暗哑的、破碎的、漂浮和晦暗的词语,同样也营造出了一个被挤压、被忽略、'被底层'和被边缘化了的生命空间。"[2]

二 底层写作见证诗人的良知

对于"人类纪"时代的深层苦难的书写,让郑小琼的诗歌始终具有一种灼痛和燃烧的力量,"把打工者的身体和痛感当作信息和符号来阅读、来观看","通过'看到'后工业时代之物与生命体之间的冲突,她写出了身体对这个时代的生产方式的承受过程"。[3] 在郑小琼这里,诗歌介入政治和历史的批判性维度都得到充分的展现和书写,世界的创伤和痛苦在她的笔下化成镌刻道道伤疤的文字雕塑。生命良知的存在和见证被真正说出。一个弱女子的身躯毅然承受了这个世界的太多苦难,她的诗歌于此显示出了很多男人无法达到的雄浑魄力与大气粗犷,在拒绝媚俗和抵抗现实中,她完成了具有恢宏气势和巨量篇幅的史诗性写作,这是诗人的勇气与才力的展示。一种个体化的痛苦被诗人的心灵之笔书写,被伤害的底层个体获得了尊严,卑微的大众得以出场。

郑小琼是众多底层写作者中为数不多的女诗人,她开拓了底层写作的更广阔领域,她将这个残酷的工业化进程所带来的苦难放置在中国现代图景的幕布上,她的写作已不再仅是打工者的特殊化展示,而是以自由不羁的个性与苦难体验展现出史诗般的气势与特质,一种弥漫在她的笔尖的现代中国的普遍性苦难,让读者感到一种揪心的疼痛。我们试着来分析她的《中年妓女》,这首诗歌开篇就以强烈的画面感呈露出一个城市荫翳角落里的苦难承受者,她写出了一个中年妓女的艰辛,写出了黯淡的城市景象,低矮的瓦房、阴暗而潮湿的光线、充满霉味的下水道,这里有一群用肉体来交换金钱的女人。没有古典时代的令人缱绻消魂的青楼梦好,而只有金钱驱动下的身体交换。郑小琼的冷凝而实则悲怆的写作雕刻出现代诗歌的灵魂,诗人没有用她的笔墨去满足这个时代男性作者和读者的意淫情结,没有跟随绑架弱者的主流道德观念,没有被谴责的可耻行业。这廉价的被出卖的肉身也是属于大地的真实存在之物,它们在被标价出售时,没有任何的羞耻感,这不是女人本身的堕落,而是这个人类纪时代加诸人类身体的普遍洗劫。

在资本和权力的残酷剥夺中,卑微者在为自己的存在争取最后的残羹冷炙。然而,

---

[1] 张清华:《语词的黑暗,亦或时代的铁——关于郑小琼的〈纯种植物〉》,《当代作家评论》2013 年第 4 期。
[2] 张清华:《语词的黑暗,亦或时代的铁——关于郑小琼的〈纯种植物〉》,《当代作家评论》2013 年第 4 期。
[3] 孟悦:《生态危机与"人类纪"的文化解读——影像、诗歌和生命不可承受之物》,《清华大学学报》(哲学社会科学版) 2016 年第 3 期。

这些卑微者也有着他们的温情和温暖:"她们谈论手中毛衣的/花纹与颜色 她们帮远在四川的/父母织几件 或者将织好的寄往/遥远的儿子 她们动作麻利"①,这些出卖廉价肉身的中年妓女们,在城市暗角地带的买卖,只是为着最基本的生存需要,她们所挣的钱和手中所织的"毛衣",都是要寄给"远在四川的父母"或"遥远的儿子",她们把身体被男人暂时强占看作一种正常的劳作,只要能挣得那二十或三十块钱,她们"遥远的儿子"就有了生存的保障和未来的希望,这里没有煽情,而只有最底层的生活,只有资本时代和功利主义时代的肉体和灵魂被洗劫。肉体沦为工具,属灵的信仰被抽空,只有现实的收成和物质的需要,但这不是妓女本身的错误,而是某种人类纪时代的残酷真相揭示。

然而,诗人并不想只是从外部去将一批中年妓女写成完全没有灵魂的人,她却要写出这些妓女们看似在一种淤泥中生活却同样有一颗闪光的心,虽然没有达到追求柏拉图式的理想国的高度,却也是有着疼和痛,她们也有着一颗"母亲的心""妻子的心"以及"女儿的心",她们除了作妓女,仍旧是有着家庭角色的,是一个个普通人,很多有形无形的力量在压榨着这些始终无法逃脱身体和精神被双重奴役的个体生命,"在黑暗中叹息","掩上门后无奈的叹息"。这些直面底层痛苦的写作见证着诗人的良知,并让残酷的真相裸露在世人跟前,在诗人的笔下,"国家的面孔/如此模糊",某种对于现实的怀疑渗透于诗句的无声的留白和空隙里,无数被忽略的弱者反衬着理想主义的迷失,"妓女的眼神"是与某些崇高的注视相对的,它让人们去看底层和低处。勇敢的诗人在历史的污泥里播下种子,并在它黑暗的上空洒下微光,在捕捉时代脉搏的强劲跳动中,她揭示出了辉煌掩盖下的阴影和压抑,时代的疮疤和世界的真理同时被照亮。

在郑小琼的作品中,还有很多这样描写底层群体和个体生活的篇章,如《小青》写一个名叫"小青"的年轻妓女:"像稻菽上的滴露 十七岁赤脚的姑娘",这首诗中小青没有说话,而只有年长的妓女说话,这年长妓女在说皮肉生意时哈哈大笑,她们的放肆和年轻妓女小青的无言形成反衬,显示出生命的辛酸和苦难。年轻女子的青春还没有开始,就已经被埋葬,她还没有儿女,但她的身体却可能已经腐烂,或者她最终也会像年长妓女一样变得不知廉耻,然而到底什么是善、什么是恶、什么是羞耻,诗人并不给出答案,她只是要写出底层生命所遭受的痛和苦,这正如诗人所说的:"打工,是一个沧桑的词……在海洋里捞来捞去,捞到的是几张薄薄的钞票和日渐褪去的青春。"② 小青的苦难浓缩着打工者的感伤,她在诗人的诗篇里的沉默或许是诗人并不忍心去写她的言语,小青的形象就是一个时代承受苦难的底层打工者失语的象征,诗人的写作就是要"为失语者发声,让无力者前行"③,而这就构成了郑小琼诗歌的写作

---

① 郑小琼:《女工记》,花城出版社 2013 年版,第 55 页。
② 郑小琼:《打工:一个沧桑的词》,《湖南林业》2007 年第 12 期。
③ 陈劲松:《为失语者发声,让无力者前行——郑小琼诗歌的写作姿态及其精神旨归》,《青年作家》(中外文艺版) 2010 年第 7 期。

姿态及其精神旨归。

三 绸质的诗句在历史的污泥中闪光

我们身处"人类纪"中的后工业文明时代，人类不再是亲近大地和诸神的，他们内心的信仰早已死亡，他们的灵魂只能被自己所制造的物替代或奴役。这正如侯马在《飞越黄昏的塑料袋》中以戏仿的方式嘲笑"人类最初的梦想"，塑料袋在诗歌中的在场，拒绝和推延着人们从道德和情感深处与以往熟知的诗句所表达的感动、世界观、梦想和信念再度链接的机会。无生命之物代替了人类的思考和言说，世界变得喑哑无声。这种喑哑状态就是郑小琼在她的诗歌中反复诉说和表达的。在《灯》这首诗中，诗人表达了对于国家暴力机器所塑造出的英雄的怀疑："历史的孤灯之下，英雄的阴影/有着模糊的可疑性，思想饮尽/杯中的大海"[1]，这里其实不仅是反英雄的主题，而且也是对于人民的主题的反思，"人民"成为衬托"英雄"的白骨，"在树叶落尽的秋天，闪电之光/将照亮英雄们暴力的面孔"，郑小琼的诗歌，在一个寒气渐生的秋天，让人窥见严寒逼人的真实图景。

我们在郑小琼的诗歌中能够读出普遍的沉默与愤怒，读出底层苦难的喑哑无声。"石头"和"铁"是她的诗歌中最具象征性的意象，如在《石头》一诗中，诗人写道："石头在黑暗中描述着思想的纯粹/自由在密闭的水晶间漫步"，在这个时代，个体生命只能变成沉默的石头，每个人都追求成为石头，坚硬冷漠，"石头是她白色的信仰/也是她黑色的钢铁"，一个柔弱的女子也渴望成为这坚硬的不能被人知道其内里的坚石，然而，"她却不幸/成为风暴中悲悯的水银"[2]，水银是透明的，在风暴中她被吹散而粉碎，让人悲悯。一个时代的沉默是可怕的。这正如诗人艾青所说的："在这苦难被我们所熟悉，幸福被我们所陌生的时代，好像只有把苦难喊叫出来是最幸福的事，因为我们知道，哑巴是比我们更苦的。"[3] 时代喑哑无声，卑微的劳苦者失去言语，他们的沉默表征着一个时代的伤痛。

从这个角度说，在这个时代，郑小琼的写作就为诗歌赢得了其应有的尊严。作为从亿万打工者中走出的打工诗人，她并没因为诗歌写作的成名而离弃这个沉默的群体，她仍旧承载着作为打工者群体的普遍性的命运。在另一首诗篇《喑哑》中，诗人这样写道："我以为流逝的时间会让真相逐渐呈现/历史越积越厚的淤泥让我沮丧 喑哑的/嗓音间有沉默的结晶：灼热的词与句"[4]，"我以为"是现代汉语诗歌凸显主体特征的标记，是主体对曾经有的信念的确信，这种信念可能来自现实和制度的规训。然

---

[1] 郑小琼：《纯种植物》，花城出版社2011年版，第4页。
[2] 郑小琼：《纯种植物》，花城出版社2011年版，第16页。
[3] 艾青：《艾青诗论》，人民文学出版社1995年版，第240页。
[4] 郑小琼：《纯种植物》，花城出版社2011年版，第3页。

而，诗人发现"时间会让真相逐渐呈现"的信念不过是一种虚妄，没有所谓迟到的正义，正义是不能加修饰词的，任何修饰都只让正义被否定。历史越积越厚的淤泥只能让真相被层层埋葬，诗人为此感到"沮丧"，"暗哑的/嗓音间有沉默的结晶：灼热的词与句"，有一种东西在凝结，而这种凝结的是一种语词的力量。在这里，诗人的构思新奇巧妙，"夜行的火车/又怎能追上月亮"，作为一个打工者，想来她对坐火车的感受当极其深刻，她能感觉到凛冽的秋风，而这秋风中又能"抽出""绸质的诗句"，"柔软的艺术饱含着厄运"，这厄运来自时代的无处不在的压力和贫困，来自"人类纪"时代的机器工业文明将人当作工具化和资源化的运作，而其中的反对者则被禁止言语、被囚禁，他们说话的权利被剥夺。"他们的名字依然是被禁止的冰川"，"他们的名字"，诗人无法说出，这些人的"名字"像冰川一样被冷藏、被禁止、被冰冻在幽暗深处。这"被挤压的语词"并不是无色无味的，而是带着某种特有的味道，那就是给人类的身体以必需的"盐"的元素，人的灵魂需要营养，人的身体需要食盐，"盐"就有一种近乎"灵"的特质，就是要让这贫困的时代获得某种必需的可贵的元素，因此，诗人要作时代的见证者，他不会失去那"盐"的元素，也就是失去"灵魂"的清醒。

郑小琼的诗不是"为文学史写作"，她只是专注于自己的内心、专注于"失语者"和"无力者"的生活体验及其对这种体验的非功利性书写。正是这样一种专注，使得她在面对诗歌"写什么"、"如何写"以及"为何写"等写作伦理时，表现出难得的澄明和坚韧，并轻而易举地使得自己的写作超越性别差异，理所当然地挺进一个属于精神层面的文学背景。[①] 当诗人为黑暗和压迫而只能感到莫名的悲伤时，当她看到各种暴力的冲突，涌溅着的血和倒下的良民时，他的肉身的躯体也感到一种"愤怒"，她听到了"不可摧毁的声音"，这是属于底层的声音，这种声音在"淤泥的深处"成为"照亮真相的烛光"。正是这种内部力量的聚集和坚韧，生成了郑小琼对于"石头"和"铁"的意象偏爱，这正如张清华指出的："这些词语以特有的冰凉而坚硬、含混又暧昧的隐喻力、辐射力和穿透力，串连起了我们时代的一切敏感信息"，郑小琼"发现了某种最具时代性的符号"。[②] 郑小琼诗歌中的"工业区""碎石场""拆迁""烙铁""钉子""黑暗""黑""火焰"等，都极为形象和生动地隐喻出我们时代的某些特性以及许多人群的真实生活与生命处境。

郑小琼也是把打工者的身体和痛感当作信息和符号来阅读、观看的。通过"看到"后工业时代之物与生命体之间的冲突，她写出了身体对这个时代的生产方式的承受过程。从更广的层面说，我们每个人都是打工者，都在为生命的自由支付价钱，都当作出自己的忏悔，很多人已经遗忘自己作为存在者的卑微，而自视为统治者和主人，郑小琼的诗没有遗忘作为个体的本质之命运，她牵出真理的丝线，为亿万劳苦者织就美

[①] 陈劲松：《为失语者发声，让无力者前行——郑小琼诗歌的写作姿态及其精神旨归》，《青年作家》（中外文艺版）2010年第7期。

[②] 张清华：《语词的黑暗，亦或时代的铁——关于郑小琼的〈纯种植物〉》，《当代作家评论》2013年第4期。

丽的锦缎。她或许就是乡土中国进入城市中国的现代织女。她是以整个当代中国底层的痛苦命运作为她愿意滞留凡尘的不舍的爱恋。在笔者看来，每一个真正的女诗人，岂不都是一个曾经在天上而今降生凡尘的织女？她因为爱众生而降落世间。郑小琼的诗歌就是要写出底层的命运，写出他们的厄运和眼泪，她就是跟随着卑微者的命运哭泣和写作。

女性、女工的疼痛和创伤印记，成为辨认打工者经历的标志，也造就了后工业时代的女工诗歌的形式。在《三十七岁的女工》中，郑小琼揭示了后工业时代的物对于生命的不可承受之重："灯火照耀的星辰，在十月的轰鸣间/听见体内的骨头与脸庞的年轮/一天，一天，老去/像松散的废旧的机台/在秋天中沉默/多少螺丝在松动，多少铁器在生锈/身体积蓄的劳累与疼痛，化学剂品/有毒的残余物在纠缠着肌肉与骨头……"[1] 铁、化学制剂、有毒的残余物在身体中发出的声音、形态、痛感和温度，表征着女工们身体中不可见的痛楚。诗人就是要成为这种疼痛的见证者："静谧的身影/蓄满银白色的镍和铝"（《色与斑》）[2]，"沉默的钉子""穿越她们的从容肉体"（《钉》）[3]。"没有语言"的肉身与强大的资本逻辑的对立表征了诗人对于将身体视为卑贱材料的抗诉。郑小琼的诗歌展示了拒绝继续承受的极限和女工们无言的痛苦，展示了生命和生态逻辑与后工业资本逻辑之间全面冲突的全球性悲剧。

四 没有诗歌的城市是沉默的

现代诗歌是源自城市广场的独立声音，它为自由的生命吟唱。没有诗歌的城市，就失去了灵魂，并注定成为沉默之城。当一种慢暴力将城市人群特别是底层群体的尊严和身体卷入资本逻辑和权力机器之时，底层的处境就将变得更为尴尬。亿万打工者涌入并遭到肉身和心灵的摧残，城市并没有为他们准备合适的表达与申诉空间。"石头"和"铁"既构成了打工者沉默的象征性处境，也成为郑小琼诗歌写作的象征性话语，那就是"城市"的暗哑无声，源于城市"广场"的沉默，源于一个底层群体的痛苦呻吟而后延伸到每个现代市民的无言。

自从进入"人类纪"的工业文明以来，现代文学的本质就是文学写作的广场化，是市民成为社会主导性意识形态的言说者和倾听者。广场成为这种言说和倾听的城市空间，也是现代新诗写作的重要空间。当中国卷入这个工业文明开启的人类纪的时代以后，城市广场就在中国现代史上扮演了重要角色。但中国诗人却缺少了对于现代城市广场的写作与展示。现代诗歌必须进入城市广场也就是进入城市的灵魂。郑小琼的诗歌就具有着对于人类纪时代的沉默的城市广场的抗诉，而这种抗诉就构成了郑小琼

---

[1] 郑小琼：《黄麻岭》，长征出版社2006年版，第14页。
[2] 郑小琼：《黄麻岭》，长征出版社2006年版，第150页。
[3] 郑小琼：《黄麻岭》，长征出版社2006年版，第3页。

诗歌写作的广场性品质。

郑小琼诗歌的这种对于现代性政治的诉求及其所生长出的广场性品质，就是基于她对当代中国城乡二元分割所造成的农民工无法成长为真正的工人阶层，也就是无法成长为现代政治的主体力量的痛彻思考。正如张宁教授所指出的，底层写作相对于以往的"先锋文学""新写实""新生代""晚生代""私人化写作""后现代"而言，它重新强调了文学与社会学的融合，强调现实主义写作方法。① 在郑小琼的诗歌中，我们无疑看到了文学与社会的强烈互动，看到了某种现实主义写作方法的运用。当然，郑小琼的诗又不全是现实主义的，她的象征主义的写作手法以及形式方面的探索，在当代诗人中都是具有前沿性的。郑小琼诗歌具有着强烈现实主义的态度和政治的使命感，其对于政治的严肃性的书写，在"80后"诗人中是并不多见的，而其极具政治姿态的写作，又是难于被某种政治意识形态轻易利用的。

郑小琼的写作展现着个体生命的良知和一个诗人的责任，诗人看到了这个时代的个体生命和尊严没有出路，一切都被压制在钢铁和石头组成的围城之中，而这也是郑小琼的诗歌充斥着钢铁和石头意象的原因。石头和铁囚禁了这个时代，而郑小琼的诗歌却又似乎照亮这个时代，以让钢铁和石头筑成的围城散发出思想者的硬度与品质，以获得"囚禁中的梦想"和"耀眼的悲悯"。思想有如石头之坚硬，以击破时代之铁，以闪耀出光明，并照亮现实。张清华指出："我惊异于这个'80后'的青年，居然在她的诗中一直固执地与'历史'、'英雄'、'思想'、'人民'、'悲剧'……这些大词站在一起，而作为使用者，她和它们之间，居然是这样地对称，这不能不说是一个奇迹。"②

诗人对良知和责任的担当，以及对于城市缺失的广场的无声控诉，在她的诗篇《关系》中有着深刻的揭示，诗人在这里刻画了一个书生，"书生在历史的转折处叩头"③，在这个历史的转折点，高贵的文化精英匍匐在资本财富席卷而来的洪流之中，"旧三轮车驶过破旧的/街道，为历史受苦的人雨中寄着/通往匿名者的信函"，古典的历史正在消逝，当古典的余光希望在城市的残剩的小巷"寻找房门与雨伞"时，"却遇见羞涩的娼妓"，"地产商人开发书生的故居"，这个时代的人们在资本的奴役下都只有"一副发软的膝盖"，我们还未曾看到真正的市民的声音，"在丽湖看见的月亮，它没有光泽"，这些都可以看作郑小琼的诗歌在为被迫卷入资本权力的底层劳动者和整个时代的精神贫困进行一种呼唤。而这也是她的诗歌与别的"底层写作"相比更具高格的因由，因此，郑小琼的诗歌便不能再被简单地看作一般的"社会问题写作"或"底层诗歌"的写作，在这首诗中，"书生"既是异己的，同时也是她自己的另一个化身，她在

---

① 张宁：《命名的故事："底层"，还是"新左翼"？——大陆新世纪文学新潮的内在困境》，《文史哲》2009年第6期。
② 张清华：《语词的黑暗，亦或时代的铁——关于郑小琼的〈纯种植物〉》，《当代作家评论》2013年第4期。
③ 郑小琼：《纯种植物》，花城出版社2011年版，第6页。

为这个时代无声地哭泣。

郑小琼写作城市广场缺席的代表作品有《人民》等诗作，这些诗作都写到人民化为沉默无声的石头，"我不记得他们的面孔／但我知道：他们，或者人民……"（《人民》）[①]，对城市广场的缺席与这个时代暗哑无声的揭示，也暗含着一个时代的深刻本质，即城市本质和城市灵魂的缺席。郑小琼的诗歌就是要为这个时代的底层发声的。因此，郑小琼的诗歌并不标新立异，她并不只是一个时代残酷现实的批判者和谎言的刺破者，她始终不断去建构自己的现代性理想，正如她自己所说的："现在我们诗歌中有一种以反对者作为标榜……写作者最主要的是作品，作品是最重要的力量，不能让作品沦为一种反对者的行为艺术与波普。"[②] 郑小琼的这个说法很深刻，即我们的作品应当写出我们自己最深切的生命体验，不能将反对作为目标。对于那些纯粹的反对者来说，当反对的墙倒了的时候，他们就突然失去了生存的意义。只有每个作者都围绕自己的生命体验来展开书写，他们的写作才会各个不同，也无需求同，而各有各的好。当然，可能有的作者是达到了最高境界，但更多的则是百花争艳。

郑小琼诗歌具有着语词的丰富、体验的厚度和情感的深度，作为底层文学的代表，她的诗歌突破了底层的题材限制与视角限制，而展现着一个极具前沿性和先锋性的精神力量的书写和艺术形式的探索。她的写作从其生命本质上来说，是属于底层苦难者的，是一种被压迫者的文学，她并不是以胜利者的视角讲述被压迫者的故事，而就是以被压迫者或被伤害者的视角讲述着当前这个时代遭受着苦难的底层生存者。在底层受难者被尴尬地定义为农民工的时代，人民在工厂里劳动，既不属于遥远的湿润的泥土，也不属于他们栖身的城市，他们无法进行彻底的反抗，因为那根系被层层的枷锁所束缚。因此，在我们看来，没有得到充分发育的城市、没有底层民众充分发声的城市，其现代性也是不完备的，而这也是我们从郑小琼的底层打工诗歌写作所得到的启示。

[①] 郑小琼：《纯种植物》，花城出版社 2011 年版，第 37 页。
[②] 《"我不愿成为某种标本"——郑小琼访谈》，《新文学》2013 年第 2 期。

桐城文家的域外书写与古文的现代性裂变
——以薛福成、黎庶昌的域外游记为中心

杨汤琛[*]

(广东外语外贸大学 广东广州 510006)

摘　要：晚清散文书写史上，以域外游记这一文体内在影响古文形态并呈现近代文化思想之嬗变的著述莫过于桐城文人薛福成、黎庶昌两位的域外记述。他们以星使身份乘槎海外，其游记得风气之先、藏古文之变，不仅在思想、见识层面对曾国藩的桐城义法进行了意义边界的进一步拓展、以异质思想扩充固有的古文义理，而且，为了叙述现代西方的声光电化、政经制度，他们杂取各类文体、窘迫地借助西方的新名词与新语法，不自觉地冲破了桐城桎梏而使其游记发生了古文形态的蜕变。

关键词：桐城派；域外书写；古文；裂变

晚清散文书写史上，以域外游记这一文体内在影响古文形态并呈现近代文化思想之嬗变的著述莫过于桐城文人薛福成、黎庶昌两位的域外记述，他们以星使身份乘槎海外，其游记得风气之先、藏古文之变，成为晚清朝野上下的案头必读书，薛福成的《出使四国日记》还曾被列入 1901 年清廷推行新政的应试必读书目。对于彼时的古文书写而言，他们的创作也不啻是一类带有实验性的散文文本，郭延礼就指出："郭嵩焘、黎庶昌、薛福成等人的域外游记、日记等散文作品，对于冲破桐城桎梏、促进散文的解放起了积极作用。"[①] 毕竟，出使域外，自东徂西，不仅是地理空间的转换，更是文化空间的转变。薛福成、黎庶昌等面对的是一个古典经验无法囊括的广袤而陌生的新兴世界，它们可谓"四海之内所未知，六经之内所未讲"。[②] 当这些全新的经验对象被斥之为文字时，它们所具有的新异性必然引发了游记文本相对于桐城古文在精神

---

[*] 作者简介：杨汤琛（1978— ），湖南邵阳人，文学博士，广东外语外贸大学中文学院教授，主要从事晚清思想与文学研究。
基金项目：本文是广东省 2019 年社会科学规划项目"晚清广州口岸知识人群体研究"（项目编号：GD19LN04）的阶段性成果，国家留学基金委员会资助成果。

① 陈左高：《中国日记史略》，上海翻译出版社 1990 年版，第 181 页。
② 薛福成：《出使四国日记》，湖南人民出版社 1981 年版，第 17 页。

与形式上的双重背离,不仅在思想、见识层面拓展古文之义,而且随着西方新事物的纷至沓来,旧有的古文模式已经无法把握西方现代世界。为了叙述现代西方的声光电化、政经制度,他们不得不杂取各类文体、窘迫地借助西方的新名词与新语法,此时,散文之语言与文体便不自觉地冲破了桐城桎梏而发生蜕变。那么,这两位桐城文人的域外纪游如何展开现代想象、流播思想新见,又如何于记叙中展开对于古文的突围运动?都需要我们仔细加以辨析与考量。

一

桐城派,上溯明末清初,是一个以"学行继程朱之后,文章介于韩欧之间"[①]而名世的散文流派,始于方苞,经刘大櫆、姚鼐而蔚为大观,其以维护孔、孟、程、朱之道统、承续唐宋八大家之文统为己任,于义法层面则崇尚"阐道翼教"。至晚清,曾国藩对桐城派古文进行了创造性继承,他"扩姚氏而大之"[②],于姚鼐所定的义理、考据、辞章之外另辟"经济"一义,鼓吹文章的经世之用,被视为桐城派中兴明主。薛福成与黎庶昌均为曾国藩的得意门生,同列为"曾门四弟子",他们作为桐城文派的承祧者,亦循曾国藩一脉强调经济一义。因而,出洋前,他们的古文书写已有针砭时弊、作用于现实的变革性,可谓桐城文之一变,如薛福成出使前,积极主张"筹洋""变法",对通商海防领域多有阐发,只是这类破格之论仍不离"取西人器数之学,以卫吾尧舜禹汤文武周孔之道"的传统意涵,不脱儒家之经世思想,文章理念仍匍匐运行于固有的思想框架之内。而出使域外,薛、黎二人多沐欧风美雨,其观念形态、思想意识未免旁逸斜出,在以往经世之外,更对传统思想框架有所突破,虽然这一突破多以迂回的笔致道出,但细察其记述,不难发现其中所闪烁的现代性光芒。

西方文明是传统道德义理已然失效的异质性文明场,域外之游则可谓一场全面卷入现代文明体系的异质之旅,如康有为所言:"凡欧美之新文明具,皆发于我生百年内外耳。萃大地百年之英灵,竭哲巧万亿之心精,奔走荟萃,发扬飞鸣,磅礴浩瀚,积极光晶,汇百千万亿之泉流而成江河湖海,以注于康有为之生世,大陈设以供养之,俾康有为肆其雄心,纵其足迹,穷其目力,供其广长之舌,大饕餮而吸引焉!"[③]面临这么一个日新月异的西方世界,传统的以作江山之助的游记类的道德文章显然无力对之进行阐发,而不得不别求新义。薛福成为此专门在游记之"凡例"一栏,就游记"务恢新义"的书写倾向作了重点说明:"述事之外,务恢新义,兼网旧闻。凡瀛环之形势,西

---

① 王兆符记方苞语。见刘季高校点《方苞集》附录《原集三序》,上海古籍出版社1983年版,第906—907页。
② 黎庶昌:《续古文辞类纂叙》,《拙尊园丛稿》卷二,《清代诗文集汇编》第733册,上海古籍出版社2010年版,第591页。
③ 康有为:《欧洲十一国游记序》,《走向世界丛书·康有为西班牙等国游记》,岳麓书社2016年版,第6页。

学之源流，洋情之变幻，军械之更新，思议所及，往往稍述一二。"①对"新义"的自觉弘扬，自然在文章道统叙写上别辟一途，与域内游记走上了不同的言志之道。

薛福成遍游英、法、德诸国，见识了欧洲各国的政教文化、军事机器，由此及彼，不仅发现了一个迥异于大清帝国的新世界，而且也有效地更新了个人知识结构，字里行间所抒发的兴寄之义也多溢出传统的载道言志传统，并在诸多地方与此有所抵牾。譬如，薛曾多次提及他对于西方自然科学的观感，其作于光绪十七年正月初六的日记以长文的方式记叙了他参观巴黎天文台的观感，并重点提及了西人对于天地的解释：

近来西人测天，谓地球亦行星之一。其绕日而行者，如金、木、水、火、土五星及地球及天王、海王星，皆行星也。其有定位而不移动，如二十八宿者，谓之恒星。人但见恒星之旋转，不知乃地球之旋转也。惟是恒星之旁亦有行星，以其离地过远，人之目力有见有不见耳。②

现代科学观测表明地球不过是无数星球中一颗旋转的行星，这无疑是对传统天道观的颠覆，经由西方自然科学技术的佐证，人伦道统、天覆地载的传统观念俨然失去了解释世界的权威性，一幅全新的世界模式在薛福成的笔下逐渐浮现出来。至当月初七、八、九的日记，薛又就地球的引力等问题进行了方方面面的探讨，其中初八的日记书写更是逾越了国族的界限，以"地球人"的身份将思考引向对地球之外的星际生物的推测③，这不能不让人感叹薛福成观念更新之速与思想拓展之广。

显然，这是一个时局维艰、求新求变的时代，一切僵化、呆板的道统都失去了曾经的魅力。鸦片战争以来中国所卷入的生存危机使得这些步入国外的桐城文人急于探求西方的富强之源，急于就当下的现实问题发言，因此，薛、黎两位或在游记中大谈昔日被传统士人所不齿的商务与机器以求有用于母国，或言论无忌大胆地进行中西文化的比较以寻找中国的现实之弊。其立场与传统"道""教"等义理拉开了相当距离，儒学教义及其实践伦理规范下，言"利"的"商务"被视为"士、农、工、商"之末而不登大雅之堂，从商之人只能辗转下途，难于传统社会构架中谋得出头之日。较之国内改良派及其洋务运动的重商言论，薛福成在鼓吹"商务"，积极倡扬资本主义经济思想的同时，还逾越了仅将商务视为手段的权宜思想，公开呼吁提升"商务""商人"的政治地位。中国用人以富者为嫌，西俗用人以富者为贤，其道有相反者。夫登垄断以"左右望而罔利市"者，谓之"贱丈夫"，中国数千年来，无愚智皆知贱之……贬之曰铜臭，斥之曰守财奴，中国之习俗然也。泰西各国最重议绅。议绅之被推选者，必

---

① 薛福成：《出使英法义比四国日记》，岳麓书社 2008 年版，第 63 页。
② 薛福成：《出使英法义比四国日记》，岳麓书社 2008 年版，第 293 页。
③ "若如水星之热，土、木星之寒，人物万无生存之理。或者造物位置此等地球，别有妙用，则诚非吾地球之人所能揣测矣。"——《出使英法义比四国日记》，岳麓书社 2008 年版，第 294 页。

在殷富之家。①

彼时晚清虽然商业鼎盛，商人获得了一个相对自由的空间，但是在观念层面，商务以及商人在传统社会空间仍难以获得尊重。清末士人感叹商人地位之低，"外国之富商大贾，皆为议员，执政权，而中国则贬之曰末务，贱之曰市井，不得与士大夫伍"。②薛福成突破了传统士大夫的义利观，以中西对比的方式，大胆批评自古以来的贱商传统，可谓对千百年来趋于凝滞的儒家道义观进行了一番有理有据的重估。

步出国门的黎庶昌，亲历西方政治形态，眼目骤开，对于议会、民主等近代政治机制亦有了全新的认知。他曾多次去议院旁听，深深服膺议会的民主政治，专门撰文指出英国富强之本在于议会制的确立，"特其国政之权操自会堂，凡遇大事，必内外部与众辩论，众意所可，而后施行，故虽有君主之名，而实则民政之国也"。③上文的思考逻辑与薛福成有异曲同工之效，指出议院以及背后的民主制度才是国族强大的根本性因素。议院民主体制与国族的振兴息息相关，顺延此逻辑，在列国林立的天下大势下，一个国家唯有采纳议院民主制，才有可能成为世界强国，对议会制度的褒扬与认同无疑是对彼时清王朝君主专制政体的潜在疏离与否定。

随着对西方现代文明的深入体察，域外经验与自我意识相激荡，薛福成、黎庶昌等桐城文人所面临的世界性生存危机已远非传统义理所能解释，他们的精神世界也随即发生变更。其游记书写亦不自觉溢出了行文需符合道统的传统规范，其对曾国藩的桐城义法的意义边界做出了进一步拓展。他们以异质思想扩充固有的古文义理，引导晚清古文走向了思想变革的激进之途。

二

出使之前，薛福成、黎庶昌生活于一个自给自足的古典世界，他们的古文书写注重遣词造句、讲究清雅醇厚，因而博得了相当的名声，被时人赞为古文家中的"南黎北薛"。《清史稿》对薛福成的古文成就给予了充分肯定："好为古文辞，演绎平易，曲尽事理，尤长论事记载。"④与薛类似，黎庶昌的古文造诣也颇高，他上承姚鼐的《古文辞类纂》续编了《续古文辞类纂》，强调"循姚氏之说"，在为文上，亦严格践行桐城宗旨。其同治年间所作的《上穆宗毅皇帝书》《上穆宗毅皇帝第二书》两疏，被时人视为可与贾谊的《陈政事疏》相媲美的古文典范。

显然，薛、黎两人并非自觉的散文改革前驱，也非决意摒弃传统的古文逆子。他们原本以古文扬名，以隶属桐城文派而自得，全无意于文体变革，但时势造文，客观

---

① 薛福成：《出使英法义比四国日记》，岳麓书社2008年版，第772页。
② 佚名：《说国民》，东京：《国民报》1901年6月10日。
③ 黎庶昌：《西洋杂志》，湖南人民出版社1981年版，第180页。
④ 赵尔巽：《列传二百三十三》，《清史稿》，中华书局1977年版。

的时空骤变下、洋务运动浩浩潮流中，他们受命出使西洋，遭遇西方器物、制度乃至文化上的现代性文明。其域外记述著述无形中发生现代性变化，与桐城古文的文体规范有所悖离，从而不自觉地呈现了古文现代性变革的新局面，成为晚清散文现代性发端的一道有意味的侧影。

辞章合乎义法是桐城古文的要义之一，义法于语言要求雅洁、正统、合乎规范，坚持"与其伤洁，毋宁失真"，上述规矩使得桐城古文多为文辞简洁、叙事干净的文本。然而当我们翻阅薛、黎两人所作的出使日记，与他们先前所作古文加以比较，可发现明显的文体异动。出使游记不仅因内容多涉火车、铁路、议院、关税、电报、军火、物理、化学、油画、斗牛等西方新质事物而导致文章斑驳杂陈，与桐城古文所倡的雅洁相距遥远，而且语言也由于多涉陌生的西方事物而行文艰涩、词语混杂，远远背离了桐城文清真雅正的语言审美规范。譬如，薛福成仿姚鼐所作的《登泰山记》，以优美、规范的古文描述了泰山日出的胜景，语言雅致、行文干净，"体不甚圆，色正赤，可逼视。其上明霞五色，如数百匹锦"等简约的几十字便高度概括了泰山日出的雄奇绚丽之美。其用词遣句、行文脉络上无不有着朝姚鼐致敬的意味，游记由景而即人即思，风景与深思融于一文，卒章显志，一气呵成。作者通过记登泰山之巅的壮游，抒发了其"盖有形之高，不能常居，无形之高，不可斯须去也"的高远之思，完美地呈现了一名修身怀远的士大夫形象。

然而，当薛福成于域外游记论述现代器物——电报时，却足足用了近千字。这对于崇尚文字峻洁的桐城古文而言本是大忌，但薛福成却宁愿伤其洁也要述其真。为了讲清楚他认为"神乎技矣，真令人不可思议矣"的电报，薛福成的论述可谓拖沓冗赘：

始知向用玻璃、琥珀等物所出之气，实与雷电无殊，电学由此渐兴。此种电气，皆由摩擦而生，谓之干电。

至今电报所用之气，由意大里人嘎剌法尼暨佛尔塔二人究得一法，系以强属与金属相感而生，谓之湿电。……

道光十八年，英人惠子敦，设电线于伦敦。二十四年，法人设电线于巴黎。是年，美人莫尔斯，设电线于华盛顿。其法，系以电运笔而画字。由是妙法百出，有以电运针而指字者，有以电变色而传字形者，甚有以电运印书机，立时将所传之文字印出者，近更有以电传声为德律风者。[①]

显然，作者意欲通过详尽的行文表述来讲清楚电的来源、电报的发明。为了这一现实要求，他已经顾不上古文所规训的雅洁之美了，所以才会以破碎、琐屑的文字步步追溯电报的由来。在词语选择运用上，我们看到了薛福成的慌不择言，电以及电报

---

① 薛福成：《出使四国日记》，湖南人民出版社1981年版，第58页。

作为西方新生的现代科技事物,涉及它们的相关现代概念在传统古文中均找不到对应词语。西方新质的器物文明及其语言隔阂导致薛福成文中自造的新名词、英译词屡见不鲜,其中,"验试""湿电""干电"等词语,显然源于作者捉襟见肘的创造性表述;"电气""电报"则属于西方专用词语;"德律风"是英译的电话发音;"嘎剌法尼暨佛尔塔""惠子敦"等则全然是直译的英文名字;它们不仅凸显了西方现代事物的迥异特质,也潜在引入了西方的思维理念与行文方式。这些因新质事物出现而不得不发生变动的语言,尤其是"音译语""自创语"等新词语的嵌入,以言文一致的方式冲破了古文讲究义理和炼字的束缚。尽管薛福成是古文大家,但新事物、新经验在新时空下的出现,导致了惯用的古文语言无法对之进行完整表达。作者只能转而用古未有之的语言与词汇来进行描述,甚至采用模拟语音的语言来进行表达。这种出乎口头语音和自我认识的词汇表达,呈现了语言与文字高度吻合的文言合一的趋势,不期然消解了传统古文古雅的森严面目,使得文本因异质词汇而发生了陌生化、反古文的离间效果,有效地引发了传统古文的语言裂变。

在遣词造句与用典上,薛福成的游记文字可谓极少典故、很少对仗、语言杂糅且缺乏微言大义。较之而言,古文始终强调的是遣词造句与用典,"世有精炼小学拙于文辞者,未有不知小学而可言文者也"。[①] 作古文者从遣词到用典必须处处揣摩,方能不贻笑大方,就此而言,从古文最为细微的字词要求来看,薛福成这种杂糅、拖沓、无古韵的游记书写对于文言古文显然是一种搅乱或叛离。其原因,或许就如前面所说的,当面临西方现代事物时,古文所规范的义法要求与西方现代事物之间存在着难以弥合的裂痕。在作者将西方现代事物融入古文的努力中,由于双方的异质性,古文的意境与韵味便不复存在。这种貌似别扭的语言变化,不仅来自西方的外在冲击,更源于作者自身接触西方现代性之后所产生的精神变化。这种变化从精神到文本均打破了古文的凝滞状态,营造了一个与传统生活场景有相当距离的陌生场景与话语世界。作为经验载体,作者只能通过这种非古文的写作方式来表达自身的陌生体验,新体验与旧文言相纠缠、新语言与旧规范相矛盾,这或许便是晚清传统文人在书写西方世界时不得已的操作方法。

三

古典散文向来注重文体,古人为了使文章合乎规范,首先强调文章辨体的重要性:"凡文章体制,不解清浊规矩,造次不得制作。制作不依此法,纵令合理,所作千篇,不堪施用"[②]。古文崇尚的是文有文规,然而,为了应付广大而陌生的西方世界,行文章法上,薛福成、黎庶昌两位的游记文字显然不再循桐城之法,而呈现文体杂糅、章法涣散的文象,全然冲破了桐城古文严谨、尚洁的文风,而成为各类文体交织缠绕的

[①] 章太炎:《国故论衡·文学说例》,《国故论衡》,上海古籍出版社 2006 年版。
[②] 遍照金刚:《文镜秘府论·论文意》,《文镜秘府论》,中华书局 2006 年版。

新兴文体。

黎庶昌的《西洋杂志》固然不乏文笔精美、章法雅致的《巴黎油画院》《斗牛之戏》等古文精品，但游记主体仍充斥着条例的征引、书信的摘录、历史的考据、器物的说明等体例多样的文体。其内容则驳杂繁多，有外交接见的描述，有婚姻、子嗣的风俗考证，有历史事件的叙述，有钢铁、玻璃、军事等器物的说明，还有天文、钱币的介绍、书信的来往等，内容可谓包罗万象，成为百科全书式的读物。为何游记会呈现百科全书式的倾向？这很大程度上是因为作者需要通过不同体例的文本、不同的材料搜集来发挥启蒙功用。它不仅是现代西方真实面目的客观呈现，也是因启蒙诉求而滋生的现实写作行为。内容的复杂、主题的蔓延使得作者在取材、立意、结构、布局上难循桐城章法。为方便起见，不同文体往往交相出没于游记，使得整本游记成为各类文体纷然登场的大杂烩，如《英国钱币》《法国钱币》《意国钱币》等章节以近于科学报告的客观文字对各国钱币进行简短的介绍：

> 意大里金钱三品：大金钱每个值二十佛郎记。次金钱值十佛朗记。小者值五佛朗记。
> 银钱四品：大银钱每个值五佛朗记。次者值二佛朗记。…………
> 铜钱三品：大者十桑得西米，次者五桑得西米，一名索而度。小者名桑得西米。银票自一佛朗以至十、百、千、万。①

上述条款式的说明文字自成一节，它虽然忠实履行了清朝廷所要求的详细记载的任务，却与古文的章法之美相距遥遥。游记中，黎庶昌还引录了《与李勉林观察书》《上沈相国书》《上曾候书》等书信文字。其中不少文字言辞犀利、语气激切，如所录的《与李勉林观察书》一文，指出国防衰弱不振的事实，可谓激扬文字、锋芒毕露，"十余年来，中国颇讲自强之术，然兵船未能逾新加坡一步。现虽遣使驻扎各国，而商贾不能流通，行旅不至于锡兰，岂谓之长驾远驭？"② 书信中诸如此类的激烈言语，以大段的议论文形式呈现，由游记引入政论。它们被记录于游记文本，撑破了传统游记寓理于景、寓情于景的文章躯壳，对传统的游记散文模式构成了大胆的反叛。

稍后出国的薛福成显然对于这种文体的裂变有着相当的自觉，他为自己不守法度的写作特意作如下解释："凡斯编所言，要有所致意。然太史公讥张骞使西域不得要领，庸讵知我所谓至要，人固以为非要；我所谓非要，人固以为至要乎？是则非福成所敢测矣！"③ 在薛看来，出使游记所犯的"不得要领"这一与张骞类似的毛病，都

---

① 《西洋杂志》，岳麓书社1985年版，第504页。
② 《西洋杂志》，岳麓书社1985年版，第541页。
③ 薛福成：《出使四国日记·自序》，《出使四国日记》，湖南人民出版社1981年版，第2页。

因为"至要"与"非要"之间的不得已，情形咨报的官方律令与文人章法之间难免发生矛盾，内容的膨胀、新兴事物的涌现必然冲击文人视为"至要"的章法文风。从薛的写作实践看，显然，古文规范是"非要"之物，而现实咨报信息乃"至要"之物。

《出使英法义比四国日记》一书中，薛福成引用了大量的外交资料，详载外交照会格式，记录外交典礼，甚至全文摘录总理衙门的书牍以求记录的真实性，在大量资料的征引与事物描述中，还夹杂了诸多薛福成的自我见解。整本游记布局随意，基本循日而记，体例更是散漫流衍，篇幅长短不一，短则一两句话，长则数千字，其中既有历史史料的引录，也有地理考察的摘要。在汇报西方地理、物产、军事、技术等方面，薛福成大量采用举例、数字、比较等说明方法描述与固有经验有相当距离的西方科技、体制等。作者于游记所展示的不再是传统游记的寓情于景，也挣脱了古文的微言大义，叙事者俨然将游记当成了社会考察的报告书。为游记所设定的目标，不是情景交融带来的审美愉悦，而是传达信息、传播新知的现实功用，一如他在游记凡例所言："然中国所以遣使之故，在默察西国之情势，亦期裨益中国之要务也……是以此书于四国之外，所闻关系中国之事，必详记之；凡所闻关系各国之事，亦详记之。"[①] 当传播西学、启蒙新知成为行文的核心，行文法度与审美诉求作为古文的要素则被置之一边。这意味着薛福成势必突破严谨的古文规则，而为现实需求寻找新的言说形式。薛福成指出他的《出使英法义比四国日记》"据所亲历，笔之于书，或采新闻，或稽旧牍，或抒胸臆之议，或备掌故之遗……于日记中自备一格"[②]。薛所谓的"自备一格"的游记书写显然逃逸了传统纪游模式，而成为破古文之格的创作。

结　语

当我们触摸薛福成、黎庶昌等桐城文人于域外游记书写所呈现的精神嬗变与文本变迁时，我们或许有了如下的判断。与其说杂有外国语、俚语及其外国语法的新文体成于梁启超一人之手，不如说早在梁启超之前，新文体就已经在黎庶昌、薛福成等桐城文人笔下开始酝酿。正是这些占据了晚清文坛主体地位的桐城文人的文章蜕变，有力地预示了传统古文的崩溃与现代文的萌生。

值得注意的是，较之世界史上旨在确立民族主体性而发生的书写变革，晚清古文的嬗变性书写则呈现出其独特性。西方文艺复兴时代，但丁以意大利方言写作，乃借此摆脱拉丁文阴影，赓续民族语言的文化生命。日本自明治时期开始的"言文一致"运动，则是民族意识高涨的表征。与上述不同，出使域外的桐城文人这类嬗变性的文本写作，则旨在打破凝滞落后的僵化形态，从精神与文体层面进行自我突围，以相反

---

① 薛福成：《出使四国日记·凡例》，《出使四国日记》，湖南人民出版社1981年版，第1—2页。
② 薛福成：《出使英法义比四国日记·咨呈》，《出使英法义比四国日记》，岳麓书社2008年版，第60页。

的姿态寻求民族主体性的确立。随着中西碰撞日益激烈、清王朝政治文化地位日益衰败，经由薛福成等不自觉开启的文体衍变的写作实践，逐渐转变为由梁启超等改良家所自觉提倡的文体革命，由此，文体变革被自觉纳入民族革命、文化启蒙的规划之内，成为推动时代转型的重要力量。

叙事的诗意及对存在的诗性领悟
——论黎紫书长篇小说《流俗地》的诗性叙事结构

李俏梅*

（广州大学　广东广州）

摘　要：黎紫书长篇小说《流俗地》是华语文学的新收获。从题目看，《流俗地》写的是"俗"，然而诗意却是它最迷人的叙事特征。《流俗地》的诗意可以从两个层面来看，从叙事的层面，它采用了一个兼顾作品容量和自由度的散文化结构，容纳了相当多的风俗叙事；它的语言具备感性与陌生化的诗性效果，还借助于梦叙事与意象、隐喻、象征等手法，创造了一个虚实相生的空间，这些都是"可见的"诗意。然而小说还有更深隐的诗意层面，就是她对于一个族群和各色人物命运生成性的切实书写，她尤其瞩目于爱、苦难、成长和死亡的书写，因为其间境遇的偶然、流变和不可测度性正是诗性的内涵。黎紫书的《流俗地》表现出作家对于俗世生活的诗性本质的体认和理解，她写出了一种最本质的诗意。她的小说的两个层面相互交织、相辅相成。

关键词：黎紫书；《流俗地》；叙事的诗意；存在的诗性本质

黎紫书，马来西亚著名华人作家，亦被目为天才作家。高中毕业之后入记者行，同时写作。写有长篇小说《告别的年代》和一系列中短篇、微型小说集。2020年，长篇小说《流俗地》在国内《山花》杂志首次推出。《山花》作为一本颇具声望的纯文学刊物，多年来并不发表长篇小说，这一不成文规矩的打破亦意味着刊物对作品的看重。该小说刊出后在国内文艺界引起重大反响，界内甚至称其为汉语文学"最美丽的收获"[①]，2021年由北京十月文艺出版社出版小说单行本。

从题目看，黎紫书的《流俗地》写的是"俗"——最世俗的生活，它描写了马来西亚锡都（今怡保）华人世界50年来的生存风貌，大多数人物都是在底层挣扎的小人

---

* 作者简介：李俏梅（1968—　），湖南涟源人，广州大学人文学院副教授，研究方向为中国现当代文学。
基金项目：本文为教育部项目"中国新诗的异域写作研究"阶段性研究成果（项目编号：17YJA751020）。
① 2020年12月27日，浙江大学中国现当代文学与文化研究所举办"银霞漫天——《流俗地》研讨会"，研讨会邀请信首句即为："黎紫书的长篇小说《流俗地》，是2020年度华语文学最美丽的收获。"

物，呈现的是世俗生活的生死场，这大约是作家将小说命名为"流俗地"的原因：满地流淌的是俗世生活的汁液。然而，在阅读的过程中却时时感觉到诗意扑面而来。掩卷闭目，笔者依然固执地认为"诗意的"（poetic）是这部具有理想长度的长篇（二十余万字）最迷人的特征。

当我们说一部描写世俗生活的小说是"诗意的"时，意思并非是说作家在用一种浪漫主义的手法，或诗的油彩美化、粉饰生活，如果是这样，只能说是"伪诗的"。相反，黎紫书对于现实生活的残酷和温情都有扎实贴切的书写，甚至看得出作家只有从这样的生活中滚爬出来才能写出这样的文字，这些文字是可以看得出原始经验的质地的。那我们所说的诗意从何而来呢？笔者认为是有两个层面的。一是叙事的层面，我们主要从作品结构和语言来看。《流俗地》有一个兼顾作品容量和自由度的相对散文化的结构，实现了精练与"最大量意识状态"之间的张力，故事主线之外的地方风俗被大量融入，实现了风俗画的效果。从语言表达风格来看，作家借用了一些诗歌常用的表现方式，诸如感性的强化、语言的陌生化、隐喻、意象、象征等，它们在精准地表达世俗生活万象的同时张开了一个虚实相生的空间，形成了一种风格的诗化。这是我们可以比较明显地指出和辨认的诗意。而另一层更深隐的诗意则在于作家对于人世生活的诗性本质的体认和理解。即是说从作品可以看出作家对生活的诗性本质是有领悟、有洞察的，作品能揭示"存在的诗意"。笔者这里说的"生活"包括一切生活，哪怕是最世俗的生活，最乏味的人生，它的根柢依然是诗性的，因为它都在偶然、生成、丧失和不可测度的流变之中，诗性根源于生命本身境遇的复杂性和神秘性。两个层面互相交织、相辅相成，形成了《流俗地》书写俗世生活又诗意盎然的叙事特征。

一 网状结构：容量、自由度与诗意的平衡

《流俗地》采用了网状结构。或者说，网状结构是它的叙事效果，而从形式上看，它更像一个"点状"结构。一部二十余万字的小说分成了40个左右的小节，每节有小标题，每一个小标题犹如一个"关键词"，讲述一个个既连贯又有相当的颗粒性的故事。它们如夜空中的星星，每一颗有独立的光芒，但发出的光又互相交织纠缠，最后形成了一个网状结构。这样一个结构的弱点是，它在一定程度上会拒绝追求故事情节的读者。小说并没有一个以主人公为中心的、贯穿始终的线性故事，甚至作家以失踪十年之久的大辉突然归来建立的悬念也常常不能系住作家的笔。她并不像侦探小说家一样围绕一个谜的解开而设置情节，它的情节显得有些破碎、凌乱和迂回，需要读者细心地阅读，在脑子里重建它的时空关系。当然这也很难说是一个真正的弱点，更像是它以这样的方式要求每一个字都被认真地阅读。而这样一个结构的长处显然是它给了作者更大的自由，它使作品有了更大容量的可能，能更好地实现作者的写作目标。

那作者要实现的写作目标是什么呢？小说里的人物顾老师说，盲女银霞"把一整

个锡都都详细描绘在黑暗中",黎紫书某种意义上也是一个银霞。她要把一整个锡都（今怡保），或者说她要把整个马来西亚华人半个世纪以来艰难的生存史、生命史连同它的背景都描画在文字中，而像传统小说一样讲述一个主人公的故事似乎难以实现这个目标。于是黎紫书采取了类似于萧红的《呼兰河传》和韩少功的《马桥词典》的结构法，究其实是比较散文化的结构法。这种结构的好处，一是容量比较大，山川地理、历史风俗、人物群像等皆可容纳。二是写起来比较自由。韩少功在《马桥词典》的一个词条"枫鬼"中说：

> 我写了十多年小说，但越来越不爱读小说，不爱编写小说——当然是指那种情节性很强的传统小说。那种小说里，主导性人物，主导性情节，主导性情绪，一手遮天地独霸了作者和读者的视野，让人们无法旁顾。即便有一些偶作的闲笔，也只不过是对主线的零星点缀，是专制下的一点点君恩。必须承认，这种小说充当了接近真实的一个视角，没有什么不可以。但只要稍微想一想，在更多的时候，实际生活不是这样，不符合这种主线因果导控的模式。一个人常常处在两个、三个、四个乃至更多更多的因果线索交叉之中，每一线因果之外还有大量其他的物事和物相呈现，成了我们生活不可缺少的一部分。在这样万端纷纭的因果网络里，小说的主线霸权（人物的、情节的、情绪的）有什么合法性呢？[①]

韩少功于是采用了词条的方式，一个词一个词地讲自己的故事，这样一来，他就可以讲这个村庄里几乎所有人的故事（他愿意讲到谁就是谁），讲这个村庄里的树、房屋、动物，讲他们特有的方言，还可以自如地插入一些作者的议论。总之，作家可以更加自由地表现那个特定时空中的世界，最终将一个马桥社会、一个因果联系的网络立体地呈现在读者面前。

黎紫书的《流俗地》与此相似，她的小标题就是一个个词条。以人物为标题的，如"奀仔之死""蕙兰""婵娟""莲珠""新造的人""那个人""春分""夏至""立秋""顾老师"等；以空间为标题的，如"巴布理发室""美丽园""密山新村""所有的路"等；以一个有故事的特殊之物为标题的，比如"南乳包""点字机"等；以事件为标题的，比如"囚""百日宴""红白事""拉祖之死"等，通过这样的点状布局，黎紫书写出了锡都世界的方方面面。尤其是在人物的书写方面，她写出了锡都世界的"群像"，除主人公银霞，大辉、细辉、婵娟、蕙兰、马票嫂、何门方氏等人的生活和命运都得到了深入细致的书写，这在线性结构的小说里是难以安插的。而正是如此众多、三教九流、不同职业不同种族的人物支撑起了锡都社会的丰富性。而对于主人公银霞，小说是这样表现的：在小说的前半部分银霞更像一个中介，通过她，很多人物得以出场，

[①] 韩少功：《马桥词典》，人民文学出版社 2008 年版，第 62 页。

她的某些性格特征和禀赋得到描写，但始终未能进入她的内心。她就像流水中的那块石头，所有的水流过她，而她自己的内心世界却被封锁在石头的内部。而到了小说的后半部分，石头的内部打开了，小说重点回归到对银霞情感经历的叙述。小说临近结束时，在一个故障电梯的封闭时空里，已届中年的银霞和盘向即将结婚的对象顾先生说出她过去难以启齿的经历，包括在盲校读书时爱上已婚的老师伊斯曼和被始终不知是何人的男人强奸并堕胎的经历。此时的银霞语调平静、声音清晰，面容庄严如菩萨，平和地说出一段最黑暗的过去，能达到这一境界意味着银霞对于过去的超越和告别，一颗真正强大的心得以生成。而从小说的叙事节奏来看，此段书写如电光火石又归于清明澄澈，小说实现了一个非常有力量有内蕴的收束，主要人物的形象也得以完成。

用散点叙事的方式结网，并不是一部小说必然要采用的一种方法，它可能也是作家的某种扬长避短，黎紫书不是那种长于宏大架构的作家，但她用碎砖细瓦慢慢地搭建，每一步都不吝于细节的精巧，可是回过头来一看，一个大厦已然搭成。它给予作家的是一种散文家所需要的自由。她可以在任何她想细说的地方停留，一些看似与情节无关却关乎情致与深广度的"闲笔"也可以得到妥善安放。叙事有时的确像"小径分叉的花园"随时分叉，又像行云流水"行于所当行，止于所当止"。比如写那个在"楼上楼"组屋下面修钟表的关二哥，无聊的时候喜欢逗小孩子说话的，却又通过他只言片语的讲述触及了他们家那个唯一会读书的兄弟的发疯的人生故事，给人感觉她笔下的每一个人都可以独立成书而她却让他们在一本书里掩映成趣，像世界本身一样丰富而错综，也像我们在真实生活中的感受一样，有一些人的生命深渊你只来得及瞥一眼，这就涉及自由的辩证法。虽然散文式的"点—网"结构提供了某种自由，然而作家笔法上亦不能滥用：不能在每一个人上均匀用力。而有时候"少即是多"，"少比多好"，如蕙兰那个同性恋父亲的诸多故事、大辉和他的亲姑姑莲珠的乱伦之恋，如果肆意发挥，就可能使小说染上通俗格调。

而小说的"散点—网状"结构也使得黎紫书可以腾出笔墨来从容地书写马来西亚的风物人情。一点一点的，马来西亚湿热多雨的气候，多民族杂居的生活环境，在多元文化与日益现代的进程中马来西亚华人对中国传统文化包括信仰、风俗、饮食、医疗等方面的顽强传承，以及他们深受港台文化影响的流行文化。他们政治上的相对边缘和诉求，都通过人物的生存活动得到了恰如其分的书写，它们如空气和土壤，成为无所不在的人生背景，也给作品增添了诗性的内涵。

二 语言：感性的强化及虚实相生的产生

从某种程度上说，《流俗地》语言表达上的诗意并不是有意识追求的结果，毋宁说这是受过现代主义训练和熏陶的作家一种自然的、合乎本性的流露。在有意识的层面上，作家追求的是"朴素"，连《告别的时代》里使用过的"后设叙事"技巧也不再使用。作者一心一意想做一个"讲故事的人",连语调也追求一种"说书般的韵致",用黎紫书的夫子自道就是:"《流俗地》说的是市井俗辈之事,小说的文字语言浅白易读,句子都不长,节奏明快,因而有种(我以为的)说书般的韵致,容易让读者的呼吸跟上"。[①] 著名学者王德威也认为《流俗地》是"回归现实主义",董启章则说她"洗净铅华"[②]。然而在朴素的写实和密实的日常叙事之中,语言中诗意的翅膀时时张开,阅读中总是伴随意外的惊喜。

首先,是听觉叙事的强化及感觉化语言带来的陌生化效果。《流俗地》的主角是盲女银霞,小说为什么以一个盲女作为叙事中心,当然可以有很多因素的促使,比如"盲"本身的象征意义。然而,无论如何,这意味着作家本人必须接受一种挑战,那就是听觉叙事或其他非视觉叙事的强化。事实上《流俗地》正是这样的一部作品,听觉及其他非视觉(如嗅觉、触觉、味觉以及心灵的"灵觉")叙事成为作品的一大特色。黎紫书写出了一个听觉中的城市和通过听觉敞开的人们的内心世界,写出了这个城市非常丰富的声音景观。黎紫书所写的锡都,汽车声、电话声、电视声是现代城市的标配,而唤拜声、泠泠法器声、各种节日的喧闹声则标志着一个多民族、多种文化、传统与现代异质混成的城市。雨声和蚊子的嗡嗡声显示了这个热带城市的自然环境特征,梦中人的号叫则泄露了心灵的压抑和恐惧,选举后的欢呼声表达了人们的政治诉求……黎紫书写出了一个能够"被听见的城市"。然而她并没有放弃视觉的书写,毋宁说她在一个视觉世界的基础上叠加了一个听觉、嗅觉和灵觉的世界,她表达了一种复合的、全能型的感觉。比如写马来西亚的毒辣阳光:"日光炽烈,晒得人们的影子萎缩起来",写马来西亚的雨:"说时迟那时快,先闻雨声,马上有雨像鞭子似的一撇一撇划在银霞的手和头脸上。"写印度女孩一家深夜离开近打组屋:"看见月亮就像一个圆鼓鼓的包袱在它背上,……觉得这建筑物真是挺拔,像时母迦梨女神那样的伟岸可怖。"这样的语言真是令人过目不忘,它能精确地探入某时某刻某个特定文化背景和心境下的人的感受。小说写银霞的母亲梁金妹在懒人椅上躺久了起不来:"像个甲虫翻不过身来,猛力划动四肢,挣扎了一会,才成功地从懒人椅上脱身。"写大辉的老婆蕙兰一人养活三个孩子,每日辛苦回来之后随便吃些剩饭剩菜,"好像她的胃是一台水泥搅拌机"。写银霞听到迪普蒂说残疾者大概也是像象头神一样"前世为别人牺牲过了"的感受:"这一番话让银霞大为震撼,如雷贯耳,又像头顶上忽然张开了一个卷着漩涡的黑洞,猛力把她吸了进去,将她带到一个前所未有的,用另一种全新的秩序运行的世界。"

维科在《新科学》中认为,表现了人的强烈感性的语言就是诗性的语言,这是人类的原初语言。海德格尔也认为诗性的语言是表现了"大地的肉身品质"的语言。现代文学一个很重要的方面就是发展了语言的感性品质,这种感性的发育既与现代生活给予的条件相关,同时也是对现代技术社会理性统治的诗性反抗。感性的充盈对于现

---

① 黎紫书:《流俗地》后记,北京十月文艺出版社2021年版,第472页。
② 黎紫书:《流俗地》后记,北京十月文艺出版社2021年版,第473页。

代诗歌来说已经像一张入场券，而对于现代小说，它也显得越来越重要。学者张均曾用"故事性时间"和"感受性时间"来分析张爱玲的小说结构，认为其诗意的诞生即来源于她能在客观的故事性之内融入主观的感受性时间，并能用精敏的语言延长、强化这种感受，从而获得对于世界的新鲜体验。① 黎紫书也是这样一个富有敏感天赋的作家，在对众多人物长达半个世纪的叙事跨度中，人物的瞬间感受依然得到了精准深入的书写，正是这些唯美的文字强化和复活了生命的记忆，使得某些生命的瞬间仿佛永远在时间的河流中闪光，这就是语言的诗意。

其次，小说的梦叙事以及意象、隐喻与象征的使用使小说生成了一个虚有空间，虚实相生是诗的本义。感觉的强化是虚的一个方面，而意义内涵的拓展则可借助于意象、隐喻和象征等诗常用的方法。黎紫书的《流俗地》也是这样的。她用梦意象触及了一个不可见的精神世界。不得不说，黎紫书是一个很善于写梦的作家，对于梦的变形语言有出色的掌握，尤其是对婵娟梦境的多次不同的叙述简直有惊心动魄的效果。婵娟原本是一中学数学教师，因为班上一个女学生跳楼不得不辞去了教职。从此以后这个女学生常常来梦中找她，以各种不同的身份和形象。每一次婵娟从梦中慌乱逃脱，都如"壁虎断尾"或"壮士断臂"一般，"目光虚浮，魂魄像脱臼的四肢悬挂在躯干上"②。通过梦境书写，我们看到了人物深不可测的恐惧和人世生活的另一种苦难。

除了梦境书写，《流俗地》还用了很多的物像，诸如猫、象头神、棋、尼龙网兜、电梯、镜子、日光灯、镇流器、点字机等来作为情节推进和情感附着的道具，它们是日常之物，也能读出隐喻和象征之义。比如猫是灵异之生命的象征，棋是智慧的象征，出了故障的电梯使顾老师和银霞暂时远离了平常世界，仿佛一个"异度空间"。甚至连小小的镇流器，也仿佛是超负荷疲惫工作的人类，然而只要它的声音一响，总有光亮，银霞被强奸的时候镇流器是不响的。点字机对于银霞来说是一个语言世界的打开，"接触盲文，好比开启一重天地"，然而王安忆却读出了"仓颉造字，天雨粟，夜鬼哭"般的天谴意味，认为银霞在点字机室被强奸意味着受罚，恰如普罗米修斯窃取火种被惩罚③。所有这些物像，一定程度上也是意象，不同的读者可以领略到不同的意味。

然而，一个整体性的、不可忽略的象征却是银霞的眼盲。对于小说主人公"盲"的设计一定不是随意的，恰如《红楼梦》里对于贾宝玉"痴"的设计，对于那块"无才补天"被遗落在青埂峰下的"顽石"的设计，这是一个人生大喻。然而如何去理解这个"盲"却是开放的，这恰恰是小说的诗性所在。一方面，我们可以说"盲"的不见恰恰是某种"洞见"的一体两面，西方文学史的源头即是盲诗人荷马。银霞是盲女，然而"眼盲心不盲""心水清"即是这种智慧的写照。然而，"盲"或许也是人类对自

---

① 张均：《张爱玲传·附录一》，文章题目为《张爱玲论》，文化艺术出版社2006年版，第317页。
② 黎紫书：《流俗地》，北京十月文艺出版社2021年版，第262页。
③ 黎紫书：《流俗地》正文前王安忆代序《之子于归，百两御》，北京十月文艺出版社2021年版，第27页。

我认识的局限性的隐喻,"盲人摸象"作为一则广泛流传的寓言,说的是我们每个人只能看见世界的一部分。"盲"的不见与洞见,其实都可以看成人生的隐喻,也切合写作这一事件。另一方面,银霞在黑暗中的处境或许也可以当作我们生命处境的一种隐喻,从某种意义上,我们也是处在人生各种各样的黑暗中,但我们应该像银霞那样,即使身处黑暗,也要在暗里寻到天光。黎紫书"最终赋予这个角色以救赎意义"[1]。

《流俗地》的基调是写实的,表现了黎紫书深厚的生活积累和写实的功力,然而在结构上它已经为主观诗性的抒写留出了空间,她的作品充盈的感性、梦叙事以及意象、隐喻和象征的使用,都使它形成了一种虚实相生的诗意风格。它的确不像它的作者和某些评论家说的那么朴素,然而这不是它的缺点,恰恰是它超越中国古代评书式小说的地方,它对现代生活的复杂性的把握亦来源于此。

三 对"存在的诗意"的理解和书写

以上我们主要对《流俗地》作为小说的"形式的诗意"进行了一番分析,主要从小说的结构、语言、梦叙事以及物像及其隐喻方面进行。然而,小说的诗意除了有某种可辨认的"行迹",常常还有更隐蔽的难以辨认的诗性层面,也就是说一部小说,它哪怕不用较为诗性的散文化结构,不使用明显陌生化的感性—诗性语言,不使用意象与象征,依然可以是诗性的。正如有论者所指出的:"所谓诗性并不来自作品的语言、韵律、手法以及其他形式,而是来自作品对人的存在及其全部价值的追问和发现,来自其反映人生及其本质意义的深度和广度,以及它所呈现出来的深刻的生命体验和隽永的心灵感悟。……所以,当我们确认一个作家或一部作品具有某种诗性的时候,其实并不是指它具有了某种诗的语言或外形,而是指它与我们的生命体验和心灵发现之间建立起了一种特殊的审美结构,即呈现出人的'诗性存在'。"[2] 这是很有见地的说法,也是小说最深层的诗意。然而什么是"人的诗性存在"?我们依据什么认为作品呈现出了"人的诗性存在"?

谈及"诗性存在",我们无法越过一个人,那就是海德格尔,从某种程度上说,是海德格尔启发了我们去思索人的诗性存在的问题。我们很多人都记得海德格尔所引用的荷尔德林的诗句:"充满劳绩,然而人诗意地/栖居在这片大地上。"然而,我们很多人对于海氏所言的"诗意"的理解还是狭窄的、庸常的,是"常人"所做的理解,而非诗人所做的理解。我们只是把某种美的、浪漫的、轻飘适意的、超出世俗生存范围的理想生活方式看成"诗意的",然而,海德格尔的诗性思想中可能还有另一层面我们未曾领悟,那就是他不止一次反复说过的"人类此在在其根基上就是'诗意的'"[3]。

---

[1] 黎紫书:《流俗地》正文前王德威代序《盲女古银霞的奇遇》,北京十月文艺出版社2021年版,第4页。
[2] 张文东:《"诗性"的文学与批评的"诗性"》,《当代文坛》2011年第3期。
[3] [德]海德格尔:《荷尔德林诗的阐释》,孙周兴译,商务印书馆2002年版,第46页。

如何理解"人类此在在其根基上就是诗意的"？笔者的理解是，人类在大地上的生存及其命运本身就是诗意的，他的生存是一种"境遇生成性"的生存，"境遇生成性"就是诗性。没有人能预言自己将以什么样的方式、和什么人、在什么境况下过完一生，一切都充满了未知、偶然甚至冒险的性质，人的生存只可能是一种境遇性的、永远充满不确定的"诗性的生存"，除此以外不可能有别的生存方式——这就是"命运之诗"[①]。人的命运，不论是家族的、群体的还是个体的命运都是在各种因缘和合的关系中展开的，这些关系包括人与时、人与地、人与人、人与物及人与神的关系，关系是动态生成的，它们随时分合显隐，这就是"大道的诗性运作"。一个作家能感应、思索并写出暗含于人物命运中的"大道的诗性运作"，他就写出了最高的诗。《红楼梦》为什么是诗意的？因为它写出了"大道的诗性运作"，它以挽歌的调子写出了一个富贵繁华世界的衰败过程，写出了聚散离合之中世界的流变和美的易逝，为世间暂时之物留下了永恒的印记。黎紫书理想中的小说正是《红楼梦》这样的。

　　黎紫书的《流俗地》也是对一个生成、丧失和流变的世界的书写，可以说她对于人生中的偶然、生成、流变和不可测度的命运有着特别的兴趣，或者说她就把它理解为诗性的核心并孜孜不倦地表达着这些内容。它的开篇故事就是一个死亡叙事——奀仔之死。奀仔是一个小个子男人，恰如这个方言词"奀仔"所表示的，做的是开大货车（罗厘）的工作，死于车祸。这个卑微、辛苦而永远带点危险性的工作是马来西亚较多华人从事的工作，也意味着华人在马来西亚的边缘地位。死亡是一个不可测度的命运性事件，它改变了整个家庭的格局，生活变得更加艰难。奀仔的大儿子大辉立刻升级为家长式的人物，寄居其家的奀仔之妹莲珠表现出她的干才，并以她的外出工作贴补着这个贫穷的家庭，女主人何门方氏由嫌弃小姑莲珠变得依赖她，细辉在压抑中悄悄长大。死亡改变生活的面貌，既是一个结束，也是一个起点，是所有剧情发生的源头，它本身也充满了戏剧性。俗语说，"一样的生，百样的死"。小说写何门方氏，先天晚上还吃得津津有味，第二天早上家人就发现她死在家里的茶几前，姿势奇特："曲着腿跪坐在地上，双手撑地，一张脸贴在台面，仿佛下跪磕头。"[②] 银霞的母亲梁金妹因癌症而死，发现时已是癌症晚期，死前昏迷数天却在两分钟的回光返照里清清楚楚地和银霞说梦。拉祖的死最难以让人接受，一个富有正义感的律师，三十六岁死于他的本民族黑社会的追杀，死后悄无声息，连葬礼都无人知晓。小说也写到一些在近打组屋或教学楼跳楼的人。当一个生命诞生，有谁能料得到他们会以这样的方式结束呢？死永远是必然而未知的命运，它不可规划，是人生之戏剧性与诗性的体现。

---

　　① 参看张福海《海德格尔的本源之思》，《广西社会科学》2011年第2期。"在海德格尔看来这一生成的统一性可以用'命运'来言说，命运就是作为本源的生成着的聚集着的'之间'。由此，可以说海德格尔所没有直接说出但却已经思及的观点，那就是命运就是本源，本源就是诗性的诗意结论。"
　　② 黎紫书：《流俗地》，北京十月文艺出版社2021年版，第298页。

而与死亡一样充满了偶然与命运感的是爱欲。海德格尔在《荷尔德林诗的阐释》中亦说:"爱和行为是诗意的东西。"① 爱是人的主体性行为,然而爱又非主体所能控制和把握,爱欲像死亡一样几乎不可预测,这大约是古往今来的文学作品把爱与死当作永恒的主题的原因。小说中蕙兰嫁给"烂仔"② 大辉,一个人拉扯三个孩子,深陷贫穷和苦难之中。但她对莲珠说过一句话:"我真的很爱大辉。"这句过于书面的表白让莲珠深受震动。蕙兰的父亲有同性之好,每一次都吃尽苦头,被骗钱甚至被打得头破血流,蕙兰的母亲离开也因为他这个爱好,然而不改初衷。蕙兰的女儿春分又生下一个不知父亲是谁的孩子。几代人都在爱情这件事上栽了跟头,恰恰说明爱有非理性、至少不能全部受理性控制的力量。银霞的爱也在她毫无准备的时候到来。在盲校的时候,银霞不知不觉地爱上了教她打字、使她开启知识的伊斯曼。她用盲文打下给伊斯曼的信:"老师你笑的时候,我能感受到空气中的变化,也会被你的笑传染;心跳会加速,身体会发热,脑子会被抽空,世界会滑向一边,逐渐倾斜。"③ 然而银霞却被始终不知何人的一个男人强奸,遭遇了生命中最难以启齿的黑暗事件。人到中年、白发渐生的银霞并不期待有新的爱情,却因为寻找一只猫的关系,和已届老年、温文尔雅的顾老师产生了惺惺相惜之情,找到了后半生的归宿。

黎紫书就这么娓娓地道来人生中的遭逢际遇,述说着难以言喻的命运。爱和死亡之外,成长和苦难叙事也是《流俗地》的重头戏。童年、成长从来都是文学的源头,因为成长就是变化、生成,成长与世界发生着千丝万缕的动态联系。而《流俗地》的成长书写尤其细腻动人,是小说中一束永恒的诗性之光。银霞、细辉和拉祖小时候一起下棋,一起上街看热闹、大声唱歌,拉祖和细辉偷偷带银霞参观学校和大伯公庙……无尽的记忆。他们之间的友谊像生命本身一样自然,没有任何的杂质。细辉和拉祖从来没有因为银霞是盲人而歧视她,相反,他们最先发现和肯定了银霞的超常才能,包括记忆力、智力、对声音的辨识力、好听的声音等。随着他们渐渐长大,友谊里边,尤其是细辉和银霞的关系里出现了一丝丝超越友谊的情分,然而是诗一般纯美的。拉祖一心一意为细辉抓翠鸟,据说治好了细辉整个童年以来伴随的哮喘病。然而"天下没有不散的筵席",三个人随着年龄的增长各自走上了辛苦的人生路。细辉一直活得忙碌压抑;拉祖为伸张正义献出了自己的生命。银霞足不出户孤独度日。黎紫书似乎看见了每一个人的苦难。小说中的其他人:婵娟有一个个被噩梦纠缠的夜晚;何门方氏至死不知大儿子大辉是否还活着;马票嫂早年被婆家驱赶,晚年衣食无忧却又患上了一种怪病,她的后半生经历都不记得了,却单单记得年轻时受过的苦,所以精神依然活在苦难里;蕙兰常累到在回家的路上已经打盹,"嘴角吊着唾液如丝"④。人生苦短,过程

---

① [德]海德格尔:《荷尔德林诗的阐释》,孙周兴译,商务印书馆2002年版,第151页。
② "烂仔"是广东话,有不务正业、不负责任之意。
③ 黎紫书:《流俗地》,北京十月文艺出版社2021年版,第343页。
④ 黎紫书:《流俗地》,北京十月文艺出版社2021年版,第32页。

中有无穷无尽的苦难，然而也有爱，有情义，有光明。拉祖死后，两个好朋友的梦里都有拉祖的音容笑貌。银霞最后找到了她的另一半，他的名字叫"顾有光"，还有比这更令人感到温馨的吗？连猫都做了他们的牵线人，然而晚年的阴影不能不在读者的心中悄然产生。

总之，黎紫书用她的如诗之笔建造了一个世界，这是一个只有她才能写出的世界，她自信地说"吾若不写，无人能写"①。她像一个佛陀，她看见了一切苦，一切痛，和其中一丝丝的欢乐，她带着对所有人、所有存在的悲悯和接纳之心道说了这一切。她看见了一个整体，看见了那最高的与最低的、起始的与最后的，她也看见了那些难言的、转瞬即逝的瞬间，并将它们从时间里打捞出来，永恒地放着光，就像细辉会永远记得银霞穿马来水蓝色长裙，上面日影斑驳的美丽瞬间，她的小说让人记得无数个这样充满感性的瞬间。她将那实在的与虚无的、坚实的与易朽的、有声的与无声的、必然的与偶然的融为一体，建造成一个生生不已的文字世界。这个世界是现实世界的反光，也高于现实世界，因为里面闪耀着永恒的美，这种美蕴涵在世俗与寻常之中，跌落在尘埃里，是作家的诗性情怀看见并擦拭了它，并使它熠熠生辉。

结　语

一切真正优秀的文学作品，它的内核必须是诗的，这大约是西方文学理论将其称为"诗学"的原因。小说从它的诞生之日起，就以书写世俗生活为特征，所谓"街谈巷语之说"② 是也，然而作为真正的艺术作品，它必须有超出"街谈巷语之说"的地方。黎紫书的《流俗地》的基调也是"街谈巷语之说"，有扎实的写实功夫，然而它虚实相生，精敏的感觉、梦境和心理的暗示，意象、隐喻和象征的使用使它在实的层面上又延展出一个虚的空间，作品的内涵和境界都得到充盈、提高，这是我们可以从形式上辨认出来的诗意。然而她的小说亦表达了更深隐的诗性层面，那就是对于"此在在其根基上的诗性"的领悟，对命运的此在生成性，"大道的诗性运作"的叙事展演。她通过银霞、蕙兰、婵娟、马票嫂、梁金妹、何门方氏、大辉、细辉、拉祖、顾老师等人物群像的生存境遇和命运的书写揭示了这一点。她的小说写出了一个鲜活整一的完整世界，这就是以马来西亚锡都为背景的、以华人为主的生存世界，也是一个万花筒一般的人生世界。其间历史与文化、人与神、人与人、光与暗、声与影、可见与不可见，黎紫书将它们熔于一炉，像世界本身一样完整地、富有深度地呈现，人物的命运遭际、聚散离合、生老病死既是个别的、栩栩如生的，同时又启示着尘世的普遍运行法则和来自更高处的光芒。

将小说当作诗来写，其实是黎紫书小说创作的一向训练。在《流俗地》的创作之

---

① 黎紫书：《流俗地》后记，北京十月文艺出版社 2021 年版，第 461 页。
② 鲁迅：《中国小说史略》，《鲁迅全集》编年版第 2 卷，人民文学出版社 2014 年版，第 373 页。

前，在她的第一部长篇和这个长篇之间，过去了十年的时间。在这十年里，黎紫书写了大量的超短篇作品，这些作品可以看成从针孔里看世界的典型。诚如她在《余生》的后记里所说："在某种意义上，这些年我用的是一种写诗的心态在写我的微型小说，如同让颤抖着翅膀的蝴蝶驻足于锋利的刀刃，给小说不可承受的轻。"[1] 笔者第一次阅读《流俗地》，就感到它不是那种惯于写长篇的作家凭借一点点经验任意灌水拉长的小说，而是那种惯于精短，但由于它的内容所致，不得不达到这个长度的小说。黎紫书在该书单行本出版后记里的自述证实了笔者的感觉。她说这是一个在人生有了"足够的见识和积累"之后的作品，是一个花了十二万分的精神去写的一个作品，而写完之后，她自己也非常满意，"我看着里头每一个字都符合我对这作品最初的想象"[2]，它的确是黎紫书一部里程碑式的作品，一部叙事的长诗。

---

[1] 黎紫书：《余生》后记，《袖珍与口袋》，花城出版社2017年版，第235页。
[2] 黎紫书：《流俗地》后记，北京十月文艺出版社2021年版，第476页。

中国生态文学批评中的地球话语与行星视野述评

龙其林[*]

(上海交通大学 人文学院 上海 200030)

摘 要：20世纪60年代后期人类首次从外太空拍摄了地球的照片，地球作为一个生态整体的形象逐渐深入人心。西方生态理论的译介推动了中国生态文学批评的兴起，21世纪以来中国生态批评中的地球话语及行星视野得到发展，鲁枢元、徐恒醇、曾永成、曾繁仁、程相占等学者相继提出了系列学说。地球话语和行星视野在中国生态文学批评中表现尚不充分，既与中国文学及其批评注重史传传统有关，也与中国文学批评沿用西方生态理论、强制阐释文学文本有关，也与文学内部不同学科之间的差异有关。

关键词：中国生态文学；文学批评；地球话语；行星视野

1968年12月24日，美国阿波罗8号宇宙飞船正在执行人类第一次绕月球航行太空任务，三名宇航员弗兰克·博尔曼、吉姆·洛威尔和威廉·安德斯从太空舱越过月球看见了远处的地球正在升起。这张从太空拍摄的地球图像被命名为Earthrise，意即地球升起，这也是人类历史上从外太空拍摄的第一张地球照片。照片发回地球后，引发了全球性的轰动效应。人类开始意识到，自己不再仅仅是站在地球想象整个地球的模样，而可以从浩瀚的太空中凝视地球。在这张照片拍摄一年多之后，1970年4月22日第一个"地球日"诞生，当天美国各地大约有2000万人参加了以环境保护为主题的游行示威和演讲会。2017年，这幅照片——Earthrise入选了《时代周刊》评选的《改变了世界的100幅照片》。"从媒体理论家马歇尔·麦克卢汉（Marchall Mac Luhan）到大气科学家詹姆斯·洛夫洛克以及各行各业的思想家，都被这幅图像所深深感染。无论是麦克卢汉的'地球村之说'，还是洛夫洛克的'地球是一个超有机体'的盖亚假说，均受到这个图像的影响而产生。事实证明，这一图像的影响还在继续：20多年以

---

[*] 作者简介：龙其林（1981— ），湖南祁东人，上海交通大学人文学院长聘副教授，文学博士，主要从事中国当代生态文学研究。
基金项目：国家社会科学基金重大项目"新时代中国特色文艺理论基本问题研究"（项目编号：18VXK007）子课题"当代文艺新发展与前沿性文艺理论问题研究"。

后的布伦特兰报告《我们共同的未来》创造性地以这幅图做开头,并附上以下文字:
'这一图像给人们思想带来的震撼,远远超过当年的哥白尼革命……在太空中,我们看见的是一个脆弱的小球,球体上看不到人类活动和大型建筑,只有云层、海洋、绿地和土壤所构成的图案。人类无法将自己的活动与这幅图相协调,这一点,正从根本上改变着这个行星系统。'"[1] 从此,Earthrise 成了人类对于地球最生动也最直观的形象认识,学术界开始从地球这一整体考虑生态环境的全球性问题,生态文学批评逐步跳出地方或国家、地区的空间概念,为生态文学研究的地球话语与行星视野的形成起到了直接的推动作用。

一

20 世纪 90 年代以来,一大批西方生态理论著作被翻译进来,促进了生态批评思想在中国的传播与影响。西方生态理论的译介对于推动生态意识的普及、强化文学中的自然意识有着重要作用。在这一时期内,爱默生的《自然沉思录》、布热津斯基的《大失控与大混乱》、狄特富尔特等编著的《人与自然》、海德格尔的《人,诗意地安居》、拉夫尔的《我们的家园——地球》、卢岑贝格的《自然不可改良:经济全球化与环保科学》、纳什的《大自然的权利》、萨克塞的《生态哲学》、戈尔的《濒临失衡的地球——生态与人类精神》、史怀泽的《敬畏生命》、沃斯特的《自然的经济体系——生态思想史》、辛格的《动物的解放》等理论著作拓展了国内学者对于生态问题的认识,生态学逐渐升温。1991 年,晓章、刘兰勋的《社会圈——文明的疾患》在指出人类所面临的诸多生态灾难时,提出必须通过生态伦理学的方式对人类的活动进行限制,以人与地球之间的平衡作为基本目标:"在人与自然的关系中,没有比'克己复礼'更能表达人类应对自然采取的态度了。在这个星球上,对于没有天敌的人类来说,要想恢复人与地球的正常关系,维护生态平衡,必须凭借人类自身的力量,进行自我限制和自我约束,克己成仁。地球是人类的母亲,人们应该时刻记住这一重要关系,这不是一个简单的比喻,而是一种沉甸甸的生存显示和历史现实。"[2]

从 1997 年开始,吴国盛主编的《绿色经典文库》陆续由吉林人民出版社推出,其中包括一批影响深远的理论著作,如利奥波德的《沙乡年鉴》、康芒纳的《封闭的循环——自然、人和技术》、米都斯等的《增长的极限》、沃德等的《只有一个地球——对一个小小行星的关怀和维护》、杜宁的《多少算够——消费社会与地球的未来》、麦茜特的《自然之死——妇女、生态和科学革命》等获得广泛好评的著作,有力地推动了生态思想在中国的传播。西方生态理论著作的引介,极大地拓展了中国文学对于自然生态的

---

[1] [美] 厄休拉·K. 海斯:《地方意识与星球意识:环境想象中的全球》,李贵苍、虞文心、周圣盛、程美林译,中国社会科学出版社 2015 年版,第 25—26 页。
[2] 晓章、刘兰勋:《社会圈——文明的疾患》,辽宁人民出版社 1991 年版,第 162 页。

认识深度,艺术感觉敏锐的作家们更早地发现了生态危机的严峻降临,他们在自己的作品里鲜明地表达了忧虑之情。

进入21世纪之后,全球性的生态危机非但没有得到遏制,反而呈现出愈演愈烈之势:全球气温持续变暖,冰川融化加快,暴风雨频发,森林覆盖率持续走低,物种绝灭的步伐越来越快。在这种情形下,全球性的生态思潮与运动方兴未艾,生态理论的引介及批评实践也逐渐兴起。2000年之后,罗尔斯顿的《环境伦理学》和《哲学走向荒野》、麦克基本的《自然的终结》、庞廷的《绿色世界史》、拉德卡的《自然与权力——世界环境史》、莫斯科维奇的《还自然之魅:对生态运动的思考》、多布森的《绿色政治思想》、佩珀的《生态社会主义:从深生态学到社会正义》、巴克斯特的《生态主义导论》、弗里德曼的《世界又热又平又挤》等纷纷翻译出版;在西方生态理论著作的不断输入下,中国文学批评的生态维度得到了强化,一些学者自觉地吸收西方生态批评的养料,使自己的文学批评富于鲜明的生态色彩。

在鲁枢元看来,"文学艺术与整个地球生态系统的关系是什么,文学艺术在即将到来的生态学时代将发挥什么作用,文学艺术在当代的生态学家的心目中居于何等地位,在日益深入的生态学研究、生态运动的发展中文学艺术自身又将发生哪些变化,已成为一些十分重要而且非常有趣的问题"。[1] 在2000年出版的《生态文艺学》中,鲁枢元探讨了文学艺术与整个地球生态系统的关系,进而运用现代生态学的观点来审视文学艺术,围绕文学艺术与自然生态、文艺作品中的人与自然的主题、文艺批评的生态学内涵、文学艺术史的生态演替等问题进行了阐述,给文学艺术在地球生态系统中进行了定位:"在我们看来,地球是一个大的生态系统,文学艺术是地球上人类这一独特生物的生命活动、精神活动,是一个在一定的环境中创生发育成长着的功能系统,文学艺术在地球生态系统中注定享有一定的'序'和'位',而这一'序位',即文学艺术的'安身立命之地'。"[2] 鲁枢元指出地球自然生态系统与人类精神生态系统的问题同时形成:"自从'工业革命'以来,地球自然生态系统的崩溃,与人类价值观念的偏狭,与包括文学艺术在内的精神世界的凋敝,是同时发生的。文学艺术与生态学的携手并进,也许就是中国21世纪文学的一种必然走向。"[3] 具体到自然生态与精神生态的平衡问题,则"生态平衡要走出进退维谷的境地,就必须引进一个'内源调节'机制,在动态中通过渐进式的补偿,在推动社会发展的同时,达成人与自然的和解。而这个'内源'就是'心源',就是人类独具的精神因素"。[4]

2000年徐恒醇出版《生态美学》一书,认为人的主体的参与性是一种对生态系统的融入感,是人与地球上其他生命产生关联的具体表现:"生态美所体现的是人与自然

---

[1] 鲁枢元:《走进生态学领域的文学艺术》,《文艺研究》2000年第5期。
[2] 鲁枢元:《生态文艺学》,陕西人民出版社2000年版,第33页。
[3] 鲁枢元:《生态批评的空间》,华东师范大学出版社2006年版,第29页。
[4] 鲁枢元:《生态批评的空间》,华东师范大学出版社2006年版,第28页。

的生命关联和生命共感。这种生命关联是基于人对自然的依存关系，人的生命活动正是在这种自然生命之网的普遍联系中展开的，建立在各种生命之间、生命与生态环境之间相互依存、共同进化的基础之上的。……这种生命的共感来源于不同物种生命之间存在的亲和性，因为地球的生命具有共同的起源和共同的祖先。它说明生命是共通的，而且也是共命运的。"[1]

同一年，曾永成的《文艺的绿色之思——文艺生态学引论》由人民文学出版社出版。该书从人类生态学和美感的自然生成两个视角出发，系统地探讨了文艺的本色、文艺的生成与发展，认为文艺应当为人的生态本性和生态环境的扭转努力，建立起文艺生态学的发展目标："彻底的宇宙整体观和开放的系统观，要求把生态系统的内涵不仅扩大到地球上的生物圈，还应考虑到地球所处的外缘环境，把地外星体和星系乃至整个宇宙，都纳入生态系统。于是'天'就成了这个生态系统中最具涵盖性的构成因素，'人天关系'也因此成为这个生态系统的基础性结构。"[2] 在作者看来，文艺是"人学"的审美化表达，因此应该从人的生态处境立场出发进行审视，从人类的生命存在和自然（宇宙）的根本角度把握文艺的生态意味："文艺生态系统正是这样一个以宇宙为空间阈限，以人的文艺活动为中心的开放性的生态系统。……这样，文艺的生态系统就在以文艺活动为中心的格局中包含了文化、社会和自然（宇宙）三个基本层次。这个系统中的'自然'，不仅指地球上的自然，而且包括整个宇宙，即生成了地球和人类的整个自然界系统；其中的'社会'本来应包括'文化'在内，但这里指的知识构成社会的'骨骼'和'最后动力'的经济、政治和物质生活方式等因素，这是人类在一定自然条件基础上的社会实践的表现，这里的'文化'是狭义的文化，即通常与经济、政治并称的文化，主要包括各种社会意识形态和精神生产与生活的方式。这个系统中的三个层次，作为三个生态圈，或者各自直接与文艺发生生态关联，或者在相互影响和融会中与文艺发生生态关联，或者以交互作用形成的整体效应而与文艺发生生态关联。在这个生态之网中，文艺无非是一个特殊的扭结点。"[3]

针对全球性生态危机的到来，文艺如何作出相应回应的问题，曾繁仁发表《生态美学：后现代语境下崭新的生态存在论美学观》一文，认为生态美学的提出拓展了传统存在论美学的空间："从空间上看，生态存在论同最先进的宇航科学相联系，从太空的视角来观照地球与人类。自从20世纪60年代人造宇宙飞船升天并环绕地球航行之后，从广袤的宇宙空间观看地球，地球只是一个小小的蓝色发光体，似乎顷刻之间就会像一颗流星那样消逝，显得如此脆弱。而人类则是这个宇宙间小小星体的一个极其微小的'存在'。因此，从如此辽阔的空间观照人的存在，不是更加感到人与地球的共生存同命运的休戚与共的关系吗？不是更加感到人的'此在'不可能须臾离开地球吗？

---

[1] 徐恒醇：《生态美学》，陕西人民教育出版社2000年版，第136页。
[2] 曾永成：《文艺的绿色之思——文艺生态学引论》，人民文学出版社2000年版，第145页。
[3] 曾永成：《文艺的绿色之思——文艺生态学引论》，人民文学出版社2000年版，第146—147页。

而从时间上看,生态存在论坚持可持续发展观点,认为人的存在尽管是处于当下状态的'此在',但这个'此在'是有历史的,既有此前多少代人的历史积存,又要顾及到后代的长远栖息繁衍。这样的时空观照就改变了传统存在论美学中'此在'的封闭孤立状态,拓宽其内涵,赋予其崭新的含义。"① 在后来的《生态存在论美学论稿》(吉林人民出版社 2003 年版、2009 年版)一书中,曾繁仁对中国新时代生态美学的产生与发展、生态美学的产生及其意义、当代生态美学的发展与美学的改造、当代生态美学观的基本范畴等问题作了进一步的思考。

二

程相占在 2002 年出版的《文心三角文艺美学——中国古代文心论的现代转化》一书中倡导"生生美学":"针对全球生态危机的思想文化根源,我们有必要反思现代文明自我认同的外逐认同模式,正是它造成了现代文明的'逐物'倾向,在对自然资源疯狂掠夺的'杀生'过程中将人类推向濒临灭顶之灾的边缘。借鉴中国文论传统中的内返认同模式及其'生生之德'理念,建设一种与'杀生'相反的、以'生生'为价值定向的生生美学,将是美学的可行思路。……我们希望自己的'生生美学'能够为当前的'普世伦理'思潮作出一定的贡献。普世伦理(the Universal Ethics)又译'普遍伦理'、'全球伦理'或'世界伦理'……我们将普世伦理称为:'由所有地球人肯定和支持的,一种最低限度的共同的价值、标准和态度。'在我们目前所能够想到的所有思想学说中,'生生'——化育生命、创造生命,或许是所有宗教、文化传统所最容易达成共识的价值观念,同时又是挽救人类毁灭命运的最佳价值观念。总之,生生美学有助于回答普世伦理如何可能、普世伦理的理论底线及其内容等问题,它在寻求'普世伦理'这一当代思想运动中所可能发挥的理论作用,就是美学在人类文化系统中的价值功能的集中体现。"②

在 2012 年出版的《生生美学论集:从文艺美学到生态美学》一书中,程相占对生态智慧与地方性审美经验的关系提出了进一步的思考。程相占指出保护地球范围内的文化多样性,需要重视地方审美经验,只有如此才能建立起具有多样性的生态意识、生态智慧:"与生态智慧相通的是'生态圈思维',它隐含着地球行星语境,承认世界各地、各种文化群落都对于人类文化各自的独特贡献。许多有识之士指出,在全球范围内保护文化多样性,将是人类 21 世纪的重大议题。审美经验的地方性是人类审美活动的一个基本事实,但遗憾的是,前此的美学理论都缺乏对于地方性审美经验的重视。其原因是值得深长思之的。在笔者看来,生态意识、生态智慧的缺乏,是前此美学研

---

① 曾繁仁:《生态美学:后现代语境下崭新的生态存在论美学观》,《陕西师范大学学报》(哲学社会科学版) 2002 年第 3 期。
② 程相占:《文心三角文艺美学——中国古代文心论的现代转化》,山东大学出版社 2002 年版,第 277—278 页。

究、美学理论最为严重的缺陷。从美学思想主体上来说，许多美学、特别是中国当代影响最大的实践美学，基本上充当了现代文化注脚的角色，一贯地、不加反思地论证着实践的合理性，极少关注实践、特别是其作为理论'逻辑起点'的物质生产实践的累累恶果：环境污染、物种消亡等等，也就是对于'文弊'（或称'文蔽'）——文化弊端的起码反思批判意识。在我们看来，审美活动的主要功能是对于'文弊'的超越。由'文明注脚'而为'文弊超越'，这是中国当代美学的主题和观念发生的某种根本性变化。"①

2013年，王诺出版了《生态批评与生态思想》一书，对生物区域主义和处所理论进行了介绍，既肯定了生物区域主义的价值，又指出了其不足："生物区域主义也有其重大缺陷。从理论上看，任何只关注局部而不重视全局——整个地球生态系统的思想，都不是完善的生态思想，也不是真正的生态整体主义思想。一些生物区域主义倡导者不同程度地忽视了地球生态的完整性和生态危机的整体性，有的人还排斥对整个世界的生态考虑（比如温德尔·贝里），显示出这些倡导者生态思维的片面和极端。从实践上看，生态问题是一个全球性问题，单靠局部区域的生态保护和生态生存不可能改正已经由全人类共同铸成的大错。诚然，假设全人类都能做到在特定生物区域生态地生存，的确能在很大程度上保持整个地球生态系统的平衡；但其前提却是生态系统已经恢复了原来的平衡。然而，现今人类所面临的最大问题却是如何首先缓解和消除已经出现的生态系统混乱、生态系统危机和防止生态系统即将到来的总崩溃，而要度过并化解这一危机，在现行体制和国际秩序下，离不开各国和全人类的合作。人类首先必须携起手来化解全球生态危机，才有可能选择生物区域主义的生存。"② 同年，谭东峰、唐国跃在《西方文学批评困境及生态文学批评构建》一文中对部分研究者一味凸显"地球大生态圈"价值而排斥"人类中心主义"的内在诉求、对生态批评提出了反思："从生态批评研究的多种'环境文本'可以看出，生态批评试图召唤一种阅读语境的根本性转换——从'人类中心主义'的语境转换到一个'地球大生态圈'视阈中的环境语境。科学知识的单向度增长并不代表文化进步本身，而只不过是人类的'天真'从'幼稚'走向'深刻'而已，必然给人类带来灾难性的后果：加剧'人—自然'与'人—社会'关系的紧张；消解人的主体性、创造性和否定性维度。"③

2015年，文泽天发表了《从〈山坳上的中国〉看中国早期生态文学话语》一文，对20世纪80年代后期引发广泛社会反响的作品《山坳上的中国》进行重新解读，将其视为早期中国生态文学的代表性作品，指出了其中的保护地球、拯救人类的话语特征："早期的生态文学脚踏拯救大地的志向，仰望'天人合一'的意识形态，秉承着保护地球，拯救人类的话语，为中国生态文学开辟了一条明确的前进方向，后期的生态

---

① 程相占：《生生美学论集：从文艺美学到生态美学》，人民出版社2012年版，第127页。
② 王诺：《生态批评与生态思想》，人民出版社2013年版，第191页。
③ 谭东峰、唐国跃：《西方文学批评困境及生态文学批评构建》，《求索》2013年第1期。

文学也紧跟步伐，让生态文学在内容、体裁、创作思维上更加丰富和创新。但是任谁都无法磨灭它独特的话语和表达方式，在后期创作的面前也不惧任何高低与深浅的比较，因为它的话语是特殊的，早期的生态文学也是独一无二的。《山坳上的中国》一书也用一组组数据，一个个事实告诉我们，早期生态文学并不是一个'主义'、一个'深浅'就能一以概之的。"①

2016年，陈茂林发表《"生态无意识"：生态批评的至高理想》一文，提出了在生态批评中可以将"生态（无）意识"分为两种类型，在普及型生态意识中凸显了生态批评的地球话语意识："大自然是一个有生命的有机整体。地球万物都有内在价值和生存权利，都应受到关怀和保护。人类不是宇宙的中心，而是大自然的一部分，其生存和发展一刻也离不开大自然。离开大自然，人类将走向毁灭；没有人类，大自然或许生存得更好。人类不是评判一切的价值尺度，其认识能力非常有限；我们只有一个地球，我们只是从后代那里借用了地球；保护地球，敬畏生命，功在当代，利在千秋；人类与其他物种及环境之间应该是相互依赖、和谐共生关系，然而几百年来人类完全改变了这种关系，酿成了今天日益严重的生态危机，深陷生存困境，这完全是由人类一手造成的，要缓解生态危机，必须从自我做起，自觉树立生态意识，回归'自然'，返璞归真，低碳生活，诗意生存。"②

2016年，汪树东发表了《当代中国生态文学的四个局限及可能出路》一文，认为"目前的生态问题是全球问题，是人类生存的头等大事，也正是全球化使得生态问题变得空前严峻起来。因此要思考生态问题，全球化的宏阔视野是必不可少的"。③ 以这个标准来进行审视，则可发现中国当代生态文学还未建立起真正的生态整体观，缺乏全球化的生态视野，从而导致生态文学没有表现出应有的恢宏气度、诗意气质。在这里，"地球生态系统"与"全球化生态视野"被放到了同等重要的位置。在汪树东看来，"更多的中国作家尚未具备全球化的生态视野，他们书写生态，往往满足于对眼前的一株树、一个动物的悲剧命运的动情展示，或者局部地区的生态事件的详细描述。他们无意去寻觅此时此地的生态危机和全球化的生态危机之间的隐秘联系，更没有意识去反思此时此地看似无害的行为经过全球化的商业交通运输体系传导到遥远的彼时彼地会释放出多么巨大的生态危害，也没有去关注此时此地的生态危机的全球化根源。这样一来，生态文学应该具有的全球化魅力就荡然无存了"。④ 饶有兴味的是，在批评了中国当代作家热衷于局部地区的生态事件的详细描述症候后，汪树东在近期发表的《地方感的丧失与重建——论当代生态诗歌对于新诗的建设意义》一文中又转而倡导生态文学创作应该返回地方，恢复地方感，认为这是一种更为内在的全球感："于坚、雷

---

① 文泽天：《从〈山坳上的中国〉看中国早期生态文学话语》，《今传媒》2015年第8期。
② 陈茂林：《"生态无意识"：生态批评的至高理想》，《艺术研究》2016年第2期。
③ 汪树东：《当代中国生态文学的四个局限及可能出路》，《长江文艺评论》2016年第11期。
④ 汪树东：《当代中国生态文学的四个局限及可能出路》，《长江文艺评论》2016年第11期。

平阳、吉狄马加等当代生态诗人返回地方，恢复地方感，表面上看是一种反现代性的精神倒退，其实却是接通生命大道的激流勇进，因为真实的地方感往往意味着真实的全球感。正如爱默生所言：'最好的地方就是人们脚下的那片地方……对他来说，大与小是相对的。瓦尔登湖是一个小的海洋，而大西洋是一个大的瓦尔登湖。'最好的地方就是脚下的地方，脚下的地方就是地球的一部分，本身就是全球感的一部分，因此不要担心地方感会限制生态诗人的眼界，只要能够真正地进入地方，融入大自然，生态诗人就能够为我们揭示具有全球意义的生命新方向。"① 值得注意的是，地方是地球的一部分，地方本身也是全球感的一部分，但地方感也会限制生态诗人的眼界，因此认为"所有恢复了地方感的诗人都是生态诗人"② 的观点似可再斟酌。地方感并非一个完美的所在，研究者应察觉其价值与局限，并分析地方是如何影响着人们，人们又如何地改变着地方。正如劳伦斯·布伊尔所言，研究者无须贬低地方感，也无须赞美地方感，更为关键的是解释形成地方感的各种条件，由此发展面对环境时的谦卑态度。

2016年，刘霞发表了《从人类中心主义到地球中心主义——生态批评视域下的〈瓦尔登湖〉及其当代意义》一文认为："在生态批评视域下，人与自然的关系得到了全新的诠释，人不再被置于地球的中心，不再被想当然的认为是'宇宙的精华，万物的灵长'（莎士比亚），而是由人类中心主义过渡到地球中心主义，由人与自然的二元对立转变为人与自然的共存、共生、共待的相对主义观念之下。"③ 在此基础上，论文用当代的生态批评理念重新去阐释梭罗的《瓦尔登湖》所具有的超前的地球中心主义的内涵："《瓦尔登湖》描述了梭罗对自然的超验主义生活体验，呈现出一幅人与自然和谐共存、共生共荣的生活画面，梭罗从地球中心主义而不是人类中心主义立场出发看待自然界人与其他物种的关系，在极简主义生活方式中寻求自我，对工业文明带来的生态环境的恶化表达了自己的隐忧。《瓦尔登湖》记录了梭罗关于自然的哲学思考，显示了超前的生态意识，具有较强的时代意义和现实价值。"④ 不过由于作者并未解释身处19世纪中期的梭罗何以具有了如此超前的"地球中心主义"观念，影响了论文的说服力。

2017年，胡梅仙在《宇宙生态观与空间生态诗学》这篇论文中，对生态文学作了十分宽广的理解，认为生态文学是一个包容智慧、理智的，美丽并有世间万物相伴随的生命境界和大宇宙境界，因此自然不仅包括生态批评中经常涉及的大地，而且还应该包括天空和宇宙空间，从而提出了宇宙生态观的话题。尽管文章并未对宇宙生态观作学术意义上的界定，却描述了宇宙生态观与空间生态诗学的三个特点，即黑暗和光明交织、循环的绿意时空，任意翱翔的天地自由境界以及充满活力的天地人间居所：

---

① 汪树东：《地方感的丧失与重建——论当代生态诗歌对于新诗的建设意义》，《江汉论坛》2021年第1期。
② 汪树东：《地方感的丧失与重建——论当代生态诗歌对于新诗的建设意义》，《江汉论坛》2021年第1期。
③ 刘霞：《从人类中心主义到地球中心主义——生态批评视域下的〈瓦尔登湖〉及其当代意义》，《河南师范大学学报》（哲学社会科学版）2016年第5期。
④ 刘霞：《从人类中心主义到地球中心主义——生态批评视域下的〈瓦尔登湖〉及其当代意义》，《河南师范大学学报》（哲学社会科学版）2016年第5期。

"宇宙生态,是一种精神的,眼光包含了过去未来、天上地面的大宇宙眼光。因为有对光明、希望、爱、自由和美的追求,而这些只有精神达到一种神游八极却又仍然不脱离现实的境界,才有宇宙之花草,风雷、闪电的斑斓宇宙。"[1] 由于该文并未对宇宙生态观及空间生态诗学的概念进行界定,于是在 2019 年的《我想象的生态文学》一文中,作者继续对二者之间的区别进行简单说明:"这两个概念有交叉相混的地方,也有不同的内涵和意义。空间生态注重更接近我们的生存空间,宇宙空间既包括生存空间,也包括更为辽阔或具有诗学意义上的精神活力、绿意空间。"[2] 作者特别强调了提出这两个概念的原因:"一般研究者多从大地栖居、该亚理论等来阐释生态文学作品,生态文学应还有一个更大的创作、阐释视野。它不仅包括大地、海洋,也包括头顶的星空,包括太阳、月亮、大气、云层、清风等组成的一个时空连续体。目前生态文学研究对于宇宙生态观还未有提及和研究的文章,由宇宙生态观我想到了空间宇宙诗学(空间生态诗学)概念。"[3] 尽管作者在两篇文章中都提到了宇宙生态观与空间生态诗学,但始终未给予严格的学术界定,而是以充满感情色彩的语言进行了描绘:"有天地万物,这个天地万物不仅包括动物、植物、自然界的一切生命和非生命的物体,更包括人。这个人你可以把他当作主体,也可以看作一个与世间万物的平行者,但是他是最有智慧的,这是无可否认的。他同时是宇宙的一部分,是自然、环境的一部分。那么在生态文学的定义上,我想一定要把人纳入进去,这不一定就构成人类中心主义。人与自然的主体间性,除了这个已被人提出的术语观点,我感到还有一个大的宇宙境界的生态文学观,它包括人的一切思想、欲望,可又是自然的、生态的。它是真正的生态的文学。就像生态诗人们写的有关青草、鹿、狼、大海等有着具体自然物的生态诗一样,它们也叫生态诗或者生态文学,是一种人体在自然、宇宙中的生态,人体的平衡状态,甚至包括人类的冲突,当然还有痛苦、欣喜等人类情感。还有,生态诗、生态文学中所包含的一个视野,这个视野是否给人一种感觉,它是包容的,并且包含世间万物,有智慧、有哭泣、有自然等等。天上地下,甚至每一个角落,虽然有痛楚,最终感觉是被树叶做成的花环围绕的。这就是生态,有一个大的和谐、多角度的环境,即使那些环境被痛楚浸染了每一个角落,可我们仍然能感受到月亮的纯粹光辉、太阳的光芒洒满了每一个行人走过的角落。我想,这就是生态诗、生态文学,有大自然的、人的,感到是被大自然、大地包裹的,一切都来自于天地的神性、灵性,连同人的身体、智慧和悟性。"[4] 在论文的最后,作者用饱含激情的语调这样描写生态文学作品的宇宙精神:"一个囊括宇宙的精神,或者是一种溢满自然万物清香和原味的精神充溢宇宙,其中有人的自然、自由精神的暗合或者充溢,天地中人的德性的活力,让宇宙充满生机

---

[1] 胡梅仙:《宇宙生态观与空间生态诗学》,《学术研究》2017 年第 7 期。
[2] 胡梅仙:《我想象的生态文学》,《社会科学论坛》2019 年第 3 期。
[3] 胡梅仙:《我想象的生态文学》,《社会科学论坛》2019 年第 3 期。
[4] 胡梅仙:《我想象的生态文学》,《社会科学论坛》2019 年第 3 期。

活力，直至与更大的宇宙空间相联系和和谐相处。"① 应该注意的是，生态文学研究中的地球话语与行星视野在中西方均有一些学者进行了阐述，并非无人提及和研究。同时应该留意的是，生态文学应有其内涵的限定，否则一旦当其成为一个无所不包的名词时，事实上也就取消了生态文学的独有领域与存在价值。

2020年，王光东、丁琪发表论文《新世纪以来中国生态小说的价值》，提出应该在"人类命运共同体"的立场上看待地球生态及审视中国生态小说："在新时代语境下理解习近平总书记的'生命共同体'理念，应与他提出的'人类命运共同体'联系起来思考。我们应注意到生态危机中包含的人类内部不同利益群体之间的社会公正、不同国家民族间因发展程度不同造成的生态灾难转移等问题，只有在构建'人类命运共同体'的过程中才能寻求环境问题的根本解决之道。人与自然的冲突问题，也是人类内部不同群体、不同种族、不同国家、代际之间的利益冲突问题，人类应该具有相应的生态道德关怀，以相互依存、共生共荣理念携起手来共建共享，否则地球上的资源终将枯竭，人类将不会得到永续发展。"② 同年，李家銮发表论文《走向生态世界主义共同体——气候小说及其研究动向》，这篇论文以人类世界的大背景看待全球气候变化，认为这是一个超越地域和国界、物种边界的"超级物"，可以突破人类社会文化传统中长期存在的人类中心主义观念，突破早期生态文学和生态批评的地方主义倾向，从生态区域主义走向生态世界主义："生态世界主义最简化的理解可以说是生态版本的世界主义，或者说是生态批评和世界主义的结合，其重点在于超脱人类中心主义，将关注重点扩展到'不止于人的世界'，构建一个人类与整个自然界的生命共同体。"③ 在分析气候小说与全球性之间的关系时，作者认为气候小说的价值有三点："首先，气候小说描写的往往是某种气候性的全球危机，试图唤醒的是一种世界公民式的全球意识，特别是对于人类世界和当今全球气候变化是人类造成的事实的认识。"④ "其次，在更深层次的气候变化的溯源问题上，气候小说的普遍共识在于反思全球工业化与全球消费主义。"⑤ "第三，在气候变化问题的出路上，很多气候小说探讨了全球治理（global governance）与气候治理（climate governance）问题。"⑥ 虽然作者并未提出地球话语等概念，但从内涵上而言，"全球危机""全球意识""全球治理""全球工业化"等事实上勾勒出了地球话语的存在。

20世纪90年代以来，中国的生态文学研究领域出现了一些关于地球话语的著作与论文，在少量论著中还较为深入地探讨了文学艺术与地球生态、宇宙自然之间的关系，表现出了生态研究宏伟的研究视野和思维广度。中国生态批评的地球话语与行星视野

---

① 胡梅仙：《我想象的生态文学》，《社会科学论坛》2019年第3期。
② 王光东、丁琪：《新世纪以来中国生态小说的价值》，《中国社会科学》2020年第1期。
③ 李家銮：《走向生态世界主义共同体——气候小说及其研究动向》，《鄱阳湖学刊》2020年第4期。
④ 李家銮：《走向生态世界主义共同体——气候小说及其研究动向》，《鄱阳湖学刊》2020年第4期。
⑤ 李家銮：《走向生态世界主义共同体——气候小说及其研究动向》，《鄱阳湖学刊》2020年第4期。
⑥ 李家銮：《走向生态世界主义共同体——气候小说及其研究动向》，《鄱阳湖学刊》2020年第4期。

逐渐明显：一是生态批评中对于地球、全球概念的直接使用；二是对于人类中心主义观念的超越，尝试立足于地球整体及地球作为行星在宇宙中的位置等角度考虑问题；三是对生态危机的全球性的关注及对宇宙生态意识的期望。

三

在当下中国的生态文学研究中，大多数研究者仍然习惯强调生态研究的地域性、地方性，迷恋于局部的自然生态环境及其情感寄托，却有意无意地忽略了生态问题的全球性特征。地球话语与行星视野在中国的生态文学研究领域表现得尚不充分，这一批评观念与研究视野对于多数生态文学研究者而言还显得较为陌生。

中国历代文学及其文学研究均具有浓郁的史传传统特质，文以载道的观念深入人心。文学作品反映现实问题，文学批评贴近人生与社会，是许多作家、学者不约而同的认识。在相当长的历史时期内，现实主义的创作方法、社会历史的批评观念成为作家、批评家的自觉选择。由此而形成的文学研究观念则是学者们对于历史题材、现实问题的关注，对于故乡环境的体认、对于区域文化的认同，人们注重从现实主义角度切入文学文本，而对凌空蹈虚、天马行空的文学研究观念缺乏兴趣。在这种背景下，中国学者的观念深处对于自然山水、大地观念有着直觉的认同，而对于没有直观体验、虚无缥缈的地球书写及更为抽象的行星视野比较生疏。饶有兴味的是，在中国的生态文学研究学者群体中，文艺学学者对于生态研究中的地球话语兴趣最为浓厚，相关方面的论著也最多，出现了如曾永成、鲁枢元、曾繁仁、徐恒醇、程相占等学者。而在比较文学与世界文学、中国现当代文学、中国古代文学等学科领域内，则较少学者使用行星视野切入生态文学研究，不同学科学者之间的理论指向有着较大差异。

中国的生态文学研究中强制阐释思维方式仍然有较大空间，挪用西方生态研究的理论概念进行套用的问题依然突出。在有的学者的论著中，唯西方生态理论马首是瞻，却没有多少独属于个人的见解，只是将西方生态理论在中国的生态研究领域内演绎一遍。正如有学者所言："生态批评因生态危机而起，应该是一个十分鲜活的理论。但是，生态批评在中国的发展，却是以理论的译介为主，即使从事批评实践，也大多以西方的经典文学文本为主，这不能不引起我们的反思。其实，生态批评理论的本土化建构是生态批评理论自身的要求，如果失去这一点，生态批评也将失去了它存在的意义。因为，生态批评的重要任务是对文化的生态反思，而我们生态批评建设，当然是对我们现有的文化的反思。但事实是，我们却一直在进行他者文化的反思，如此，我们的生态批评岂不就是无的放矢了吗？"[1] 袁鼎生在《生态批评的中国机理》一文中说得更为尖锐，认为西方理论对中国"学术生态"造成了破坏和入侵，并且归纳出两种

---

[1] 周维山：《中国当代生态批评的理论创新及其问题》，《百家评论》2015年第4期。

中国的学术研究面对西方理论"失语"的类型:"一种是用西方的思想方法特别是学术范式,诠释中国现象,使后者成为前者的确证与注脚,使前者成为后者的航标与路向。这是一种世界观和学术观方面的根本性影响……另一种是在中国学术'失语'的想象中,成套引进西方学术话语,全盘照搬西方概念结构,形成系统的学术移植。"[1] 其所反映出来的问题是,中国的生态文学研究亟须寻找适合自己的话语,或者创建独具中国特质的生态批评话语,同时在对西方生态理论的移植过程中应根据自身的特点进行理论的取舍与转化。

在生态文学研究的全球化特征与行星视野方面,在 21 世纪初出现了曾永成的《文艺的绿色之思——文艺生态学引论》、鲁枢元的《生态文艺学》、徐恒醇的《生态美学》、曾繁仁的《生态存在论美学论稿》、程相占的《文心三角文艺美学——中国古代文心论的现代转化》等具有鲜明的地球话语特征的论著后,后来的学者在这一领域内似乎并没有取得实质性突破。换言之,在 21 世纪全球化进程加快、中国融入世界程度加深之后,生态文学研究界并未能在学术视野、学术方法上获得进一步发展的契机。正如有学者指出的那样,"从目前的状态来看,在理论构建方面,生态批评的中国理论建构派的发展在鲁枢元、曾繁仁等学者提出了具有开创性的见解和学说之后,就几乎处于停滞不前的状态,并未能广泛地进行跨学科的结合,而西方生态批评则跨越了现代生态学、生态哲学、文学、伦理学、政治学、宗教、心理学、法学、人类学等诸多学科;其次,生态批评中国学派虽然构建了自己的生态话语权,但其学术生态话语还是受到了西方生态批评和文学作品的影响,欧美生态批评理论的中国阐释和译介派以及欧美经典文学文本的阐释派中的代表性学者和作品,显然多于理论建构派和中国文学文本的阐释派"[2]。

中国的生态文学研究在地球话语及行星视野中的不足,反映出不同学科之间的观念壁垒、西方观念与中国语境之间的龃龉以及国内生态批评尚处于起步阶段等系列问题。尽管鲁枢元在《生态文艺学》等著作中曾将生态研究的观念与古今中外的文学作品紧密结合并展开论述,显示出文艺理论与文学创作之间的互动关系,但在不少的文艺生态学研究论著中观念的演绎、话语的封闭成了更为普遍的现象。如果擅长引进、介绍西方生态理论著作的文艺学学者们,能够在理论译介与方法借用的同时进行中国生态文学作品的论证分析,生态研究的地球话语与行星视野才能真正落到中国生态批评的实处,因而也才能得到其他学科学者、读者的认同,扩大自身的学术影响力。同时对于其他学科的学者而言,努力更新自身的生态理论,吸收西方生态批评观念也成为需要解决的问题。而更为重要的或许还在于,西方生态的一些观念,如何深入地嵌入中国的生态文学语境,使理论与文本能够圆润地结合,也是一个被反复讨论却至今难以解决的难题。

---

[1] 袁鼎生:《生态批评的中国机理》,《鄱阳湖学刊》2003 年第 3 期。
[2] 王莉娜、侯怡:《生态批评:中国学派的形成与发展》,《复旦学报》(社会科学版) 2020 年第 6 期。

附 录

附录一　中国中外文艺理论学会历届会议

时间	会议主题	主办单位	地点
1994 年 6 月	钱中文宣读民政部批准文件，宣布中国中外文艺理论学会正式成立	文学研究所和外国文学研究所联合开会	中国社会科学院文学所
1995 年 8 月	"走向 21 世纪：中外文化与中外文论国际学术研讨会暨中国中外文艺理论学会成立大会"第一届年会	学会和山东师范大学联合主办	山东济南
1996 年 10 月	"中国古代文论的现代转换"学术研讨会	学会与陕西师范大学中文系联合举办	陕西西安
1998 年 5 月	"巴赫金学术思想国际学术研讨会"	学会与北京外语学院俄语系（现北京外国语大学）、河北教育出版社联合举办	北京
1998 年 10 月	"西方文论与中国文论建设"全国学术研讨会	学会联合四川大学中文系举办	四川成都
1999 年 5 月	"1999 年世纪之交：文论、文化与社会暨中国中外文艺理论学会第二届年会"	学会联合南京师范大学中文系举办	江苏南京
1999 年 10 月	"新中国文学理论 50 年"学术研讨会	学会与安徽大学中文系联合举办	安徽合肥
2000 年 8 月	与法国、英国、德国、澳大利亚等多国学者合作，成立"国际文学理论学会"，并召开"21 世纪中国文论建设国际学术讨论会"	学会与清华大学、北京师范大学等联合举办	北京
2001 年 4 月	"全球化语境中的文学理论研究与教学研讨会"	学会与扬州大学文学院联合举办	江苏扬州
2001 年 7 月	"创造的多样性：21 世纪中国文论建设国际学术讨论会"	学会与辽宁大学文学院联合召开	辽宁沈阳
2001 年 10 月	"新理性精神与文学研究方法论研讨会"	学会与厦门大学文学院联合举办	福建厦门
2002 年 5 月	"文艺学与文化研究"学术研讨会	学会与云南大学文学院联合举办	云南昆明

续表

时间	会议主题	主办单位	地点
2003年12月	"全国美学、文学理论前沿问题学术研讨会"	学会、中华美学学会与台州学院联合举办	浙江台州
2004年5月	"中国文学理论的边界"研讨会	学会与北京师范大学文艺学研究中心联合举办	北京
2004年6月	全国第二次巴赫金国际学术研讨会	学会与湘潭大学文学院联合召开	湖南湘潭
2004年6月	"多元对话语境中的文学理论建构国际研讨会暨中国中外文艺理论学会第3届年会"	学会与人民大学、北京师范大学文学院等联合举办	北京
2005年10月	"2005：新时期文学理论的回顾与展望全国学术研讨会"	学会与湖南师范大学文学院、北京师范大学文艺学研究中心联合召开	湖南长沙
2006年9月	"当前文艺学热点与教育改革"学术研讨会	学会与北京师范大学全国文艺学研究中心联合召开	河北北戴河
2007年6月	"文学理论30年——从新时期到新世纪国际学术研讨会暨中国中外文艺理论学会第4届年会"	学会与北京师范大学、华中师范大学文学院联合召开	湖北武昌
2007年10月	"跨文化视界中的巴赫金"国际学术研讨会	学会与北京师范大学外语学院于联合召开	北京
2008年4月	"中国现代美学、文论与梁启超全国学术研讨会"	学会与中华美学学会、杭州师范大学中文系联合召开	浙江杭州
从2008年开始，学会每年主办的学术会议称为"年会"，并定期出版学会"年刊"			
2008年7月	"理论创新时代：中国当代文论改革与审美文化转型研讨会暨中国中外文艺理论学会第5届年会"	学会与北京师范大学、陕西师范大学、兰州大学、西北大学、青海民族学院中文系联合召开	青海西宁
2009年7月	"新中国文论60年国际学术研讨会暨中国中外文艺理论学会第6届年会"（换届）	学会与贵州大学、贵州师范大学、贵州民族学院联合召开	贵州贵阳
2010年4月	"文学理论前沿问题研究学术研讨会暨中国中外文艺理论学会第7届年会"	学会与扬州大学文学院联合召开	江苏扬州
2011年6月	"国外马克思主义文论与中国当代文论建构国际会议暨中国中外文艺理论学会第8届年会"	学会与四川大学文学院联合主办	四川成都
2012年8月	"21世纪的文艺理论：国际视域与中国问题"国际学术研讨会暨中国中外文艺理论学会第九届年会	学会与山东师范大学联合举办	山东济南

续表

时间	会议主题	主办单位	地点
2013年8月	中国中外文艺理论学会第十届年会暨"文学理论研究与中国文化发展"学术研讨会	学会与湖南师范大学联合主办	湖南长沙
2014年8月	中国中外文艺理论学会第十一届年会暨"面向时代的文学理论与批评"国际学术研讨会	学会与河南大学联合主办	河南开封
2015年10月	中国中外文艺理论学会第十二届年会暨"当代中国文论的话语体系建构"学术研讨会	学会与湖北大学联合主办	湖北武汉
2016年8月	中国中外文艺理论学会第十三届年会暨"文艺理论：传统与现代"学术研讨会	学会与江苏师范大学联合主办	江苏徐州
2017年8月	中国中外文艺理论学会第十四届年会暨"新时期以来我国文论发展的理论成就"学术研讨会	学会与辽宁大学联合主办	辽宁沈阳
2018年11月	中国中外文艺理论学会第十五届年会暨"新时代文艺理论的创新"学术研讨会	学会与中国文学批评研究会和深圳大学联合主办	广东深圳
2019年10月	中国中外文艺理论学会第十六届年会暨"中国文论70年经验总结与反思"学术研讨会	学会与中国文学批评研究会和湘潭大学联合主办	湖南湘潭
2020年12月	中国中外文艺理论学会第十七届年会暨"文艺理论：新语境·新起点·新话语"学术研讨会	学会与广州大学联合主办	线上

附录二 《中外文论》来稿须知及稿件体例

一 来稿须知

1. 《中外文论》主要收录学会年会参会学者所提交的会议交流论文,也接受会员及从事文艺理论研究的国内外学者的平时投稿,学术论文、译文、评述、书评及有价值的研究资料等均可。

2. 本刊已被《中国学术期刊网络出版总库》及 CNKI 系列数据库收录。与会学者或会员投稿必须是首发论文;论文要求完整,不能是提要、提纲。

3. 来稿字数最长一般不要超过 1 万字,特殊稿件可略长一些,但最好控制在 1.5 万字以内。凡不同意编辑修改稿件者,请在来稿中注明。

4. 由于编校人员有限,所提交论文务请符合年刊稿件体例格式。稿件请在文末注明作者详细联系地址、电话号码、电子邮箱等,以便联系。

5. 《中外文论》辑刊出版时间为 6 月下旬出版第 1 期,12 月下旬出版第 2 期。全年征稿,来稿请发至本刊专用邮箱:zgwenyililun@126.com。稿件入选后,将以邮件方式通知论文作者。

6. 本刊出版后,我们将免费为作者提供样书一本;凡按时交纳学会会费的学会会员,可在学会年会召开期间免费领取样书一本。

7. 《中外文论》期待专家学者惠赐稿件,也欢迎对本刊工作提出宝贵意见。

二 稿件体例

1. 论文请用 A4 纸版式,文章标题为三号黑体,二级标题为小四号宋体加粗,正文一律用五号宋体,正文中以段落形式出现的引文内容为五号字仿宋体,并整体内缩 2 字符。注释一律采用自动脚注形式,每页重新编号。

2. 论文请以标题名、作者名(标题下空一行,多位作者请用空格隔开)、作者单位(包括单位名称、所在省市名、邮政编码,各项内容用空格隔开,内容置于圆括号内,位于作者名下一行)、摘要内容(约 200 字,位置在作者单位下空一行)、关键词、正文（关键词下空两行）、参考文献（正文下空一行）顺序编排。

3. 文章请附作者简介与课题项目（若为课题项目成果），作者简介一般应包括姓名（含出生年份，出生年份请置于小括号内，后用连接号并后空一格，如：1970—　）、籍贯、工作单位、职称、学位等内容；课题项目请标明项目名称与编号。作者简介与课题项目两项内容，请以自动脚注形式，脚注序号位于作者名右上角。

4. 标题文字应简明扼要，文中二级标题序号一般用"一、二、三……"形式标出，文中出现数字顺序符号，要以"一""（一）""1.""（1）"级别顺序排列。阿拉伯数字表示序号时，数字后使用下圆点。

5. 数字用法请严格执行《出版物上数字用法的规定》这一国家标准。数字作为名词、形容词或成语的组成部分时，一律用汉字，不用阿拉伯数字。整数一至十，如果不是出现在具体统计意义的一组数字中，可以用汉字，但要照顾到上下文，以保持局部体例上的一致。

6. 标点符号一律按国家公布的《标点符号使用方法》的规定准确地使用，外文字母符号应采用国际通用标准，必须用印刷体，分清正斜体、大小写和上下角码。连接线一般使用"—"字线，占一个汉字的位置。

7. 稿件所引资料、数据应准确、权威，应以原始文献和第一手资料为原则。凡引用他人观点、资料、数据等，无论是否发表，无论纸质、电子版、网络资源或转引文献，均应详细注释。对已有学术成果的介绍、评论、引用，应力求客观、公允、准确。

8. 注释格式要求。

（1）所有经典著作引文必须使用最新版本。一般中文著作的标识次序是：著者姓名（多名著者间用顿号隔开，编者姓名应附"编"字）、篇名、出版物名、卷册序号（放入圆括号内）、出版单位、出版年、页码，顺序标出。

例如：孙中山：《三民主义》，《孙中山选集》（下卷），人民出版社1956年版，第597、599页。

（2）古籍的标识方式：可以先出书名、卷次，后出篇名；常用古籍可不注编撰者和版本，其他应标明编撰者和版本；卷次和页码应使用阿拉伯数字。

例如：《史记》卷25《李斯列传》。

《后汉书·董仲舒传》。

《温国文正司马公集》卷32，四部丛刊本。

（3）期刊报纸的标识方式如下：

例如：朱光潜：《研究美学史的观点和方法》，《文学评论》1978年第4期。

周扬：《三次伟大的思想解放运动》，《人民日报》1979年5月7日。

（4）译著的标识方式：应在著者前用方括弧标明原著者国别，在著者后标明译者姓名。

例如：[匈]卢卡奇：《历史与阶级意识》，杜章智、任立、燕宏远译，商务印书馆

1992年版，第100—102页。

（5）外文书刊的标识方式，请遵循国际通行标注格式。

编辑部地址：北京市建国门内大街5号　中国社会科学院文学所732室
邮政编码：100732
电话：010-85195467（仅限周二拨打）
E-mail：zgwenyililun@126.com

本刊声明

为适应我国信息化建设，扩大本刊及作者知识信息交流渠道，本刊已被《中国学术期刊网络出版总库》及CNKI系列数据库收录，如作者不同意文章被收录，请在来稿时向本刊声明，本刊将做适当处理。